하얀 국화
WHITE
CHRYSANTHEMUM

하얀 국화

매리 린 브락트 장편소설

이다회 옮김

문학세계사

하얀 국화를 이 시대의 화두로 올려놓는 이유

고대와 현대의 역사를 아울러 여성이 강간을 당하면 그것은 종종 여성의 잘못으로 여겨진다. 강간이라는 행위에 수반되는 수치심이 가해자에서 피해자로 전이되는 것이다. 가장 사적인 부분까지 침범을 당한 여성이 그 이후로도 영원히 어떤 짐을 지고 가야 한다는 사실을 나는 여전히 이해할 수 없다. 여성은 고통을 받고 그 수치로 인해 더 큰 고통을 받는다. '위안부' 여성의 경우 그들이 극복해 낸 일들에 대한 수치심으로 인해 50년도 넘게 침묵해 왔다. 그동안 사라진 여성들이, 더불어 영원히 사라진 사연들이 과연 얼마나 될까?

내가 '위안부' 여성에 대해 처음 알게 된 것은 그들이 처음 세상에 나와 증언을 한 때로부터 십수 년이 지난 후였다. 그들의 이야기는 내게 강렬한 인상을 남겼다. 성노예가 있었다는 사실 자체도 끔찍하지만 한국사의 이런 부분에 대해서 한 번도 들어본 적이 없다는 점도 충격이었다. 한국 출신인 엄마와 한 번도 이런 주제에 대해 얘기해 본 적이 없었을 뿐더러 대학 교과서나 지역 뉴스에서도 본 적이 없었다. 나는 런던으로 이사를 간 이후에야 그들의 역경에 대해 들었다. 런던의 뉴스 매체가 세계적인 이슈들에 좀 더 주목하고 있었기 때문이다. 내가 외국에 나가 살지 않았더라면 '위안부' 여성의 역경에 대해 전혀 듣지 못했을 수도 있다.

내가 처음 '위안부' 여성에 대해 들은 이후로 12년이 지났지만 그들은 여전히 정의를 위해, 그리고 일본 정부의 과거사 인정과 진정한 사과를 위해 20년이 넘도록 투쟁하고 있다. 나는 이 시점에서 스스로에게 물었다. 그들은 왜 무시를 당하고 있는가? 국제 사회가 전쟁 범죄로 인정하고 있는 행위와 관련해서 왜 더 많은 국가들이 나서서 일본 정부에 압박을 가하고 있지 않은가? 내가 얻은 답은 두 가지였다. 피해자가 여성이고 강간을 당했기 때문이다. 그들을 비난하기는 쉬웠다. 그들을 깎아내리고, 군부대를 따라다녔던 탐욕스러운 창녀들이라고 부르기는 쉬웠다. 성 착취의 피해자였던 여성들에 대해 사람들이 가지는 편견들을 뒤집어씌우기 쉬웠다. 성범죄를 겪고 살아남는 여성은 종종 자신이 피해를 입은 사건의 공범으로 여겨지거나 적극적으로 가담했다고 비난을 당하곤 한다. 이런 비논리적인 현실이 나를 괴롭히는 가운데 나는 '위안부' 여성들의 목소리만으로는 그런 제도화된 편견에 대항해 싸우기에 충분치 않다는 생각을 했다. 그러나 그들은 진정 희생자였다. 하루에 많으면 스무 번 이상 강간을 당했다. 그러나 주로 남자로 이루어진 정부는 그때나 지금이나 정의를 외면하고 있다.

결국 나는 본격적으로 '위안부' 여성에 대하여, 그들의 이야기와 고통에 대해 쓰기 시작했다. 강간이라는 말을 듣고 섹스를 떠올리는 사람들에, 성노예라는 말을 듣고 섹스를 떠올리는 사람들에, '위안부' 여성을 듣고 창녀를 떠올리는 사람들에 진절머리가 났기 때문이다. 전쟁 강간이라는 고문과도 같은 고통을 극화할 수 있다면, 독자로 하여금 한 소녀의 처참한 경험을 목격하게 할 수 있다면, 그 독자들은 마지막 '위안부' 여성이 이 땅을 떠난 뒤에도 오랫동안 그 생존자들의 이야기를 지니고 살 것 같았다.

이 소설을 쓰기 위해 한국사를 조사하는 동안 제주 4·3사건과 뒤따른 학살에 대한 진상을 알게 되었다. 해녀 자매에 대한 이야기를 하면서 제주도 사람들에게 저질러진 이 잔학 행위에 대해 이야기하지 않을 수는 없었다.

나는 언제나 엄마와 엄마의 조국인 한국을 우러러보았다. 한국에는 지금도 여러 친척들이 살고 있다. 미국보다 한국에 가족이 더 많다. 그리고 엄마의 아름다운 조국을 언젠가는 어린 내 아들에게도 소개하고 싶다. 한국의 '위안부' 여성과 해녀에 대한 이야기를 전 세계 독자들에게 소개할 수 있는 특권을 누리게 되어 영광이다.

2018년 7월
매리 린 브락트

꼭두새벽 어스름이 오솔길에 기이한 그림자를 드리운다. 엄마를 따라 바닷가로 내려가던 하나는 귀신이 발목을 잡는 기분이 들어 자꾸만 다른 생각을 한다. 미풍에 잠옷이 뒤로 나부낀다. 조용하게 뒤따르는 발자국 소리만 들어도 하나는 잠든 동생을 안고 따라오고 있는 아버지의 기척을 느낄 수 있다. 바닷가에는 이미 아낙 몇이 기다리고 있다. 점점 동이 터 오는 가운데 아낙들의 익숙한 얼굴이 드러난다. 무당은 처음 보는 사람이다. 홍색과 남색이 섞인 무복을 입고 있다. 일행이 모래 위로 내려서자마자 무당이 춤을 추기 시작한다.

빙글빙글 도는 무당의 위세에 옹기종기 서 있던 사람들이 뒷걸음질 친다. 그러나 무당의 묘한 위풍에 이끌리듯 이내 한곳으로 모여든다. 무당은 용왕에게 드리는 인사말을 외면서 맞이할 준비를 한다. 대나무로 만든 용왕문을 통해 용왕을 제주의 평온한 바닷가로 모신다. 수평선 위 바늘구멍만 한 태양이 쨍한 금빛으로 반짝인다. 하나는 다가오는 날빛의 신선함에 눈을 깜박인다. 일본군은 굿을 금지하고 있었지만 엄마는 어엿한 해녀로서 첫 물질을 시작하기 전에 전통에 따라 굿을 해야 한다고 고집했다. 무당은 안전과 풍어를 빈다. 무당이 같은 노래를 외고 또 외는 가운데 엄마가 하나의 어깨를 쓱 민다. 두 사람은 젖은 모래에 이마가 닿을 때까지 큰절을 올리고 임박한 용왕의 왕림을 받든다. 하나가 절을 하고 일어나는데 잠이 덜 깬 동생의 목소리가 들린다.

"나도 물질하고 싶다."

동생의 목소리에 깃든 애절함이 하나의 가슴을 잡아당긴다.

"너도 금방 여기 서게 돼 있어. 그땐 언니가 바로 옆에서 맞이해 준다니까."

앞날을 예견하는 듯이 동생에게 속삭인다.

하나는 관자놀이 위로 흐르는 짠 바닷물을 손등으로 닦아 낸다. 난 이제 해녀다. 물가에서 흰 띠를 돌리는 무당을 바라보며 생각한다. 그리고 동생의 작은 손을 쥔다. 나란히 선 두 사람은 해변 위로 부서지는 파도 소리를 듣는다. 바다만이 요란한 가운데 한 무리 아낙들이 하나를 받아들인다. 태양이 파도 위로 완전히 솟아오르면 하나는 깊은 물에서 물질을 하며 해녀들 사이에서 제자리를 찾아갈 것이다. 그러나 일단은 캐묻는 눈들을 피해 몰래 집으로 돌아가야 한다.

*

언니, 언제 와? 귓속에 쩌렁쩌렁 울리는 동생의 목소리에 잠이 깬다. 정신을 차린 하나는 여전히 방 안에 있다. 곁에는 군인이 잠들어 있다. 굿은 어둠 속으로 사라진다. 하나는 기억을 놓치지 않으려고 눈을 꼭 감는다.

붙잡힌 지 거의 두 달이 다 되어 간다. 이곳에서의 시간은 괴로울 만큼 느리게 간다. 하나는 그동안 겪은 고통을, 저들이 강요하는 일들을, 저들이 강제한 역할을 되새기지 않으려고 애쓴다. 고향에서 하나는 다른 사람이었다. 다른 삶을 살고 있었다. 고향을 떠나온 후로는 하루가 억겁처럼 흐른다. 하나를 향해 헤엄쳐 오던 엄마의 얼굴. 엄마의 입술에 흐르는 바닷물. 더 행복했던 곳에 대한 기억의 편린들은 멀어져 간다. 이제는 무덤이 고향에 대한 기억보다 가까이 있다.

용왕굿은 힘과 위엄의 상징이었다. 해녀들처럼, 하나처럼. 곁에 누운 군인이 뒤척인다. 이런 자식에게 지지 않을 거야. 하나는 자신과 약속을 한다. 그리고 어떻게 탈출할지 상상하면서 뜬눈으로 밤을 지샌다.

하나

1943년 여름, 제주도

올해 열여섯 살이 된 하나는 일본어를 유창하게 구사한다. 1910년 일본이 조선을 강점한 이후로 조선인들은 일본의 역사와 문화 교육을 받았다. 모국어인 조선말을 읽거나 쓰거나 말하는 것도 금지되었다. 식민지 조선에서 하나는 이등 시민이고 이등 시민으로서의 권리만을 갖는다. 하지만 조선인으로서 하나의 자부심까지 이류인 것은 아니다. 제주도 남쪽의 조그마한 마을에 살고 있지만 하나 역시 엄마와 같은 해녀이고 그들은 스스로의 힘으로 먹고 산다. 마을로 들어가는 큰길에선 보이지 않는 작은 만에서 물질을 한다. 하나의 아버지는 어부이다. 조선의 바다를 수탈하는 일제의 낚싯배를 피해서, 마을 사람들과 함께 남해로 배를 띄우고 조업을 한다. 하나와 엄마가 일본군과 마주치는 경우는 잡은 해산물을 팔러 시장에 갈 때뿐이다.

섬 반대편에 사는 사람의 대부분, 심지어 수백 리 북쪽 육지에 사는 사람들조차 느끼지 못할 자유로운 기분을 그들은 충분히 느끼고 있었다. 사람들은 일제에 대해서는 일절 말을 않는다. 시장에서는 특히 그렇다. 겁 없는 사람들만 입 밖에 낼 뿐이고 그럴 때조차 속삭이거나 손으로 입을 가리고 한다. 일제는 과도한 세금을 지우고 전쟁 자금을 강제로 모금하는가 하면 전방에서 싸울 군인, 일본의 공장에서 일할 아이들을 징발한다. 마을 사람들은 이 모든 것이 지긋지긋하다.

하나가 사는 섬에서 물질은 여자들 몫이다. 차갑고 깊은 바닷속에서 여자는 남자에 비해 숨을 더 오래 참을 수 있고, 더 깊이 잠수할 수 있으며 체온을 더 오래 유지할 수 있다. 수세기 동안 제주의 여자들은 흔치 않게 자립적인 생활을 해왔다. 하나도 어릴 때부터 엄마를 따라 바다에 들어갔다. 목을 가눌 수 있을 때부터 수영을 배웠지만 처음 전복을 딴 건 열한 살이 다 되어서였다. 엄마를 따라 바다 밑바닥 바위를 누비는 동안 금세 숨이 찼다. 신이 났던 하나는 공기를 마시기 위해 서둘러 올라와야 했다. 폐가 타는 것 같았다. 수면 위로 튀어오른 하나는 공기보다 물을 더 많이 마셨다. 어푸어푸, 정신을 차릴 겨를도 없이 파도 위로 겨우 턱을 내밀었다. 덜컥 겁이 났다. 갑자기 커다란 파도가 덮쳐 왔다. 삽시간에 물 밑으로 내팽개쳐졌다. 하나의 머리가 잠기면서 더 많은 물을 삼켰다.

엄마가 한 손으로 하나의 얼굴을 들어 물 밖으로 밀어냈다. 하나는 고통스럽게 콜록거리는 틈틈이 숨을 들이마셨다. 코와 목구멍이 따가웠다. 하나의 뒷목을 붙잡은 엄마의 손은 하나가 괜찮아질 때까지 하나를 안심시켰다.

"물 밖으로 나오면 꼭 뭍을 찾아. 안 그러면 길을 잃는다."

엄마가 말하면서 하나의 얼굴을 해안 쪽으로 돌렸다. 모래밭 위에는 하나의 동생이 그날 잡은 해산물이 들어 있는 양동이를 지키고 있었다.

"잠수하고 올라올 때마다 네 동생을 봐라. 절대로 잊지 마라. 네 동생이 보이면 괜찮은 거야."

하나의 숨이 정상으로 돌아오자 엄마는 하나를 놓아 두고, 재주를 넘듯이 천천히 깊은 바닷속으로 잠수했다. 동생은 식구들이 바다에서 돌아오기를 기다리면서 물가에서 놀고 있었다. 하나는 한동안 동생을 둘러싼 평온함을 느낄 수 있었다. 기운을 되찾자마자 수면에 둥둥 뜬 테왁을 찾아 엄마가 잡은 것들이 들어 있는 망사리 안에 자신이 잡은 전복을 넣었다. 그런 다음 엄마처럼 재주를 넘어 하루 수확에 보탤 또 다른 해산물을 찾아 낮게 웅웅거리는 바닷물 속으로 들어갔다.

두 사람이 물가에서 멀리 떨어져 물질을 할 때면 동생은 물밖에서 막대기를 신나게 휘두르며 갈매기를 쫓았다. 잠수에서 올라와 모래밭을 쳐다보면 동생은 하나의 시야를 가로지르며 춤을 추는 나비 같았다.

동생이 태어났을 때 하나는 이미 일곱 살이었다. 오래전부터 하나는 평생 외딸로 살지나 않을까 걱정했고 늘 동생을 갖고 싶어 했다. 친구들은 매일 함께 놀고 집안일을 나눠서 할 남매가 두셋, 때로는 넷도 있었지만 하나는 모든 것을 홀로 견뎌 내야 했다. 그러던 중 엄마가 임신을 했고 하나는 희망에 부풀어

커져 가는 엄마의 배를 볼 때마다 환한 웃음을 지었다.

"엄마, 오늘은 더 뚱뚱해졌네?"

동생이 태어나던 날 아침 하나가 엄마에게 물었다.

"아주아주 뚱뚱해졌구, 아주아주 불편해!"

엄마가 하나의 팽팽한 배를 간지럽히며 대답했다.

하나는 나동그라지며 깔깔 웃었다. 숨을 고른 뒤에는 엄마 옆에 바싹 붙어 앉아 엄마의 둥근 배 꼭대기에 손을 얹었다.

"동생이 거의 다 된 거 맞지, 엄마?"

"다 됐다고? 녀석아, 동생이 밥이니? 다 되게?"

"밥 말고 엄마 둘째딸 말이야, 아니 아들."

하나가 잽싸게 덧붙였다. 손에 수줍은 발길질이 느껴졌다.

"언제 나와, 동생?"

"우리 딸 성질 급하네."

엄마가 고개를 절레절레 흔들었다.

"여동생이 좋아, 남동생이 좋아?"

하나는 남동생이 정답인 것을 알고 있었다. 아버지가 뱃일을 가르치려면 아들이 있어야 했기 때문이다. 그러나 머릿속으로는 다른 대답을 했다. 엄마가 딸을 낳았으면 좋겠어요. 언젠가 나와 함께 바다를 헤엄칠 수 있게요.

그날 밤 엄마는 진통을 시작했다. 하나는 여동생을 보자마자 환희를 감출 수 없었다. 입이 귀에 걸리도록 웃으면서도 실망한 표정을 짓기 위해 온갖 애를 썼다.

"아들이 아니라서 어떡해, 엄마. 어떡하지……."

하나는 슬픈 척 고개를 가로젓다가 아버지에게로 가 소매를 당겼다.

아버지가 몸을 숙이자 하나가 귀에 손을 대고 속삭였다.

"아버지, 털어놓을 게 있어요. 아버지가 뱃일을 가르칠 아들이 아니라서 안됐지만……."

하나는 말을 마치기 전에 깊은 숨을 들이쉬었다.

"저는 같이 물질할 여동생이 생겨서 너무 좋아요."

"그러니?"

"네. 엄마한테는 비밀이에요."

일곱 살 하나는 귓속말에 서툴렀고 그 자리에 모인 엄마의 가장 절친한 친구들 사이에서 다정한 웃음소리가 퍼져 나갔다. 하나는 입을 다물었다. 귀가 뜨거워졌다. 아버지 뒤에 숨은 하나는 아버지의 팔 아래로 엄마를 엿보았다. 엄마도 들었을까. 엄마는 큰딸을 지긋이 바라보다가 허겁지겁 젖을 빨고 있는 갓난아기를 내려다보면서 하나가 겨우 들을 수 있는 목소리로 갓 태어난 딸에게 속삭였다.

"넌 이 섬에서 누구보다 사랑받는 동생일 거다. 알고 있니? 네 언니만큼 널 사랑해 줄 사람은 또 없을 거야."

엄마는 고개를 들어 하나를 보고 가까이 오라고 손짓을 했다. 하나가 엄마 곁에 무릎을 꿇고 앉자 방에 있던 어른들이 조용해졌다.

"이제 네가 동생을 지켜야 된다."

엄마가 진지한 목소리로 말했다.

하나는 작디작은 여동생을 바라보다가 손을 뻗어 머리에 송송 난 검은 머리카락을 쓰다듬었다.

"너무 부드러워."

하나가 신기해하며 말했다.

"엄마 말 들었어? 넌 이제 언니니까 거기에 따르는 책임도 져야 해. 첫 번째 책임은 동생을 지켜주는 거야. 엄마가 언제나 곁에 있지는 않을 테니까. 엄마가 물질을 하고 장에 나가야 우리가 먹고 사니까. 엄마가 네 동생을 돌보지 못할 때는 네가 돌보아야 한다. 엄마가 믿어도 되지?"

엄마가 엄한 목소리로 물었다.

하나는 손을 모으고 머리를 숙여 절을 한 뒤 공손하게 대답했다.

"응, 엄마. 내가 지켜줄게. 약속해."

"약속은 변하지 않는 거다. 잊지 마."

"기억할게, 엄마. 항상."

하나가 평화롭게 잠든 동생의 얼굴에서 눈을 떼지 못한 채 말했다. 엄마는 아기의 살짝 벌린 입에서 흐른 젖을 엄지로 닦아 냈다.

세월이 흐르고 엄마를 따라 깊은 바다에서 물질을 시작하면서 하나는 먼발치에서 동생을 바라보는 데 익숙해졌다. 밤에는 한 이불을 덮고 어둠 속으로 실없는 이야기를 속삭이다가 함께 곯아떨어지곤 했다. 무얼 봐도 웃음을 터뜨리고 곁에 있는 모두를 웃게 만드는 동생은 하나에게 물가에 고정된 닻, 인생의 닻과 같았다.

*

하나는 동생을 지킨다는 의미가 무엇인지 안다. 그러기 위해
선 일본군과 마주치지 않아야 한다. 엄마는 귀에 못이 박히게
말해 왔다.

"놈들 눈에도 띄지 마라. 무엇보다 근처에 아무도 없을 때 마
주쳐서는 안 된다."

엄마의 경고는 불길한 염려로 가득하다. 열여섯 하나는 한
번도 그런 적이 없어서 다행이라고 생각한다. 그러나 어느 무
더운 여름 날 사정이 달라졌다.

다른 해녀들이 장으로 떠난 지 오래인 오후 늦은 시각, 하나
의 눈에 모리모토 하사가 들어온다. 마침 엄마는 몸이 아파 물
질을 할 수 없었던 친구를 위해 망사리를 하나 더 채우려고 했
다. 누구보다 먼저 도움을 건네는 엄마였다. 숨을 쉬러 물 위로
올라온 하나가 물가를 쳐다본다. 모래밭에 쪼그려 앉은 동생은
손그늘을 만들어 언니와 엄마가 있는 쪽을 바라본다. 아홉 살
먹은 동생은 홀로 물가를 지켜도 될 나이지만 하나와 엄마와
함께 깊은 물에서 물질을 하기에는 아직 어렸다. 나이에 비해
덩치도 작고 아직 잠수 실력도 부족했다.

커다란 고둥을 잡은 하나가 동생을 향해 막 환호성을 지르려
는데 어떤 남자가 바닷가를 향해 다가오는 모습이 보인다. 남
자를 더 확실히 보기 위해 부지런히 발을 놀리던 하나는 남자
가 일본군이라는 것을 깨닫는다. 갑자기 배가 꽉 뭉치면서 아

파 온다. 저자가 여기 왜 왔지? 군인들은 이렇게 외진 곳으로 나오는 일이 없는데. 하나는 다른 군인들이 함께 왔는지 만 안의 해변을 눈으로 훑어보지만 모리모토 하사 혼자다. 곧장 동생이 있는 쪽으로 향한다.

하사와 동생 사이에는 바위들이 솟은 언덕이 있어서 동생은 아직 눈에 띄지 않는다. 하지만 곧 보일 것이다. 그가 가던 길을 계속 간다면 동생을 발견할 것이고 동생을 데려갈 것이다. 마을에서 사라진 다른 어린 소녀들과 마찬가지로 일본의 공장에 보내 버릴 것이다. 동생은 공장 일이나 그곳의 가혹한 환경을 버텨 낼 수 있을 만큼 튼튼하지 않다. 붙잡혀 가기에는 너무 어리고 가족에게 받아야 할 사랑이 많이 남아 있다.

엄마를 찾아 수평선을 살피던 하나는 엄마가 물 밑에 있다는 사실을 깨닫는다. 엄마는 일본 군인이 물가로 향하고 있다는 사실은 까맣게 모른다. 하나는 엄마가 물 위로 나올 때까지 기다릴 시간이 없다. 기다린다고 해도 암초 가장자리에서 물질을 하는 엄마는 너무 멀리 있다. 암초에서 더 멀리 나가면 밑바닥이 보이지 않는 동굴 같은 암흑이 입을 벌린다. 동생을 지키는 일은 하나의 몫이다. 하나는 엄마와 약속을 했고 지킬 작정이다. 하나는 파도 밑으로 몸을 던져 모래밭을 향해 전속력으로 헤엄을 친다. 군인보다 빨리 동생에게 가 닿길 바랄 뿐이다. 그의 주의를 적당히 끌어 시간을 벌 수 있다면 동생은 가까이 있는 작은 굴에 몸을 피할 수 있을 것이다. 그러면 하나는 다시 바다로 도망치면 된다. 그가 물속으로 하나를 따라올 리는 없지 않을까?

조류는 마치 하나를 안전한 먼 바다로 다시 내보내려는 듯 하나와 부딪친다. 당황한 하나는 수면을 가르고 올라와 깊은 숨을 들이쉬면서 군인이 어디까지 갔는지 확인한다. 아직 바위 언덕에 다다르지 못했다. 하나는 파도 위로 헤엄을 치기 시작 한다. 군인의 눈에 띌 위험이 있지만 잠수를 너무 오래 하면 군 인을 놓칠까 두려웠다. 동생이 있는 곳까지 절반쯤 왔을 때 군 인이 걸음을 멈춘다. 그는 무언가를 찾아 주머니를 뒤진다. 하 나는 도로 물 밑에 머리를 처박고 더 빠르게 헤엄을 친다. 다 시 숨을 쉬러 올라온 하나에게 담뱃불을 붙이는 군인이 보인 다. 하나가 숨을 쉴 때마다 군인은 아주 조금씩 동생에게 다가 간다. 하나가 고개를 들 때마다 그는 연기를 내뿜는가 하면 담 배를 빨았다가 날숨을 쉰다. 하나의 마지막 호흡과 함께 군인 은 문득 바다로 고개를 돌린다. 빠르게 헤엄쳐 오는 하나의 모 습이 그의 눈동자에 잡힌다.

모래밭 근처까지 온 하나는 군인이 선 곳에서 동생이 보이지 않기를 바란다. 자갈투성이 모래밭을 짚은 동생이 고사리손으 로 몸을 일으켜 세우려고 한다. 하지만 동생에게 앉아 있으라 고 소리를 칠 수가 없다. 하나는 더 빨리 헤엄을 친다.

차례로 물을 당기며 물 밑을 돌진하던 하나의 두 팔이 어느 새 모래에 닿는다. 벌떡 일어선 하나는 얕은 물을 가로질러 지 척에 있는 동생에게 뛰어간다. 군인이 바위 아래로 달려가는 하나를 불렀지만 하나에게는 아무것도 들리지 않는다. 고동치 는 심장 소리가 두 귀를 울리면서 다른 모든 소리를 틀어막는 다. 모래밭까지 전속력으로 헤엄을 쳐 온 하나는 마치 지구 절반을 돌아온 기분이다. 그러나 이제 와 멈출 수는 없다. 모래 위를 쏜살같이 달려오는 언니를 본 동생은 아무것도 모르고 웃으며 하나에게 인사를 건네려고 한다. 그러나 동생이 말을 꺼내기도 전에 하나는 동생에게 달려들어 두 어깨를 붙잡고 모래밭에 쓰러뜨린다. 동생이 소리를 지르지 못하게 입을 막는다. 언니의 얼굴을 본 동생은 소리를 지르면 안 된다는 것 정도는 이미 알고 있다. 하나는 동생만이 이해할 수 있는 표정을 지어 보인다. 그리고 모래밭에 바짝 동생을 밀어붙인다. 군인의 눈에 띄지 않게 모래 속에 묻고 싶지만 그럴 시간이 없다.

"어디 갔어?"

군인이 하나를 찾는다. 군인은 바다가 내려다보이는 낮은 바위에 올라가 있다. 그가 가장자리로 가 선다면 그 밑에 누워 있는 두 사람이 다 보일 것이다.

"인어가 사람으로 변했나?"

바로 위쪽 바위에서 버적거리는 군화 소리가 들린다. 떨고 있는 동생의 몸은 하나의 손 안에서 참으로 나약하게 느껴진다. 동생의 공포는 전염된다. 하나도 떨기 시작한다. 하나는 동생이 도망갈 곳이 없다는 사실을 깨닫는다. 군인이 서 있는 자리에서는 온 사방이 눈에 들어온다. 바다로 도망치는 방법도 있겠지만 동생은 오래 헤엄칠 수는 없다. 하나는 몇 시간이고 깊은 물에서 버틸 수 있지만 군인이 뭍에서 시간을 끈다면 동생은 익사할 것이다. 하나에게는 아무런 계획도 도망칠 방법도 없다. 여기까지 생각이 미치자 뱃속에 돌덩이가 들어앉은 듯하다.

하나는 겁에 질린 동생의 얼굴을 마지막으로 쳐다본 뒤 천천히 동생의 손에서 입을 떼고 몸을 일으킨다. 날카로운 군인의 눈이 반짝인다. 하나는 온몸을 꿰뚫는 듯이 더듬는 시선을 느낀다.

"어린 애가 아니라 다 큰 처녀네."

군인이 낮은 소리로 킬킬댄다.

연갈색 군복과 군화를 착용한 군인은 얼굴에 그늘을 드리우는 모자를 쓰고 있다. 두 눈은 발밑의 바위처럼 검다. 하나는 물가로 헤엄을 치느라 가빠진 숨을 아직 가다듬지 못한다. 하나가 헐떡일 때마다 군인은 하나의 가슴을 흘끔거린다. 희고 얇은 무명 물옷을 입은 하나는 재빨리 머릿단으로 가슴을 가린다. 무명으로 된 반바지에서는 물이 떨어져 벌벌 떨고 있는 하나의 두 다리를 타고 내려간다.

"뭘 숨기고 있는 거야?"

군인이 바위 너머를 흘끔거리며 묻는다.

"아무것도 아녜요."

하나가 재빨리 대답한다. 하나는 군인의 시선이 따라오기를 바라며 동생의 반대쪽으로 움직인다.

"그냥 좀 특별한 걸 잡았는데. 주인이 없는 걸로 알고 가져갈까 봐. 제가 잡은 거거든요."

하나는 양동이 하나를 바위 위로 들어 올리며 동생이 있는 곳에서 군인을 더 멀리 데려간다.

군인은 여전히 하나에게 정신이 팔려 있다. 그러나 곧 바다로 시선을 옮기더니 해변을 아래위로 훑는다.

"다른 해녀들은 장에 가고 없는데 왜 여기 있었지?"

"친구가 아파요. 그래서 굶지 말라고 친구 몫까지 잡고 있었어요."

아주 거짓말은 아니라 술술 말이 나온다.

군인이 목격자를 찾듯이 두리번거린다. 하나는 엄마의 태왁이 있는 곳을 내다보지만 엄마는 보이지 않는다. 엄마는 아직 군인을 보지도 못했고 하나가 곁에 없는 것을 눈치 채지도 못했다. 엄마가 물 밑에서 곤경에 처한 것이 아닐까 걱정이 되기 시작한다. 너무 많은 생각이 머릿속으로 밀려든다. 군인은 다시 바위의 가장자리를 살펴보기 시작한다. 그 밑에 있는 동생의 인기척을 알아차린다면 큰일이다. 하나는 재빨리 머리를 굴린다.

"배고프면 이거 사요. 사 가서 군인들과 나눠 먹어요."

그럴 생각이 없어 보이는 군인에게 하나는 양동이를 더 가까이 들이댄다. 그 안에 고여 있던 바닷물이 튀고 군인은 군화가 젖지 않게 잽싸게 게걸음을 친다.

"죄송해요."

하나가 곧바로 사과하면서 양동이를 바로잡는다.

"식구들은 어디 있지?"

군인이 갑자기 묻는다. 하나는 당황한다. 바다로 눈길을 돌린 하나는 엄마의 머리가 파도 밑으로 잠기는 모습을 본다. 아버지의 배는 먼 바다에 나가 있다. 여기에는 하나와 동생뿐이다. 하나가 도로 군인에게 눈길을 돌리고 보니 마침 일본군이 두 명 더 다가오고 있다.

엄마의 말이 하나의 마음속에 메아리친다. 근처에 아무도 없을 때 군인들을 마주쳐서는 안 된다. 이제 하나가 어떤 말을 해도 소용이 없다. 하나는 제국의 군인들 앞에서 어떤 힘도 자유도 없다. 그들은 그들 마음대로 조선인을 다룰 것이라는 것을 하나는 안다. 그러나 위험에 처한 것은 하나만이 아니다. 파도는 하나에게 다시 뛰어들라고, 도망치라고 애원하며 부서진다. 하나는 억지로 바다에서 눈을 뗀다.

"죽었어요."

이 말은 하나에게도 사실처럼 느껴진다. 하나가 고아라면 납치한 뒤 누군가의 입을 막을 필요도 없을 것이다. 하나의 가족은 안전할 것이다.

"비극적인 인어 아가씨로군."

그가 웃는다.

"바다에는 정말 보물이 있다니까."

"모리모토 하사님, 뭘 하십니까?"

다가오고 있는 군인이 묻는다.

모리모토는 하나에게 고정한 시선을 거두지 않는다. 두 군인이 하나의 양 옆에 선다. 모리모토가 고개를 까딱하더니 왔던 흙길을 되돌아 올라간다. 두 군인은 하나의 팔을 붙잡아 끌며 그를 따라간다.

하나는 소리를 지르지 않는다. 동생이 도우려고 나선다면 그들은 동생도 데려갈 것이다. 하나는 동생을 지키겠다는 약속을 저버리지 않을 것이다. 그래서 말없이 따라간다. 그러나 하나의 두 다리는 무언의 거부 의사를 드러내듯 움직이려고 하지 않는다. 쓸모없는 통나무처럼 아래로 축 늘어질 뿐이다. 군인들은 틈을 주지 않는다. 하나를 좀 더 세게 붙잡고 바싹 들어 올린다. 하나의 발가락은 모래 위를 훑으며 엷은 흔적을 남긴다.

아미

2011년 12월, 제주도

가느다란 주황색 빛줄기가 수평선을 가로지르며 남해의 검은 바다, 12월의 잿빛 하늘을 밝힌다. 꼭두새벽의 추위 속에 아미의 무릎은 말을 듣지 않는다. 왼쪽 다리가 천근 같다. 아미는 뒤처지는 다리를 끌며 물가로 향한다. 다른 여자들은 벌써 잠수복을 입고 물안경을 쓰고 있다. 평소보다 적은 숫자의 해녀들이 물가에 서서 각자의 속도로 옷을 갈아입는다. 저마다 추위에 진저리를 친다. 아미는 사람이 없다는 핑계로 쌀쌀한 아침 날씨를 탓한다. 젊은 시절엔 아미도 따뜻한 이불 속을 나와 얼음장 같은 물속으로 들어가기 싫었다. 하지만 나이를 먹을수록 아미의 정신은 더 단단해졌다.

자갈로 뒤덮인 해변을 절반쯤 가로질러 가는데 이야기 보따리를 풀어놓는 진희의 목소리가 들린다. 아미가 좋아하는 이야기를 하는 중이다. 아미와 진희는 어린 시절부터 함께 자랐다. 일제 강점기부터 시작된 두 사람의 인연은 6·25를 지나 거의 70년 가까이 이어져 오고 있다. 진희가 두 팔을 고장난 풍차처럼 마구 휘두르자, 아미는 팽팽한 침묵 속에 곧 이어질 한바탕의 폭소를 기다리며 귀를 기울인다. 돌풍이 파란 방수포를 들추자 낡은 고깃배가 드러난다. 곳곳에 흰 페인트가 벗겨져 돌돌 말려 있다. 와자지껄한 웃음이 바람을 쫓고 고깃배는 다시 파란 플라스틱 천 아래로 사라진다. 풍파에 거칠어진 친구들의 목소리는 늘 듣기가 좋다. 진희는 아미가 거북이걸음으로 다가오는 모습을 보고는 늘 하듯이 손인사를 한다. 다른 여자들도 고개를 돌려 반가운 손짓을 보낸다.

"기다리고 있었어."

진희가 외친다.

"늦잠 잤어?"

아미는 굳이 대답하려 애쓰지 않는다. 미끄러지지 않으려고 해변에 깔린 날카로운 자갈을 살피는 중이다. 어느새 무릎이 풀려 절뚝거림이 크게 티가 나지 않는다. 왼쪽 다리의 속도가 오른쪽 다리와 얼추 맞는다. 해녀들은 아미가 올 때까지 기다렸다가 물에 들어간다. 아미는 이미 잠수복을 입고 있다. 코딱지만 한 오두막집이지만 물가가 지척인 곳에 사는 보람이 있다. 아미의 자녀들은 다 커서 서울에 살고 있었다. 아미는 그저 몸을 누일 수 있고 밥을 해먹을 수 있는 오두막이면 족했다. 아미가 도착하자 진희가 물안경을 건넨다.

"이게 뭐야? 난 내 거 가져왔어."

아미가 스티로폼 상자에서 물안경을 꺼내어 진희에게 보여준다.

"그 구닥다리? 깨졌잖아. 그리고 그 끈은 수십 번도 더 끊어졌잖아."

진희가 물가에 침을 탁 뱉는다.

"이건 새 거야. 우리 아들이 대전에서 두 개 사다 줬어."

진희는 제 얼굴에 쓴 똑같은 물안경을 톡톡 치며 말한다.

아미는 물안경을 자세히 들여다본다. 새빨간 안경 유리에는 강화유리라고 찍혀 있다. 예쁘다. 쓰던 물안경으로 시선을 옮기니 고무 끈은 세 군데나 겹매듭이 지어 있고 유리 왼쪽에는 금이 가 있어 물밑에서 시야를 가린다. 보는 것만으로도 피곤하다. 아직 새지는 않지만 언젠가 샐 것이다.

"써 봐. 좋아."

진희가 부추긴다.

아미는 반들반들한 유리를 만지작거리며 망설인다. 바다로 들어간 다른 해녀들은 이미 테왁을 띄워 제 위치를 표시하고 있다. 바다에 뜬 주황색 테왁 옆으로 해녀들의 머리도 둥둥 떠 있다. 여자들은 하나 둘 아침 파도의 온순함 아래로 잠수한다. 아미는 이들을 한동안 지켜보다가 진희에게 물안경을 다시 돌려준다.

"아들이 너 쓰라고 산 거야."

진희가 밀어내며 말한다.

"난 필요 없어. 난 새 거 하나만 있으면 돼."

진희는 오리발로 모래밭을 철썩철썩 디디며 뒤뚱뒤뚱 바다를 향해 걷는다. 아미는 더 말해 봤자 소용이 없다는 것을 안다. 진희의 쇠고집은 당할 사람이 없다. 아미는 두 물안경을 나란히 붙들고 내려다본다. 아미의 검은 물안경을 빨간 새 물안경 옆에 두니 골동품 같아 보인다. 하지만 얼마 쓰지 못할 텐데, 선물을 받는 것은 도리가 아니다.

"네 거는 금이 가서 너무 깊이 들어가면 언젠가는 터져 버릴 거다. 그러면 눈이 멀어 버려!"

진희가 어깨 너머로 이렇게 소리치고는 가장 좋아하는 지점으로 잠수해 간다.

아미는 빨간 물안경을 진희의 스티로폼 상자에 넣고 쪼그려 앉아 오리발을 신는다. 추위에 진저리가 난다.

진희는 아미가 곁에 오기를 기다린다. 물이 가슴께에서 찰랑거린다.

"오늘은 뭐였어?"

아미가 악몽을 꾸면 진희는 희한하게 그걸 안다. 오랜 친구라서 표정에서 읽을 수 있거나 밤새 흰 머리가 하나 더 늘었기 때문일지도 모른다. 보나마나 이번에는 어떤 괴물이 얼굴 없는 소녀를 삼켰는지 물을 것이다.

오늘 아침만은 두려움에 떨다 깨게 만든 그 괴물을 다시 떠올리고 싶지 않았다. 하지만 진희는 대답할 때까지 물을 것이다. 아미는 고요한 수면을 지긋이 바라보며 기억을 되새긴다.

꿈속에서만 들리는 목소리가 있다. 소녀의 목소리다. 익숙한 동시에 낯선 이 목소리의 주인을 아미는 알지 못한다. 소녀는 아미의 이름을 부른다. 그 목소리는 마치 텅 빈 바다 수만 리를 가로지른 듯 파도가 되어 아미에게 밀려온다.

아미는 소녀에게 답을 하고 싶지만 꿈에서 종종 그렇듯 목소리가 나오지 않는다. 바위 절벽에 선 채 소용돌이치는 바람 속에서 소녀의 외침을 들을 뿐이다. 맨발의 아미는 칼날처럼 날카로운 바위 위에 버티고 서서 바람에 헝클어져 얼굴을 때리는 쑥대머리 사이로 소녀의 얼굴을 보려고 애쓴다.

이윽고 작은 배가 험난한 파도를 헤치고 아미가 선 절벽으로 다가온다. 배에 탄 소녀가 아미의 이름을 부른다. 검은 바다를 등진 소녀의 얼굴은 눈, 코, 입도 없이 하얗기만 한 점 하나일 뿐이다. 아미는 소녀가 배 밖으로 떨어지는 순간 소리 없는 비명을 지른다. 소녀를 삼키는 것은 거대한 푸른 고래, 혹은 잿빛 오징어, 때로는 소름 끼치는 상어일 때도 있다. 어젯밤에는 고래였다. 맹수처럼 날카로운 이를 가진 고래는 깊은 밤하늘의 빛깔을 닮았다. 이내 아미는 잠에서 깼다. 타는 듯한 목을 부여잡고 식은땀을 흘리면서. 잠에서 깨면 꿈은 희미해져 갔다. 아주 오래전 전쟁의 소용돌이가 휩쓸어 가 버린 어느 소녀의 모습만 남았다.

"오징어 아니었던가 싶다."

아미가 진희에게 말한다. 왜 거짓말을 했는지는 모르겠다. 아미가 진짜로 꾼 꿈이 아닌 가짜 꿈에 대해 진희가 이러쿵저러쿵 하는 편이 더 마음 편하기 때문일 수도 있다.

"그래 오징어 맞다."

아미는 그걸로 얘기가 끝이라는 듯 단호하게 고개를 끄덕인다. 그러나 진희는 그렇게 호락호락하지 않다.

"또 회색이었어? 아니면 이번에는 흰색?"

진희가 꼬치꼬치 묻는다.

"말해 봐, 내가 도와준다잖아."

"색깔이 뭐 중요한데?"

아미는 눈앞으로 내려온 머리카락을 치우며 고개를 흔든다.

"어쨌든 삼키는 건 마찬가지구만."

"회색이면 상태가 안 좋은 거구, 흰색이면 부자연스럽고 귀신 같지. 건강한 오징어는 발갛거나 암갈색이거나, 어떨 때는 밝은 주황색이지. 널 쫓아다니는 놈은 유령 오징어 아닐까. 과거에서 온 유령."

아미는 피식 헛웃음이 나온다. 진희는 늘 엉뚱하지만 오늘 아침은 좀 심하다. 아미는 더 깊이 걸어 들어간다. 땅에서와 마찬가지로 아주 느린 걸음으로 간다. 그러나 파도가 어깨 높이에 이르자 아미는 물속으로 뛰어들며 갑자기 모습을 바꾼다. 물고기가 따로 없다. 바다와 하나 된, 어떤 무게도 없는, 아름다운 물고기. 파도 아래 진공의 고요는 하루치 수확을 찾아 해저를 살피는 아미를 어루만진다.

물질을 할 수 있다는 것은 행운이다. 아미가 일을 배울 때가 되었을 때 엄마가 했던 말이다. 일흔일곱 살의 아미는 이제야 엄마의 말을 이해할 것 같다. 아미의 몸은 곱게 늙지 못했다. 추운 겨울 아침마다 쑤시고 여름 더위에 말을 듣지 않으며 그만두겠다고 하루가 멀다고 을러댄다. 그러나 아미는 물에 들어갈 때까지만 아픔을 참으면 된다는 것을 안다. 그러면 노년의 족쇄로부터 자유로울 수 있다. 육지의 중력이 미치지 않는 물속은 아미의 아픈 몸을 편안하게 해준다. 바다의 풍요를 찾아 물질을 하면서 길게는 2분까지 숨을 참다 보면 자연스레 명상할 때의 호흡을 하게 된다.

열 길 바닷속은 어두컴컴하다. 마치 깊은 자궁 속으로 떨어지는 느낌이다. 귀에 울리는 소리는 아미 자신의 느리고 꾸준한 심장 박동뿐이다. 햇살의 파편들이 어둠 속을 뚫고 들어오고 아미의 늙은 눈은 재빨리 흐릿한 안개 속에 적응한다. 아미는 익숙한 사냥터의 암초를 찾아 단단한 자세로 곤두박질친다. 오늘은 어떤 사냥감이 있을지 생각하니 마음이 편안해진다. 시간이 느릿느릿 흘러가는 가운데 고요한 머릿속에 목소리가 끼어든다. 이제 잠들렴. 얼굴을 어루만지는 손처럼 차분하고 잔잔한 목소리가 부추긴다. 이번 생은 이제 놓아 줘. 아미는 돌바닥에 부딪히기 직전 곤두박질을 멈춘다. 수십 년의 경험이 아미를 돕는다. 아미는 눈을 똑바로 뜨고 그 목소리를 머릿속에서 밀어낸다.

흔들리는 미역을 몇 포기 뒤지고 나서 아미는 몰래 꽃게에게 접근하는 문어를 발견한다. 꽃게는 위험을 감지하고 옆으로 기어가지만 약삭빠른 문어는 돌틈에 숨는다. 그러자 꽃게가 멈추고 먹이 활동을 계속한다. 모래밭 위로 문어 다리 두 개가 미끄러져 나오는가 싶더니 곧 불룩한 몸통이 나오고 방사형으로 뻗은 나머지 다리들도 드러난다. 물밑이 흐리멍덩해진 사이 문어는 꽃게를 잡아채 돌틈으로 사라진다. 아미는 지난해에도 이 비극적인 장면을 여러 번 목격했다. 아미는 문어와 문어의 상처 난 살갗이 꼭 자기 모습 같다. 다리 하나는 다른 다리들보다

짧다. 아마도 운 좋게 도망치다가 그렇게 됐을 것이다. 그러나 아미의 절룩거리는 다리와 달리 그 다리는 저절로 나을 것이며 아무 일도 없었던 것처럼 다시 멀쩡해질 것이다.

돌틈 가까이 성게 여러 마리가 옹기종기 모여 있다. 아미가 돌바닥에서 성게를 뜯어 낸다. 문어는 아미를 감지하고 먹물 구름을 뿜는다. 돌틈은 물 밑 연기에 휩싸인다. 팔을 휘저어 연기를 흩어 놓던 아미의 손가락에 순간 부드럽고 말랑한 살이 닿는다. 아미는 기겁하며 손을 가슴으로 가져가더니 위로 솟구치며 수면으로 헤엄친다. 문어가 흐릿한 수평선 방향으로 도망치는 모습이 보인다.

아미가 숨을 고르는데 나무라는 조순이의 목소리가 들린다.

"다음에는 칼로 확 찔러 버려. 그 문어, 이씨한테 갖다 주면 값도 잘 쳐줄 텐데 왜 매번 놓아 주고 난리야. 아깝게."

여자들은 물질을 하는 동안 서로를 지켜본다. 누군가에게 문제가 생길 수도 있으므로 가까이서 물질하는 동료를 살피는 훈련이 되어 있다. 해녀에게 물숨은 죽음의 다른 말이고 올해만 벌써 두 사람이 목숨을 잃었다. 그래도 아미는 누가 저를 너무 가까이 살피지 않았으면 했다. 숨이 허락하는 것보다 더 오래 물 밑에 있고 싶은 마음은 없다. 조순이는 아미의 자리를 차지하려고 기다리고 있는지도 모른다. 아미의 물질 구역을 빼앗고 마침내 늙은 문어의 숨을 끊어 놓으려는지도 모른다.

"냅둬."

진희가 엄한 목소리로 말한다. 조순이는 어깨를 으쓱하더니 우아한 앞구르기와 함께 마치 한 마리 바다사자처럼 물속으로 들어간다.

"네가 지보다 숨을 더 오래 참으니까 샘이 나서 저러는 거 알지?"

진희가 코로 물을 뿜으며 말한다.

"너도 그렇게 생각했니?"

아미가 말한다.

"전혀 아니네."

아니라는 듯 고개를 뒤로 젖히던 진희가 괜스레 초록 망사리를 만지작거리자 안에 든 조개들이 덜그럭거린다.

"괜찮네. 나도 말도 안 되는 거 알지만 그래도 그 문어는 도저히 못 잡겠어. 오랜 친구 같단 말이지."

"오랜 친구?"

진희가 웃다가 바닷물을 삼키고 캑캑거린다. 그리고 고개를 절레절레 흔들며 아미에게 물을 튀긴다. 두 사람은 이내 함께 물속으로 들어가 뒤지기를 계속한다.

망사리를 반의 반밖에 못 채웠지만 아미는 물 밖으로 나와 지친 허파를 쉬게 한다. 오늘따라 가슴이 답답하고 평소처럼 헤엄칠 수가 없다. 머릿속도 흐릿하다. 진희가 옆에서 올라온다.

"괜찮아?"

아미가 하늘을 살피다 떠오르는 태양을 바라본다. 태양은 수평선 위로 올라와 있다. 곧 중천에 뜰 테고 바다는 깨어날 것이다. 어부들은 모터를 단 고깃배를 타고 그물을 치며 바다를 점령할 것이다. 머릿속을 울리던 목소리가 싹 사라졌다. 들리는 소리라고는 테왁에 부딪히는 물결 소리, 아침 하늘을 맴돌며

깍깍대는 바닷새 울음, 그리고 물 위로 올라온 동료들이 허파에 남은 숨을 털어내는 짧은 휘파람 같은 숨비소리뿐이다. 아미가 고개를 돌려 진희와 눈을 맞춘다.

"벌써 가려고?"

진희가 묻는다.

"그래, 시간이 됐네. 내 것도 장에다 좀 가져가 줘."

"그럼. 잘 다녀와라."

진희가 간단한 손짓으로 작별 인사를 한다.

고개를 끄덕인 아미는 물가로 헤엄을 친다. 미끄러지듯 물속을 움직이며 엄마가 준 선물을 즐긴다. 처음 물질을 배운 뒤로 천 년은 흐른 듯하다. 떠올릴수록 아프기만 한 과거의 기억을 아미는 밀어낸다. 물가에 닿자 오두막으로 올라가는 고생스러운 길이 시작된다. 땅에서는 무거운 살갗이 가느다란 뼈대 위로 축축 처진다. 돌부리에 걸려 넘어질 뻔한 아미는 균형을 되찾기 위해 잠시 쉬어 간다.

엷은 구름이 밀려와 다시 사방을 잿빛으로 만든다. 아미는 갑자기 십 년은 늙은 것 같다. 한 발짝 내디딜 때마다 머뭇거린다. 왼쪽 다리가 따라오는 데 시간이 걸리기 때문이다. 발 디딜 곳을 찾아 해변을 살피며 아미는 자신이 바다 밑을 기어가는 꽃게 같다고 생각한다. 한 발짝 한 발짝 조심조심, 천천히 아미는 바위 사이로 발을 짚는다. 눈 깜짝할 사이에 무슨 일이든 벌어질 수 있다는 사실을 아미는 너무도 잘 알고 있었다. 꽃게는 운이 없었지만 아미는 오늘 늙은 문어에게 붙잡히지 않을 것이다. 가야 할 곳이 있고 빈둥댈 시간은 없다.

하나

1943년 여름, 제주도

일본군에 떠밀려 들어간 트럭 짐칸에는 하나 말고도 여자가 넷이나 있다. 둘은 얼굴에 상처가 나 있다. 저항했던 모양이다. 달리는 차 속에서 이들은 충격과 두려움에 말이 없다. 하나는 혹시나 장터에서 마주친 얼굴이 있나 싶어 살펴본다. 그 중두 아이는 하나보다 한두 살쯤 많아 보이고 훨씬 더 많아 보이는 여자도 있다. 하나보다 어린 아이도 있다. 동생의 모습을 떠올린 하나는 생각의 끈을 놓지 않는다. 저 아이가 이 차에 타고 있는 이유는 지켜줄 언니가 없었기 때문이야. 하나는 아이를 마음으로나마 다독이고 싶지만 아이의 볼에는 하염없는 눈물이 흐른다. 하지만 하나는 눈곱만큼도 울 생각이 없다. 군인들에게 두려워하는 모습을 보여 주고 싶지 않았다.

해가 처마 아래로 떨어질 무렵에야 트럭이 경찰서에 다다른다. 경찰서를 보자 몇몇 아이들의 눈이 반짝인다. 하나는 가늘게 뜬 눈으로 작은 경찰서 건물을 살핀다. 그 안에 무엇이 있든 어떤 것도 이들을 구하지 못할 것이다.

4년 전 하나의 삼촌은 천황의 군대에 징집되어, 중국과 싸우는 전쟁터로 보내졌다. 그때 경찰서로 소집이 되었다. 조선 사람이 공직에 있는 경우는 드물어서, 동포를 배신하고 일본 정부에 충성하는 친일파이기가 쉬웠다. 그런 그들이 삼촌을 싸움터로 내몰아 혐오하는 나라를 위해 싸우게 만들었다.

"우릴 다 굶어 죽일 수 없으니까 전쟁터에서 죽일 속셈이라구요. 죽으라고 보내는 거라구요. 내 말 들어요? 당신 동생 죽는다구요!"

엄마는 삼촌이 중국으로 싸우러 간다는 소식을 듣고 아버지에게 이렇게 언성을 높였다.

"걱정 마세요, 형수님. 제 몸은 제가 책임진다니까요."

삼촌이 하나의 머리를 쓰다듬으며 말했다. 그러곤 아미의 볼을 꼬집으며 웃었다.

엄마는 고개를 절레절레 흔들었다. 끓는 주전자에서 뿜어져 나오는 증기처럼, 노여움이 엄마의 양 어깨에서 펄펄 솟아오르는 듯했다.

"어떻게 책임을 져요. 도련님은 아직 어른도 안 됐어요. 장가도 안 갔고 애도 없어요. 우릴 깡그리 없애려고 이 전쟁을 하는 거예요. 이 나라에 조선 사람은 하나도 남지 않을 거라구요."

"그만하오."

아버지의 작고 단호한 목소리가 찬물을 끼얹은 듯했다. 아버지는 하나와 동생을 뚫어져라 바라보았다. 한바탕 더 퍼부을 것처럼 아버지와 마주 선 엄마는 아버지의 시선을 따라가다 얼굴을 구기며 주저앉았다. 이내 두 팔로 어깨를 감싸고 무릎을 꿇고 앞뒤로 연신 몸을 흔들었다.

하나는 엄마의 이런 행동을 처음 보았다. 엄마는 언제나 강인하고 확신에 차 있었다. 단단하다는 말이 어울릴 법한 사람이었다. 겉은 부드러웠지만 아무리 높은 파도의 내리침에도 견딜 수 있는 단단함, 깰 수 없는 바위처럼. 그러나 그날 엄마는 상처받기 쉬운 소녀 같았다. 덜컥 겁이 난 하나는 동생의 손을 찾아 붙잡았다.

아버지는 엄마의 곁으로 가 팔로 감쌌다. 아버지와 함께 몸을 흔들던 엄마는 마침내 아버지를 바라보았다. 엄마의 입에서 하나가 결코 잊지 못할 말이 흘러나왔다.

"도련님이 가면 그 다음은 누구 차례겠어요."

삼촌은 당당하게 경찰서로 갔다. 어깨에 멘 가방에는 엄마가 정성스레 준비한 여벌 옷과 먹을거리가 들어 있었다. 용감한 얼굴을 하고 전쟁터로 떠난 삼촌은 6개월 후 전방에서 전사했다.

하나는 삼촌의 앳된 얼굴을 떠올린다. 삼촌은 열아홉에 세상을 떠났다. 당시 열두 살이던 하나에게 삼촌은 나이가 아주 많아 보였다. 삼촌은 하나보다 키가 훨씬 컸고 목소리도 꽤 굵었기 때문에 하나에겐 다 큰 어른처럼 여겨졌다. 돌이켜보면 삼촌은 죽기에는 너무 어렸다. 삼촌은 겁에 질려 있었을 것이다. 지금의 하나처럼. 공포는 막연하지 않다. 공포는 전기 충격과도 같이 팔다리 속에서 고동치는 명백한 고통이다. 캄캄한 미래에 대한 공포. 부모를 다시 볼 수 없을지 모른다는 공포. 동생이 바다에 홀로 남겨질지 모른다는 공포. 타향에서 죽을 수 있다는 공포. 일본군이 삼촌의 일본도를 고향집으로 보내 왔을 때 아버지는 그것을 바다로 던져 버렸다.

바로 그 경찰서 앞에 선 트럭에 하나가 앉아 있다. 삼촌이 끌려갔을 때 엄마가 왜 그토록 낙담했는지 이제는 알 것 같다. 하나가 천황의 전쟁에 끌려갈 차례가 된 이번에도 엄마는 방바닥에 주저앉아 하릴없이 몸을 흔들고 있을까. 하나는 생각조차하기 싫었다.

"내려."

한 군인이 짐칸의 뒷판을 열면서 명령한다. 그러고는 소녀들을 한 줄로 세워 경찰서로 데리고 들어간다. 하나는 맨 앞에도, 맨 뒤에도 서지 않으려고 애쓴다. 떼 지어 다니는 물고기들의 경우처럼 한가운데가 포식자들로부터 가장 안전하기를 바란다. 경찰서는 조용하다. 하나는 몸이 떨리는 것을 어쩔 수가 없다. 머리채는 여전히 바닷물에 젖어 있고 물옷은 몸을 그다지 가려 주지 않는다. 하나는 두 팔을 감싸안고 추위에 이가 딱딱 맞부딪치지 않도록 애를 쓴다. 소리내지 않으려고 애를 쓴다. 아예 투명해지려고 한다.

접수대에 앉은 순사가 여자아이들을 살피더니 상관으로 보이는 군인에게 고개를 끄덕인다. 그러나 그는 일본인이 아니라 조선인이다. 배신자인 친일파 순사가 소녀들을 도와줄 리는 없다. 아이들의 눈에서 마지막 희망의 불꽃이 사그라지고 다들 새로 왁스칠을 한 바닥의 줄무늬만 멍하니 내려다본다. 접수대의 순사는 아이들에게 이름과 성, 나이와 부모의 직업을 장부에 적으라고 말한다. 하나는 모리모토에게 식구들이 죽었다고이미 거짓말을 했기 때문에 계속 거짓말을 해야 할지 어쩔지몰라 잠시 머뭇거린다.

접수대의 순사는 하나가 누군지 모르겠지만, 아버지의 일본식 성씨인 하리모토를 적는다면 알아볼 수도 있다. 원래 하나의 엄마는 김씨였고, 아버지는 장씨였다. 하나 앞에 선 두 소녀는 군인들에게 잘 보일 요량으로 고분고분한 황국의 신민답게일본식 이름을 썼다. 하지만 하나는 그런 작전을 쓰기에는 이미 늦었음을 깨닫는다. 그래서 부모님의 성씨를 합쳐서 이름을꾸며 낸다. 김장하. 가짜 이름을 쓰면 식구들이 살아 있다는 사실을 숨기고 동생을 지킬 수 있을지 모른다. 어쩌면 부모님이장부에 남아 있는 '김장하' 글씨를 보고서 하나가 이곳을 거쳐갔음을 알아차릴 수도 있다. 이 마지막 바람이 하나에게 버틸힘을 주었다.

이름을 적은 뒤 소녀들은 작은 사무실로 들어간다. 초라한연갈색 벽은 자원 입대를 독려하는 선전물로 도배되어 있다.해녀와 어부들이 그날 잡은 것을 마을 사람들에게, 또는 일본군에게 팔기 위해 나가는 장터에도 비슷한 선전물이 나붙었다.선전물 속 사람들은 죄다 일본인의 표정으로 눈을 반짝이며 웃고 있다. 하나는 늘 이런 그림이 싫었다. 군인들이 물건을 사러올 때마다 장터 사람들이 짓곤 하는 가식적인 표정과 닮았기때문이다.

하나가 아는 어른 중에 그런 가식적인 표정을 짓지 못하는 유일한 사람은 바로 아버지였다. 아버지의 얼굴은 삼촌의 억울한 죽음에서 오는 분노를 거르지 않고 있는 그대로 뿜어 냈다. 군인들은 아버지 가게에 와서 총끝으로 해산물을 뒤적이다가도 아버지와 눈이 마주치면 갑자기 산만해진다. 손을 떨기 시작하다가 이내 말없이, 혼란스러워하며 자리를 떠 버리곤 한다.

하나는 이런 장면을 여러 번 목격했고 그럴 때마다 일본군이 아버지의 눈에서 고통을 본 것인지, 아니면 훨씬 더 불길한 어떤 것을 본 것인지 궁금했다. 그도 아니라면 아버지의 눈에 비친 각자의 모습에서 곧 닥칠 죽음을 예감한 것일까? 하나는 홀린 듯 줄행랑치는 군인들을 보는 게 재밌었다.

소녀들은 선전물 속 충성스러운 황국 신민들의 가식적인 표정에 둘러싸여 있었다. 소녀들과 나란히 선 하나는 여과 없이 분노가 스미는 표정을 지으려고 애쓴다. 하나에게도 아버지 같은 힘이 있을지 모른다. 어떤 군인이라도 자신의 두 눈 속에 타오르는 불꽃을 보고 줄행랑을 치게 만들고 싶다. 그런 생각에 이르자 작은 희망이 생긴다.

"이거 입어. 빨리."

한 군인이 외친다. 군인은 소녀들에게 연갈색 원피스, 스타킹, 흰 속바지와 무명 브래지어를 하나씩 준다. 원피스는 모양이 조금씩 다르지만 다 같은 원단으로 되어 있다.

"이건 뭘까?"

한 아이가 군인들의 눈치를 보며 일본말로 속삭인다.

"제복인가 봐."

다른 소녀가 대답한다.

"우릴 어디로 데려가는 걸까요?"

동생만큼 어려 보이는 소녀가 겁에 질린 목소리로 묻는다.

"여성애국병참부대라는 거야. 지원자를 모집하고 있다고 선생님이 그랬어."

하나 옆에 있던 아이가 말한다. 자신 있게 말하는 것 같아도 긴장된 티가 역력하다.

"지원해서 뭘 하는데?"

하나가 마침내 묻는다. 목이 타들어 가고 목소리는 갈라진다.

"입 다물엇!"

한 군인이 문을 두드리며 외친다.

"2분 남았다."

소녀들은 재빨리 옷을 갈아입고 방 저편에 줄을 선다. 문이 열리자 소녀들은 움찔한다. 모리모토가 들어와 하나를 아래위로 훑더니 곧 다른 여자아이들을 살펴본다. 그는 하나를 이곳으로 데려온 자다. 그리고 하나를 떠나보낼 자다. 하나는 고향으로 되돌아갈 때 누굴 탓해야 할지 기억하기 위해 모리모토의 얼굴을 찬찬히 뜯어본다.

"좋아. 아주 좋아. 이제 가서 발에 맞는 신발을 찾아. 그리고 다시 짐칸에 탄다."

모리모토는 소녀들에게 방에서 나가라는 손짓을 한다. 그러나 하나가 지나가려는 찰나 팔을 붙잡는다.

"이 옷을 입으니 훨씬 더 어려 보이네. 몇 살이냐?"

"열여섯."

하나는 모리모토의 손아귀를 벗어나려고 몸을 비틀었다. 그럴수록 모리모토의 손가락은 하나의 살갗을 더 깊이 파고든다. 갑작스러운 고통에 다리가 풀려 버릴 것 같았지만 하나는 어떤 소리도 내지 않는다.

입을 열지 않으려고 애쓰는 하나를 보며 모리모토는 하나의 대답을 곰곰이 생각하는 듯하다. 하나가 눈을 내리깔자 모리모토는 하나의 턱을 붙잡고 억지로 눈을 맞춘다. 그러고는 마치 영원히 채울 수 없는 갈증을 채우려는 듯 눈빛으로 하나를 잡아먹을 것처럼 한다.

"이년은 내 옆자리다."

모리모토가 손을 놓으며 말한다.

사무실 바깥에 서 있던 군인이 모리모토에게 경례를 붙이고 하나를 볼품없는 신발이 있는 곳으로 데려간다. 벽에 기대어 있던 한 노인은 하나가 지나가자 고개를 돌려 외면한다. 하나는 순간 노인의 비겁함을 저주하면서도 이내 그가 느낄 공포를 이해하고 용서한다. 누구에게나 두려운 것은 매한가지다. 일본군은 조선인 머리를 군화로 으깨도 된다. 처벌을 요구하는 가족이 있다면 집을 깡그리 불태워 버리거나 쥐도 새도 모르게 사라지게 할 수도 있다.

찬바람이 바깥에 선 소녀들을 휘감는다. 신들이 초여름 밤인 줄도 모르고 고독하고 쌀쌀한 바람을 보낸 것 같다. 소녀들은 정말로 집을 떠나게 되었다는 것을 깨닫는다. 시동을 켠 채 서 있는 트럭의 엔진 소리에 소녀들의 흐느낌이 묻힌다. 하나는 소녀들과 떨어지는 게 무섭다. 군인이 하나를 트럭 앞 칸으로 데리고 가려고 하자 하나는 저항한다. 짐칸에 올라타는 마지막

아이 뒤를 따르려고 한다.

"넌 아니야. 넌 저기야."

군인이 조수석 문을 가리키며 말한다.

다른 소녀들의 시선이 하나에게 쏠린다. 공포와 절망이 뒤섞인 표정들이다. 개중에는 열린 차문으로 향하는 하나를 보며 안도의 표정을 짓는 것도 같다. 내가 아니라는 안도감.

하나는 운전기사 옆에 앉는다. 트럭 안도 따뜻하지 않기는 마찬가지이다. 기사는 하나를 흘끔 본 뒤 이내 앞유리로 고개를 돌린다. 모리모토가 하나의 옆자리에 탄다. 담배와 술 냄새가 난다.

차는 고요 속에서 밤새 달린다. 하나는 양 옆의 어느 군인에게도 눈을 돌리고 싶지 않다. 바위처럼 꼿꼿이 앉아 관심을 끌지 않으려고 애쓴다. 군인들도 말을 걸지 않고 서로 이야기하지도 않는다. 그들도 무표정한 얼굴로 앞유리를 내다보는 쪽을 선호하는 듯하다. 바다에서 멀어지면서 한라산이 희미한 어둠으로 다가왔다가 다시 사라지고 트럭은 어느새 섬 저편에 다다른다. 기사는 창문을 내리고 담배에 불을 붙인다. 바다 냄새가 몰려 들어온다. 하나가 바다 내음을 들이마시며 기운을 차리는 동안 트럭은 구불구불 좁은 길을 따라 해안가로 내려간다. 제주도와 한반도의 최남단을 잇는 해협이 있는 곳이다. 갑자기 속이 울렁거린다. 하나는 참아 보려고 배를 움켜쥔다.

저 아래 바위투성이 해안이 보이고 항구에는 여객선이 닻을 내린 채 기다리고 있다. 처음 보는 군인들이 서류철을 들고서 도착한 소녀들을 기록하더니, 곧 항구 옆 엉성한 울타리 안에 웅크린 다른 여자아이들과 섞는다. 바닷새는 땅 위에서 무슨 일이 일어나고 있는지 아무것도 모른다는 듯이 머리 위로 솟구친다. 하나는 날개를 달고 바닷새를 따라 날고 싶다. 점점 늘어나는 젊은 여자와 소녀의 무리를 향해 군인 하나가 명령을 외치자 모두 여객선으로 향한다. 누구도 입을 열지 않는다.

배와 연결된 다리로 향하는 계단을 오르던 하나는 문득 두 발을 내려다본다. 한 걸음 뗄 때마다 고향과 멀어진다. 하나는 태어나서 한 번도 섬을 떠나 본 적이 없다. 다른 나라로 끌려간다는 사실이 두려움에 사로잡히게 한다. 두 발이 얼어붙어 한 발짝도 움직이려고 하지 않는다. 이 배에 오르면 가족을 다시는 보지 못할 수도 있다.

"계속 움직여!"

한 군인이 외친다.

뒤에 있던 소녀가 하나를 꾹 누른다. 방법이 없다. 하나는 발을 내디디며 소리 없이 작별 인사를 한다. 먼저 동생에게. 가장 보고 싶겠지만, 무엇이 됐든 지금 하나 앞에 놓인 운명으로부터 지켜낼 수 있어서 다행이다. 그리고 엄마에게. 하나는 엄마가 계속 별일 없이 물질을 할 수 있기를 빈다. 마지막으로 아버지에게. 하나는 아버지가 바다에서 용기를 잃지 않기를 빈다. 또한 그러한 용기로부터 아버지가 자신을 찾아주기를 소망해 본다. 아버지의 작은 고깃배가 하나를 되찾아갈 일념으로 여객선을 뒤쫓는 모습을 상상한다. 상상조차 어려운 턱도 없는 바람이지만 그래도 희망을 가져 본다.

여객선의 갑판 아래에는 좁은 객실들이 늘어서 있다. 하나와 함께 트럭을 탔던 소녀들은 족히 서른 명쯤 되는 다른 아이들과 같은 객실에 배치된다. 다들 비슷한 옷을 입고 있고 얼굴에는 똑같은 공포가 어려 있다. 몇몇 소녀는 주머니에 넣어 온 얼마 안 되는 음식을 나누어 준다. 아이들을 불쌍히 여긴 몇몇 군인들이 뱃길에 먹으라고 준 것이다. 주먹밥 몇 개, 마른 오징어 약간. 더러는 배 한 개를 받은 아이도 있었다. 그러나 다들 입맛이 없는 터라 그저 음식만 나누며 위안을 얻는다. 하나는 스무 살은 되어 보이는 젊은 여자가 준 주먹밥을 받아든다.

"감사합니다."

하나는 딱딱해진 주먹밥을 야금야금 먹는다.

"넌 집이 어디니?"

여자가 묻는다. 하나는 대답하지 않는다. 얘기를 해도 되는지 아직 확신이 서지 않는다. 누굴 믿어야 할지 알 수가 없다.

"나는 한라산 남쪽 사람이야. 왜 여기 끌려왔는지는 나도 모르지만."

하나가 대답하지 않자 여자가 말한다.

"나는 결혼을 했고, 남편이 지금 중국놈들과 싸우러 갔다고 얘기했는데도 말이다. 난 돌아가서 그이 편지를 기다려야 돼. 내가 없으면 누가 그 편지를 받겠니? 내가 결혼을 했다고 말을 했는데도……."

여자는 이해를 구하는 눈빛이지만 하나는 도울 수가 없다. 어떤 것도 이해가 되지 않는다.

누군가의 목소리가 끼어든다.

"결혼했는데 왜 데려왔대요? 남편이 빚을 졌어요?"

유부녀의 주변으로 작은 무리가 형성된다.

"빚 같은 거 없어."

"몰래 빚을 냈을지 누가 알아."

다른 여자가 말한다.

"빚 없다잖아. 전쟁에 나갔대."

다른 목소리들도 저마다 생각을 말하고 질문은 곧 토론으로 변한다. 어린 축에 속하는 여자들은 토론에 끼어들지 않는다. 하나도 다른 여자들로부터 슬금슬금 멀어져 조용한 아이들 사이에서 평온을 찾는다. 아이들의 눈은 두려움에 질려 하나 같이 커다랗다. 나이가 제법 있는 여자들은 작은 방을 분노와 혼란으로 채운다.

"빚을 갚으러 끌려온 거면 쟤네들은 왜 왔어? 애들이잖아."

"부모가 빚을 졌겠지."

누군가가 대답한다.

"그래, 우리처럼 팔려 온 거야."

"아니에요."

하나는 분해서 떨리는 목소리로 말한다.

"엄마랑 나는 해녀예요. 우리는 빚 없어요. 빚을 진 게 있다면 바다에 졌지."

방 안이 조용해진다. 몇몇 여자들은 하나처럼 어린 여자아이가 그토록 당당한 어조로 말하는 것이 신통한 눈치다. 어린 아이들은 마치 하나의 기를 받으려는 듯 가까이 다가온다. 하나는 뒷벽에 기대고 앉아 두 팔로 상체를 감싸안는다. 다른 소녀 몇몇이 따라 앉는다. 침묵이 흐른다. 하나는 뭍에 가면 어떤 운

명이 기다리고 있을지 궁금하다. 군인들은 그들을 일본이나 전쟁이 벌어지고 있는 중국의 깊은 내륙으로 보낼 작정일까?

하나는 트럭에서 두 군인 사이에 앉아 있었던 순간을 떠올린다. 기사는 내내 하나가 옆에 없는 것처럼 굴었지만 모리모토는 하나의 모든 움직임을 의식하는 듯했다. 하나가 자세를 바로 잡으면 모리모토도 자세를 바로잡았다. 하나가 기침을 하면 모리모토의 팔이 움직이며 하나의 팔을 건드렸다. 모리모토의 몸, 심지어 숨소리까지도 하나와 연결된 듯했다. 하나는 마지막 한 방울의 인내력까지 동원해 모리모토를 바라보지 않으려고 애썼고 딱 한 번 실패했다.

그가 담배불을 붙였기 때문이다. 열기가 하나의 볼을 달궜다. 하나는 불에 데일까 두려워 고개를 돌렸고 모리모토와 눈이 마주쳤다. 모리모토는 하나를 바라보며 하나가 시선을 돌리기를 기다리고 있었던 것이다. 하나는 눈을 피하지 않고 모리모토의 얼굴을 뜯어보았다. 그는 허파를 가득 채우고 있던 담배 연기를 하나의 눈을 향해 내뿜었다. 하나는 기침을 하며 재빨리 고개를 돌렸다. 그러고는 앞유리창만 하염없이 바라보았다.

여객선은 천천히 해협으로 미끄러져 들었다. 거친 파도 때문에 하나의 속이 울렁거린다. 하나는 당장이라도 물 밑으로 들어가 고향을 향해 헤엄치고 싶었다. 겁에 질린 동생의 눈이 불현듯 머릿속을 스쳐간다. 하나는 눈을 감는다. 그래도 동생은 이 불확실한 여정에 오르지 않았다. 적어도 동생은 무사하다.

"우릴 일본으로 데려갈 작정일까?"

한 소녀가 묻는다.

눈을 뜬 하나는 다른 아이들의 시선을 느낀다. 기대에 찬 얼굴들을 보며 하나는 왜 자신에게 질문을 하는지 의아하다.

"나도 몰라."

하나가 미안한 듯 대답한다.

여객선의 움직임에 몸을 맡긴 아이들은 점점 더 작아지는 것처럼 보인다. 하나에게는 이들을 위로할 힘이 없다. 마을 사람들로부터 들은 이야기가 떠오른다. 한번 끌려간 여자아이들은 고향에 돌아오지 못한다. 딸을 잃고 슬퍼하는 부모들에게 감사 인사와 함께 일본도가 전달되는 일은 없다. 딸들은 그냥 사라진다. 소문만이 고향으로 돌아온다. 남아 있는 아이들에게 결코 들려줄 수 없는 소문만이.

정식으로 해녀가 되고 얼마 지나지 않았을 무렵, 하나는 장터에서 두 여자가 쉬쉬하며 나누는 이야기를 들었다. 섬 북쪽에서 발견된 마을 소녀에 관한 이야기였다.

"겁탈을…… 당해서 온갖 병에 걸린 것도 모자라 정신이 확 나가 버렸대."

여자의 말에 하나의 귀가 쫑긋 섰다. 그 말이 무슨 뜻인지 알지 못했던 하나는 여자의 설명을 기다리며 귀를 기울였다.

"그 집 양반이 딸을 집에 가뒀어. 아주 정신을 못 차린단다, 짐승처럼."

듣고 있던 다른 여자는 안타까운 듯 고개를 절레절레 흔들며 눈을 내리깔았다.

"아픈 건 어떻게 낫는다고 해도 그걸 누가 데려가나 이제. 딱한 것."

"딱하지. 그 집 양반도 딱해. 얼굴도 못 들고 다니고 제명에 못 죽지."

"얼마나 무거운 짐이겠어, 그것이."

여자들은 마치 그 아버지가 거기 있는 것처럼 아버지를 위로했고 하나는 도대체 무엇이 여자를 정신 나가게 만들고 아버지를 제명에 못 죽게 하는지 궁금했다. 그날 밤, 하나는 엄마에게 물었다.

"너 그 말 어디서 들었니?"

엄마는 마치 하나가 심각한 잘못을 한 듯 흥분해서 되물었다.

"장에서. 아줌마들이 얘기하더라구. 군인들이 어떤 애를 끌고 가서 그렇게 했다구."

엄마가 한숨을 쉬더니 등을 돌리고 앉아 바느질을 계속했다. 두 사람은 말없이 그대로 앉아 있었다. 하나의 엄마는 하나의 찢어진 물옷을 깁고 있었다. 엄마의 바늘이 재빠르게 물옷에 들어갔다 나왔다 하는 모습을 하나는 넋을 놓고 지켜보았다. 엄마는 손으로 하는 일이면 무엇이든 완벽하고 정확하게 했다. 물질, 바느질, 요리, 청소, 수리, 마당일 가릴 것 없이 야무지게 해냈다.

"엄마도 무슨 뜻인지 몰라?"

하나가 으쓱했다. 이렇게 하면 엄마가 불끈해서 대답을 주리라는 것을 알고 있었기 때문이다.

"한 번 말하면 다시 주워 담을 수는 없는 거라서 그래. 너 정말로 듣고 싶어?"

엄마는 하던 일에서 눈을 떼지 않았고 하나의 질문은 먹구름처럼 두 사람 사이에 걸려 있었다.

하나는 알고 싶었다. 알 자격이 있었다. 하나도 이제 어엿한 해녀였다. 그러므로 다른 해녀들과 마찬가지로 매일 폭풍과 상어, 익사의 위험과 마주해야 했다. 목숨을 걸고 일할 수 있다는 건 이미 어른이나 다름없다는 뜻이었다. 몸도 마음도 성장해서 이웃에 사는 남자아이들 몇몇은 물가에서 하나가 지나가는 걸 보면 결혼 어쩌고저쩌고 다 들리게 지껄이곤 했다.

개중 한 명은 나머지에 비해 좀 더 관심이 갔다. 가장 키가 컸고 피부도 제일 까맸지만 눈동자는 가장 밝고 웃음도 누구보다 환했다. 제일 똑똑한 것 같기도 했다. 동무들처럼 하나에게 소리를 질러 대거나 하지 않았기 때문이다. 대신 엄마 가게에 나타나 물건을 사면서 엄마는 물론 하나와도 이야기를 나누었다. 그 아이의 아버지는 본래 학교 선생님이었지만 학교에 일본 교사들이 들어오면서 어부가 되었다. 여동생이 둘이었던 그 아이에게는 어린 여자아이들과 잘 어울릴 줄 아는 각시가 필요했다. 하나는 그 아이의 이름은 몰랐지만 곧 알게 될 터였다. 아버지가 계실 때 아이가 들러 물어볼 수도 있었다. 어른들끼리 정혼을 할 수도 있을 터였다.

"응. 알고 싶어."

하나가 엄마에게 말했다.

"알았어. 그럼 알려 줄게."

엄마는 감정이 조금도 섞이지 않은 목소리로 말을 이었다.

"겁탈은 남자가 강제로 여자랑 잠자리를 하는 거야."

하나는 얼굴이 빨개졌고 엄마는 계속했다.

"그렇지만 군인들의 겁탈은 한 번으로 끝나지 않아. 군인들이 끌고 간 그 아이는 수없이 많은 군인들과 잠자리를 강요당했어."

"왜 그런 짓을 해?"

하나는 얼굴이 새빨개졌음에도 가까스로 물었다.

"일본군은 그렇게 하면 전투에서 이길 거라고 믿는 거야. 전쟁에서 승리할 수 있다고. 고향에서 아무리 멀리 떨어진 곳에서도 기력을 충전하고 재미를 볼 자격이 있다고 생각한댄다. 천황을 위해 전방에서 목숨을 거는 대가라고. 그걸 철석같이 믿어 우리 소녀들을 빼앗아 온 세상으로 보낸다는 거야. 고향으로 돌아온 그 아이는 차라리 운이 좋았던 거다."

말을 마친 엄마는 하나의 반응을 살폈다. 하나가 아무 말도 하지 않자 엄마는 일어나 물옷을 건네주었다. 엄마의 바늘땀은 완벽했다. 하나는 남자와 잠자리를 한다는 것이 무엇인지 알았다. 아니 어렴풋이 알고 있었다. 한 번도 본 적은 없었지만 하나가 잠들었다고 생각한 부모님이 그 일을 하는 소리를 밤에 들은 적은 있었다. 조용한 속삭임, 엄마가 웃음을 참는 소리, 아버지의 낮은 신음. 그러나 하나는 강제로 잠자리를 한다는 것이 어떤 의미인지는 이해하기 힘들었다. 그것도 한 명이 아닌 여러 명의 군인이 한 여자와 강제로 잠자리를 한다니. 엄마는 고향으로 돌아온 아이가 차라리 운이 좋았다고 했다. 하나는 그 아이의 아버지가 제명에 죽지 못할 것이라고 한 여인들의 말은 전하지 않았다.

*

객실 문이 열리고 군인 두 명이 들어오더니 무리를 훑어 보며 무작위로 소녀 하나를 붙잡는다. 소녀가 작은 비명을 내지르자 군인이 소녀를 후려친다. 갑작스러운 손찌검에 소녀는 조용해진다. 다른 한 군인은 계속해서 무리를 살핀다.

"해녀, 이리 나와."

그가 말한다.

"모리모토 하사님이 부르신다."

목소리를 듣고 보니 트럭을 운전했던 그 군인이다. 그러나 하나는 꼼짝하지 않는다.

"서둘러. 호출이다."

분위기가 무겁게 내려앉는다. 소녀들의 눈은 어김없이 하나가 있는 곳으로 움직이며 하나의 위치를 드러낸다. 조금이라도 움직이면 정체가 드러날까 두려운 나머지 하나는 움직이지 않으려고 용을 쓴다. 온몸이 작은 떨림들로 휘청인다. 군인은 자신의 시야에 잡혀 떨고 있는 하나를 곧 알아볼 것이다.

"여긴 해녀 없어요. 이 방이 아닌 것 같아요."

객실 저편에서 누군가 소리 높여 말한다.

다른 소녀들도 웅성웅성 동의하는 목소리를 내지만 군인은 이내 하나 쪽으로 눈길을 돌린다.

"아니야, 거기, 너, 이리 와. 내가 알지. 네가 그 해녀잖아. 가자."

군인은 한 손을 허리춤에 찬 권총에 얹고 말한다.

"더 이상 내 시간 낭비하지 마라."

하나는 군인에게 복종하지 않을 도리가 없다. 자리에서 일어난 하나는 마음을 다독여 주었던 소녀들을 남기고 군인에게 다가간다. 군인은 하나의 팔목을 잡고 마치 총살을 앞둔 죄수처럼 끌고 간다. 여객선의 좁은 복도는 배 밑바닥 아래, 넘실대는 세찬 파도에 기우뚱거린다. 하나는 붙잡히지 않은 손으로 벽을 짚고 균형을 잡는다.

"여기다."

군인이 철문을 열면서 말한다.

하나가 안으로 들어가자 뒤로 문이 닫힌다. 철컥 소리가 방 안을 채운다. 하나는 모리모토 하사와 마주 서 있음을 깨닫는다. 아무 말도 하지 않았지만 모리모토의 눈길이 닿는 하나의 두 팔에는 소름이 돋는다. 하나가 뒷걸음질을 친다.

"침대에 누워."

그가 벽에 고정된 간이침대를 가리키며 명령한다.

뒷걸음질을 치던 하나를 철문이 막아선다. 등 뒤의 손이 문고리를 찾아 더듬거린다.

"그 문밖에는 보초가 두 명이나 서 있지."

모리모토가 말한다. 새로운 상황이 아니라 마치 반복적인 일과의 연속인 것처럼 침착하게 말한다. 하지만 그런 표정 뒤에는 어김없이 욕망이 도사리고 있다. 그의 이마가 땀방울로 번들거린다.

하나는 고개를 돌려 철문에 난 현창을 내다본다. 허풍이 아니었다. 문의 양쪽에 보초가 서 있다. 시야의 양측 가장자리로 보초들의 어깨가 보인다. 하나는 다시 모리모토를 향해 선다.

"침대에 누워."

모리모토가 재차 명령하며 옆으로 비켜선다. 하나가 지나갈 자리를 만들어 주는 것이다. 하나는 망설인다. 그는 손수건으로 이마의 땀을 닦고는 초조한 듯 바지 주머니에 쑤셔 넣는다.

"같은 말 다시 하게 만들면 밖에 있는 녀석들까지 들어와 함께 할 거야. 그러면 너는 필요 이상으로 불쾌하겠지. 그보다 나는 널 혼자 갖는 편이 좋아."

그는 침착하게 지시를 내리는 듯 보이지만 하나는 그의 태도의 이면에서 또 다른 무언가를 감지한다. 마치 깊은 바닷속 먹이를 잡아채기 직전의 상어 같다. 일격을 날리기 전 아래에서 배회하는 상어.

군인 두어 명이 작은 객실을 가득 채우는 상상을 한 하나는 덜컥 겁이 났다. 명령대로 몸을 움직인다. 하나가 침대 위에 태아처럼 웅크리고 눕자 모리모토가 웃음을 터뜨리며 허리띠를 풀기 시작한다. 하나는 눈을 감는다. 가죽 띠가 천천히 고리에서 미끄러져 나온다. 그가 간이침대로 다가오자 하나의 뒷목에 난 머릿털이 곤두선다. 하나는 눈을 뜨고 싶은 마음을 짓누른다. 그럴수록 질끈 눈을 감는다. 모리모토의 손길에 하나가 소스라친다. 그의 손가락이 하나의 얼굴을 가린 머리카락을 치우고 볼을 어루만진다. 이제 모리모토의 입 냄새까지 느껴진다. 그가 침대 옆에 무릎을 꿇고 앉아 있다. 손이 하나의 목과 어깨, 허리를 지나 무릎에 이르러 멈춘다. 하나가 눈을 뜬다.

모리모토가 하나의 얼굴을 쳐다보고 있다. 하나는 그의 표정을 읽을 수가 없다. 얼굴이 상기된 듯하다. 하나는 끔찍한 일이 벌어질 것을 예상하며 그를 마주 본다. 모리모토는 히죽 웃지만 눈은 텅 비어 있다. 하나는 그가 치맛자락을 들어 올리려는 찰나 움찔하며 간신히 속삭인다.

"제발 하지 마세요."

그러나 힘겹게 내뱉은 말들이 맥없이 떨어질 뿐, 모리모토는 멈추지 않는다.

"걱정하지 마. 항구로 오는 길에 우리 친해졌잖아. 나는 네가 마음에 들었어. 아주 많이."

모리모토의 손길을 피해 몸을 움츠리지만 허벅지를 잡고 얼마나 세게 누르는지 비명이 나온다.

"자꾸 그러면 이 옷 찢어 버린다. 그러면 벌거벗고 만주까지 가야 할 거다. 군인들이 득실대는 배에서 몇 날 며칠을 벌거벗고 다니면 좋겠냐? 네 예쁜 몸을 가릴 옷 한 벌 없이?"

모리모토의 눈빛은 하나에게 대답을 해보라고 말하고 있다. 더 이상 움찔거리지 않지만 몸이 벌벌 떨리는 것은 어쩔 수 없다. 만주. 놈은 나를 만주로 데려가려 한다. 만주는 세상 끝이나 다름없다. 하나가 생각한 것보다 훨씬 더 먼 타향이다.

"좋아."

모리모토의 손아귀 힘이 약해진다. 그는 천천히 하나의 치맛자락을 허리 위로 올린 다음 새 스타킹과 무명 속바지를 내린다. 그리고 그것들을 접어 간이침대 끝에 정갈하게 놓는다. 그 다음 자리에서 일어나 바지를 벗어 발목까지 내린다. 하나는 곧추선 그의 성기에서 눈을 뗄 수 없다.

"나한테 감사해야 될 거다. 다른 애들은 이런 식으로 길들여주는 사람이 없을 테니까. 대개 끔찍한 충격을 경험하게 되지. 적어도 이렇게 하면 너는 마음의 준비는 할 수 있잖니."

모리모토가 하나의 위로 올라간다. 하나는 눈을 감는다. 눈꺼풀 뒤의 어둠 속에서 그의 입김이 얼굴에 와 닿고 몸에는 그의 무게가 실린다. 모리모토는 곧 억지로 하나의 안으로 들어온다. 모리모토가 밀어붙일 때마다 하나의 천진함이 갈가리 찢겨 나간다. 발가락 사이에 칼을 쑤셔 넣는 듯한 고통이다. 그러나 그 고통은 발가락 사이가 아니라 하나의 심장, 하나의 마음 가까운 곳에서 느껴진다.

모리모토는 헐떡이며 힘을 쓰더니 곧 돼지처럼 킁킁거리며 신음한다. 하나는 그가 돼지와 다름없다고 생각한다. 뒷간 밑에 살면서 사람 똥을 먹는 제주 흑돼지. 그가 밀어붙일 때마다 몸의 한가운데가 타들어 가는 듯한 고통이 느껴지지만 하나는 그가 돼지라는 상상을 하면서 현실의 몸짓에 대해서는 떠올리지 않으려고 애쓴다. 그는 점점 더 빠르게 신음을 하다가 발작하듯 몸을 부르르 떤다. 그러고는 하나의 가슴을 압박하며 하나의 위로 몸을 축 늘어뜨린다. 하나의 몸은 딱딱한 침대 속으로 파고들다 못해 숨이 막힐 지경이다.

이윽고 모리모토가 일어서자 몸을 돌린 하나는 고통을 감싸려는 듯 둥글게 웅크린다. 모리모토가 다시 바지를 입고, 허리띠를 차고, 군화를 끄는 소리에 귀를 기울인다.

"피 난다."

모리모토의 말이다. 하나가 몸을 돌려 그를 본다. 그가 하나의 다리 사이를 가리킨다. 하나는 몸을 반대로 누이고 침대보에 묻은 작은 핏자국을 본다. 뒷목에 소름이 돋는다. 죽을지도 모른다는 생각이 머릿속을 스치고 지나간다. 하나가 무릎을 꼭 쥐고 놓지 않는다. 그가 하나를 보고 웃는다.

"내가 바랐던 대로야. 넌 이제 여자다."

모리모토는 진심으로 기쁜 듯한 표정을 짓는다.

"이제 닦고 다른 애들이 있던 곳으로 돌아가."

모리모토는 하나에게 손수건을 던지고는 방을 나간다. 손수건은 잠시 허공을 가르다 마치 부드러운 꽃잎처럼 하나의 배 위에 내려앉는다.

아미

2011년 12월, 제주도

 택시가 늦는다. 아미는 길가에 세워 둔 여행 가방에 걸터앉는다. 손에 김이 모락모락 나는 인삼차가 들려 있다. 차가 지나갈 때마다 뚫어져라 보지만 직장에 가는 사람들이나 아이들을 학교에 데려다주는 사람들의 자가용밖에 보이지 않는다. 몇몇은 지나가면서 손을 흔든다. 더러는 이유 없이 경적을 울리고 지나간다. 깜짝 놀란 아미가 분홍색 바지에 뜨거운 차를 흘린다. 아미는 허벅지의 화끈거림은 무시한 채 벙어리장갑을 낀 손으로 퍼져 가는 찻물 자국을 닦는다.

 아미는 1년에 딱 한 번 자식들을 보러 간다. 더 젊었을 적에는 두 번도 갔지만 그보다 더 많이 간 적은 없다. 아미는 자식들과 가깝지 않다. 직접 보기보다 마음으로 보기가 더 수월했다. 부친상을 치렀을 때를 제외하고 자식들은 좀처럼 제주에 오지 않는다. 남편의 상을 치를 때 장성한 자식들은 나고 자란 고향집으로 내려왔다. 엄마 옆에 어색하게 선 자식들은 그제야 아이처럼 엉엉 울었다. 아들보다는 딸이 더 울었다. 아이들은 사흘만 머물고 곧장 서울로 올라갔다. 검은 정장을 입은 어른 스러운 모습으로 돌아와 공항에서 작별 인사를 하던 아들과 딸 은 엄마와 눈을 마주치지 않는다. 아이들도 아미처럼 직접 보 기보다는 마음으로 보기가 더 수월하다고 생각했는지 모를 일 이다.

아미는 주로 배를 타고 이동한다. 직접 걸어갈 만한 위치에 버스 정거장이 있다. 버스를 타고서 뭍과 더 가까운 섬 반대편 의 항구로 가면 매일 부산으로 떠나는 배가 있다. 밤에 출항해 서 다음날 일찍 부산에 도착해 서울로 가는 무료 버스를 타면 된다. 그러나 이제 아미에게 배편은 무리다. 눈높이에서 바라 보는 고향의 풍경, 하염없이 지나가는 나무와 산을 지켜볼 힘 이 더는 없다. 뼈마디가 아프고 기억도 깜빡깜빡 한다. 이번에 는 비행기를 타는 수밖에 없다. 구름이 바깥 풍경을 가리지 않 기를 바랄 뿐이다.

가슴이 다시 답답해져 아미는 눈을 감는다. 기억은 잠시 지 워. 아미가 소리 없이 자신에게 주문한다. 거긴 그냥 공항이야. 한 번뿐이야. 한 번 갔다 오면 다시 가지 않아도 돼. 기억은 돌 아올 때 허락하면 된다. 아미는 통증이 풀어지길 바라며 손을 가슴에 갖다 댄다. 그러는 와중에도 아미는 과연 돌아올 수 있 을지 의문이다. 차 한 대가 완만하게 언덕진 길을 올라오고 아 미가 눈을 뜬다. 택시가 경적을 울리며 도착을 알리고 아미는 일어나 손을 흔든다.

"늦어서 죄송해요, 할머니."

기사가 허겁지겁 여행 가방을 실으러 다가오며 말한다.

"길이 미끄러워서 저 밑에서 사고가 났거든요. 공항 가는 길에도 거길 다시 지나야 해요."

아미가 시계를 본다.

"걱정 마세요. 시간은 충분해요."

기사가 가방을 트렁크에 넣으면서 말한다.

아미는 대답 없이 빈 찻잔을 손가방에 넣는다. 기사가 뒷문을 열어 아미의 승차를 도와주고 문을 닫은 뒤 종종걸음으로 운전석으로 가 앉는다. 급한 마음에 차를 너무 서둘러 돌린 나머지 택시는 하마터면 도랑에 옆으로 처박힐 뻔한다. 아미는 차문 쪽 손잡이를 꼭 쥐고서 처박힐 준비를 한다. 다행히 더 이상 미끄러지지 않고 차체가 요동치며 도로 위로 올라간다. 아미는 기사의 운전 실력에 대해 아무 말도 하지 않는다. 운전 실력이 형편없는 사람에게 운전 중에 말을 거는 짓은 현명하지 못하다.

사고 현장에 다다르자 여전히 수습 중이다. 사람들은 꽉 막힌 도로에서 운전을 하다 말고 사고 현장을 보려고 목을 길게 뺀다. 한 남자가 도로변에 서서 흐느끼고 있다. 남자가 몸서리를 치자 어깨에 두른 하늘색 담요의 가장자리도 연달아 불규칙하게 물결친다. 다 타 버린 현대 자동차 껍데기가 옆으로 누워 있다. 견인차가 사고차를 향해 천천히 후진을 한다. 잔디밭에 널브러져 있는 미키마우스 인형이 아미의 눈에 들어온다. 아미는 누렇게 마른 잔디 사이로 보이는 빨간 반바지에 시선이 닿자 눈길을 돌린다.

"보세요. 사고가 심하게 났어요. 제가 원래 잘 늦지 않는 사람이거든요."

택시 기사가 말한다.

기사의 시선이 하늘색 담요를 두른 남자에게서 떠나지 않는다. 차가 지나간 뒤에도 백미러를 통해 한참을 쳐다본다. 아미는 기사가 운전에 집중해 주기를 바란다. 비행기를 놓치고 싶지 않다.

기사는 백미러를 보다가 아미와 눈이 마주친 뒤에야 마침내 도로로 눈을 돌린다. 느린 차량 두 대를 추월하자 길이 트여 제법 속도가 난다. 그러나 풀숲에 힘없이 널브러진 인형, 울고 있던 남자의 어깨, 피에 물든 반바지를 기억에서 지울 수가 없다. 아미는 귀중한 무언가가 사라졌음을 뼛속 깊이 느낄 수 있다.

*

제주국제공항에서 아미는 카트에 가방을 싣고 대한항공이라고 적힌 간판을 따라간다. 딴 생각을 하지 않도록 정신을 바짝 차린다. 안내 표지에 온 신경을 집중한 채 티켓 카운터와 보안 검색대, 탑승구를 지난다. 마침내 서울행 비행기로 이어지는 좁은 통로로 들어선다.

비행기가 이륙한 뒤에야 아미는 마음을 놓는다. 아미는 서울에 있는 아들 딸을 만날 생각을 해본다. 아미가 지하철을 타고 딸네 집으로 간다고 해도 아들은 굳이 김포국제공항으로 마중을 나온다고 했다. 쇠고집이라 엄마 말은 듣지 않는다. 차를 빌려서 아미가 도착한 국내선 게이트 부근 승강장으로 마중 온다고 했다.

"그 연세에 혼자 지하철 타시면 안 돼요."

아미가 한소리 하자 아들이 말했다.

"아무리 늙어도 지하철에 30분도 못 앉아 가?"

"헷갈려서 길을 잃으실 수도 있어요."

아들의 말이었고 아미는 더 고집해 보아야 소용이 없음을 알았다.

기내 방송에서 서울까지는 한 시간이 좀 더 걸린다고 나온다. 곧 면세품 판매도 시작한다고 한다.

비행기를 타기 며칠 전 아미는 선물을 사기 위해 진희에게 시내로 좀 태워 달라고 부탁했다. 진희는 더 좋은 생각이 있었다.

"비행기 책자에 좋은 선물 많아. 시내로 가서 선물 살 필요 없어. 그냥 비행기 안에서 사. 그러면 기내에 가방을 가져갈 필요가 없잖아. 다리도 그런데."

진희가 아미의 불편한 다리를 가리키며 말했다.

"좋은 거 사야 돼. 허섭스레기 같은 거 말구."

아미가 못마땅하게 말했다.

"허섭스레기 아니야. 고급 향수니 화장품이니 다 살 수 있다니까! 그게 허섭스레기야?"

진희가 고개를 절레절레 흔들었다.

아미는 호출 버튼을 누르고 승무원이 주문을 받아 가기를 기다린다.

아들은 위스키를 좋아하니 아들에게 줄 잭다니엘 한 병을 산다. 초콜릿을 좋아하는 며느리와 손자를 위해서는 갖가지 맛이 섞인 트러플 두 상자를 고른다. 딸에게 줄 샤넬 넘버 파이브 향수도 큰 걸로 하나 산다. 진희에게는 비밀로 할 생각이다. 딸은 결혼을 하지 않았고 아이도 없지만 개를 한 마리 키운다. 아미는 기내 카탈로그에 있는 어린이 용품 중에서 고양이 인형을 고른다. 강아지 장난감에 가장 가까운 물건이다.

기장이 쿵 하는 속시원한 소리와 함께 기체를 착륙시킨다. 몇몇 승객들이 외마디 소리를 지르고는 이내 민망한 웃음으로 객실을 채운다. 아미는 다른 승객들이 거의 다 내릴 때까지 기다렸다가 머리 위 짐칸에 넣어 둔 선물을 내린다. 막판에 한 젊은 여자가 황급히 아미를 스치고 지나는 통에 아미의 손에서 선물 가방이 미끄러져 이마에 부딪친다.

"죄송해요, 할머니."

여자는 뒤돌아 말하면서도 가던 걸음을 멈추지 않는다.

아미가 이마를 문지른다. 위스키가 생각보다 무겁다. 멍이 들까 걱정이다. 남자 승무원이 도우러 온다.

"괜찮으세요? 얼음 주머니 같은 거 갖다 드릴까요?"

"아니, 괜찮아요."

아미가 웃으며 말한다.

"늙은이가 느려서 그렇지."

"정말 괜찮으세요? 세게 부딪치신 것 같은데요."

승무원은 피가 흐르는지 살펴보려는 듯 아미의 얼굴을 뚫어

저라 처다본다. 아미는 승무원의 눈길을 피하며 손가방과 선물 가방을 주섬주섬 챙긴다.

"걱정 말아요. 그냥 멍들고 말겠지. 이 정도쯤이야."

아미는 승무원을 봐 둔 채 다리를 절며 통로를 따라 내려간다.

아미의 아픈 기억들에 비하면 위스키 병에 머리를 맞는 것 정도는 아무렇지도 않다. 군화. 돌연히 떠오른 이미지에 아미가 소스라친다. 아미는 잠시 멈추어 호흡을 가다듬는가 싶더니 누군가 아미의 불안을 눈치 챌세라 재빨리 허리를 펴고 출구로 향한다.

"대한항공을 이용해 주셔서 감사합니다."

비행기에서 내리는 아미에게 기장이 인사를 한다. 기장은 아미의 주문을 받았던 예쁜 승무원과 나란히 서 있다. 기장의 유니폼에 달린 단추가 새것처럼 반짝반짝 빛난다. 아마도 젊은 기장의 첫 단독 착륙은 아니었을까 아미는 생각한다.

도착한 국내선 게이트를 나와 아미는 주변 여자들 위로 머리가 우뚝 솟아 있는 아들을 발견한다. 아미는 얼마나 많은 여자들이 마중을 나와 있는지 보고 놀라서 서울에 무슨 특별한 일이 있나 싶었다. 그러나 이내 자신이 서울에 온 이유를 기억해 내고는 그걸 깜빡했다는 것에 창피한 마음이 든다. 가까이 가서 보니 아들은 걱정스러운 표정이 역력하다.

"무슨 일 있었어요? 머리 부딪혔어요?"

아들이 아미의 얼굴을 내려다보며 묻는다.

이마를 찡그리면 아들은 예순한 살이 아니라 더 늙어 보인다. 아들이 어렸을 때 아미는 손으로 미간을 펴 주며 자꾸 그렇게 걱정하면 빨리 늙는다고 말하곤 했다. 아미는 주름진 손으로 다 큰 아들의 이마를 만지고 싶은 마음을 애써 누른다.

"어쩌다 보니 그렇게 됐어. 어떤 아가씨가 급했나 봐. 걱정할 거 없다. 넌 피곤해 보인다."

"피곤해요. 점심시간 빼서 공항으로 마중 나오려고 오늘 새벽 네 시에 출근했어요."

아들은 몸을 돌리더니 아미를 한 무리 사람들 뒤로 안내한다. 한 소년이 수줍게 서 있다. 아미는 미소를 지으며 두 팔을 벌리고 손자를 향해 종종걸음을 친다.

"정말 많이 컸구나. 나보다 키가 더 커!"

아미가 소년을 끌어안자 소년은 차렷자세를 한 채 얼굴을 붉힌다. 한참을 포옹한 뒤 아미는 고개를 들어 소년의 얼굴을 올려다본다. 겨우 열두 살. 한 해 동안 아이가 훌쩍 컸다.

"너 줄 거 가져왔다."

아미가 선물 가방을 뒤져 초콜릿 상자를 꺼낸다.

"이따가 주세요. 일단 차로 가요. 단기 주차장에 세워 놨어요."

아들이 앞장서고 손자는 고분고분 뒤를 따른다. 아미는 한층 어른스러워진 손주의 모습이 대견스럽다. 1년 전이었다면 선물을 받지 못한 손주는 잔뜩 떼를 쓰면서 아빠를 원망했을 것이다. 손주는 기적적으로 생긴 늦둥이였다. 며느리가 마흔을 훌쩍 넘겨 가진 아이여서 해 달라는 것이 있으면 거의 다 들어주었다. 아미는 철이 없는 손주가 어떻게 클지 내심 걱정이 되기도 했다. 하지만 지금의 모습은 무척 든든하다. 늙어 가는 제

아빠를 대신해 할머니의 가방을 들어주고 있다.

아미는 아들을 따라 주차장으로 가면서도 연신 손자를 돌아본다. 얼마나 어른스러워졌는지 생각할수록 신기하다. 문득 아들이 그 나이였을 때가 떠오른다. 아들은 손자처럼 키가 크지는 않았다. 서양 음식을 많이 먹어서 그런지도 모르겠다. 손자에게 단 걸 사 준 것이 실수였나 싶다가도 크는 애가 초콜릿 좀 먹었다고 어떻게 될 것 같지는 않았다.

아미는 초콜릿을 처음 먹었던 순간을 떠올린다. 딸을 낳은 직후였다. 남편이 초콜릿 바를 가져와서 어린 아들과 먹으라고 네모난 조각들로 부러뜨려 주었다. 신들의 음식을 먹는 듯했다. 그 첫맛을 결코 잊을 수가 없다. 혀에서 사르르 녹았다. 남편이 마음을 바꿔 초콜릿을 치울세라 아미는 두 개째, 세 개째 초콜릿을 연달아 입으로 가져갔다. 남편은 초콜릿을 치우지 않았다. 남편이 나를 아끼는 마음이 아주 없지는 않은가 보다, 아미는 처음으로 그런 생각을 했다. 남편은 아미가 초콜릿을 맛있게 먹는 모습을 바라보는 게 기쁜 듯했다. 남편은 이미 그 맛을 알고 있었을지 모른다. 그러나 한 조각도 입에 대지 않았다. 아미는 아무 말도 하지 않았다. 아미는 되도록이면 남편에게 말을 하지 않았다. 어쩌면 그래서 혼인이 오래 유지될 수 있었던 것인지도 모른다. 사랑이 없는 관계였지만 아미가 늘 입을 다물고 있었기 때문에 생활이 이어질 수 있었다.

"다 왔어요."

아들이 자동차 문을 열어 주며 말했다.

조수석에 탄 아미는 잊어버릴세라 선물 가방에서 초콜릿 상자를 꺼내 손자에게 주었다. 상자를 본 손자는 히죽 웃더니 아미가 바랐던 대로 신나게 비닐 포장을 벗기고 상자를 연다. 트러플 초콜릿 한 개를 입 안에 넣은 뒤에야 얼굴을 붉히며 수줍게 할머니에게 초콜릿을 권한다.

"난 괜찮아. 다 네 거야. 할머니는 네가 먹는 걸 보는 게 좋아. 더 먹어."

하나

1943 여름, 조선

하나는 한동안 움직이지 않는다. 살이 불타는 듯한 고통으로 쓰라리다. 다리 사이가 축축한 게 겁이 난다. 피를 흘리다 결국 죽는 것일까? 하나는 천천히 몸을 일으키지만 모리모토가 무슨 짓을 했는지 내려다보기가 두렵다. 하나는 고통을 다스리기 위해 천천히 코로 숨을 내쉬며 심호흡을 한다.

숨을 고른 뒤 하나는 아래를 내려다본다. 먼저 피가 보였지만 그 피는 하나의 몸에서 흘러나온 듯한 끈적한 액체와 뒤섞여 있다. 축축한 느낌은 피가 아니라 이 끈적한 액체 때문이었다. 하나는 죽어 가고 있지 않다.

하나는 다리 사이에 손수건을 갖다 댄다. 살갗에 손수건이 스칠 때마다 머릿속에서 새로운 통각 신경이 깨어난다. 이것이 엄마가 말했던 겁탈이구나. 질끈 눈을 감은 하나는 그것이 무

69

엇인지 알지 못했을 때로 돌아가고 싶다. 눈을 뜨면 다 악몽이었기를 바란다.

삐걱 문소리와 함께 철제 손잡이가 돌아가고, 하나는 재빨리 무명 속바지와 스타킹을 끌어 올린다. 아프지만 억지로 무릎을 모으고 잔뜩 긴장한 채로 서서 또 다른 군인의 공격을 기다린다.

"빨리 해. 우리 이 방 써야 돼."

군인은 이렇게 말하고 하나를 다른 여자들이 있던 작은 객실로 돌려보낸다.

하나는 캐묻는 듯한 시선들을 헤치고 객실의 맨 뒤로 파고들어 바닥에 주저앉는다. 누구와도 눈을 마주치지 않도록 벽을 보고 있다. 다른 소녀들의 눈길이 느껴지지만 상관 않기로 한다. 군인들은 소녀 두 명을 더 데리고 나가며 문을 잠근다.

곧 여자들이 걱정 어린 목소리로 군인들의 속셈이 무엇인지 묻는다. 몇몇 목소리는 곧장 하나에게 향한다. 하나가 어떤 일을 당했는지 알아야겠다고 한다. 무슨 영문인지 짐작하고 있는 일부 사람들은 모두가 같은 운명에 처할까 봐 한탄할 뿐이다. 누군가 주먹으로 문을 쾅쾅 두드린다. 객실이 순식간에 고요해진다.

하나는 두 손에 얼굴을 파묻는다. 여자들이 하나의 얼굴을 보기만 해도 어떤 봉변을 당했는지 눈치 챌 것 같다. 갑자기 울고 싶다. 하나는 되는 대로 오래 숨을 참는다. 숨을 쉬고 싶다는 욕구와 포기하지 않으려는 마음에만 집중한다. 울고 싶은 마음이 사라지니 숨을 쉬어도 될 것 같다. 하나는 거칠게 공기를 들이마신다.

다리 사이의 여린 살갗은 좀 전의 폭행으로 인해 여전히 쓰라리다. 하나는 고통을 잊어보려고 있는 힘껏 애를 쓰지만 모리모토의 벗은 다리와 기억하고 싶지 않은 다른 부분들이 하나의 머릿속을 점령한다. 하나는 눈을 꼭 감고 눈꺼풀을 손으로 누른다. 곧 흰 빛이 손가락 밑에서 깜빡이더니 기억을 가로막는다. 손가락 끝에 눌린 눈동자가 곧 폭발할 것 같은 찰나 한 소녀가 하나의 귀에 대고 속삭인다.

"어디로 데려갔어요, 언니?"

하나가 고개를 홱 쳐든다. 처음에는 앞이 잘 보이지 않는다. 좀 있으니 제주에서 함께 온 어린 소녀의 얼굴이 보인다. 가녀린 아이의 어깨와 허리 위로 원피스가 헐렁하게 떨어진다. 이런 소녀가 모리모토나 다른 군인의 손에 자신이 겪은 일과 똑같은 일을 겪을 수도 있다고 생각하니 머리가 아프다.

"구석에 처박혀 있어."

하나가 경고한다.

"눈에 띄지 않으면 안전할지도 몰라."

"말 안 해 줄 거예요?"

"영영 모르는 게 나아."

아이가 다시 입을 열기 전에 문이 벌컥 열린다. 두 아이가 객실로 돌아오고 문이 닫힌다. 이번에는 소녀들이 끌려 나가지 않았다. 머리 위 등불이 나가고 소녀들은 어둠 속에 남겨진다.

마치 가축 떼처럼 소녀들은 긴 여정을 위해 몸을 누이고 잠이 든다. 훌쩍이며 조용히 흐느끼는 소리가 객실을 가득 채운다. 하나와 어린 소녀는 가까이 눕는다. 소녀가 하나와 팔짱을 낀다.

"이리하면 군인들이 언니를 데려갈 때 나도 깰 테고, 나를 데려갈 때 언니도 깰 테니까."

순진한 아이의 말이 하나의 마음을 움직인다. 아이는 자신이 알고 있는 유일한 방법으로 스스로를 돌보고 있다. 그리하면 적어도 언제 두려워해야 할지 알 수 있었다. 아이는 잠든 사이 끔찍한 일들이 벌어지길 원하지 않았다. 그 일들이 벌어지는 것을 눈으로 보고 싶어 했다. 그 일을 막을 어떤 힘도 없을지라도. 사실 그런 힘은 여기 있는 그 누구에게도 없다.

"밖에서 내 이름은 노리코지만 엄마는 상수라고 불러요."

아이가 하나의 머리칼 사이로 속삭인다. 아이의 따뜻한 숨결이 하나의 뒷목에 닿는다.

하나는 대답하지 않는다. 애써 보지만 말이 나오지 않는다. 하나가 겪은 고통을 가두어 두기 위해 입술이 딱 붙은 듯하다. 상수의 엄마는 집에서 딸의 조선 이름을 쓴다. 황국의 신민으로 살기를 강요받은 수많은 조선인들처럼 상수의 가족도 공공장소에서만 일본어를 쓰고 집 안에서는 조선말을 쓴다. 하나는 엄마가 현명하게 이름을 지어 줘서 다행으로 여겼다. 하나는 조선말이기도 하고 일본어 발음으로도 꽃을 의미하기 때문이다. 그래서 집 안에서도 집 밖에서도 언제나 하나였다.

"잘 자요, 언니."

어둠에 잠긴 상수의 목소리가 꼭 동생의 목소리처럼 들린다. 갑자기 납치되어 온 자신의 처지가 온몸을 짓누르는 느낌이다.

동생은 너무 멀리 있다. 여객선에 더 오래 갇혀 있을수록 동생은 점점 더 멀어져 간다. 작은 손이 하나의 손 안으로 들어오고 하나는 그 손을 꼭 잡는다.

*

하나가 소스라치게 놀라며 잠에서 깬다. 객실 안은 여전히 어둡지만 문 아래 틈으로 들어오는 희미한 빛이 바닥에 잠든 그림자들을 비춘다. 잠든 지 얼마나 오래됐는지 가늠할 수가 없다. 하나는 천천히 상수의 팔을 풀고 일어나 앉는다. 변소에 가야 하지만 어떻게 해야 할지 알 수가 없다. 오줌보가 곧 터질 것 같은 절박함이 하나를 압박한다.

"변소에 가야 하는데."

하나가 누구든 들으라고 속삭인다. 처음에는 아무도 대답하지 않았다. 몇몇이 자세를 고쳐 잡으며 몸을 돌려 누인다. 여전히 아무도 대답하지 않자 하나는 좀 더 크게 같은 말을 반복한다.

"조용히 해, 이 미련한 것아."

어둠 속에서 누군가가 대꾸한다.

"죄송해요. 그런데 소변이……."

"알아, 다 들었어. 두 번 다."

여자가 하나의 말을 가로막는다.

"냄새 안 나? 너만 마렵니?"

하나는 여자의 날카로운 대꾸에 움찔한다. 천천히 숨을 들이

마신다. 없다. 아무 냄새도 없다. 하나의 코가 잘못된 것일까?

"아무 냄새도 안 나는데요."

"향수 냄새가 나서 그러지. 남자 냄새가 독해서 다른 냄새는 못 맡는 거야."

어둠 속에서 다른 목소리가 말한다.

"맞아. 나도 향수 냄새 나. 놈이 향수를 뒤집어썼나 봐."

여자들의 쏘아붙이는 말에 하나는 살갗이 다 따끔따끔하다. 하나는 옷깃을 위로 젖혀 코에 갖다 댄 뒤 냄새를 맡아 본다. 그놈 냄새가 난다. 놈이 옷에 물들어 있다. 하나는 옷을 몸에서 뜯어 내 찢어발기고 싶지만 놈의 말이 머릿속을 맴돈다. '군인들이 득실대는 배에서 몇 날 며칠을 벌거벗고 다니면 좋겠냐? 네 예쁜 몸을 가려 줄 옷 한 벌 없이?'

냄새를 벗는 대신 하나는 오줌보에서 힘을 뺀다. 몸에서 뒷간 냄새가 나도 상관없다. 여자들과 얘기하는 사이 상수가 잠에서 깬 모양이다. 상수는 하나가 소변으로 더럽혀졌음에도 아랑곳하지 않고 다시 하나와 팔짱을 낀다. 상수의 침묵에 마음이 편안해진 하나도 팔짱을 더 바짝 끼운다. 두 사람은 시큼하고 축축한 데 나란히 누워 이내 잠이 든다.

누군가 철문을 쾅쾅대는 소리에 객실 안의 모두가 깜짝 놀라 잠을 깬다. 몇몇은 외마디 소리를 지른다. 머리 위로 전등불이 깜빡이다 들어오고 푸른 빛이 쏟아져 내린다. 군인 넷이 들어오고 셋은 각각 소녀를 한 명씩 일으켜 세운다. 저항의 외침이 객실 안으로 퍼져 나가지만 군인들은 아랑곳하지 않는다. 마지막 군인은 하나를 보더니 곧장 다가온다. 그러나 하나를 붙잡으려고 몸을 숙였다가 갑자기 뒷걸음질을 치며 코를 쥔다.

"젠장, 오줌 쌌어!"

그가 다른 군인들을 향해 외치더니 진저리를 치며 하나를 발로 찬다.

"짐승 같은 조선인들."

군인의 눈길은 상수에게로 옮겨간다.

"너라도 데려가야겠다."

군인은 상수의 손목을 그러쥐고는 하나 위로 상수를 잡아끈다.

"얘는 아직 어려요."

하나가 군인에게 애원한다. 상수는 슬픔이 가득한 눈으로 하나를 내려다본다.

"걱정 말아요, 언니. 난 괜찮을 거예요, 언니처럼."

상수의 목소리는 떨리고 있지만 용감하다. 하나의 가슴이 찢어진다.

"내가 대신 갈게요. 날 데려가세요."

하나가 두 발로 서서 눈을 똑바로 뜨고 말한다.

온 객실의 시선이 하나를 향하고 있다. 숨소리조차 들리지 않는 순간이 이어진다. 태양이 하늘에서 떨어지고 하나가 잿더미로 변하기를 모두가 기다리는 듯하다. 하나가 일본 군인에게 말대꾸를 했기 때문이다. 그래서는 안 된다는 것 정도는 모두 알고 있다. 마주 선 두 사람 사이에 긴장이 팽팽해질수록 순간이 마치 영원 같다. 무릎이 고무처럼 연해진 하나는 다리가 풀릴까 두렵다. 그러나 삽시간에 다른 소녀들, 나이가 많은 소녀들, 여자들이 상수를 대신하겠다고 나선다.

여자들의 목소리가 마치 바닷새의 지저귐처럼 작은 객실에 울려 퍼진다. 다들 어린 아이를 대신해 제 몸을 내놓으려 한다. 힘이 세 보이는 소녀들 몇몇은 상수의 팔을 빼려고 애를 쓰며 군인에게 저를 데려가라고 설득하지만 군인은 꼼짝도 않는다. 오히려 여자 한 명의 배를 예고도 없이 주먹으로 때린다. 여자가 숨을 헐떡이며 고꾸라진다.

"또 입을 여는 년이 있으면 더 쓴맛을 볼 줄 알아라."

군인이 상수의 팔을 꺾어 잡고 객실 밖으로 데리고 나가며 경고한다.

철문이 쾅 소리와 함께 굳게 닫힌다. 불이 꺼지고 뒤따른 어둠은 마치 징벌처럼 느껴진다. 어린 아이를 안타까워하는 작지만 진심 어린 울음소리들이 어둠을 채운다. 하나가 옷을 더럽힌 탓에 선택된 어린 아이.

*

여객선이 뭍에 닿았지만 하나는 걱정을 멈출 수 없다. 상수가 객실로 돌아오지 않았기 때문이다. 다른 세 아이는 차례로 돌아왔지만 가장 어린 아이, 모두가 대신하겠다고 나섰던 그 아이는 행방이 묘연하다. 객실로 들어온 군인이 모두 자리를 비우라고 명령했을 때 하나는 상수가 어떻게 되었는지 묻고 싶은 마음이 간절했다. 하지만 그대로 입을 다물어 버린다.

하나는 다른 사람들을 따라 무거운 발걸음을 옮겨 배에서 내린다. 그리고 군용 트럭이 줄지어 선 곳으로 이끌려 간다. 하나는 지나가는 여자아이들의 얼굴을 살피며 금세 익숙해진 상수의 겁먹은 갈색 눈을 찾아본다. 트럭은 가까운 거리에 있는 기차역으로 소녀들을 데려간다. 하나는 다른 한 소녀와 같은 칸으로 이끌려 들어간다. 검게 칠한 차창에는 신문지를 붙여 놓아 바깥을 볼 수 없다. 하나는 소녀에게 상수의 생김새를 설명하면서 본 적이 있는지 낮은 목소리로 묻는다. 소녀가 고개를 젓는다. 같은 여객선을 탔지만 하나와 같은 객실이 아니었다. 소녀가 타고 있던 객실에는 동경에 있는 제복 공장에 가기로 되어 있던 소녀 마흔 명이 있었다. 그런데 어떤 이유로 이 소녀는 그 무리로부터 떨어져 나와 하나와 같은 기차에 타게 된 것이다. 소녀는 그 이유를 알지 못한다.

소녀는 하나 또래이다. 많아도 한두 살 정도 많아 보이고 인물이 좋다. 피부는 뽀얗고 입술은 분홍빛으로 하나의 엄마가 봤다면 달덩이 같은 얼굴이라고 했을 법했다. 이도 튀어 나오지 않아서 가지런하고 보통 조선인보다 눈도 크다. 하나가 살던 마을의 남자아이들이라면 하나에게 그랬던 것처럼 소녀에게 마음을 빼앗겼을 것이다.

"너도 객실에서 끌려 나갔니?"

하나가 목소리를 낮추어 묻는다.

"아니. 우린 아무도 안 끌고 나갔어. 왜? 너네는 끌고 나갔어?"

소녀가 겁을 먹은 듯하다.

"응. 상수라는 어린 아이도. 그런데 다시 데리고 오지는 않았어."

"뭐하러 데려갔어?"

소녀는 경계하는 목소리로 묻는다. 누군가 듣지나 않을까 두려운 눈길로 객실 안을 흘끔거린다.

하나는 입 밖으로 아무 말도 꺼내지 않는다. 하나보다 나이가 많아 보이는 이 소녀는 짧은 단어 하나로도 그 의미를 알 수 있을 것이다. 그러나 하나는 그 말을 입에 담을 용기를 내지 못한다. 하나는 고개를 돌려 좌석에 푹 눌러 앉는다. 앉아서 상수 걱정을 한다. 옷이 더럽혀져서 안타까운 동시에 옷이 더럽혀져서 다행이라는 생각이 든다. 이내 그런 생각을 하는 자신이 원망스럽다.

기차가 느릿느릿 역을 빠져나가기 시작하자 객실 문이 스르르 열린다. 군인 두 명이 들어선다. 한 군인은 상수를 끌고 들어온다. 하나는 재빨리 옆자리를 비워 상수가 앉을 수 있게 한다.

상수의 얼굴은 창백하다. 아랫입술은 부어 있다. 입술 한쪽 끝에 피가 가늘게 말라붙어 있다. 목도 멍들어 있고 계속해서 몸을 벌벌 떨고 있다. 옷은 찢어져 있고 단추가 있어야 할 곳을 핀으로 고정해 놓았다. 하나가 상수의 어깨에 자신의 어깨를 살짝 기대자 소녀는 처량한 소리로 흐느낀다. 하나는 아무 말 없이 상수의 손을 붙잡는다. 살아남았다. 하나는 생각한다. 그러나 상수의 딱한 처지를 보고 기뻐할 수가 없다.

군인 한 명이 하나와 마주 보고 있는 다른 소녀 옆에 앉는다. 또 다른 군인은 하나의 다리를 타고 넘어가 하나와 차창 사이를 비집고 들어온다. 겁이 난 하나는 군인의 얼굴을 보지 못한다. 기차가 속도를 내며 철길 위를 미끄러질 무렵에야 그가 누구인지 분명해진다. 익숙한 향수 냄새. 갑작스레 떠오른 기억에 온몸이 뻣뻣해진다. 군인의 손을 내려다본다. 모리모토가 하나의 옷자락을 만지작거린다. 모리모토는 하나를 장난감 삼아 가지고 논다. 궁지에 몰린 생쥐의 꼬리를 발로 건드리다가 딴 데를 보는 척하면서 퇴로를 막는 고양이처럼.

기차로 이동하는 내내 모리모토는 쉬지 않고 담배를 피운다. 연기가 객실을 가득 채운다. 모리모토의 손끝은 끊임없이 하나의 치맛자락을 건드리며 하나를 비웃지만 눈길은 하나를 향하지 않는다. 심장이 가슴속에서 불규칙적으로 쿵쾅대고 숨이 가빠 온다. 움직이지 않으려고 애를 쓰면서도 손가락이 살갗에 닿을락 말락 가까이 오면 아주 천천히 다리를 피한다.

기차는 밤새도록 멈추지 않고 달린다. 작은 객실 안에 있는 사람들은 하나를 제외하고 모두 잠에 빠진다. 분노와 두려움이 하나의 몸속을 가득 채우고 옆에 앉은 군인을 향해 뜨거운 전파가 되어 뻗어 나간다. 하나를 바닷가 고향집에서부터, 하나가 알고 있던 모든 사랑하는 것들로부터 떼어 놓고 겁탈까지 했던 자가 아닌가. 군인이 잠든 사이 하나는 그를 죽이는 상상을 거두지 않는다. 시간이 지날수록 상상은 머릿속 깊은 곳에 자리잡는다. 하나는 천천히 고개를 돌려 그를 바라본다. 그가 상수도 겁탈했을까? 하나는 마주 앉은 군인도 쳐다본다. 둘 다 상수를 겁탈했을까?

하나가 다시 모리모토에게 눈길을 돌린다. 숨을 깊이 들이쉴 때마다 가슴팍이 올라온다. 하나는 군복 아래 고동치는 그의 심장을 상상한다. 허리춤 총집에는 단단히 꽂혀 있는 권총이 보인다. 모리모토를 깨우지 않고 권총을 뺄 수 있을까? 하나는 가죽 총집 속으로 겨우 보이는 검은 권총을 뚫어져라 바라본다. 그 총을 쥐고 놈의 가슴을 겨눈다면 어떤 느낌이 들지 상상한다. 무거울까? 방아쇠만 당기면 되는 걸까? 아니면 먼저 어떤 장치를 만져야 할까? 정말 놈을 쏠 수 있을까? 아니다. 못한다. 마침내 하나가 내린 결론이다. 그러나 칼로 찌를 수는 있다. 그 생각이 옳은 것 같다. 위로마저 된다.

칼이라면 어떻게 쓰는지 잘 안다. 매일 칼을 들고 물질을 했다. 암초에서 전복도 따고 미역도 자르고, 심지어 일본인들의 굴잡이 배가 남기고 간 굴을 비틀어 여는 데도 썼다. 굴의 알맹이 깊이 자리잡은 진주를 캐듯이 모리모토의 심장을 도려낼 수 있다. 그 생각을 하니 등골이 짜릿하다. 복수의 손길이 등줄기 위로 춤을 춘다. 용기란 이런 느낌일까? 하나는 모리모토의 가슴을 찌르고 충격에 빠진 놈의 얼굴을 보는 상상을 한다. 분노가 핏줄을 타고 맥동한다. 그런 뒤 상수와 함께 객실을 빠져나가 기차 어딘가에 숨거나 열린 창밖으로 뛰어나가 도망치면 된다. 하나는 이 모든 것을 현실로 만들 칼 한 자루가 간절하다.

모리모토가 잠결에 뒤척이자 하나가 소스라치게 놀란다. 몸서리를 치는 바람에 실수로 곁에 잠든 상수를 살짝 밀었다. 의외로 싸늘한 상수의 살갗에 놀란 하나는 어느새 상수가 몸을 떨고 있지 않다는 것을 깨닫는다. 하나는 손바닥 한복판을 상수의 이마에 얹는다. 차갑다. 입술에도 전혀 핏기가 없다. 뱃속에서 끓어오르는 당혹감을 억누르며 상수의 입에 귀를 대고 숨소리를 기다린다. 그러나 아무 소리도 없다.

하나는 갑자기 숨이 쉬어지지 않는다. 당황한 나머지 목이 메어 온다. 그 소리에 객실의 다른 사람들이 잠에서 깬다.

"무슨 일이야?"

모리모토가 다그친다.

"너 왜 그래?"

모리모토가 자리에서 일어나 하나를 붙들어 세운다. 하나는 목을 쥔 채 숨을 쉬지 못하고 캑캑거린다. 모리모토가 다시 알아들을 수 없는 말을 외친다. 하나는 손가락으로 상수를 가리킬 뿐이다. 모리모토가 하나의 손가락이 가리키는 곳을 보고 상수에게 눈길을 옮긴다. 그러고는 하나를 놓아 준다. 작은 소녀는 이 난리에도 가만히 앉아만 있다. 모리모토도 한동안 아무 말도 없이 그대로 있다. 그러는 가운데 맞은편에 앉아 있던 소녀가 외친다.

"죽었어! 죽었다구!"

소녀가 외치고 또 외친다. 울그락불그락 공포로 얼룩진 얼굴에선 어떤 아름다움도 찾을 수 없다.

객실 밖이 시끌시끌해지는 것으로 보아 다른 군인들이 도착한 모양이다. 문이 옆으로 미끄러지고 나타난 두 얼굴은 어찌된 영문이냐는 듯 궁금한 표정을 짓는다. 모리모토가 마침내 입을 연다.

"이 애는 죽었다. 다음 역에 도착할 때까지 뒷칸에 놔 뒀다가 매장하도록."

"매장이라고 하셨습니까?"

"그래, 매장해. 다른 애들이랑 같이."

"예, 알겠습니다."

두 군인은 쌀자루 취급하듯 상수를 번쩍 들고 객실을 나간다. 문이 미끄러지며 닫히고 모리모토는 아무런 일도 없었다는 듯 도로 잠을 잔다. 믿을 수 없는 표정으로 모리모토를 바라보던 하나는 그가 했던 말을 떠올린다. '다른 애들'이라고 했다. 이 기차에서 얼마나 많은 아이들이 죽은 걸까?

상수의 가녀린 몸이 내던져지는 상상을 하니 견디기 힘들다. 하나는 울음을 터뜨린다. 그동안 두려움과 슬픔을 참아 왔다. 죄책감을 참아 왔다. 그러나 이제는 흐느낌을 멈출 수가 없다. 보이지 않는 주먹이 배로 들어와 소리를 쥐어짜는 것 같다. 아무도 하나에게 조용히 하라고 하지 않는다. 모리모토는 도리어 코를 골기 시작한다.

건너편에 앉은 소녀는 때때로 하나의 무릎을 두드리며 하나의 애처로운 흐느낌 사이로 훌쩍이곤 한다. 그러나 그 좁은 객실 안 다른 모든 것은 상수의 죽음을 모르는 것처럼 보인다. 차창에 붙은 검은 신문도, 머리 위에서 흔들리는 등불도. 기차의 움직임과 함께 파동 치는 차체도, 깊이 잠든 군인들도.

기차가 낯선 땅을 굽이쳐 간다. 바다 건너 작은 섬에서 상수의 부모도 상수의 죽음을 모른 채 살아갈 것이다. 어쩌면 고향 집에서 잠든 채로 상수가 곧 돌아오는 꿈을 꾸고 있을지 모른다. 언젠가 다시 볼 수 있을 것이라고, 시간이 상수를 데려올 것이라고 바라고 또 바라고 있을지 모른다. 하나는 영영 돌아오지 않을 딸을, 떠난 지 며칠도 안 되어 세상을 떠난 딸을 기다리는 부모를 상상한다. 부모는 하세월 딸을 궁금해 할 터이고 언제 딸이 떠났는지 영영 알지 못할 수도 있다.

기차는 꼬박 이틀을 달려 다음 역에 도착한다. 군인들은 상수와 다른 네 소녀의 주검을 비석도 없이 철길 옆에 묻는다. 군인들은 부러 소녀들에게 이 장면을 보여 주면서 명령을 따르지 않으면 이렇게 된다고 했다. 주검은 천으로 싸여 있지만 하나는 어느 것이 상수인지 알 수 있다. 가장 작고 보잘것없는 주검이기 때문이다. 군인들에게 상수는 그런 존재였다. 모든 소녀들이 그런 존재이다.

모리모토는 상수의 다리에 난 상처가 덧나서 죽었다고 말했지만 하나는 진실을 안다. 슬픔이 조금 가라앉자 그제야 좌석을 적신 피가 보였다. 가죽에 스며든 피는 여러 줄기로 갈라져 마치 핏줄처럼 옆을 타고 흘러내려 있었다. 상수는 피를 너무 많이 흘려 죽은 것이다. 그런 고문을 견디기에는 너무 작고 어렸다. 얼마나 많은 남자들이 이 아이를 겁탈한 걸까?

하나는 상수를 보고 동생 아미를 떠올리지 않을 수 없다. 하나가 모리모토에게 끌려가지 않았다면 모리모토는 동생을 데리고 갔을 것이다. 동생이 상수와 같은 파국을 맞았을 수도 있다. 동생이 머나먼 타향에서 마주쳤을지 모를 끔찍한 죽음을 떠올려 본다. 하나의 속은 땅으로 푹 꺼지는 것 같다. 그러나 동생은 안전하다.

여기가 제주였다면 제가 치러졌을 것이고 상수의 넋을 조상들에게 보내기 위해 신들을 불렀을 것이다. 하나는 상수의 조상이 누구인지 모른다. 상수가 제주에서 왔고 일본 이름이 노리코라는 사실밖에 알지 못한다. 상수, 노리코, 동생. 하나는 노리코를 절대로 잊지 못할 것이다.

　눈을 감은 하나는 상수의 넋이 무사히 고향에 가 닿기를 빈다. 고통스러운 죽음에 괴로워하지 않기를, 그리고 무엇보다 하나를 대신해서 끌려간 상수가 꿈에 나타나 해코지하지 않기를 빈다.

　객실 안으로 소녀 두 명이 새로이 들어오고 기차는 곧 다시 여정에 오른다. 하나는 상수 생각을 하지 않으려고 애를 쓴다. 대신 동생 생각을 한다. 동생은 하나가 돌아가고 싶은 집에 무사히 있다. 적어도 한 소녀를 군인들로부터 지켜냈다. 둘이나 지켜내길 바란 것은 과한 욕심이었다.

　하나는 상수의 창백한 피부를 떠올리지 않기 위해 아미의 얼굴을 그려본다. 손가락 끝의 얼얼한 감각을 잊고자 바다에서 물질을 하는 생각을 한다. 조류에 따라 춤추는 검은 미역을, 끝없이 펼쳐진 파란 바닷물을 생각한다. 죽음의 빛깔, 빨강을 떠올리지 않기 위해서. 하나가 마침내 잠의 부름에 답하자 가족들이 꿈에 나타난다. 어두운 바다 속에서 함께 헤엄치고 있지만 때로는 헤엄을 치고 있는 것이 아니라 단지 물결의 흐름에 따라 춤추는 것 같다. 눈에는 생기가 없고 살갗은 그들을 휘감은 물처럼 차가운 채로.

아미

2011년 12월 서울

아미의 딸 윤희는 서울 이화여대 근처에 산다. 15년 전, 아미는 윤희가 방 한 칸 딸린 작은 아파트를 마련할 때 계약금을 빌려 주었다. 괜찮은 투자라고 생각했다. 아미는 감귤 숲 옆 고향 집을 팔아 도로변에 있는 오두막으로 이사를 갔다. 이대 국문학과 교수인 윤희는 생활이 괜찮아져서 엄마를 볼 때마다 계약금을 돌려주겠다고 했지만 아미는 돈을 받지 않았다. 바다에서 수확한 것만으로도 부족함 없이 살만큼 벌이가 되었다. 오늘은 윤희의 친구가 집에 와 있다. 거실 탁자에서 나무젓가락으로 개에게 먹이를 주는 중이다.

"레인 기억하시죠? 우리 학교 인류학과 교수."

윤희는 엄마가 올 때마다 매번 같은 식으로 소개한다. 신기하게도 아미가 딸의 집에 갈 때마다 레인은 아주 편안한 차림으로 윤희의 강아지와 놀아 주고 있다. 아미는 자신이 레인을 알기 훨씬 오래전부터 둘은 친구였을 거라고 짐작한다.

"안녕하세요, 어머님. 좋아 보이시네요."

"레인, 잘 있었죠."

아미가 대답한다. 레인이 한국에 온 지도 10년이 넘었다. 한국 풍습은 거의 다 몸에 배었다. 이름을 바로 부르지 않고 여느 한국인처럼 어머님, 아버님, 언니, 오빠, 이모, 삼촌, 할머니, 할아버지라고 불러야 한다는 것도 안다. 윤희가 또래 여자처럼 결혼을 하고 아이를 가졌더라면 레인도 아미를 할머니라고 불렀을지 모른다. 하지만 아직 아이가 없으므로 아미는 여전히 어머님이다. 사실 아미의 아들조차 손자 앞에서 아미를 할머니라고 높여 호칭하는 걸 깜빡하곤 한다. 아미가 자주 왕래했다면, 손자의 일상 속으로 몇 발짝 더 걸어갔더라면, 할머니라고 불릴 자격이 생겼을까.

레인의 한국어 실력은 흠잡을 데 없이 출중했다. 미국인이지만 바른 서울말을 쓰기 때문에 교양이 있어 보였다. 대부분의 미국인은 우리말을 잘해도 발음이 미국식이라 아미의 귀에는 아둔하게 들린다. 해녀를 보러 제주도에 오는 외국인 관광객들이 그렇다. 공항에서 무리를 지어 택시를 타고 와서는 핸드폰과 값비싼 디지털 카메라로 해녀들의 사진을 찍어 댄다. 몇몇은 짧은 한국어 실력으로 말을 걸기도 한다. 그럴 때마다 해녀들은 어설프게 말을 거는 외국인에게 미소를 짓거나 깔깔 웃을 뿐이다. 진희는 여행객이 한국말을 건네면 더없이 반갑게 대꾸했지만 아미는 어리둥절할 뿐이다.

"고마운 마음을 좀 가져 봐."

아미가 불평했을 때 진희가 한 말이다.

"그래도 저 사람들은 우리한테 말을 걸려고 노력하잖아."

"동물원 짐승 보듯 우릴 보잖아."

아미는 진희에게 눈길도 주지 않고 대답했다.

"에헤, 안 그래! 어쨌든 우리가 물질을 계속할 수 있게 도와주잖아."

아미는 어이없다는 듯 웃으며 말했다.

"물질은 우리가 다 하는데 그 사람들이 뭘 도와준다는 거야?"

진희는 아미의 어깨를 다독이며 말했다.

"우리가 물질하는 걸 신기해하면서 고향으로 돌아가잖아. 그럼 친구들한테도 우리가 이렇게 산다는 소문내고 뭘 했는지 이야기를 나누겠지. 누군가 우리 이야기를 한다면 우리가 영영 사라질 리는 없지 않겠냐."

아미는 진희를 빤히 쳐다보았다. 진희는 제법 큰 그림을 볼 줄 아는 비상한 재주가 있었다.

"배고프시죠? 점심 내올게요."

딸 윤희의 물음이 아미의 생각을 가로막는다.

"됐다. 비행기에서 먹었어. 가방에 마른 오징어랑 김밥을 싸 왔거든."

아미는 진희에 대한 상념을 떨치지 못한 채 대답한다. 딸네 집에 오니 새삼스레 진희 생각이 나는 게 이상하다.

"오빠는요?"

딸이 묻는다.

"영석이 농구 교실 데려다주고 다시 회사 갔지. 저녁 때 온대."

아미는 벌써 손자가 보고 싶다.

"키가 정말 많이 컸더라."

"영석이는 커서 NBA 농구선수가 되고 싶대. 그렇지, 레인?"

윤희가 말한다. 아미와 윤희는 나란히 소파에 앉아서 레인이 강아지 입으로 능숙하게 남은 밥을 주는 모습을 지켜보고 있다.

"이대로 계속 크면 정말 그렇게 될지도 모르지. 한국의 야오 밍이 될 거야."

레인이 말하자 강아지가 짖고 두 여자는 웃음을 터뜨린다. 아미는 레인이 윤희에게 윙크를 하는 것을 본 것 같다.

"엄마, 머리 좀 봐요."

윤희가 다시 엄마에게 관심을 돌리며 말한다.

"파마 다시 해야겠어요. 저녁 먹기 전에 하러 가요. 저녁 먹을 식당 근처에 미용실이 있어요."

윤희가 엄마의 머리를 만지작거리자 아미가 웃음을 터트린다.

"아이고, 머리를 뭐하러 해. 늙은이가 예뻐 보이면 뭐하려고."

아미가 다시 소리내어 웃는다.

"어머님, 아무리 연세가 많아도 예쁘게 하면 좋지 뭘 그러세요."

레인이 점심상을 치우며 말한다.

강아지가 짖으며 돌아다니다 아미의 무릎 위로 올라온다. 하얀 토이 푸들의 꼬리가 꼭 솜뭉치 같다. 아미는 강아지의 부드러운 머리를 쓰다듬더니 비행기에서 산 고양이 인형을 선물 꾸러미에서 꺼낸다.

"이거 줘도 되겠지?"

아미가 개에게 주기 전에 묻는다.

"그럼요, 어머님."

레인이 말한다.

"어머, 귀여워라. 자기야, 이것 좀 봐."

윤희가 인형을 가져가 상표를 뗀다.

"스노볼, 가서 가져와. 인형 가져와."

강아지가 쏜살같이 거실 한복판을 달려가 고양이 인형을 물고 아미에게 돌아온다. 아미는 인형을 거실 저편으로 던지고 또 던진다.

힘이 빠진 스노볼은 아미의 발치에 풀썩 주저앉더니 봉제 인형의 머리를 만족스러운 얼굴로 질겅질겅 씹어 댄다.

*

움직일 때마다 파마약 냄새가 진동하는 통에 부담스럽다. 아미는 식당에서 되도록이면 움직이지 않으려고 애쓴다. 분수에 맞지 않는 고급 식당이다. 딸이 왜 그렇게 말쑥한 차림을 강조했는지 그제야 이해가 간다. 딸은 찻물로 얼룩진 분홍색 바지도 갈아입자고 했다. 아미는 짧은 서울 여행 동안 입을 바지를 단 한 벌밖에 더 가져오지 않은 터라 다음날 입으려고 했던 검은 바지를 입어야 했다. 이미 검정 스웨터를 입고 있었기 때문에 딸은 떨떠름한 표정을 지었다.

"상갓집 가는 거 아니잖아. 다른 스웨터 없어?"

아미는 입고 있던 옷을 내려다보았다. 처음부터 검은 바지와 검은 스웨터를 같이 입을 생각은 없었지만, 입고 보니 정말로 문상을 가는 사람처럼 느껴졌다. 가슴이 한없이 무거워지기 시작하더니 이유 없는 눈물이 흘렀다.

"엄마, 미안해. 그냥 해본 말이야."

"아니다, 네 잘못이 아니야. 그냥……."

말로 설명하기 힘들었다. 아미는 딸이 내미는 휴지를 받아 눈물을 닦았을 뿐이다. 윤희는 어찌할 바를 모른 채 말없이 앉아 있었다.

"네가 한 말 때문이 아니야."

아미는 곧 마음을 가라앉히고 딸에게 말했다.

"가서 꽃단장이나 해보자."

여행 가방이 있는 곳으로 윤희의 손을 끌며 물었다.

"뭘 입고 갈까?"

윤희가 웃으며 보잘것없는 엄마의 짐을 뒤적였다. 결국 딸의 옷장에 걸려 있던 크림색 스웨터를 입기로 합의를 보았다. 지긋이 소매를 접어 올리는 딸을 보면서 문득 엄마 생각이 났다. 지금까지 딸이 남편을 더 닮았다고 생각했다. 하지만 윤희의 능숙한 손길에 팔을 맡기고 앉아 있으려니 딸의 얼굴에서 엄마의 얼굴이 겹친다. 조금이나마 어깨의 짐을 덜어 낸 느낌이 든다. 아미는 미용실 거울을 통해 새로 파마한 머리를 보았다. 한결 가벼워진 마음으로 미소지을 수 있었다.

차를 내온 종업원이 아미 앞에 쟁반을 내려놓는다. 종업원이 뜨거운 차를 도자기 컵에 부으면 윤희가 찻잔을 돌린다. 아미는 아들 딸과 손자, 며느리, 레인의 얼굴을 마주 보고 있다. 식구들의 얼굴은 집에서 상상할 때보다 나이가 들어 보인다. 아들은 벌써 할아버지, 딸은 할머니가 되어도 이상하지 않을 나이다. 손자는 증손자라고 해도 이상하지 않다. 다들 떠들고 웃으며 음식을 시킨다. 레인은 서구에서 유행하고 있는 여성 성기 절제술에 관해 최근에 쓴 책을 이야기한다. 인터넷 덕분에 더 많은 여성이 입을 열고 있다고 전해 준다. 며느리는 손자의 셔츠 칼라를 바로잡느라 분주하다. 아들이 위스키 몇 잔을 스트레이트로 내리 마신다. 아미는 귀를 기울이기도 하고 한 귀로 흘려보내기도 한다. 어느새 주변이 조용해지면서 아미에게로 시선이 쏠린다.

"제 말 들으셨어요?"

아들이 묻는다. 아미는 고개를 젓는다.

"내일 일정이 어떻게 되시냐고요."

"내일?"

아미가 되묻는다. 왜 서울에 왔는지 갑자기 기억해 낼 수가 없다. 식당 안이 이상하게 조용하다. 손자는 할머니가 창피한지 얼굴을 붉힌다.

"네, 내일요."

윤희가 엄마의 손을 어루만지며 말한다.

"레인이랑 저랑 같이 가세요."

아미는 혼란스럽다. 머리에서 올라오는 파마약 냄새 때문에 어지럽다. 너무 많은 눈들이 아미를 살펴보고 있다. 답답하다.

아미가 자리에서 일어서려고 하자 윤희도 따라 나선다. 윤희에게 의지한 채 아미는 발을 끌며 식당을 나와 밤공기를 쐰다. 밝은 도시의 불빛 아래 자동차들이 내달린다. 온갖 건물에서 온갖 불빛이 윙윙거리며 점멸한다. 아미는 외딴 오두막의 고요가 그립다. 파도의 낮은 울림, 해녀 친구들의 순박한 웃음소리가 그립다.

"비행기는 안 타려고 했는데 어쩔 수 없었어."

아미가 이마의 멍을 만지며 윤희에게 말한다.

윤희는 말없이 아미의 어깨에 팔을 두른다. 두 사람은 나란히 선 채로 도시의 모습을 지켜본다. 번쩍거리는 외제 승용차와 보도블록을 오가는 명품 구두의 또각 소리가 거리를 채운다. 아미는 기내에서 내려다보았던 발아래 대지를 떠올린다. 검은 활주로는 겨우내 누렇게 구겨진 풀들로 에워싸여 있었다. 아스팔트 밑에 묻힌 채 너무 오래 시간이 지난 것들을, 사람들을 떠올려 본다. 아미가 허공을 날아갈 때 대지 위에는 아미를 올려다보는 수많은 얼굴들이 있었다. 아미는 그 얼굴들을 기억하고 싶지 않다. 그들의 멍한 눈을 밀어내고 도시의 소음에 정신이 팔리는 쪽을 택한다. 아미의 정신은 반짝이는 불빛과 윤희의 품이 주는 편안함으로 부지런히 되돌아온다.

*

아미는 한밤중에 눈을 뜬다. 무슨 소리가, 목소리가 들린 것 같다. 누군가 아미의 이름을 외친 듯도 했다. 잠옷을 여미고 자리에서 일어나 앉는다. 방은 어둡고 알람시계의 빨간 숫자만 빛나고 있다. 새벽 세 시. 딸은 옆에서 낮은 소리로 코를 곤다. 손을 뻗어 허공을 더듬으며 방문을 찾아간다.

작은 부엌으로 가서 주전자에 물을 올린다. 아미가 발을 끌며 이리저리 움직이자 스노볼이 궁금한지 발치에서 얼쩡댄다. 아미가 간이식탁에 앉자 강아지가 무릎으로 올라온다. 아미는 복슬거리는 강아지 머리를 쓰다듬는다. 그리고 하늘색으로 칠한 부엌의 텅 빈 벽을 뚫어져라 바라본다. 부드러운 강아지의 털을 어루만지며 아미는 깊은 잠을 깨웠던 꿈을 떠올려 본다.

바다에서 수영을 하던 소녀가 조개를 캔다. 소녀는 아미에게 손을 흔들며 막 발견한 불가사리를 들어 보인다. 아미는 물가에 서 있지만 물옷을 입진 않았다. 대신 무릎 바로 아래까지 떨어지는 무명 원피스를 입고 있다. 원피스는 아미의 두툼하게 접힌 늙은 살집을 전혀 가려 주지 못한다. 여태껏 보지 못한 검정 구두가 신겨져 있고 아미의 두 발에 광을 내고 있다. 물속에서 소녀는 웃음을 터뜨리더니 다시 잠수한다. 마치 돌고래처럼 우아하고 수월하게 물을 여러 번 들락거린다. 어릴 적 내 모습일까? 아미는 궁금하다.

저멀리 먹구름이 빠르게 몰려온다. 화가 난 바다처럼 두 사람을 에워싼 구름의 높이와 바람의 강도가 심상치 않다. 아미는 폭풍우가 오고 있다고 소녀에게 외치지만 바람 소리 때문에 소녀는 듣지 못한다. 소녀는 다시 물속으로 들어가고 비와 천둥, 번개가 온 사방으로 쏟아진다. 우박이 해변을 때리고 아미는 튀어나온 바위 아래 숨을 곳을 찾으며 소녀가 다시 물 위로 올라오는지 지켜본다. 소녀가 물 밖으로 모습을 드러내지 않는다. 몇 분이 지나고 아미는 소녀가 물에 빠져 죽었을지 염려스럽다. 폭풍우는 점점 더 힘을 얻고 강력한 파도가 해변으로 밀려와 부서진다. 아미는 안다. 가망이 없다는 것을. 아미는 신을 벗는다. 그리고 옷도 뒤집어 벗어 놓는다. 맨몸인 채 아미는 소용돌이치는 바다로 뛰어든다. 차가운 물속에 머리를 처박는 순간 누군가 아미의 이름을 외친다.

주전자가 휘파람 소리를 내자 스노볼이 짖기 시작한다. 아미는 먼저 개를 어르고 재빨리 주전자를 불에서 내린다. 그리고 따뜻한 물을 머그잔에 따른 뒤 녹차 티백을 적신다. 아미가 도로 자리에 앉자 개가 다시 무릎으로 올라온다. 아미는 두 손으로 머그잔의 온기를 느끼며 물이 어두운 황록 빛깔로 변하기를 기다린다. 아미는 꿈에서 본 것같이 반짝이는 검은 구두를 한평생 신어 본 적이 없다. 흰 원피스는 입어 본 적이 있을지 몰라도 검은 구두는 아니었다.

아미는 차를 홀짝이며 새 신이 나오는 꿈이 무슨 의미인지 골몰한다. 진희라면 알 것이다. 진희는 상대가 원하든 원하지 않든 꿈이라면 뭐든지 잘 풀이해 주곤 한다. 바닷속 소녀는 또 누구였을까? 어린 아미였을까? 꿈은 어린 시절의 죽음을 의미하고 있는 것일까? 아니면 다가오는 아미의 죽음을?

누군지 알면서. 마음속에서 나무라는 소리가 들려온다. 아미는 듣지 않으려고 애쓰지만 그러면서도 마음속 소녀의 얼굴을 떠올려 본다.

"하나 언니."

아미가 빈 거실에 대고 불러본다. 60년이 넘도록 입에 담지 않았던 이름이다.

스노볼이 고개를 갸웃거린다. 아미는 찻잔을 들고 발을 끌며 거실로 들어간다. 딸의 잠을 방해하지 않으려고 소파에 자리를 잡는다. 스노볼이 폴짝 뛰어올라 몸을 붙이고 눕는다. 아미는 눈을 감고 싶지 않다. 바다를 떠다니는 죽은 소녀가 생기 없는 검은 눈으로 아미를 올려다볼까 두렵다. 아미는 스노볼의 머리를 쓰다듬으며 태양의 새벽 빛줄기가 창가를 밝힐 때까지 차를 홀짝인다.

하나

1943년 여름, 조선

기차는 밤에만 움직인다. 북쪽으로 군수물자를 실어 나르는 모습을 폭격기가 눈치 채면 안 되기 때문이다. 기차가 여러 번 멈추지만 소녀들 역시 군수물자처럼 실려 있어야 한다. 허락된 식량과 물은 매우 적다. 하나는 굶주려 있다. 뱃속이 안쪽에서부터 갉아먹히는 기분이다. 낮 시간은 참기 힘들 정도로 더디게 흐른다. 군인들이 담배를 피우며 식사를 하고 농담을 하는 동안 소녀들은 지시에 따라 말없이 앉아 있어야 한다.

기차가 역에 멈춘 사이, 새로 기차에 오른 두 소녀는 상냥했다. 그러나 상수가 일을 당한 뒤로 하나는 대화를 나눌 기분이 아니다. 상수의 죽음을 함께 목격한 얼굴이 달덩이 같은 소녀는 이야기를 나눌 새 친구들이 반가운 모양이다. 어여쁜 얼굴에 다시 생기가 돌고 충격은 씻긴 듯 보였다. 가끔은 네 소녀를 감시하는 눈이 없을 때도 있다. 그럴 때면 그들은 각자의 이야기를 한다.

세 소녀는 거의 필사적으로 서로에게 살아온 이야기를 하는 것 같다. 하나는 검게 칠한 창문으로 새어 들어오는 가느다란 빛줄기에 한쪽 눈을 고정하고 귀를 기울인다. 가느다란 빛줄기 위로 그림자가 지나갈 때면 하나는 그 그림자가 군인의 것인지 지나가는 일반인의 것인지 궁금하다. 혹시 도와줄 마음이 있는 일반인의 것은 아닐지 가는 빛줄기만큼의 희망을 품어 본다.

"엄마가 서울에 있는 고모 집에 가서 집안일을 돌봐주라고 날 보냈는데 서울까지 못 갔다."

한 소녀가 말한다. 넷 중에 가장 나이가 많다. 열아홉쯤 되어 보이는 소녀의 한쪽 볼에는 보조개가 있다. 마구 헝클어진 곱슬머리는 목 뒤에서 하나로 묶었다.

"역에서 버스를 기다리고 있었어. 세 정거장만 더 가면 서울이었거든. 그런데 어떤 군인이 차를 타고 오더니 어디 가냐고 묻는 거야. 그래서 어딜 간다고 했더니 버스가 지연이 돼서 오려면 몇 시간도 더 걸린다며 태워 주겠대."

죄책감이 가득한 눈으로 나무라는 말이 나오기를 기다렸지만 아무도 소녀를 탓하지 않는다. 소녀는 말을 계속한다.

"그놈 말을 믿는 게 아니었지. 엄마가 일본놈 말은 믿지 말라고 했거든. 조선인은 아랫것으로 본다고 가까이 둘 생각도 말라고 했었는데. 그 군인이 너무 친절해 보여. 정말 도와주려는 줄 알았어."

소녀의 목소리가 어느덧 작게 속삭인다.

"집을 떠난 건 처음이었거든."

하나는 다시 가느다란 빛줄기와 그 위를 가로지르며 춤추는 그림자를 바라본다. 하나도 집을 떠난 건 처음이다. 하나의 엄마도 일본인을 믿지 않는다. 엄마는 어쩔 수 없는 때가 아니면 두 딸을 홀로 남겨 두지 않았다. 어쩔 수 없을 때면 낯선 사람과는 절대 어울려선 안 된다고 신신당부한 뒤에야 동생을 하나에게 맡겼다. 아버지는 일본 고깃배가 휩쓸고 간 물길을 뒤지느라 종일 집에 없었다. 밤늦은 시각, 하나와 엄마, 동생이 장에서 돌아온 뒤에도 한참이 지나 집에 와서는 일부러 요란스럽게 그날의 수확을 자랑하곤 했다.

"오늘은 진수성찬이다. 무얼 잡아 왔는지 보아라!"

아버지가 고향 초가집으로 들어서며 소리를 내면 하나와 동생은 신이 나서 환호성을 질렀다. 문지방을 넘기도 전에 달려가 아버지의 다리를 한 쪽씩 붙잡았다. 아버지는 어두운 심해에서 솟아오른 바다 괴물처럼 자매를 매달고 쿵쿵 걸어 들어갔다. 열여섯이 될 때까지 하나는 동생을 위해서 아버지를 환영하는 이 이상한 행사를 계속했다. 아버지가 무거운 두 다리를 옮기려고 애쓸 때마다 동생은 자지러지게 웃었다. 하나는 아버지가 걸을 수 있도록 동생 몰래 바닥에 발을 대곤 했다. 이 소박한 놀이는 집안의 행복을 비는 그들의 간절함이 깃들어 있었다. 아버지는 매일 밤 녹초가 되었고 피로와 정신적 압박이 더해져 나이에 비해 훨씬 늙어 보였다.

"중전마마는?"

아버지는 자리를 잡고 주머니를 열기 전에 이렇게 묻곤 하였다.

"물론 부엌에 계시옵지요."

동생이 큰 소리로 말하면 엄마가 부엌문을 열고 고개를 들이밀었다.

"우리 고운 마마님이 여기 계시는군. 오늘밤 궁궐에는 정말 향기로운 냄새가 진동을 하는도다. 병사들은 들어라, 어서 이 전리품을 가져가 음식 솜씨가 뛰어난 아름다운 마마님께 바치도록 하라."

아버지가 장난스럽게 지시하면 다음은 하나와 동생의 몫이었다. 자루를 뒤져 생선 한 마리, 해초 한 조각, 쌀 한 주머니가 나올 때마다 자매는 놀라움과 기쁨이 담긴 탄성을 내질렀다. 가끔은 생선과 배를 맞바꾸어 와서 식구들을 놀라게 하기도 했다. 비록 일 년에 한두 번 있을까 말까 한 일이지만 자매에겐 아버지의 깜짝 선물로 기억되었다. 하나가 납치되기 이틀 전에도 아버지는 커다란 배 두 알을 가지고 왔다. 소녀의 말을 듣는 동안에도 하나의 허기가 사그라지지 않는다. 기억 언저리에 앉은 하나는 그 흥건한 배즙의 맛이 다시 느껴지는 것 같다.

"그 군인이 나를 보급소로 데려가서 서류에 서명을 하게 했는데 난 일본어를 읽을 줄 모르거든. 학교에 다닌 적이 없어."

소녀는 창피한 얼굴로 이야기를 이어갔다.

"도대체 무슨 영문인지 알 수가 없었어. 그 군인이 나를 조선인 남자한테 맡겼고 그 남자가 날더러 이제 고모 집에 갈 필요가 없다는 거야. 이제 천황께서 나를 필요로 한대. 이제 황국의 영광을 위해 일할 때가 왔다고."

소녀의 얼굴을 바라보니 두 눈에 순수함이 배어난다. 군인들이 소녀를 겁탈하지 않은 것이다. 하나가 갇혀 있던 배의 객실에서만 군인들이 여자들을 끌고 간 것인지 궁금하다. 소녀들은 이제 조용하다. 하나가 이야기를 할 차례이기 때문이다. 하나는 기대에 찬 소녀들의 얼굴을 차례로 살피다가 미안하다는 말과 함께 고개를 돌린다. 저무는 태양 빛에 집중한다.

한 주 내내 고된 기차 여정이 이어졌다. 다른 소녀들이 앞 역에서 하차하면서 나중에는 하나만 홀로 객실에 남았다. 모리모토는 이동하는 내내 하나에게 말을 걸지 않았다. 눈길도 거의 주지 않았다. 마치 하나가 거기 있다는 것을 잊은 듯했다. 그러나 목적지인 만주에 도착하자 달라졌다. 모리모토는 갑자기 사무적이 된다. 하나에게 하차를 명령하고 담당 군인에게 서류를 건넨다. 하나는 지구 저편에 홀로 남겨진 듯했지만, 정작 이곳으로 끌고 온 모리모토는 자신과 무관한 일인 양 떠나 버린다. 새로운 군인들이 이동을 위한 차량을 구하러 어딘가로 사라지고 하나는 잠시나마 홀로 남겨진다.

주변을 둘러보던 하나는 어느새 돌아오고 있는 모리모토를 보자 길을 건너 달아나고 싶다. 모리모토는 담배 한 갑을 쥐고 있다. 그는 하나 옆에 서서 담뱃불을 붙인다. 담배를 몇 번 빨더니 하나에게 내민다.

"담배 필 줄 알아?"

하나는 담배를 쳐다보았다가 다시 미심쩍은 눈빛으로 모리모토를 본다. 그가 하나를 보고 킬킬거린다. 마치 호기심 많은 소녀에게 그다지 나쁠 것 없다는 듯 담배를 권하는 편한 친구처럼 행동한다.

"쉬워. 날 봐."

모리모토가 담배를 길게 빨아들인다. 내뱉은 연기가 밤하늘로 휘돌아 올라가는 것을 보며 눈을 게슴츠레 뜬다.

그러고는 물고 있던 담배를 천천히 하나의 입으로 집어넣는다. 그가 담배로 지지거나 더한 짓을 할까 봐 하나는 가만히 선채 얼어붙는다.

"숨을 들이쉬어."

하나가 고개를 젓고 담배가 땅으로 떨어진다. 손이 날아온다. 매서운 손찌검에 화들짝 놀란 눈에는 눈물이 고인다. 그가 땅에 떨어진 담배를 주워 다시 불을 붙인다. 그리고 하나에게 물린다.

"시키는 대로 하는 게 낫다는 걸 곧 깨닫게 될 거야. 빨아."

제정신이라면 시키는 대로 해야 한다. 하나는 담배를 빤다. 뜨거운 연기가 연약한 목구멍을 그을리기 시작하자 곧바로 기침이 난다.

모리모토는 친오빠라도 되는 양 하나의 등을 두드리며 웃는다. 하나가 물고 있던 담배가 다시 땅에 떨어진다. 모리모토는 군화 끝으로 담배를 밟아 문지른다. 다른 군인이 돌아오자 모리모토는 하나가 거기 없는 것처럼 군인과 대화한다. 모리모토가 군인의 어깨를 두드리고 둘은 웃는다. 군인이 경례를 붙이고 모리모토도 경례로 답한다. 군인은 하나를 데리고 기차역 옆에 서 있는 지프로 간다. 모리모토는 또 담배에 불을 붙인다. 하나가 타고 있는 지프는 흙길을 따라, 연기 구름을 내뿜는 모

리모토를 지나쳐 간다. 멀어져 가는 하나의 혀에서 담배 맛이
난다.

*

이미 어두워져서 만주의 시골 풍경은 잘 보이지 않는다. 드
문드문 솟은 수풀과 키 큰 풀이 빽빽한 초원의 그림자만이 창
밖으로 지나갈 뿐이다. 길을 밝혀 줄 달도 뜨지 않은, 오랜만에
보는 어두운 밤하늘이다. 울퉁불퉁한 흙길을 따라 차를 몰아야
하는 기사에게 트럭의 전조등은 큰 도움이 되지 않는다. 하나
는 잠이 들었다가 몸을 흔드는 거친 손길에 놀라 잠을 깬다

"다 왔다. 내려."

군인이 명령한다.

트럭의 전조등은 커다란 목조 여관을 비추고 있다. 2층 건물
의 위층 창에는 창살이 달려 있다. 문이 열리고 또 다른 군인이
나와 들어오라고 손짓한다.

"이 아이가 그 애 대신이야?"

현관에 들어서자 군인이 묻는다.

"응, 모리모토 하사님이 보내셨다."

"그렇겠지."

군인이 히죽 웃는다. 두 사람은 서로 경례를 한다. 하나를 데
려온 군인은 하나를 거들떠보지도 않은 채 도로 트럭으로 돌아
간다. 하나는 그가 시동을 걸고 떠나는 모습을 바라본다. 여관
의 군인은 하나 뒤로 문을 걸어 잠근다. 그가 누군가를 부르자

중국식 복장을 한 늙은 여자가 나타난다. 여자는 한 팔로 하나를 감싼 뒤 여관 안으로 데리고 들어간다. 하나는 여자와 함께 있게 된 것에 안도하며 여자를 따라간다. 이곳은 노역소인지도 모른다. 생각이 여기 미치자 적지만 용기가 생긴다.

"여기가 어디예요?"

하나가 일본어로 묻는다.

여자는 대답하지 않는다. 하나는 다시 묻지만 여자는 말없이 하나를 데리고 넓은 현관 복도를 지나 낡은 나무 계단을 향해 간다. 계단은 어둠에 잠긴 2층으로 이어진다.

"저 위에는 뭐가 있어요?"

하나가 묻는다.

여자는 초에 불을 붙이고 계단을 오르기 시작한다. 계단 밑에서 하나가 머뭇거린다. 계단이 시작되는 벽에는 소녀들의 사진이 든 액자가 두 줄로 걸려 있다. 소녀들은 하나같이 똑같은 단발머리와 웃음기 없는 엄숙한 표정을 하고 있다. 각각의 액자 밑에는 숫자가 적혀 있다. 사진 속 검은 눈들이 여자를 따라 계단을 올라가는 하나를 지켜보는 듯하다. 하나는 겁을 먹지 않으려고 애쓴다.

촛불이 깜빡이며 어두운 복도 벽을 비추지만 주변을 샅샅이 살피기에는 충분하지 않다. 여자는 몇 개의 문을 지나치더니 어느 방 앞에 서서 열쇠로 문을 연다. 하나가 안으로 들어서자 여자는 등을 돌려 떠나려고 한다.

"잠깐만요."

하나가 여자에게 말한다.

"여기가 어딘지 제발 좀 알려주세요."

하나가 간청하지만 여자는 이미 신발을 끌며 계단을 도로 내려가는 중이다.

칠흑 같은 어둠 속에서 홀로 남은 하나가 작은 방을 둘러본다. 한구석에 모서리를 맞춘 다다미 한 개와 그 옆에 있는 대야가 겨우 들어갈 만한 크기이다. 대야를 보자마자 달려간 하나는 그 안에 있는 시원한 물을 발견한다. 물을 떠서 입에 대자 목구멍으로 벌컥벌컥 넘어 간다. 하나는 물이 깨끗한지, 왜 거기 있는지 따져 보지도 않은 채 물을 마시고 또 마신다. 마지막 한 방울까지 다 마신다. 그런 뒤 다다미 자리 위에 누워 늙은 여자가 다시 돌아오기를 기다린다.

여자가 들어와 하나의 선잠을 깨운다. 여자가 든 쟁반 위에는 죽 한 사발과 일본식 무절임이 있다. 하나는 일어나 앉자마자 질문을 퍼붓는다.

"여긴 어디예요? 전 왜 여기로 온 거죠? 언제 우리 집에 갈 수 있어요?"

하나는 대답이 간절하다. 같은 질문을 조선말로도 반복한다.

여자는 고개를 젓는다. 그리고 뭐라고 하는데 아마도 중국어 같다. 여자는 하나에게 죽을 먹으라고 손짓하고 뒤돌아 방을 나가려고 한다. 여자가 문을 열자 깊고 섬뜩한 신음 소리가 방 안으로 흘러 들어온다.

"저게 무슨 소리예요?"

하나가 묻지만 여자는 또 다시 고개를 젓는다. 그리고 아무 말도 덧붙이지 않은 채 방을 떠난다.

하나는 문 쪽으로 가서 밖을 내다본다. 신발을 끌며 멀어져 가는 여자의 작은 어깨가 안으로 굽어 처져 있다. 여자가 방문을 잠그지 않았으니 이곳이 그리 나쁜 곳은 아닐 거라고 하나는 확신한다. 여관을 마음대로 둘러볼 자유가 있을지도 모른다. 하나는 더 이상 죄수가 아닌 듯하다. 죄수라고 해도 여자는 하나가 도망을 치든 말든 상관하지 않을 것 같다. 하지만 도망칠 곳이 없기 때문일 수도 있다. 머릿속 어디쯤에서 희망이 너무 크게 부풀어 오르지 못하게 막는다.

다시 소리가 들려온다. 사람의 소리 같지 않은 저음의 곡성, 죽음의 소리 같다. 문을 걸어 잠그고 방구석에 웅크리고 싶지만 눈을 뜬다. 어떤 짐승이 그런 끔찍한 소리를 내는지 알아야 할 것 같다. 그 소리가 나는 곳으로 가면 여기가 어디고 왜 여기로 끌려 왔는지 알 수 있을 것만 같다.

하나의 방문과 똑같은 문들이 줄지어 선 건너편으로 난간이 있다. 그 난간 아래에는 작은 휴게 공간이 있고 그 공간은 다시 다른 여러 개의 방으로 이어진다. 아래층에서는 더 많은 촛불이 일렁이고 있어서 좀 더 명확하게 공간이 구분되어 보인다. 가구가 미처 도착하지 않은 듯 여관 안은 휑하다.

또다시 신음 소리가 들려온다. 계단 밑 가장 가까운 문에서 들린 것 같다. 문은 반쯤 열려 있고 그 안에서 그림자들이 움직인다. 어디서 들려오는 소리인지 알아야 한다는 생각에 안전도, 다른 어떤 것도 눈에 들어오지 않는다. 하나는 나무 계단을 천천히 내려간다. 계단이 삐걱거릴 때마다 소름이 돋는다. 맨 아래 계단에 이르러서야 하나는 벽에 붙은 소녀들의 얼굴을 흘긋 쳐다본다. 하나의 머리 위에서, 나무라는 듯 경계의 눈빛으로 하나를 내려다본다. 하나는 고개를 돌리고 발꿈치를 든 채 열린 방문으로 향한다. 그리고 숨을 멈춘 채 방 안을 들여다본다.

방 저편 다다미 위에는 피로 범벅이 된 허벅지를 벌리고 한 여자가 누워 있다. 천으로 입과 코를 가린 한 남자가 여자의 다리 사이에 웅크리고 있다. 죽음의 곡성이 피범벅된 여자의 목소리라는 것을 깨닫자 하나의 등골이 오싹해진다.

"힘을 줘야 해."

일본인이 옆에 있는 누군가에게 말한다. 누구인지 보이지 않지만 목소리는 들린다.

"의사가 힘을 줘야 한대."

여자가 조선말을 한다.

하나는 무심코 짧은 숨을 들이마신다. 조선 여자다. 여자는 사람보다 짐승의 소리 같은 깊고 둔탁한 소리를 내뱉는다. 하나는 여차하면 계단을 뛰어 올라가려고 등을 돌린다. 아이를 낳고 있는 여자를 보니 겁이 나기도 하지만 다른 조선인이 있다는 사실이 안도감을 준다.

"이 여자 못 버티겠다."

의사가 일본어로 말하고 하나는 그 자리에 얼어붙는다.

"아기는요?"

옆에 있던 여자가 묻는다.

"벌써 죽었어."

"수술하면 엄마는 살릴 수 있지 않아요?"

"감염 위험이 너무 커."

"그러면 어떻게 해요?"

"애를 밀어내지 않으면 같이 죽어. 살고 싶으면 더 세게 힘을 줘야 한다고 말해."

더 이상 듣고 싶지 않다. 발소리를 죽이고 재빠르게 계단을 올라간 하나는 방구석에 숨어 무릎을 안고 웅크려 앉는다. 몸이 떨린다. 출산 중인 여자의 고통스러운 외침이 들리는 와중에도 하나의 눈은 자꾸만 쟁반에 놓인 죽사발로 향한다. 배에서 꼬르륵 소리가 난다. 남은 죽거나 말거나 배고픔이 먼저 떠오르는 자신이 역겹다. 그렇다고 배를 채우지 않을 수는 없다. 기차를 타고 너무 오래 왔다.

하나는 사발을 들고 죽을 들이마신다. 사발을 비운 뒤에 무절임을 한꺼번에 먹어 치운다. 그러곤 치맛자락으로 얼굴을 닦는다. 닫힌 문 아래로 또 한 차례 신음 소리가 밀려들어온다. 하나는 속이 메스껍다. 울컥 구역질이 올라와 대야가 있는 곳으로 기어가 구토를 한다.

죽과 멀건 물, 무 조각이 금속으로 만든 오목한 대야 속으로 쏟아진다. 손등으로 입을 닦고 아래층으로 대야를 비우러 가기 위해 일어선다. 계단을 반쯤 내려갔을 때 또 여자의 소리가 들린다. 더는 내려갈 수가 없다. 하나는 발걸음을 되돌려 재빨리 방으로 향한다.

방문으로 들어가려는데 옆에 달린 나무 명패가 눈에 들어온다. 일본어로 꽃 이름이 적혀 있고 옆에는 숫자가 표시되어 있다. 사쿠라(벚꽃) - 2. 나란히 늘어선 다른 문 옆에도 꽃 이름과 숫자가 새겨진 명패가 달려 있다. 하나는 명패를 일일이 들여다본다. 츠바키(동백) - 3, 히나타(해바라기) - 4, 키쿠(국화) - 5, 아야메(붓꽃) - 6, 리코(재스민) - 7. 마지막 명패에 이르자 복도 반대편 하나의 방 근처에서 소리가 들린다.

무슨 소리인지 알아보고 싶지만 망설여진다. 하나는 제 방으로 돌아가다가 제 방을 지나 다른 방이 하나 더 있다는 사실을 깨닫는다. 명패에는 꽃 이름이 아닌 사람 이름이 적혀 있다. 케이코 - 1. 안에서 무언가 바스락거린다. 여기가 어디이고 왜 끌려왔는지 알려 줄 누군가를 찾아야 한다. 하나는 재빨리 바닥에 대야를 놓고 방문 쪽으로 손을 가져간다. 두려움에 심장이 불규칙하게 뛴다. 너무 빠르고 강하게 뛰어서 허파가 답답해져 온다. 손잡이는 쉽게 돌아간다.

방의 내부는 하나가 머무는 곳과 똑같이 생겼다. 촛불이 타고 있는 방바닥에는 한 여자가 두 손에 얼굴을 묻은 채 무릎을 꿇고 자리 위에 앉아 있다. 여자는 소리없이 울고 있다. 조용히 울먹일 때마다 어깨가 들썩인다. 하나는 다시 문을 닫으려고 하지만 여자가 인기척을 느끼고 두 손을 내린다. 둘은 서로를 바라본다.

"네가 새로 온 사쿠라인가 보구나."

여자가 일본어로 말한다.

하나는 의사 소통이 가능하다는 사실에 안도한다.

"이름이 케이코예요?"

하나가 문밖의 명패를 떠올리며 묻는다. 여자가 고개를 끄덕인다. 명패에 적힌 것은 이름이 맞았다. 하나의 이름도 이제 사쿠라다.

"정말 어리구나."

케이코가 고개를 절레절레 흔들며 말한다.

"몇 살이니?"

"열여섯이요."

하나가 떨리는 목소리를 애써 감추며 대답한다. 촛불에 비친 케이코의 나이는 서른 살쯤 되어 보인다.

"나도 한때 너만한 나이일 때가 있었지. 그 후로 아주 오랜 세월이 흐른 것 같지만."

아래층 여자의 신음 소리가 들리자, 케이코는 손으로 입을 막고 울음을 참는다.

"저 여자를 아세요?"

하나가 묻는다.

"내 친구야."

케이코가 한참 있다가 떨리는 목소리로 말한다.

"아기는 죽었어요."

하나는 자기도 모르게 본 것을 말한다. 속이 울렁거린다.

"잘됐어."

도자기 인형 같은 케이코의 얼굴에 그늘이 진다.

하나는 케이코의 살벌한 어투에 흠칫 놀란다.

"여자도 죽을지 모른대요."

케이코가 같은 반응을 보일지 궁금해 하며 하나가 이 소식마저 말한다.

케이코는 누그러진 표정으로 무릎에 힘없이 얹힌 두 손을 내려다본다.

"그것도 잘됐네."

그러나 케이코의 목소리는 그보다 더 괴로운 일은 없을 거라고 정반대로 말하는 듯하다.

"무슨 뜻이죠."

하나가 나지막이 묻는다.

"곧 알게 될 거야."

케이코가 올려다보지 않고 말한다.

"어서 방으로 돌아가. 여기 있는 걸 들키면 우리 둘 다 혼나."

케이코가 한 말의 의미를 묻고 싶지만 아래층에서 남자 목소리가 들린다.

"어서 가!"

케이코가 거칠게 속삭인다.

하나는 케이코의 방을 나와 대야를 들고 사쿠라의 방으로 서둘러 돌아간다. 방 안에 토사물 냄새가 퍼져 나간다. 내용물을 창밖으로 던져야 할지 고민해 보지만 두려움에 떨던 케이코의 모습이 떠올라 그러지 않기로 한다. 다다미 자리에 앉은 하나는 케이코와 나눈 알쏭달쏭한 말들이 의아스럽다. 그날 밤 사쿠라의 방에는 아무도 찾아오지 않는다. 하나는 주린 배를 안고 잠을 청한다.

다음날 하나는 케이코의 친구가 아이를 낳다 숨진 사실을 알게 된다. 그리고 그러한 죽음의 사연 뒤편에 자신이 이곳에 끌려온 이유가 있다는 것 역시 깨닫는다.

아미

윤희가 아미의 팔을 지긋이 누르며 엄마를 깨운다. 아미의 눈이 뻑뻑하다.

"아침 다 됐어요."

윤희가 말한다.

아미는 갓 내린 커피와 쌀밥, 팬에 구운 생선 냄새를 맡는다. 소파에서 일어나려는데 무릎에서 딱 소리가 난다. 배가 꼬르륵거린다. 스노볼이 꼬리를 흔들며 아미를 따라 화장실로 들어온다. 녀석은 아미가 아침 볼 일을 보는 모습을 지켜보는 걸 싫어하지 않는 것 같다. 수년간 가까이 지내온 오랜 친구 같다. 아미는 얼굴에 물을 적신 뒤 오목하게 구부린 두 손에 찬물을 담아 눈을 적신다. 그리고 한결 산뜻해진 기분으로 아담한 스노볼을 안아 들고 부엌으로 발을 끌며 들어간다.

딸은 밥상에 무척 신경을 썼다. 사기그릇에 담긴 온갖 반찬이 아침상에 놓여 있고 김이 모락모락 피어나는 쌀밥도 두 그릇 있다.

"내가 제일 좋아하는 반찬 했네."

아미가 콩나물 무침을 가리키며 감탄했다.

"어제 오전에 음식을 좀 해놨지요."

윤희가 말하며 엄마 건너편에 앉는다.

아미는 젓가락을 들고 콩나물무침을 집는다. 맛이 훌륭하다. 딸에게도 그렇게 말한다. 두 사람은 한동안 말없이 밥을 먹고 스노볼은 종종 자기 존재를 알린다. 윤희가 강아지에게 생선 몇 점을 먹인다.

아침을 먹고 둘은 커피를 들고 거실로 간다. 윤희가 CD를 튼다. 클래식 피아노 음악이 방 안에 울려 퍼지자 윤희는 음량을 살짝 줄인다.

"음악 좋다."

아미가 말한다.

"쇼팽이에요. 지난번에도 마음에 든다고 하셨어요."

"그래, 정말 좋다."

윤희는 미소를 지으며 창밖을 내다본다. 레인이 곧 도착할 것 같다.

"엄마, 오늘 레인이랑 같이 가는 거 정말 괜찮으세요?"

"괜찮다고 했잖아. 내 걱정은 마. 오빠도 오니?"

"오빠는 회사 가야 해요."

"우리 손주는?"

"학교 가야지. 오늘 저녁에 다시 만나서 저녁 먹을 거예요."

윤희가 다 들리게 한숨을 쉰다. 조금 언짢아 보이지만 아미는 이유를 알 수가 없다. 커피도 다 마셨고, 옷을 갈아입고 싶었다. 우선은 가만히 앉아서 기다리기로 한다.

"엄마, 질문 하나 해도 돼요?"

윤희는 말을 꺼내는 게 두려워 보인다. 세월이 많이 흘렀지만 딸은 쉰여덟의 나이에도 엄마에게 편하게 말을 건네지 못한다. 아미는 자신이 무슨 짓을 했기에 딸이 이토록 조심스러워하는지 의문이다.

"그럼, 뭐든지 물어봐."

윤희는 침을 삼킨 뒤 커피잔의 잔잔한 수면을 바라본다. 입술에 침을 바르더니 잔에서 눈을 떼지 않은 채로 묻는다.

"엄마, 위안부였어요?"

두 사람 사이에 보이지 않는 장막이 있는 것처럼 침묵이 떨어진다. 아미는 대답 대신 두 손을 내려다본다.

"그래서 서울에 오실 때마다 수요집회에 가기 시작하신 거예요?"

딸이 뒤이어 묻는다. 이마에는 걱정이 주름져 있다.

아미는 식탁을 어루만진다. 단단하고 매끄럽다. 가슴이 조여온다. 20여 년 전, 강제 동원된 위안부의 존재를 세상에 알린 피해자가 나타났고, 그 후로 매주 수요일마다 집회가 열렸다. 하지만 아미는 지난 3년 동안 해마다 한 번씩만 참여했을 뿐이다. 집회에 나온 사람들은 일본 정부가 제2차 세계대전 당시 수천 명의 여성을 상대로 저지른 전쟁 범죄를 인정하고 처벌받기를 요구한다.

전쟁이 끝난 지도 수십 년이 흘렀다. 그리고 집회가 시작된 뒤로도 많은 세월이 흘렀지만 범죄자들은 아무런 처벌도 받지 않았다. 사과를 받을 자격은 누구에게 있을까? 사과를 할 자격은? 아미가 가슴에 손을 댄다. 조여 오던 가슴이 조금 편안해진다. 오늘 집회는 특별하다. 1천 번째 집회이기 때문이다.

"왜 저한테 털어놓지 못하세요?"

딸의 목소리에서 상처와 아픔이 들린다.

아미는 손바닥을 허벅지에 올려놓는다. 아미는 딸과 대화하는 법을 터득하지 못했다. 윤희는 학자로 살아 왔고 무엇보다 논리를 우선한다. 윤희의 모든 결정은 꼼꼼한 자료 조사를 거쳐 정확한 인과적 논리에 의해 내려진다. 윤희가 아미를 따라 바다에서 해녀로서 살 수 없었던 이유도 거기에 있다. 대신 윤희는 자신이 납득할 수 있는 세상을 찾아 대학으로 떠났다. 아미는 딸이 살고 있는 세상을 절대 이해할 수 없을 것이다. 아미가 평생 딸에게 말하지 않았던 비밀을 딸이 이해할 수 없는 것과 마찬가지이다. 아미는 침묵으로 보낸 평생을 딸에게 설명할 길이 없다. 하지만 더 이상 거짓말을 할 수도 없다.

"엄마가 위안부였던 적은 없었어. 그건 믿어도 돼."

아미는 딸을 바라보며 더 이상 설명이 필요 없기를 바란다.

"믿지 못하는 게 아니에요. 그냥…… 엄마가 살아온 이야기를 나누어 갖고 싶어요. 엄마의 일부를."

윤희가 커피를 내려다본다. 실망스러운 기색도 엿보이고 화가 난 듯도 하다.

"윤희야."

아미가 딸의 이름을 나지막이 부른다.

윤희가 고개를 든다. 윤희는 화를 숨기지 않는다. 오히려 엄마에게 어디 한번 거짓말을 해보라는 표정이다. 윤희 속에는 여전히 사나운 호랑이가 살고 있다. 아미는 그것이 대견하기 이를 데 없다.

"엄마가 찾는 사람이 있어. 거기 가면 그 사람 소식을 들을까 해서."

"누군데요? 친구?"

꿈속의 소녀가 불현듯 떠오른다. 아미는 소녀의 앳된 얼굴을 그려 본다. 아미는 누굴 찾고 있는 걸까? 수십 년 전에 사라진 소녀? 타향에서 늙어 간 여인? 그러나 딸의 물음에 사실대로 대답하려면 아미는 무려 60년 넘게 잠겨 있던 밀실의 문을 열어야 한다. 그리고 그것은 한 번 열면 다시 닫을 수 없다. 그 잠긴 문 뒤에는 기만, 고통, 두려움, 걱정, 수치 등 아미가 자식들로부터 숨겨 왔던 지난날의 모든 것, 나이가 든 후부터는 심지어 자신에게도 숨겨 왔던 모든 것이 들어 있다. 이런 생각들이 갑자기 아미를 억누른다. 얼굴 없는 군인의 무거운 군화가 숨 못 쉴 만큼 아미를 걷어찼을 때처럼. 어깨를 늘어뜨린 아미는 차마 딸을 쳐다볼 수 없어서 애꿎은 장판만 쳐다본다. 바닥에는 수많은 곡선이 한데 모여 섬세한 꽃무늬를 이루고 있다.

아미를 처음 수요집회에 나가게 만들었던 것도 꽃이었다. 3년 전, 친구 진희는 제주평화공원 완공을 기념하는 첫 추념식에 가자고 아미를 설득했다. 2만 명이 넘는 제주 사람들의 학살로 이어진 1948년 제주 4·3사건을 기념하기 위해 조성된 공원이었다. 수많은 사람들이 부당한 누명을 쓰고 죽임을 당했다. 아미는 마을을 괴롭혔던 공포를 아직 잊지 못한다. 사람들은 하나같이 빨갱이, 공산주의자 같은 좌익 딱지가 붙을까 봐 벌벌 떨었다. 소련이 지원하는 북한에 동조한다고 여겨지면 감옥에 던져지고 매를 맞고 고문을 당하고 끝내 죽임을 당했다. 한국전쟁 발발 직후 미군의 지원을 받던 남한 정부는, 좌익으로 의심되는 수감자들을 집단 처형할 수 있도록 선제적인 조치를 취했다.

고향집이 깡그리 불타 버렸을 때 아미는 겨우 열네 살이었다. 아미의 마을은 다른 여러 마을과 마찬가지로 북한의 편에서 싸우는 좌익 반군을 숨겨 주고 있다는 의심을 받고 있었다. 밖으로 드러내지는 않았지만 진희도 그 시절을 살아 냈다. 진희가 아미의 가슴에 묻힌 고통스러운 기억을 이해한 것은 진희에게도 그런 기억이 있기 때문이다. 평화공원의 완공 기념 추념식은 피로 물든 제주의 상처를 치유하기 위한 첫 단계였고, 진희는 아미가 참석을 결정할 때까지 보고만 있지 않았다.

"네가 꾸는 그런 악몽은 저절로 없어지지는 않아."

진희가 아침 내내 이어진 긴 물질을 끝내고 말했다. 두 사람은 장에서 그날 잡은 것들을 팔기 위해 좌판을 벌이는 중이었다. 그날은 운이 좋게도 아미가 전복을 평소보다 한 양동이 더 잡은 터였다.

"지나간 일을 딱 마주 봐야 한다고. 이번 기회가 도움이 될 거야."

"지나간 일은 지나간 일이야."

아미가 장을 보러 나온 사람들에게서 눈을 떼지 않고 대답했다. 엄마의 검지를 쥐고 있는 한 소녀가 눈에 띄었다. 뭍에서 온 관광객들이었다. 소녀의 밝은 눈이 아미를 향했다. 소녀는 미소를 지었지만 아미는 고개를 돌렸다. 악몽이 시작된 것은 한참 전이었다. 언제 시작됐는지 정확히는 기억이 나지 않지만 대략 남편이 죽고 얼마 지나지 않아서였다.

"지나간 일은 바꿀 수 없어."

아미가 대답했다.

"고집 한번 세네. 계속 그렇게 한 많은 할머니로 살아, 그럼."

진희가 어이가 없다는 듯 절레절레 고개를 젓고는 소녀에게 손을 흔든다. 소녀가 입을 가린 채 깔깔 웃는다.

"나는 그냥"

아미는 말을 하다 말고 자세를 고쳐 앉은 뒤 불편한 다리를 한 손으로 주물렀다.

"우리 다 같이 갈 거야. 봉고차 빌려서."

아미는 대답하지 않고 소녀에게로 눈길을 돌렸다. 엄마와 함께 붐비는 시장 안을 깡충거리며 누비는 소녀는 공기처럼 가볍고 자유로워 보였다. 아미는 행복한 어린 아이를 볼 때마다 가슴을 찌르는 듯한 질투심을 억눌러야 했다. 일제 강점기 때 고통을 받지 않았던 사람은 없다. 설령 제2차 세계대전의 소용돌이에서 살아남더라도 한국전쟁을 피하지 못한 죽음 역시 부지기수다. 그러나 아미처럼 두 전쟁에서 모두 살아남은 사람이라면 한평생 무력감과 격한 회한의 짐을 안고 살아야 했다. 식구가 죽임을 당하거나 굶주리고 납치를 당한 일, 이웃이 이웃을 배신한 일, 이 모든 사건은 이 땅을 디딘 모든 사람의 속내에서 짐이 되고 한이 되었다. 진희와 다른 해녀들도 한을 품고 살았지만 아미가 자신의 한을 어떻게 풀지 결정하는 일은 아미 자신의 몫이었다.

진희는 아미의 멀쩡한 다리에 손을 댔다.

"고집 좀 꺾으면 마음이 편해질 거다."

아미가 반박을 하기도 전에 진희는 허공에 두 손을 들었다.

"알았어, 이제 그만 입 다물게."

"잘 생각했네."

아미가 진희의 말이 끝나기도 전에 말했다.

"네가 우리랑 같이 간다면."

진희가 허공에서 두 손을 맞잡으며 외쳤다.

"안 가면 마음이 편치 않을걸. 내가 널 가만 놔둘 리도 없고."

진희 특유의 웃음소리가 장터에 울려 퍼졌다. 시선이 둘에게 모였고 아미는 미소를 지을 수밖에 없었다.

추념식으로 가는 길은 제주 4·3사건과 뒤따른 학살의 기억을 더듬는 사람들의 이야기와 눈물로 가득 채워졌다. 많은 해녀들이 당시 어린 소녀였고 부모와 친척, 형제, 조부모를 잃었다. 아미는 승합차의 앞좌석에 앉아 바깥을 쳐다보며 귀를 기울였다. 그러나 아미는 그 시절의 기억이 떠오르지 않아 이야기에 끼어 들 수가 없었다. 해방 이후의 기억을 떠올리려고 하면 머릿속에 안개가 긴 듯 하얘졌다. 오랫동안 지속된 권력자들의 반공 정책은 양민 학살에 대한 은폐로 이어졌고, 그 목적을 달성한 듯했다. 지금의 정부에서 허락된 자유로운 분위기 속에서도 아미는 그 시절 이야기를 입에 담지 못했다. 자식을 키우고 살아남을 수 있도록 아미는 고통스러운 지난날의 기억을 차단했다. 그렇지만 꿈까지 막을 수는 없었다.

"괜찮아?"

공원에 도착하자 진희가 물었다.

아미는 어깨를 으쓱했다. 그러나 진희가 아이 보듯 계속해서 아미 주변을 맴돌자 손사래를 치며 진희를 쫓았다.

5천 명 넘는 인파가 추념식에 참석했다. 아미는 얼마나 많은 사람이 한때 제주에 살다가 동족 상잔의 비극으로 고향을 등졌을지 궁금했다. 한 여자는 흰 꽃다발을 들고 지나갔다. 갑자기 모두가 똑같이 생긴 흰 꽃을 들고 서 있는 것처럼 보였다. 순수한 꽃을 보고 왜 혼란스러워졌는지 아미 자신도 알 수 없었지만 흰 꽃을 안고 지나치는 사람들을 지켜볼수록 숨이 가빠져 왔다. 가슴을 움켜쥔 채 아미는 꽃을 든 사람들이 모두 같은 방향으로 가는 것을 보고 그 뒤를 따라가기 시작했다.

제단 주변으로 모여든 군중을 보자 아미의 가슴이 다시 빨라지기 시작했다. 제단은 추모의 상징인 하얀 국화로 뒤덮여 있었다. 수백 명의 방문객이 이름도 없이 죽어 간 사람들에게 바치는 조화 더미가 아미의 눈앞에서 점점 더 커져 갔다. 눈보라 같은 하양과 짙은 초록이 아미의 머릿속에 있던 한 기억을 흔들어 깨웠다. 아주 오래전 행해진 또 하나의 의식에 대한 기억이었다. 엄마가 아미에게 이 귀신 같은 하얀 꽃송이를 건넨 적이 있었다.

추념식에 다녀온 이후로 아미의 꿈은 점점 더 선명해졌고, 진희는 아미를 부추겨 추념식에 데려간 것을 후회했다. 너무나 오랫동안 억눌러 온 기억들이 이제는 꿈을 벗어나 아미를 괴롭히기 시작했다. 아침을 준비할 때나 심지어 물질을 할 때에도 떠올랐다. 처음에는 짧은 영상이 전부였다. 바위가 많은 해변으로 헤엄을 치는 소녀, 해변가에 서 있는 군인, 멀어져 가는 목소리. 그러다 어느 날부터 더 이상은 억누를 수가 없었다. 일이 손에 잡히지 않았다. 정신을 아주 잃어버릴 것 같은 두려움도 들었다. 지난 과거가 한꺼번에 의식으로 밀려 들어오자 아미는 고통을 이기지 못하고 난생처음 심장마비를 경험하기도 했다. 무리하지 말고 절대로 스트레스를 받아서는 안 된다고 의사가 경고했다. 그러나 소녀의 기억은 계속해서 아미를 괴롭혔고 더 이상 모른 척할 수 없었다. 다음 번 서울 가는 버스를 탔을 때 아미는 딸네 집으로 곧장 가지 않고 샛길로 빠졌다. 오래전에 잃어버린 바로 그 소녀를 찾기 위해 수요집회로 향했던 것이다.

스노볼이 짖는 소리에 아미는 정신이 현재로 돌아왔다. 딸은 엄마의 해명을 기다리고 있다. 아미는 손을 뻗어 강아지를 안아 배 위에 올린다. 실크처럼 부드러운 털과 따뜻하고 작은 몸이 약간이나마 아미의 마음을 안정시켜 준다.

"엄마?"

"아주 오래전 일이었어. 전쟁 중에, 일본군이 우리 마을에서 여자아이를 데려갔는데 아이는 다시 돌아오지 않았어."

"누구였는데요?"

"내가 사랑했던 사람."

딸은 말이 없었다. 화가 조금 누그러진 듯하다. 대신 의문 가득한 눈빛이 그 자리에 남았다. 아미는 더 이상 아무 말도 않는다. 스노볼을 바닥에 내려놓은 아미는 천천히 일어선다. 그리고 옷을 갈아입으러 발을 끌고 침실로 향한다. 딸이 소리 높여 묻는다.

"레인이 내가 사랑하는 사람인 거 알죠?"

아미는 잠시 멈추어 딸을 돌아본다. 아미가 남해의 찬물 속에서 헤엄을 가르쳤던 작은 소녀의 얼굴이 그대로 남아 있다. 긴 하루 동안 물질을 하고 돌아오는 해녀들 주변으로 둘이 물장구를 치고 헤엄을 치며 놀 때 엄마를 향해 미소를 짓던 동그란 얼굴. 아미는 다른 딸들처럼 윤희도 언젠가 엄마 곁에서 물질을 하는 날이 오리라고 꿈꿨다. 그러나 순식간에 자라난 윤희는 상상력이 넘쳤다. 아미는 성숙해 가는 딸의 거침없고 참신한 생각들을 따라가기 벅찼다. 윤희가 물질을 배우고 싶지 않다고 말하던 날, 아미는 엄마가 된 이후로 가장 괴로웠다. 사실 놀랄 일은 아니었다. 윤희는 또래 여자아이들과 비슷한 구석이 전혀 없었다. 물을 내려다보는 대신 하늘을 올려다보는 아이였다.

"나 학교 계속 다니면 안 돼요?"

윤희가 어느 날 오후 물었다.

열 살이었고 해녀 훈련을 시작한 지 1년밖에 되지 않은 시점이었다. 졸업을 앞둔 6학년이기도 했다. 막 물질을 끝낸 아미는 물가에서 잡은 것들을 정리하고 있었다. 다른 해녀들도 곁에서 망사리를 비우고 있었다. 아미는 듣는 귀가 많다는 것을 알고 있었다.

"물질이라면 여기서 엄마가 다 가르쳐 줄 수 있어. 학교에서 는 못 배워."

윤희는 대답을 하기 전에 잠시 생각에 잠겼다. 할 말을 제법 신중하게 선택하는 것 같았다. 아미는 계속해서 잡은 것들을 나눠 담기 시작했다. 어제 전복이 정말 많이 잡혔다고 말을 돌렸다. 진희를 비롯한 몇몇 해녀들이 맞장구를 쳐주었다.

"엄마."

윤희가 다시 엄마의 주의를 요구하며 끼어들었다.

"왜 그래, 우리 딸?"

"아주 신중하게 생각해 봤는데, 저는, 저는 오빠처럼 학교에 가기로 결심했어요."

아미는 오징어 내장을 제거하던 손을 잠시 멈췄다. 아무 말 도 없이 딸의 얼굴을 한참 동안 바라보았다.

"화내지 마세요. 생각하고 또 생각했어요. 나중에 대학에도 가고 싶어요. 선생님이 될 거예요."

"그러니?"

아미는 다시 내장을 제거하는 등 손질을 계속했다. 잡은 해 산물을 다듬는 손에도 체계가 잡혀 있었다.

"네, 엄마. 그래요. 정말 그래요."

윤희는 가느다란 허리에 두 손을 얹고 가냘픈 어깨를 똑바로 폈다. 고개도 꼿꼿이 세우고 아미와 눈을 마주쳤다. 엉뚱하고 고집 센 딸의 모습이 한편으론 대견스러웠다. 그러면서도 환한 웃음을 짓지 않으려고 무진장 애를 썼다. 윤희의 결정이 아미에게 준 상처를 숨기는 데에도 그만큼의 인내가 필요했기 때문이다.

"우리는 해녀 집안이야. 우리 집안 여자들은 바다 사람이야. 우리 핏줄이 그래. 선생님이 될 핏줄이 아니야. 그게 우리 복이고 팔자지."

아미는 딸의 눈치를 보면서 진지한 표정으로 말에 무게를 더했다. 윤희는 눈도 깜빡하지 않았다.

"그건 전쟁 전의 일이고요. 지금은 기회가 더 많아요. 선생님이 저보고 오빠가 내 나이일 때보다 더 똑똑하다고 했어요. 바다에서 목숨 걸고 막일하면서 재능을 낭비하기에는 너무 똑똑하다고 했어요. 저는 학교에 다녀야 해요, 엄마."

"막일?"

다른 해녀들이 놀란 소리로 되물었다.

"누가 우리더러 막일을 한대?"

"그 선생 이름이 뭐니?"

"너희 선생님은 남자잖아."

아미가 차분하면서도 단호한 목소리로 말을 시작했다. 다른 사람들도 목소리를 낮추고 귀를 기울였다.

"너희 선생님은 제주 사람이 아니잖아. 뭍에서 왔잖아. 뭍사람이 해녀가 된다는 게 어떤 의미인지 이해할 리가 없지."

"그럼, 그럼."

여자들이 입을 모아 말했다.

"우리는 우리 엄마가, 할머니가, 할머니의 할머니가 수백 년 동안 해 왔던 것처럼 물질을 해서 사는 사람이다. 이런 재능을 가졌다는 건 우리의 자랑이다. 아버지도 남편도 오빠도 심지어 일제 때 일본군도 우리더러 이래라저래라 할 수 없었다. 우리는 우리가 먹을 걸 직접 잡고, 돈을 벌고, 바다에서 얻은 수확으로 산다. 이 세상과 조화를 이루면서. 그렇게 산다고 말할 수 있는 남자 선생이 몇이나 될 것 같니? 우리 돈으로 그 선생들 봉급 주는 거야. 우리처럼 막일하는 사람들 아니면 그 선생도 굶어."

아미가 말하는 동안 하나 둘 고개를 끄덕였다. 맞장구를 치는 사람도 있고 웃음을 터뜨리는 사람도 있었다. 윤희의 얼굴은 새빨개졌고 고사리손은 단단히 주먹을 쥐고 있었다. 눈에는 눈물이 고여 있었지만 흐르지는 않았다.

"그 선생님 말은 상관없어요. 내가 뭘 원하는지가 중요해요."

윤희가 말했다.

"벌써 아버지랑 얘기했고 허락하셨어요. 떠나기 전에 엄마한테 말씀드리고 싶었어요. 오늘이 엄마랑 물질하는 마지막 날이에요. 아버지가 공납금도 냈어요. 나중에 대학도 갈 거예요."

아버지라니. 이제 아미가 얼굴이 벌게질 차례였다. 남편은 아미와 상의도 않고 딸이 집안의 전통을 버리게 도왔다. 아미를 누르기 위해 남편이 꾀를 부린 것이 분명했다. 윤희가 이를 알았을 리 없었다. 아미의 손에 들린 칼이 떨리기 시작했다. 함께 있던 여자들은 입을 다물고 고개를 돌렸다.

"네가 엄마 곁에서 헤엄치던 때가 그립겠구나."

진심이었다. 진희가 칼을 쥔 채 떨리고 있는 아미의 손을 지그시 붙잡았다.

딸의 눈에서 눈물이 떨어졌다. 그러나 기쁨의 눈물이었다. 딸은 아미의 곁으로 와서 두 팔로 엄마를 안았다.

"고마워요, 엄마. 실망하지 않으실 거예요. 자랑스러운 딸이 될 거예요."

그날 밤 아미는 도저히 남편과 같은 이불을 덮고 잠을 잘 수가 없었다. 남편도 아미와 딸 사이에 대화가 오간 것을 알고 있었다. 그날 오후 딸을 데리고 시내로 가서 학용품과 교복을 사주었기 때문이다. 아미가 가만히 지켜보는 가운데 잠자리에 든 딸은 바다를 떠날 기회를 준 아버지를 올려다보며 미소를 지었다. 자신이 어떤 짓을 거들었는지 상상도 하지 못한 채로 말이다.

툇마루에 앉아 잠든 식구들의 기척에 귀 기울이며 아미는 눈물을 흘렸다. 슬프기도 하고 기특하기도 한 마음에서 나오는 눈물이었다. 딸의 선택이 가슴 아팠지만 그토록 어려운 결정을 내린 용기가 대견했다. 딸은 수영을 아주 잘했다. 친구들 중에 가장 숨을 오래 참고 가장 멀리 헤엄치고 가장 빨리 망사리를 채울 수 있었다. 해녀의 삶을 산다면 아미의 물질 실력을 뛰어넘을 터였다. 그러나 확인할 길은 없었다. 아미는 밤하늘을 올려다보았다. 세상을 바라보는 딸의 눈에 무엇이 보일지 애써 상상해 보았다. 검은 허공만이 아미에게 인사를 건넨다. 그러나 그 광대함 속에 위로가 있었다. 윤희는 엄마의 인정을 원했다. 굳이 그럴 필요가 없었지만 인정받고 싶어 했다. 윤희의 이번 결단도 엄마에게 인정을 받고 싶은 욕구보다 크지는 않았다.

아미에게 윤희는 여전히 어린 딸이다. 결의에 찬 눈빛을 하고도 엄마의 인정을 갈구하고 있다. 딸은 사랑하는 사람을 만났다. 쉽게 가질 수 없는 축복 같은 선물이다. 그리고 딸은 행복하다. 아미 자신의 삶에서 행복은 거의 없었다. 이 나라에도 민주주의가 바로서고 평화가 찾아온 만큼 자식들은 행복해야 마땅하다. 그러면 오래도록 이어져 내려온 고통의 역사도 되풀이되지 않을 것이다. 아미는 딸에게 고개를 끄덕인다. 그리고 아픈 다리를 살짝 절룩이며 침실로 가서 새로운 하루를 맞이할 옷을 갈아입는다.

아미는 딸이 세탁해 둔 분홍색 바지를 입는다. 검은 스웨터까지 입고 거울에 비친 모습을 본다. 나이 든 여자가 마주 보고 있다. 아미는 가슴께를 바라본다. 그 속에 든 심장이 언제쯤 포기하게 될지 궁금하다. 거울로 손을 뻗어 나이 든 여자의 심장 위에 손바닥을 댄다.

아파트 앞에서 레인이 기다리고 있다. 차가운 바람에 목도리가 나풀거린다. 레인은 네모난 커피 케이크가 든 종이 봉지를 윤희 앞에 내민다.

"우린 아침 먹었는데"

윤희가 미안한 듯 말을 꺼내자 아미가 끼어든다.

"나랑 같이 먹어요."

"역시 어머님은 좋아하실 줄 알았어요. 이 커피 케이크 최고예요. 학교에서 행사 있을 때마다 주문하는 건데요, 조심하셔야 돼요. 중독될 수 있어요."

아미는 레인 옆에 붙어 봉지에서 케이크 조각을 꺼낸다. 딸이 차려 준 거창한 아침상을 먹고 배가 잔뜩 부른 데다 평소에 거의 케이크를 먹지 않는 아미였다. 작년에 치과에서 어금니 네 개를 뺀 이후로 단것은 별로 당기지 않는다. 아미는 케이크를 한 입 물고 미소를 짓는다. 계피맛도 나고 달달하다. 케이크를 다 먹은 아미는 입으로 손가락을 핥는다.

"하나 더 드려요?"

레인이 묻는다. 추위에 빨개진 코에서 콧물이 흐른다.

"하나면 충분해요. 맛있네요."

"얼어 죽기 전에 어서 가요."

윤희가 아미와 레인의 중간에서 동시에 팔짱을 끼면서 말한다. 레인은 말없이 아미를 바라보고 아미는 웃는 얼굴로 화답한다. 셋이 팔짱을 끼고 나란히 지하철역으로 걷는다. 아미의 가슴에 온기가 퍼진다. 딸은 다시 어린 아이가 된 듯 아미의 옆에서 깡충깡충 뛴다. 무거운 짐을 벗고 더 밝고 행복한 사람이 된 것처럼 보인다. 아미는 이 모습을 마음에 새기며 약간의 기억도 바래지 않기를 빌어 본다. 그리고 희망 가득 품은 채 집회로 향한다.

하나

1943년 여름, 만주

아침 식사로 말린 호박 알갱이가 박힌 쌀죽 한 그릇이 나왔다. 거의 다 먹어 갈 무렵 하나는 다른 소녀들이 말없이 자신을 쳐다보고 있는 것을 깨닫는다. 전날 밤 계단 아래 붙은 사진 속에서 하나에게 인사를 건넸던 얼굴들이다. 하나가 말을 꺼내기도 전에 케이코가 뒤에서 다가온다.

"이제 머리 자르자. 우리랑 맞춰서."

케이코가 정원 가위를 꺼내자마자 하나는 길고 아름다운 머리채가 아까운 마음이 든다. 하나는 머리가 싹둑 잘려 나가기에 앞서 마음을 가다듬는다. 케이코가 막 가위질을 하려는 찰나 군인이 끼어든다.

"시간 없어. 그냥 뒤로 묶어."

군인이 케이코에게 말한다. 케이코는 시키는 대로 머리를 묶는다. 군인이 어서 방으로 올라가 준비하라고 지시한다. 접시를 닦은 뒤 하나의 자리를 지나 계단으로 향하는 소녀들은 아무도 하나에게 눈길을 주지 않는다. 하나는 무슨 준비를 해야 하는지 궁금해하며 느릿느릿 뒤를 따른다.

"잠깐 기다려."

군인은 탁자 위에 놓인 가방에서 카메라를 꺼낸다.

"가만히 앉아 있어."

그가 렌즈를 만지작거리며 말한다.

"웃지 마."

그가 재빨리 셔터를 두 번 누른다.

사진이 찍혔다는 것을 제대로 알아차리기도 전에 군인은 하나에게 방으로 돌아가라고 지시한 뒤 계단으로 거칠게 밀친다. 하나는 계단을 오르기 전에 다시 한 번 액자에서 내려다보고 있는 얼굴들을 살핀다. 다 훑어본 다음에야 한 액자가 비어 있다는 것을 깨닫는다.

빈 액자 아래에는 '2'라는 숫자가 적혀 있다.

문지방에 선 케이코가 하나에게 무언가를 얘기하려다가 고개를 숙인 채 조용히 방 안으로 사라진다. 하나는 문 옆에 붙은 숫자를 어루만진다. 하나의 사진도 다른 사진과 함께 벽에 걸릴 것이다. 하나는 2번 방의 얼굴이다. 팔에 소름이 돋는다.

하나는 다다미 자리에 앉아 얇팍한 나무문 저편에서 들리는 소리에 귀 기울인다. 남자들이 웅성거리는 소리가 낮게 들려온다. 아래 휴게실에서 들려오던 소리는 그들이 계단을 올라오면서 점점 커진다. 곧 방문 앞 복도 쪽으로 사람들이 떼로 몰려드는 소리가 난다. 하나는 문을 열고 무슨 일이 벌어지고 있는지 보고 싶은 마음을 꾹 누른다. 가만히 있는 것이 안전할 것 같다. 그들이 하나의 인기척을 느끼지 못한다면 거기 있는지 모를 것이다. 그러나 아무 소용이 없다.

문이 벌컥 열리고 그들이 보인다. 새로 온 사쿠라를 찾아온 군인들이 줄을 서 있다. 나중에 안 사실이지만 새로운 소녀가 오면 그 소식은 부대 안에서 마치 산불처럼 퍼지고 군인들은 소녀를 먼저 차지하려고 아침 일찍부터 경쟁하듯 달려온다.

첫 군인이 방으로 들어온다. 덩치가 크고 손은 이미 바지를 내리고 있다. 하나는 여객선에서 모리모토가 겁탈을 했을 때와 달리 제 머릿속으로 숨지 않는다. 대신 입을 벌리고 비명을 지른다. 군인은 순간 얼어붙지만 곧 웃음을 짓는다.

"괜찮아, 괜찮아. 금방 끝날 거야. 난 원래 금방 끝내."

군인은 바지를 발목까지 내리고 다다미 위에 무릎을 꿇는다. 하나의 등은 작은 방의 가장 구석진 벽에 딱 붙어 있지만 그래도 충분하지 않다. 하나에게 눈길을 주었을 뿐인 군인의 성기가 천천히 발기한다.

"예쁜 애가 왔네."

군인은 하나의 발목을 쥐려고 한다.

하나는 군인의 손을 발로 차지만 군인은 멈추지 않는다. 하나의 발을 잡고 하나를 다다미 위로 끌어당긴다. 하나가 다시 비명을 지르기도 전에 군인은 이미 하나 위에 있다. 군인의 무게가 짓누르지만 하나는 계속해서 그 밑에서 발버둥을 치며 주먹으로 군인의 등을 때리고 살을 할퀴다가 마침내 어깨를 문다. 군인은 몸을 일으켜 잠시 숨 쉴 시간을 주는가 싶더니 하나의 배를 주먹으로 때린다. 숨이 쉬어지지 않는다. 군인은 더 기다리지 않는다. 숨이 막혀 헐떡이는 하나의 두 다리 사이에 손을 밀어 넣더니 이내 억지로 하나의 몸 안으로 들어간다.

하나는 여전히 숨을 들이쉴 수가 없다. 그러나 군인은 멈추지 않고 자꾸, 또 자꾸 밀어붙인다. 하나는 제 몸, 제 허파와 팔, 다리를 움직여 보려고 하지만 무엇도 말을 듣지 않는다. 죽어 가는 기분이다.

군인은 갑자기 움직임을 멈춘다. 근육이 팽팽해지는가 싶더니 천천히 하나의 위에서 내려간다. 하나는 옆으로 돌아누워 숨을 헐떡인다.

"내가 뭐랬어, 금방 끝낸댔지."

군인이 바지를 올리며 말한다.

그가 방을 나가는 동시에 다른 군인이 들어온다. 그는 하나를 보자마자 문밖으로 외친다.

"삿쿠(콘돔) 안 썼냐!"

"걔가 쓰자고 안 했어."

대답이 돌아왔다.

새로 온 군인은 고개를 가로저으며 하나의 다리를 붙잡는다. 군인의 바지는 이미 발목까지 내려와 있다.

"제발 하지 마세요."

하나가 마침내 숨을 가다듬고 말한다.

"살려 주세요. 여기서 도망갈 수 있게 도와주세요. 전 납치됐어요. 전 이제 열여섯밖에 안 됐어요. 우리 부모님을 찾게 도와

주세요."

군인은 귀를 기울이지 않는다. 이미 빠르게 반복해서 몸을 밀어붙이고 있다. 마치 하나의 살려 달라는 간청이 더 빨리, 더 세게, 더 오래하라는 요청인 양. 두 번째 군인은 주어진 30분을 모두 쓴다. 세 번째 군인이 들어올 때 하나는 피를 흘리기 시작한다. 하나는 허벅지 안쪽으로 흘러 떨어지는 피를 만진다.

"무슨 짓을 했는지 보세요."

하나가 세 번째 군인에게 피 묻은 손가락을 들어 보이며 말한다. 군인은 하나의 손을 밀치고 하나를 엎드리게 한 후 하나를 취한다. 하나는 비명을 지르지만 군인은 멈추지 않는다. 멈추는 사람은 없다. 하나는 입을 다문다. 군인들이 연이어 하나의 몸을 빼앗는 동안 하나는 꼼짝 않고 누워 있다.

해가 넘어간 뒤에야 마침내 군인들의 행렬이 끝이 난다. 하나는 피로 얼룩진 자리 위에 혼미한 상태로 누워 있다. 형언할 수 없는 막막한 어둠 속을 헤매고 있다. 모리모토의 말이 비웃듯 하나의 꿈속에 나타난다. '나한테 감사해야 될 거다……. 이런 식으로 길들여 주는 사람이 없을 테니까……. 적어도 이렇게 하면 너는 마음의 준비는 할 수 있잖니.'

*

아침 해가 수용소를 에워싼 울타리 위로 천천히 솟아오른다. 케이코가 하나의 등 뒤에 서서 정원 가위로 하나의 긴 머리를 자르고 있다. 두 사람의 머리 위로 마당을 가로지르고 있는 축 처진 빨랫줄에는 작고 노란 새들이 앉아 있다. 어여쁜 노래를 지저귀는 새들의 앙증맞은 노란 깃털이 건조한 바람에 흩날린다. 새소리를 들으며 흙바닥에 무릎을 꿇고 앉아 있는 하나의 머리카락이 바람에 날려 얼굴을 간질인다. 하나는 그렇게 흥겨운 지저귐이 어떻게 그곳을 가득 채운 그런 참상과 고통과 공존할 수 있는지 의아하다.

"이제 다 끝났어, 꼬마 사쿠라."

케이코가 마른 천으로 하나의 맨 어깨에서 머리카락을 털어주며 말한다.

"너도 이제 우리랑 같아졌어."

케이코가 손안에 쏙 들어가는 손거울을 들어 올리자 하나는 자신의 모습을 바라보지 않을 수 없다. 머리 끝이 둥근 턱선을 감싸고 있다. 그러나 하나의 눈길을 사로잡은 것은 그게 아니라 오른쪽 눈 주변에 솟아오른 시퍼런 멍 자국이다. 왼쪽 뺨에는 심장 모양의 빨간 상처가 있다. 아랫입술은 터지고 부어올랐으며 목은 하나를 제압하려는 손과 팔뚝에 졸려 시뻘겋다. 밖으로 드러난 하나의 고통은 이런 모습을 하고 있었다. 하나는 거울에 비친 모습에서 눈을 돌렸다. 그 모습은 더 이상 하나의 것이 아니었다. 사쿠라라는 소녀의 망가진 모습이었다.

하나는 무릎 아래 검은 흙을 손가락으로 쓸어 본다. 손톱은 피투성이에 곳곳이 찢어져 있다. 마당에 무릎을 꿇은 채 가만히 있으면 상처가 덜 아프지만 하나는 흙바닥을 긁는 행동을 멈출 수가 없다. 온몸의 근육이 쑤셔 온다. 가장 은밀한 곳은 너무 많이, 자꾸만 되풀이된 침범으로 욱신욱신한다. 아침에 케이코가 하나를 깨웠을 때 하나는 계단을 내려가기조차 힘들었다. 지금 하나는 흙바닥에 무릎을 꿇고 앉아 그 모든 일이 다시 반복되는 걸까 생각한다.

"저항하지 마."

케이코가 말한다.

"저항하지 않으면 덜 힘들 거야. 군인들은 만족하기 전에는 떠나지 않아. 저항하면 더 고통받아. 사쿠라, 내 말 듣고 있니?"

케이코가 하나의 어깨에 손을 얹는다.

하나는 어깨를 으쓱해 케이코의 손을 털어낸다. 그리고 흙바닥을 긁던 손을 멈춘다. 하나는 물질을 배우던 때를 떠올린다. 물 밑에 너무 오래 있는 바람에 무심코 숨을 들이쉬었고 물이 허파로 들어간 적이 있었다. 엄마가 곁에 없었다면 익사했을 것이다. 폐를 파고드는 엄청난 고통과 익사의 공포로부터 하나는 가르침을 얻지 않을 수 없었다. 하나는 두 번 다시 같은 실수를 하지 않았다. 물 밑 깊은 곳에서 숨이 가쁜 상황에서도 천천히 위로 떠올랐다. 허파가 오그라드는 듯해도 침착하려고 애썼다. 익사할 것 같은 고통이 더 심했기 때문에 버티는 법을 배울 수 있었다. 고통은 스승이다. 문제는 저항하지 말라는 고통의 가르침을 받아들일 수 있느냐 하는 것이다. 가늠할 수조차 없다.

"여기서 이렇게 고생한 지 오래됐어요?"

하나가 묻는다.

"너무 오래됐지."

케이코가 대답한다. 뼈가 들어 있는 듯한 케이코의 말이 하나의 주의를 끈다. 하나는 케이코를 올려다본다. 지금처럼 깡마르지 않았다면 아름다워 보일 듯하다. 얼굴을 감싼 머리카락은 새카맣지만 양 관자놀이 근처만은 희끗희끗하다. 다른 소녀들보다 키가 크고 소녀들과 달리 평범한 연갈색 무명옷이 아닌 다채로운 비단 기모노를 입고 있다. 하나는 케이코의 기모노 자락을 어루만진다. 부드러움이 위로가 된다.

"난 옛날에 게이샤였어."

케이코가 말한다.

"돈 많은 사업가들을 접대하면서 돈을 꽤나 벌었지. 이 기모노는 내가 가장 좋아하던 손님이 준 선물이야."

케이코가 기모노의 옆자락을 손으로 쓸어내리자 하나는 문득 하얀 학이 연상된다. 머리를 고고하게 세우고 물가에 선 채 주변의 모든 것, 나무와 새와 하늘과 공기를 무시하고 있는 한 마리 학.

"군인들이 널 어디서 데려왔니, 꼬마 사쿠라?"

케이코가 주변을 경계하는 눈빛으로 묻는다.

하나는 새로 얻은 이 일본 이름이 괴롭게 느껴진다. 다른 소녀들도 문 옆에 걸린 꽃 이름으로 불린다. 케이코만은 예외다.

"케이코가 진짜 이름이에요?"

"그럼. 그런데 내 질문에 대답을 안 했다?"

"왜 우리는 이름을 바꾸는데 케이코는 안 바꿔요?"

"어디서 왔는지 말하고 싶지 않니, 꼬마 사쿠라?"

케이코가 연필로 그린 눈썹을 치켜올리지만 하나는 아무 대답도 않는다. 케이코는 빗자루를 가져와 땅바닥에 흩어져 있는

막 잘려 나간 머리카락을 쓸어 모은다. 그리고 긴 침묵 뒤에 마침내 대답한다.

"새 일본 이름이 필요하니까 이름을 지어 준 거지. 나는 필요가 없었어."

흙바닥에서 남은 머리카락을 마저 쓸어 모으는 케이코의 모습을 보면서 하나는 케이코가 거짓말을 하고 있다고 생각한다. 문 옆의 명패는 다 오래전에 새겨진 것들이고 명패를 박은 못은 이미 오래되어 녹이 슬어 있다.

소녀들에게는 방이 주어지고 그 방에 딸린 이름이 주어진다. 케이코가 명패만큼 오래되었다면 케이코도 녹이 슬어 있을 것이다. 케이코가 본명일 리 없다. 아마도 그 방에는 언제나 일본 여자를 두는지 모른다. 원래 있던 사람이 떠나거나 죽으면 새로운 여자를 찾는지 모른다.

"여기는 어떻게 왔어요?"

하나가 묻는다.

"끌려왔어요?"

케이코가 뻣뻣하게 굳는다.

"나이가 들었어."

담담한 목소리다.

"늙은 게이샤는 보통 늙은 여자보다 더한 퇴물이야. 이 직업의 비극이지. 나는 더 좋은 기회라고 생각하고 이곳에 왔어. 나라에 애국을 하고 군인들을 위해 봉사하면서 손님들이 끊어진 뒤 쌓인 빚을 갚으려고 했지."

케이코의 눈길은 마당을 가로질러 가지가 앙상한 볼품없는 감나무에 머물렀다. 척박한 땅에 뿌리를 내린 나무는 살아 있는 것만도 힘겨운 듯했다. 케이코가 갑자기 몸을 부르르 떨더니 하나를 뚫어져라 쳐다본다.

"돈을 꾸어 준 남자는 절대로 믿으면 안 돼."

하나는 다시는 어떤 남자도 믿을 수 없을 것 같았다. 눈을 도로 내리깔고 흙을 긁고 있는 손가락을 쳐다본다. 하나는 케이코도 문 옆에 달린 명패도 이름도 다 상관없다는 생각이 든다. 다만 닥쳐올 하루가 어떨지 그것만 신경이 쓰인다. 자꾸자꾸, 매일매일 겁탈을 당하다가 출산을 하다 죽은, 그 여자처럼 죽느니 차라리 지금 죽는 게 나을 것 같기도 했다.

"어서 가자, 사쿠라. 아침 먹자."

케이코가 하나를 깊고 어두운 생각 속에서 끌어올리며 말한다. 그리고 안으로 들어가자고 손짓한다.

뒷문을 통해 하나는 주방 작은 식탁에 둘러앉아 조용히 아침을 먹는 다른 소녀들을 본다. 그 중 몇몇의 시선은 무장을 하고 문지방에 기대어 있는 보초들을 지나 하나에게 와 닿는다. 하나의 멍 자국을 본 그들의 얼굴은 동정심으로 가득하다. 하나는 차마 눈을 마주치지 못하고 시선을 돌린다.

하나도 하나의 식구들도 결코 그런 동정의 눈길을 받아 본 적이 없다. 하나의 섬마을 사람들은 하나같이 강인하며 자부심도 대단하다. 아이들조차 고개를 숙이지 않는다. 일본의 식민지가 되면서 바다에서 잡아온 해산물의 일부도 부당하게 수탈당했고 굶주릴 위험에 처했다. 하지만 새로운 세금이 생겨날수록 점점 더 많은 수확을 올리는 방법으로 헤쳐 나갔다. 물질하는 시간이 늘어났고 날씨가 안 좋을 때도 목숨을 걸고 물에 나가야 했다. 위험이 커진 만큼 부단한 노력이 요구되었지만 수확에서 오는 성취감도 커졌다. 그곳은 이름만 식민지일 뿐이었다.

섬은 강인한 어부와 해녀들로 가득했고, 하나도 그 중 한 명이었다. 아니, 그렇다고 생각했다. 어딘가로 끌려갈 수 있다는 생각은 해본 적이 없었다. 강제로 끌려와 이런 짓을 당하게 될 줄도 몰랐다.

주방 안에 있는 소녀들은 하나에게 들리든 말든 저들끼리 이야기를 나눈다. 다 조선인이지만 허용된 일본어로만 이야기를 한다. 다들 하나보다 나이가 많다. 20대로 보이는 사람도 있다. 그 중 두 소녀는 하나와 비슷한 또래로 보인다. 케이코가 가장 나이가 많은데 햇볕 아래 보니 40대는 된 것 같다. 하나가 흙마당에 앉은 채 일어나지 않자 케이코는 작은 금속 그릇에 음식을 담아 가져다 준다. 말린 고기 부스러기가 들어 있는 쌀죽이다. 하나는 배가 몹시 고프지만 음식을 입에 대지 않는다.

"너무 고집이 센 게 문제야."

한 소녀가 하나에게 들릴 만큼 큰 소리로 식탁에 앉은 다른 소녀들에게 말한다. 명패를 따르자면 이름은 리코였다.

"들어보니 사자 새끼처럼 버티며 싸우는 거 있지."

"그러면 안 되지."

다른 소녀들이 맞장구를 친다.

"힘없는 척 포기하는 게 나아."

히나타라는 소녀가 말한다.

"저항하는 것보다 쉽지. 저항하면 더 신이 나서 때리니까."

리코의 말이다.

"그럼. 짐승이지 사람이 아니야."

히나타가 이렇게 말하자 모두 죽을 먹다 말고 고개를 주억거린다.

"쟤는 어깨가 떡 벌어진 걸 보니 어디 밭에서 일하다 왔나 보다."

츠바키가 말한다. 다들 동의하는 듯한 소리를 낸다.

"다리에도 알통이 단단하게 박혔네. 어디서 왔대요?"

히나타가 케이코에게 묻는다.

하나는 케이코와 눈이 마주친다. 놀랄 만한 외모를 가진 케이코는 슬픈 표정을 지은 채 하나를 바라본다. 눈빛은 자상하지만 목소리는 강하다.

"내버려 둬. 오래지 않아 익숙해지겠지. 우리도 그랬잖아. 그러지 않으면 여기서 살아남지 못할 테니까."

소녀들은 고개를 끄덕이고 몇몇은 안타까운 목소리로 맞장구를 친다. 하나는 소녀들의 말에서 어떤 적대감도, 악의도 느끼지 못한다. 호기심은 순수해 보이지만 그래도 하나는 배신감을 느낀다. 전날 아침 소녀들은 하나에게 무슨 일이 벌어질지 알고 있었다. 그러나 아무도 경고하지 않았다. 막으려는 시도조차 하지 않았다.

마당에 무릎을 꿇은 채 하나는 함께 기차를 타고 왔던 다른 소녀들을 떠올리려고 애쓴다. 그애들도 같은 운명을 맞이했을까? 하나는 그들 중에서도 마지막으로 목적지에 도착했으니 가장 늦게 자신의 운명을 깨닫게 된 것이다. 북쪽의 낯선 땅에 도착하기 몇 시간 전까지도, 순진하기 짝이 없었던 자신을 떠올리면 헛웃음이 나온다. 하지만 지금은 소리조차 나오지 않는다. 웃음은 이국의 말이 되어 버렸다. 하나는 상수를 떠올린다. 군인들은 상수의 작디작은 몸을 만리타향 허허벌판 한 가운데에 묻어 버렸다. 견디기 힘들다. 하나는 비명을 지르기 시작한다.

입으로 나오는 소리는 마치 짐승의 것처럼 구슬프지만 하나는 멈출 수가 없다. 겁에 질린 작고 노란 새들이 마치 돌풍처럼 날아올라 태양을 향해 사라진다. 문지방에 기대어 있던 초병이 소녀들에게 하나의 입을 막으라고 지시한다. 케이코와 히나타가 밖으로 뛰어나와 하나를 얼싸안는다.

"조용히 해."

케이코가 하나의 얼굴을 손으로 막으며 말한다.

"그만 소리 질러."

두 사람은 곁에서 하나를 안아 주고 하나의 머리를 쓰다듬지만 하나는 버둥거린다. 곧 목이 쉬지만 하나는 계속해서 소리를 지른다. 결국 케이코가 하나의 뺨을 때린다.

뺨을 때리는 소리가 끝나고 무거운 침묵이 뒤따른다. 주방에 있던 소녀들 몇몇은 소리 죽여 울먹이기 시작한다. 초병은 소녀들에게 방으로 올라가라고 지시한다. 케이코는 하나를 위안소 안으로 데리고 들어가 함께 계단을 오른다. 그리고 지난날의 하나는 사라지고 없는 그 방에 사쿠라를 넣어 준다.

아미

일본 대사관 앞 군중 속에 아미가 서 있다. 1천 번째 수요일
이라고 커다랗게 적힌 현수막이 여기저기 걸려 있다. 수요집회
는 1992년부터 매주 개최됐지만 1천 번째 수요일을 맞이하는
오늘까지도 살아남은 피해 여성들의 문제는 좀처럼 해결되지
않았다.

아직 이른 시각이지만 수많은 집회 참가자들과 지지자들이
모여 있다. 그러나 참가자들의 외침은 다소 누그러져 있다. 추
모와 애도의 분위기가 무겁게 내려앉은 위대한 지도자의 장례
식 같다. 아미는 덩치 큰 대사관 건물을 올려다본다. 창문은 다
닫혀 있고 블라인드도 내려가 있는 상태이다. 다른 여자들도
대사관 창문을 올려다보고 있다. 아미는 그들 모두가 같은 궁
금증을 갖고 있다는 것을 안다. 안에서 보고 있을까? 죄책감을

느낄까? 아니면 휴가를 즐기고 있을까? 일부 직원은 아미의 고향 섬으로 휴가를 갔을지도 모른다. 씁쓸함이 속 안에 들어앉아 타다 남은 숯처럼 벌겋게 빛난다.

"춥지 않으세요? 저기 바람을 피할 수 있는 천막 안에 앉을까요?"

레인이 묻는다.

"아니, 아직 괜찮아요."

아미는 떨고 있는 줄 미처 몰랐지만 레인의 말을 듣고 나니 추위밖에는 아무것도 생각나지 않는다. 아미는 코트 주머니에 손을 찔러 넣는다.

"제가 따뜻한 코코아 좀 사 올게요."

레인이 이렇게 말하고 군중 속으로 사라진다.

한 남자가 마이크를 두드리며 말한다.

"마이크 테스트, 마이크 테스트, 아, 아⋯⋯."

아미는 복잡한 와중에 딴생각을 한다. 스피커에서 울리는 남자의 목소리, 군중의 웅성거림, 꽉 닫힌 창문 너머 숨어 있을 일본인들의 눈, 그 모든 것은 이면으로 녹아든다. 아미가 차단하지 못하는 유일한 감각은 추위이다. 그것은 아미를 감싸고 있는 여러 겹의 천을 파고들어 얇고 주름진 살갗을 뚫고 들어온다. 아버지가 돌아가신 밤에도 이처럼 추웠다. 기억은 아미가 방심한 순간 찾아왔고 아미는 미처 밀어낼 수가 없다.

사람이 죽는 순간을 목격한다는 것은 낯설고 끔찍한 일이다. 멀쩡하게 숨 쉬고 생각하고 자유롭게 움직이던 사람이 한 순간 아무 데도 없다. 호흡도, 생각도 심장의 박동도 없다. 얼굴은 아무 감정도 담지 못한 채 축 늘어진다. 아미는 아버지의 얼굴이 그렇게 되는 것을 봤다. 공포에 휩싸였던 직전의 표정이 싹 씻겨 나간 직후였다. 아버지는 눈 깜짝할 새에 떠났다. 아미의 눈꺼풀은 아주 잠시 동안 실룩거렸을 뿐인데 아버지는 이미 죽고 없었다.

아미는 누구에게도 이 이야기를 한 적이 없다. 생각하지 않는 게 더 쉬웠다. 다시 경험하지 않도록 차단해 버리는 것이 편했다. 그러나 이제 늙어서 기억을 담아 둘 수가 없다. 마음도 몸처럼 낡아 버렸다. 기억은 때를 불문하고 표면으로 올라오기 시작했고 아미의 고독을 고통과 회한으로 물들였다. 때로는 오래된 상처를 열어야 제대로 아물게 할 수 있다고 진희는 말한다. 아버지가 죽는 모습을 지켜본 아미의 상처는 아직 아물지 않았다.

군중 속에서 아미는 아버지의 얼굴이 머릿속을 채우도록 내버려 둔다. 아버지의 어질고 선한 눈이 아미를 바라본다. 아버지는 당시의 소란한 세상에서 쉽게 볼 수 없었던, 활기차면서도 기품 있던 모습 그대로이다. 1948년 당시 아미는 열네 살이었다. 한국전쟁이 발발하기 전이었지만 질서 유지를 위해 남한 정부가 제주로 보낸 경찰과 일부 좌익 사이의 긴장은 어느새 치열한 게릴라전으로 발전한 상태였다. 4·3사건이 시작되어 수많은 사상자를 내고 있었다.

경찰은 어둠 속에 숨어 마을로 들어왔다. 청승맞은 12월 바람 소리가 경찰이 다가오는 소리를 덮었다. 갑자기 쿵 소리와 함께 방문이 활짝 열렸다. 경찰이 뛰어 들어와 이불 속에 있던 아미와 식구들을 차디찬 밤공기 속으로 끌어냈다. 아미는 혼란스러운 와중에 울음을 터뜨렸지만 경찰은 아미와 식구들을 사정없이 때리며 입을 닥치라고 외쳤다. 남자들은 젊었고 화가 나 있었다. 아미는 그들이 왜 아미의 가족을 목표로 삼았는지 알 수 없었다. 아미에게는 좌익에 가담한 오라비도, 삼촌도 없었다. 경찰이 아미의 가족에게 분노할 이유는 없었다. 힘센 두 열강에 의해 절반으로 찢어진 나라에 살고 있다는 것이 죄라면 죄였다.

한 경찰이 아미의 아버지를 붙잡은 뒤 아미 앞으로 끌고 가 아미의 엄마와 마주 보게 했다. 그리고 아버지를 무릎 꿇게 한 뒤 낫처럼 굽은 칼을 아버지의 목에 갖다 댔다.

"이건 무장대를 숨겨 준 대가다."

경찰이 이렇게 말하고 시간이 멈추었다.

아미는 칼날이 왼쪽에서 오른쪽으로 미끄러지며 아버지의 목을 베는 믿을 수 없는 광경을 바라보았다. 흐릿한 어둠 속에 피가 흘러내려 아버지의 속옷을 검게 물들였다. 공포에 질린 눈은 엄마에게 고정되어 있었다. 아버지 자신보다 엄마를 걱정하고 있는 것 같았다. 그러나 곧 눈은 생기를 잃고 흐릿해졌다. 엄마는 싸라기눈이 내리는 하늘을 향해 울부짖었다. 그러나 또 다른 젊은 경찰이 엄마의 관자놀이를 발로 찼다. 엄마는 갑자기 아무 소리도 내지 않았다. 아미는 비명을 지르며 아버지에게 기어갔다.

"죽으면 안 돼요."

아미가 자꾸 되풀이했다.

"아버지, 죽으면 안 돼요."

경찰이 아버지의 축 늘어진 몸에서 아미를 떼어 냈다. 아미는 경찰의 손아귀에서 빠져나오려고 애를 썼지만 경찰은 아미의 팔에 멍이 들도록 더 세게 쥘 뿐이었다.

"가만히 있지 않으면 네 목까지 따 버린다."

경찰이 경고했다.

"내버려 둬. 피칠갑을 해서는……."

다른 경찰이 명령조로 말했다.

아미는 그 경찰을 올려다보았다. 다른 사람들보다 나이가 들어 보였고 책임자 같았다.

"사람을 죽인 뒤에는 꼭 그게 하고 싶단 말이에요."

젊은 경찰이 아미의 팔을 꺾어 앞에 꿇어 앉게 만들었다.

"아직 다 안 끝났어. 더 들러야 할 집이 많다. 다 끝나면 마음대로 해."

경찰은 아미를 흘끔 보더니 자리를 떴다.

아미를 붙잡고 있는 경찰은 곰곰이 생각하는 듯하더니 바닥에 침을 뱉고 고개를 끄덕였다. 그러고는 아미의 등 한가운데를 발로 찼다. 아미가 고꾸라졌고 경찰은 쓰러진 아미를 다시 한 번 걷어찼다. 차갑고 축축한 땅에 처박힌 채 아미는 두 팔로 얼굴을 가렸다.

"어디 한번 씻고 단정하게 있어 봐라. 내가 돌아올지도 모르니까."

남자가 웃음을 터뜨리더니 바지를 고쳐 올리고 외투도 바로잡았다.

경찰 무리는 마치 밤 호랑이처럼 소리없이 왔다가 소리없이 떠났다. 아미와 엄마는 아버지의 시신을 사이에 두고 말없이 불타 없어지고 있는 집을 바라보았다. 너무 순식간에 일어난 일이라 아미는 누가 불을 붙였는지조차 보지 못했다. 주변을 둘러보니 놀랍게도 다른 집들에도 불이 붙어 언덕이 여기저기가 훤할 정도였다. 귀를 기울이면 울부짖는 바람 소리 아래로 어디선가 곡소리가 들려오는 것 같았다. 그게 아니라면 목소리를 잃은 엄마가 아미의 머릿속에서 부르짖는 소리였을지도 모른다.

경찰은 아미의 마을 거의 전체를 불태워 버렸다. 아미는 아버지를 위해 얕은 무덤을 팠다. 그리고 물가에서 물동이에 모래를 퍼다 날라 덮었다. 얼어붙은 땅이 너무 단단해서 깊이 팔수 없었기 때문이다. 엄마는 무덤 옆에 무릎을 꿇고 앉아 눈물을 흘렸다. 마을 사람들이 도와주러 왔다. 주로 노인들이었다. 경찰이 젊은 남녀 대부분과 어린 소년, 소녀들을 끌고 간 뒤였다. 어디로 끌려갔는지 궁금해하는 사람은 없었다. 슬퍼할 겨를도 없이 죽은 이들을 수습하고 잠시나마 쉴 곳을 찾아야 했다. 아미는 나이 든 경찰이 왜 자신을 도왔는지 알 수 없었다. 그는 아미를 끔찍한 운명으로부터 구해 낸 것이다.

"어떻게 같은 민족끼리 이럴 수가 있어?"

아미가 아버지의 시신 위로 모래를 뿌리는 동안 한 노파가 허공에 대고 물었다.

몇몇 할아버지는 소련과 미국 사이에 존재하는 공포에 대해 설명하려고 들었지만 피를 나눈 형제가 형제를 죽이는 이유는 누구도 알 길이 없었다.

"우린 다 같은 조선 사람이잖어."

노파가 말을 이었다.

"일본인들은 떠났잖어."

노파의 얼굴은 고생스러운 세월로 주름져 있었다. 살아남아 해방을 맞이했지만 어느새 군정이 들어섰고 식민지 시대와 다를 바 없이 고통받게 된 것이다.

아미는 아버지를 묻는 데 집중했다. 이 작은 마을에 사는 다른 사람들과 마찬가지로 아미의 식구들은 무장대나 경찰 어느 쪽에도 관련이 되지 않으려고 온갖 애를 썼다. 아미는 살아남아 해방을 본 아버지가 동포의 손에 죽임을 당하는 이해할 수 없는 장면을 좀처럼 떨쳐 내지 못했다.

아미와 엄마는 살아남은 몇 안 되는 이웃들과 함께 마을을 벗어나 해안가 쪽으로 내려갔다. 앞서 말을 꺼냈던 노인은 팔십 평생을 제주에 살았다며 해안을 따라 가면 작은 만에 숨겨진 동굴이 있다고 했다. 엄마는 하루 온종일이 걸리는 이 거친 길을 가까스로 걸어갔다. 마치 죽은 남편과 끈으로 연결된 것처럼 한 발자국 멀어질수록 다시 두 발자국 뒤처지는 느낌이었다. 당시 물질을 시작한 지 다섯 해가 넘었던 아미의 몸은 군살이 없고 근육이 단단했다. 물질을 하면서 길러온 힘으로 엄마를 업고 또 부축하면서 아미는 마침내 안전한 동굴에 다다랐다.

동굴에는 총 열아홉 명이 숨어 살았다. 아는 얼굴도 몇몇 있었지만 대체로 아미의 마을과는 만을 사이에 두고 있는 반대편 마을 사람들이었다. 아미는 절친한 진희가 어디 있는지, 죽지 않고 살아남았는지 궁금했지만 어쩔 도리가 없었다. 다른 사람을 찾기 위해 안전한 동굴을 떠날 용기를 낸 사람은 한 여자를 제외하고는 없었다. 여자는 집이 불 탈 때 납치를 당한 딸을 찾으러 동굴을 나섰지만 맥이 풀린 채 잿빛 얼굴을 하고 돌아왔다. 아무리 구슬려도 여자는 무엇을 보았는지 말하지 않았지만 아미는 최악을 상상했다.

밤이면 여자는 딸의 이름을 부르짖으며 잠에서 깼다. 아미는 여자의 아픔을 외면하려고 귀를 막고 울다 잠들곤 했다.

경찰에게 은신처가 발각될까 두려워 불을 피울 수 없었기 때문에 그들은 동굴 깊숙한 곳에서 이가 맞부딪치는 추위를 견디며 밤을 지새야 했다. 아미와 엄마는 두 노파와 부둥켜안고 온기를 나누었다. 남자들끼리도 함께 누웠지만 12월의 겨울 날씨는 너무 혹독했다. 나이가 많은 사람들부터 죽기 시작했다. 잠을 자다 소리없이 떠나 버렸다.

아미와 엄마는 남자 노인들을 도와 얼어붙은 시신을 동굴의 가장 깊숙한 곳으로 옮겼다. 거기서 시체는 추위 덕분에 썩지 않았다. 잠들기 전 아미는 진희가 들려주곤 했던 기발한 이야기들을 일부러 떠올렸다. 그렇게 하면 왠지 친구가 죽지 않고 계속 살아 있을 것 같았다. 아버지는 죽고 엄마는 점점 정신이 황폐해지는 비통한 나날의 연속이었다. 그러나 다른 섬 다른 동굴 속에 살아 있을 친구를 상상할 수 있는 한 아미는 포기할 수 없었다.

그들은 동굴 안에서 찾을 수 있는 먹거리를 닥치는 대로 먹었다. 벽에 자라는 이끼, 흙 속을 기어 다니는 벌레, 아마도 쥐였을 이름 모를 고기, 혹은 더한 것으로 의심되는 것들. 거의 한 달을 굶주렸을 무렵 아미의 엄마는 마을로 돌아갈 결심을 했다.

두 사람은 서로에게 기댄 채 1월의 태양 아래 눈을 찡그리고 동굴을 나섰다.

쇠약해진 둘은 끔찍한 추위 속에 괴로워하며 새로이 내린 눈을 밟고 고향 마을로 향했다. 집들이 깡그리 타고 없는 집터들을 지나는 동안 사람은 단 한 명도 보지 못했다. 한때 온 가족이 살던 아미의 집터에는 검은 형체만 남아 흰 눈 사이로 언뜻언뜻 솟아 있었다. 아미는 어안이 벙벙해서 울음도 나오지 않았다. 깡그리 사라지고 없었다. 깡그리. 한때 가족이 살았고 그 안에 식구 하나하나의 기억이 쌓여 있던 곳. 아미에게 글을 가르치던 언니의 진지한 표정이나 아버지의 가야금 산조, 엄마가 정성스럽게 준비하던 맛있는 반찬은 모두 재가 되었다.

아버지의 혼백과 사라진 언니의 몸은 지금 어디에 있을까? 아미는 궁금했다. 엄마는 폐허가 된 집터에 무릎을 꿇고 앉아 두 손으로 얼굴을 감쌌다. 긴 침묵 뒤에 아미는 엄마를 데리고 아버지를 묻은 곳으로 갔다.

무덤에는 깨끗한 눈이 내려앉아 있었다. 작은 봉분 위로 가느다란 나뭇가지에 찍힌 듯한 발자국이 갈지자로 나 있었다. 아미는 고개를 들어 갈매기가 차가운 1월 바람을 가르고 활공하는 하얀 하늘을 바라보았다. 갈매기가 이승을 떠나는 아버지에게 예를 차리려고 찾아왔던 걸까?

아미의 엄마는 봉분 옆에 무릎을 꿇고 앉아 이마를 눈 쌓인 땅 위에 갖다 댔다. 낮은 울먹임이 터져 나왔다. 아미는 곁에 앉아 떨리는 엄마의 몸을 부둥켜안았다. 앙상해진 엄마는 노인 같았다. 마흔이 채 안 된 엄마였지만 전쟁은 엄마로부터 너무 많은 것을 빼앗아 갔다. 처음에는 큰딸을, 그다음에는 남편을. 이제 남아 있는 젊음마저 집과 함께 얼어붙은 땅속으로 흘러 들어갔다. 아미 역시 살아 있는 사람과 죽은 사람 모두를 애도하며 흐느꼈다.

어디선가 목소리가 들려왔다. 아미는 자세를 고쳐 앉아 귀를 기울였다. 바람 소리는 점점 고요 속으로 사라지는 듯했고 머리 위의 갈매기가 귀를 찌르는 소리로 경고의 울음을 울었다. 다시 소리가 들려왔다. 남자들의 목소리였다.

"엄마, 누가 오고 있어요."

아미가 속삭이자마자 목소리는 바로 등 뒤에서 다가왔다. 치켜든 총끝이 두 사람을 향해 다가오고 있었다.

"가야 해요."

아미는 속삭이며 엄마를 일으켜 세우려고 했지만 엄마는 꼼짝하지 않았다.

아미의 심장이 방망이질을 쳤다. 동굴을 떠난 것은 잘못이었다. 이번에도 살아남는다면 안전한 동굴로 돌아가리라. 산비탈 아래에는 불에 그을린 감귤나무 숲이 남아 있었다. 엄마를 일으켜 세울 수만 있다면 나무 뒤에 숨어 경찰들이 지나갈 때까지 기다리면 될 것 같았다. 아미는 새로이 내려앉은 눈은 까맣게 잊고 있었다.

"엄마, 제발요. 서둘러야 해요."

아미가 온 힘을 다해 엄마를 일으키며 말했다.

두 사람은 서둘러 낮은 둔덕을 넘어 감귤 숲으로 내려갔다. 개중에서 가장 크게 솟은 나무 뒤에 숨었다. 그래도 가지의 절반은 불에 타 나무 밑에 재가 되어 쌓여 있었다. 추위 덕분에 뿌리는 타지 않았지만 나무는 되살아날 리 없는 지경이었다.

경찰관들의 목소리는 집터에 다다르자 멈추었다. 아미는 그들이 재를 뒤지는 소리에 귀를 기울였다. 웅크린 채 추위에 떨면서도 아미는 엄마를 지키려는 듯 그 위로 몸을 숙였다.

"여길 봐."

한 경찰이 말했다.

"뭔데?"

"새로 생긴 발자국."

침묵이 뒤따랐다. 아미는 아미의 발자국을 살피던 경찰이 둔덕을 넘어 아미와 엄마가 숨어 있는 곳으로 움직이는 모습을 상상했다. 엄마가 집으로 가자고 했을 때 나선 것이 잘못이었다. 엄마가 제정신이 아니란 걸 아미는 알고 있었다. 두 사람 모두 춥고 굶주려 있었고 슬픔에 잠겨 있었다. 죽음에 에워싸인 아미는 무덤처럼 되어 버린 동굴을 가벼운 마음으로 나섰다. 그간 집이 어떻게 되었는지 무척 궁금하기도 했다.

처음 나무 뒤로 모습을 드러낸, 아직 소년 티를 벗지 못한 청년은 솜을 두텁게 댄 외투를 입고 있었고, 목에는 노란 손수건을 두르고 있었다. 청년은 여린 목소리로 아미에게 물었다.

"다친 데 있어요?"

그리고 아미 아래로 나무에 몸을 딱 붙이고 있는 아미의 엄마에게 눈길을 주었다.

"어머니는 괜찮습니까?"

아미는 차마 대답을 하지 못했다. 엄마를 감싼 팔도 풀지 않았다. 다른 경찰도 가까이 왔다. 말은 없었지만 궁금증이 짙게 내려앉아 있었다. 아미는 고개를 숙인 채 거친 말과 잔인한 주먹질, 그리고 뒤따를 고통을 기다렸다.

"귀가 안 들리나?"

한 경찰이 물었다.

"충격이 심한 것 같네."

어린 경찰이 대답했다.

"괜찮습니다. 우리는 나쁜 짓 하려고 온 게 아닙니다. 생존자를 찾고 있습니다. 같이 갑시다. 안전한 곳으로 데려다줄 테니."

그가 손을 내밀었고 아미는 몸을 움츠렸다. 아미의 엄마는 고개를 들더니 경찰의 외투에 침을 뱉었다. 경찰이 뒤로 물러났다. 다른 두 명의 경찰은 아미의 엄마에게 고함을 치며 총을 번쩍 들어 올린 채 다가왔다. 총으로 엄마를 내리칠 작정인 듯했다.

"아니, 거기 있어. 괜찮아. 겁을 먹어서 그래. 온통 재투성이네."

어린 경찰이 다른 경찰관들에게 말했다.

"우리가 방금 지나온 그 집, 무덤이 있던······."

아미의 얼굴을 살피던 경찰이 말끝을 흐렸다.

"그놈들이 아버지를 죽였어요."

아미가 말했다. 세 경찰은 얼어붙은 채 아미를 뚫어져라 쳐다보았다.

"누가요?"

목소리가 여린 청년이 물었다. 청년은 몸을 낮추어 아미와 눈높이를 맞추었다.

"누가 그랬는지 봤습니까?"

"아무 얘기도 해주지 마."

엄마가 속삭였다.

아미는 엄마의 어두운 눈을 들여다보았다. 경고의 눈빛이었다. 아미는 다시 청년을 돌아보았다.

"한밤중에 왔어요. 아무것도 안 보였어요. 너무 어두웠어요."

"정말입니까?"

청년이 물었다. 여전히 상냥한 목소리였다. 도와주고 싶은 듯. 정말로 마음이 쓰이는 듯.

아미는 고개를 끄덕였다. 몸을 일으켜 세운 청년은 아미의 말을 곱씹는 듯 불이 할퀴고 간 감귤 나무를 지긋이 바라보았다. 청년의 눈길을 따라가던 아미는 더운 여름 언니와 실없이 웃으며 감귤 그늘 사이를 뛰어다니던 기억을 떠올리지 않을 수 없었다. 갑작스러운 추억에 흠칫 놀란 아미는 다시는 그런 모습을 볼 수 없으리라는 생각이 떨쳐지지 않았다. 모든 게 사라지고 없었다. 청년은 들이쉰 숨을 거칠게 코로 내쉬었다.

"데리고 가."

아미는 달라진 청년의 어조에 당황했다. 친절하던 청년은 어느새 사무적으로 돌변했다. 다른 두 경찰이 아미와 엄마를 일으켜 세우더니 집 근처를 벗어났다. 아버지의 무덤을 지나칠 때 아미의 시선은 생각보다 작은 봉분 위에 한참을 머물렀다. 아미의 머릿속에서 아버지는 큰 키와 굳센 두 팔로 아미를 지켜주던 건장한 남자였다. 그러나 죽음은 그런 모습을 빼앗아 갔고 시간이 지나면 흔적조차 남지 않을 하찮은 흙더미만 남겨 놓았다. 아미는 경찰들의 손에 이끌려 익숙한 바위와, 바다에서 건져 올린 보물 같은 조개껍질들이 흩어진 길을 지나면서 줄곧 바닥만 쳐다보았다. 트럭을 보자마자 아미는 때늦은 몸부림을 쳤다.

청년은 아미를 가까운 경찰서로 끌고 갔다. 그곳에서는 인파의 소용돌이 속에 일부는 제복 차림으로 일부는 피 묻은 누더기 차림으로 분노와 고통과 두려움의 불협화음을 내고 있었다.

나이 든 한 여인은 피에 물든 아들의 머리를 무릎에 누인 채 벽에 기대어 앉아 있었다. 여인은 말없이 가만히 앉아 있었고 그 주변으로는 무질서가 난무했다. 아미는 엄마의 손을 있는 힘껏 쥐었고 청년은 두 사람을 임시 대기실로 끌고 갔다. 끼리끼리 모여 앉은 사람들 중에는 우는 사람도, 충격에 입을 다문 사람도 있었다. 청년은 두 사람을 거기 놔 두고 접수대에 있는 경찰관과 이야기를 나누었다. 그리고 서류를 작성하면서 가끔씩 어깨 너머로 아미와 엄마를 힐끔거렸다.

아미는 주변 사람들의 얼굴을 찬찬히 뜯어보았지만 아는 얼굴이 없었다. 마을 사람들은 어디 간 걸까? 아미는 갑자기 마을 사람이 다 죽었을지 모른다는 무서운 생각이 들었지만 곧 머리에서 지워 버렸다. 엄마에게도 눈길을 주었지만 몇 달 새 확 늙어 버린 엄마의 얼굴과 공허한 표정을 차마 지켜볼 수 없었다.

청년이 돌아오자 아미는 어깨를 펴고 경멸의 시선을 던져 보았다. 그는 눈치 채지 못하는 듯했다.

"이름을 부를 때까지 여기서 기다리면 됩니다."

"왜요? 우리가 무슨 잘못을 했어요?"

아미가 물었다.

"아닙니다."

청년은 헛기침을 했다. 그도 잘 모르는 듯했다.

"그러면 왜 데려왔어요?"

아미는 청년이 주저할수록 더 과감해졌다. 청년은 감귤 숲에서 처음 다가왔을 때의 상냥한 모습으로 돌아와 있었다. 트럭에 태우라고 명령할 때의 모습이 아니었다.

"그건 몰라도 돼요. 정부 공무니까."

"우리는 정부랑 아무 관계도 없어요……."

"조용히 해요."

청년이 아미의 팔을 붙잡으며 말을 끊었다. 그는 두 사람의 말을 엿듣고 있을지도 모르는 사람들을 찾아 두리번거렸다.

"내 명령에 따라 온 거예요. 그것만 알고 있으면 됩니다."

아미는 붙잡은 팔을 놓아줄 때까지 청년을 쏘아보았다.

접수대에 있던 경찰관이 이름을 불렀고 세 사람은 경찰서 구석에 있는 작은 사무실로 안내를 받아 들어갔다. 청년이 문을 닫자 문 저편에서 펼쳐지고 있던 참상이 일순간 차단되었다. 아미의 머릿속에는 흐릿한 고요만이 한 조각 남았다. 방에는 분위기를 압도하는 커다란 책상이 있었고, 그 뒤에는 온갖 훈장이 달린 제복을 입은 남자가 앉아 있었다. 남자의 가슴을 장식한 색색의 패와 띠를 본 아미는 얼마나 많은 동포를 죽이고 그런 대단한 영예의 표시를 얻었을까 생각했다. 그리고 그의 얼굴을 살피며 입을 열기를 기다렸다.

"해녀라고 하는데, 맞소?"

그가 앞에 쌓인 서류 더미에서 눈을 떼지 않고 물었다. 아미의 답변을 기다리면서도 계속 서류를 읽고 있는 것 같았다.

"네."

아미는 경찰이 어떻게 아미의 집안 기록을 이미 다 확인했는지 궁금해하며 대답했다.

"이쪽은 어머니?"

그가 잠시 눈을 들어 아미의 엄마를 바라보았다.

"네."

"어머니도 해녀요?"

"네."

"아주 참하네. 현모 군, 자네는 복이 많군! 신붓감으로 더할 나위 없겠어! 물론 청을 잘 넣기 나름이겠지만, 하하!"

그가 무릎을 때리며 킬킬댔다.

"성이 뭐요?"

아미가 머뭇거렸다. 분명히 신붓감이라고 했다. 아미는 이해할 수가 없었다.

"장씨 딸입니다."

아미가 입을 열기도 전에 현모가 대답했다. 그는 아미가 아닌 책상에 눈길을 고정한 채 말했다.

"장씨? 건실한 성씨네."

경찰관은 이렇게 말하고 서류에 이름을 적었다. 그리고 아래에 서명을 한 뒤 아미에게 내밀었다.

"자, 이제 여기 서명하시오."

그가 펜을 내밀며 말했다. 청년은 아버지의 이름을 알고 있었다. 아미는 그를 노려보았다. 귀가 뜨거워졌고 입안은 타들어 갔다.

"펜을 받아, 여기 이름을 적으라니까. 여기 내 이름 위에. 보여?"

남자가 아미의 손에 펜을 쥐어 주며 지시했다.

"이게 뭐예요?"

아미가 마침내 물었다. 아미는 엄마를 쳐다보았지만, 눈을 내리깔고 소리없이 울고 있는 엄마는 아무 도움도 되지 않았다.

"혼인 신고서야. 여기 서명해."

"누구랑 혼인하는데요?"

아미가 물었다.

"물론 이 청년이지."

남자는 청년을 가리켰다. 아버지의 이름과 아미 직업을 알고 있는, 불타 없어진 집에서 아미를 여기까지 끌고 온 그 청년.

"어서, 어서. 나 바쁜 사람이야. 서명해. 현모 군은 그 옆에 서명하고."

아미는 고개를 돌려 현모를 쳐다보았다. 아미보다는 훨씬 나이가 많았지만 여전히 소년티를 벗지 못한 상태였다. 청년과 혼인을 하라고? 아미가 펜을 들고 망연자실 서 있는데 남자가 갑자기 아미의 뺨을 가격했고 아미는 저 멀리 나가떨어졌다.

마치 먹이를 공격하는 뱀처럼 재빨리 자리에서 일어나 가공할 힘으로 아미의 뺨을 후려친 것이다.

"일으켜 세워."

현모는 아미를 천천히 일으켜 세웠고 한 팔로 아미를 감싼 채 도로 책상 앞으로 이끌었다. 현모도 아미만큼 갑작스러운 폭력에 당황한 듯했다. 뺨이 얼얼하고 눈앞이 아른거렸다.

"당장 서명하고 현모 군을 남편으로 맞이하고 나가. 내가 상 대해야 할 시민이 몇 명인 줄 알아? 당장 서명하지 않으면 이 친구가 너희를 체포할 거야. 꼬락서니를 보아 하니 옥에서 오 래 못 버틸 것 같구먼."

남자는 두 사람의 야윈 몰골을 가리키며 말했다.

아미의 엄마가 문득 남자의 눈을 바라보는 듯했다. 엄마는 책상 가장자리를 잡고 남자를 향해 몸을 기울였다. 얼굴에 생 기가 돌았고 표정은 매섭게 돌변했다. 아미는 엄마가 뭐라고 할지 걱정부터 됐지만 남자는 엄마가 말을 꺼내기도 전에 끼어 들었다.

"허튼소리 할 생각도 하지 마시오. 내 말 한 마디면 딸을 죽 일 수도 살릴 수도 있어. 한 마디라도 더 하면 총살대 앞으로 보내 버리겠어. 서명하라고 해."

남자가 현모에게 명령했다.

"그냥 시키는 대로 하시오."

현모가 미안한 기색으로 부추겼다.

아미는 펜을 쥐었지만 떨리는 손과 함께 펜도 흔들렸다. 현 모가 펜을 제 위치에 가져다주었고 아미는 이름을 적었다. 이

어서 현모가 펜을 받아 옆에 제 이름을 적었다. 이현모.

"좋아. 이제 나가. 바쁘니까."

아미와 엄마를 데리고 사무실을 나온 현모는 혼잡한 경찰서 안에 펼쳐진 절망의 현장을 가로질러 차가운 1월 바람 속으로 들어갔다. 몰아치는 바람은 얼얼한 아미의 뺨을 식혀 주었다. 아미는 손으로 뺨을 문지르며 서명 하나로 제 인생을 넘겨 버린 충격에 몸을 떨었다.

"왜요?"

견딜 수 없는 침묵이 이어지자 아미가 물었다. 세 사람은 경찰서 뒤편에 세워 놓은 트럭으로 돌아가는 길이었다.

"왜 혼인을 강요한 거예요?"

"우리 아들들이 이 섬을 물려받을 겁니다."

그가 망설임 없이 말했다. 그리고 차 문을 열고 아미의 엄마를 안에 태웠다.

"우리 아들들이라고요?"

아미는 청년이 아미의 부모처럼 진짜 부부가 되기를 원한다는 사실을 깨달았다. 상상할 수조차 없는 그림이었다.

"그래요, 집과 마을 땅은 우리가 우리 자식들에게 물려줄 겁니다."

"우리요?"

"다른 경찰들 말입니다. 나 또한 그들처럼 북에서 내려왔습니다. 우리 가족을 몰살한 공산주의자들이 나까지 죽이기 전에 38선을 넘어 왔다는 말이에요. 놈들은 내 모든 것을 빼앗아 갔어요. 우리 모두로부터. 그래서 잃어버린 것들을 되찾기 위해서 당신과 같은 마을 여자들과 혼인을 해야 합니다. 무엇보다 남에서 빨갱이들을 박멸하기 위해 우리가 자손을 만들어야 합니다. 당신을 위해서요, 민족을 위해서요."

"난 빨갱이가 아니에요."

아미는 그토록 고통받았던 사람이라면 아미 자신이 겪고 있는 아픔 또한 이해해 주길 기대하며 말했다.

현모는 아미를 똑바로 바라보았다. 현모의 표정에는 아무 감정도 실려 있지 않았다.

"제주에는 빨갱이들이 득실득실해요. 나도 모르는 사이 빨갱이가 될 수도 있는 겁니다. 나와 혼인하면 더 이상 위험분자가 아니오. 탑시다."

현모가 차 문을 열고 아미가 트럭에 타기를 기다렸다. 그러나 아미는 움직일 수가 없었다. 아버지를 죽인 것도 경찰이었다. 아미는 어두웠던 그날 밤을 다시 떠올렸다. 현모도 그 중하나였을까? 그래서 불타 없어진 집으로 다시 아미를 찾아 왔던 걸까? 아미는 속이 울렁거리고 다리가 후들거렸다. 현모가 아미를 붙잡아 트럭에 태워 주었다.

아미는 엄마 옆에 앉아 기억하려고 애썼다. 워낙 어두운 밤이었고 눈앞으로 날아드는 싸락눈에 앞이 잘 보이지 않았다. 그리고 공포는 모든 남자들의 얼굴을 희미하게 지웠다. 아미는 그 끔찍한 광경 속에서 현모의 모습을 찾으려고 애써 봤지만 보이지 않았다. 아버지를 죽인 자를 다시 만난다면 알아보지 못할 리 없었다. 현모가 운전석에 타자 아미는 그를 빤히 쳐다보며 뿌연 기억 속에서 그의 얼굴을 떠올려 보려고 애썼다.

현모는 아미의 시선을 무시한 채 시동을 켜고 말 한 마디 없이 경찰서에서 차를 몰고 나왔다. 아미는 현모의 얼굴을 그날 밤 보았던 남자들 누구와도 연관시킬 수 없었다. 아미는 천천히 현모에게서 눈길을 거두고 멍하니 창밖을 바라보았다. 현모가 어디로 그들을 데려가는지 알 수 없었다. 달릴수록 더 막막해질 뿐이었다.

*

광장에서 옛일을 떠올리며 떨고 있던 아미는 노년의 무게가 실감이 난다. 다리가 끊어질 듯 쑤셔 온다. 고통은 찌르듯 허벅지 뒤를 타고 올라 나선을 그리며 엉치뼈로 이어진다.

추위는 노년의 통증도 과거에서 밀려 들어오는 기억도 막아 주지 못한다.

레인이 코코아 석 잔을 들고 온다. 아미는 기꺼이 한 잔을 받아 들고 벙어리장갑 사이로 스며드는 열기를 즐긴다. 그리고 둘러싼 사람들의 얼굴을 살핀다. 아미는 누군가를 찾고 있기도, 찾고 있지 않기도 하다. 어린 시절의 기억을 불러올 어떤 것, 미소든, 손짓이든, 익숙한 어떤 것을 찾으면 좋겠지만 꼭 찾으리라는 믿음은 없다. 집회에 참석한 것은 이번이 세 번째이다. 한 명씩 군중을 훑어보던 아미는 행복처럼 막연한 무언가를 찾고 있는 것은 아닌가 싶었다.

아미가 코코아잔에 입을 댄다. 달고 뜨거운 음료가 혀를 쏜다. 아미의 눈은 계속해서 주변에 모여들고 있는 군중을 살핀다. 무엇인가, 누군가를 놓칠까 봐 눈길은 어떤 얼굴에도 어떤 손에도 길게 머무르지 않는다. 레인과 윤희도 차를 마시며 아미의 눈길을 의식했지만 조용하게 응시하는 아미를 방해하지 않는다.

아미는 군중을 가만히 바라본다. 누군가 돌아보기를, 언니를 발견할 수 있기를 고대하면서.

하나

1943년 여름, 만주

이제 하나의 사진도 다른 소녀들의 사진과 나란히 계단이 시작되는 지점에 걸려 있다. 하나의 얼굴은 위안소를 방문한 군인들을 내려다본다. 주어진 시간 동안 하나를 갖고 싶다면 2번 문 앞에 줄만 서면 된다고 알릴 것이다. 사병은 하나와 홀로 30분, 장교는 한 시간까지 보낼 수 있다. 군인들은 마치 식단표에 적힌 요리처럼 하나를 살피고 구매하고 소비한다.

위안소의 일과는 간단하다. 일어나서 씻고 아침을 먹은 뒤 군인들이 도착하기를 기다린다. 하루가 저무는 밤 아홉 시 반 이후에는 남은 군인들은 돌려보낸다. 그러면 하나는 몸을 씻고 사용한 삿쿠도 씻은 뒤 소독을 하고 그날 입은 상처가 있을 경우 처치를 한다. 그리고 변변찮은 식사를 하고 다음날을 위해 잠자리에 든다. 하루에 열 시간, 한 주에 엿새, 하나는 군인들을 위해 그들이 말하는 '봉사'를 한다. 매일 스무 명이 하나를 겁탈한다. 일곱 번째 날은 잡일을 하는 날이다. 방을 치우고 누더기 옷을 세탁하고 다른 소녀들과 함께 위안소를 청소한다. 마당에 있는 볼품없는 텃밭을 돌보기도 한다. 두 주마다 의사가 방문하는 날이기도 하다.

하나가 이 일과를 벗어날 수 없다는 사실을 받아들이기까지 두 주가 걸렸다. 첫 주가 가장 힘들었다. 하나는 사흘 낮을 내리 굶었고 사흘 밤을 내리 펑펑 울었다. 뒤늦게 깨달았지만 지하 독방에 감금되지 않은 것이 다행이었다. 말을 듣지 않거나 채찍질보다 심한 처벌을 주어야 하는 경우 소녀들은 이런 독방에 가두어지곤 했다. 눈물을 흘린 지 사흘째 되던 밤 문을 두드리는 소리가 하나의 어두운 생각을 방해했다.

"울지 마, 꼬마 사쿠라. 이제 됐어."

케이코가 들어왔다. 하나는 케이코의 목소리에 화들짝 놀라 뒤돌아보았다. 케이코는 벌을 받을 각오를 하고 하나의 방으로 들어온 것이다. 위안소 지하에 있는 끔찍한 독방에 갇힐 수도 있었다. 케이코가 그런 위험을 무릅썼다는 사실에 하나의 울음이 멈추었다.

"정신 똑바로 차려야 해."

케이코는 걱정 어린 표정과 어울리지 않는 매서운 어조로 타일렀다. 그리고 몸을 숙여 하나의 얼굴을 가린 머리카락을 뒤로 넘겨 주었다.

"네가 무슨 생각을 하고 있는지 알아. 죽고 싶지. 우리도 처음 며칠은 다 죽고 싶었어."

하나가 대답하지 않자 케이코가 말을 이었다.

"엄마를 다시 보고 싶지 않니?"

엄마. 그 말은 칼날처럼 가슴을 찔렀다.

"다시 못 볼 거 알아요."

하나가 등을 돌리며 나지막이 말했다. 장터에 있던 아낙들의 목소리가 하나의 귀에 울리는 듯했다. 하나가 여기서 살아남아 언젠가 집에 가더라도 부모님은 제명에 못 죽고 일찍 돌아가시지 않을까?

"죽으면 못 보는 건 확실해. 그렇지만 엄마 생각을 해봐. 엄마는 너한테 무슨 일이 일어났는지 영영 모르실 거야. 평생 궁금해하시겠지."

삼촌의 일본도가 집에 도착했을 때 하나가 보았던 엄마의 혼란스러운 표정이 하나의 머릿속을 가득 채웠다. 동생을 처참한 운명에서 구한 결과라고 해도 엄마는 나락에 떨어질 것이다. 하나는 가족이 온전할 수 있다면 아무리 모진 고문도 견딜 수 있었다.

그러나 다른 가능성들이 머릿속을 맴돌았다. 대체 언제까지 군인들에게 날마다 고통을 받아야 하는 걸까? 고통이 얼마나 지속될지 알 수 없었다. 전쟁이 끝날 때까지? 임신할 때까지? 죽을 때까지? 하나의 엄마는 하나에게 무슨 일이 일어났는지 영영 모를 터였다.

"내가 장담해. 꼭 다시 만날 거야. 여기 평생 머무르지 않을 거야. 우리 중에 누구도. 주어진 시간을 채우면 집에 갈 수 있어."

케이코는 말을 계속했지만 하나는 더 이상 들리지 않았다.

집이라니. 너무 먼 느낌이었다. 마치 한때 꾸었던 꿈속의 장소 같았다. 언젠가 집으로 돌아가는 것이 정말로 가능할까? 케이코의 말이 사실일까? 저들이 하나를 집에 보내 줄까?

"일단 좀 씻자."

케이코는 어떻게 씻어야 하는지 알려 주었지만 하나가 아무런 반응이 없자 직접 씻겨 주었다.

하나는 케이코를 말릴 기운이 없었다. 소독제가 상처에 닿자 바닷물보다 더 따가웠지만 하나는 아무 소리도 내지 않았다. 케이코는 계속해서 말을 했다. 마치 둘 사이의 침묵을 채우면 모든 게 괜찮아지리라는 듯.

"계속 이렇지만은 않을 거야. 여기서 영영 살아야 하는 것도 아니야. 여기 있는 동안 스스로를 보살피고 살아남으면 어느 날 풀려날 거고 엄마를 다시 만날 수 있을 거야."

하나는 케이코의 눈을 들여다보았다. 케이코가 두 번째로 풀려난다는 말을 했다. 하나는 여전히 케이코의 말이 사실인지 알 수 없었다. 그러나 케이코는 하나의 눈을 피하지 않았다. 마치 하나에게 반박을 해보라는 듯한 눈빛이었다. 하나는 침묵을 지켰다. 한참 뒤 케이코는 두 사람 사이에 아무 일도 없었다는 듯이 말을 이었다.

"언젠가 집으로 가려면 여기 있는 동안 있는 힘껏 스스로를 보살펴야 해. 군인이 왔다 갈 때마다 몸을 씻고 음식도 주는 대로 먹고 병균이 들어올 수 없게 옷과 방을 잘 청소해야 해. 그렇게 해야 우리 모두 살아남을 수 있어."

케이코가 나가자 하나는 얇은 자리 위에 누워 어둠 속을 바라보았다. 그리고 자신을 에워싼 새로운 소리들에 귀를 기울였다. 다른 방에 있는 여자들의 소리, 지붕이 삐걱거리는 소리, 바람이 처마 밑을 달려가는 소리.

"엄마, 제발 절 찾으러 와 주세요. 여기서 절 데려가 주세요."

하나가 빈 방에 대고 속삭였다. 되풀이하고 또 되풀이하였더니 이 말은 단조로운 기도문이 되어 하나의 머릿속 깊이 파고들었다.

그로부터 두 주가 지났다. 하나는 케이코의 조언에 따라 죽는 생각 따위는 많이 하지 않도록 노력한다. 대신 언젠가 풀려나서 식구들을 다시 볼 수 있을 것이라는 케이코의 약속을 믿어 본다. 군인들은 계속해서 하나의 문 앞에 줄을 선다. 하나가 자리 위에 가만히 누워 있으면 군인들은 때리지 않는다. 하나가 죽었든 살았든 상관 않는 듯하다. 하나의 몸이 거기 있기만 하면, 그저 자기 일을 할 뿐이다.

위안소의 히나타는 하나에게 특별한 차를 권한다. 다리 사이뿐만 아니라 온몸을 타고 흐르는 듯한 고통을 마비시켜 준다고 했다. 하나는 몇 모금 마셔 보지만, 마시고 난 뒤의 기분이 썩 좋지 않다. 머리가 어지럽고 핑 도는 듯하며 정신이 차려지지 않는다. 깨어 있기가 힘들다. 하나는 나중에야 그것이 아편을 우려 낸 차라는 것을 알게 되고 다시는 받아 마시지 않았다. 학교에서 하나는 아편이 나쁘다고 들은 바 있었다. 아편을 하는 것은 열등하다는 증거이고 그래서 적국의 열등한 중국인들이 다 아편에 중독되었다고 배웠다.

하나가 차를 거부한 이유는 중독이 두려운 마음도 있었지만 무엇보다 정신을 똑바로 차리고 싶었기 때문이다. 히나타는 낮에도 밤에도 수시로 아편 차를 마신다. 그렇게 해서 군인들의 요구를 견디어 낸다. 그것이 히나타가 살아남는 방법이었다. 그러나 하나에게는 통하지 않을 방법이다. 정신을 못 차리고 다시 죽고 싶다는 생각을 할 게 뻔하다. 집에 대한 그리움은 강렬하지만 위안소에 머무는 고통 또한 그렇다.

차를 거부하는 행위는 살아남기 위한 첫 번째 발걸음이었다. 맑은 정신만 있다면 하나는 상상 속에서 평안을 되찾을 능력이 있다. 군인들이 날마다 찾아오는 가운데 하나는 현실에서 한 걸음 물러나 바다 밑 깊은 곳에서 물질을 하며 주변을 벗어나는 자신을 상상한다. 그리고 군인이 몸을 침범하는 동안 숨을 참고 있는 법을 터득한다. 억지로 숨을 참고 있다가 수면 위로 올라오면 그제야 한껏 공기를 들이마신다. 하나는 절대로 군인들의 얼굴을 보지 않는다. 사람도 아니라고 생각하면 좀 낫다. 대신 매일 하나를 찾아오는 기계라고 생각한다. 언젠가 끝이 있다는 약속에 정신을 모은다. 언제나 끝이 있기 때문이다. 그리고 하나는 잠에 떨어진다. 정신을 똑바로 차리면 무엇을 안으로 받아들일지 선택할 수 있다.

하나가 매일 아침 일어나 제일 먼저 하는 생각은 바다 생각이다. 바위투성이 해변으로 부서지는 파도의 소리가 하나의 머릿속을 채운다. 그런 다음 엄마도 뜨는 해와 함께 잠을 깼는지 궁금해한다. 동생과 아버지를 위해 아침을 준비하고 계실까? 아침이면 엄마는 전날 먹다 남은 미역과 생선을 잘게 썰어 넣은 쌀죽을 끓이곤 한다. 때로는 기다란 계란 고명을 만들어 죽에 섞기도 한다. 혀에 짭짤한 국물 맛이 느껴지고 추억만으로도 입에 침이 고인다. 위안소에서 먹는 음식은 대개 중국 노파가 만든 주먹밥 두 덩이 혹은 죽 한 사발이 전부이다. 아주 운이 좋으면 밑에 일본식 절임 반찬이 몇 개 깔려 있다. 빈약한 텃밭은 종종 군인들이 쓸어간다. 그들도 몹시 배가 고프다.

물은 흙마당 한 구석에 있는 우물에서 긷는다. 소녀들은 순서를 정해 하루에도 몇 번씩 새로 물을 긷는다. 하나의 차례가 오면 하나는 가능한 한 천천히 물을 긷는다. 5분간의 휴식이라도 소중하다.

물을 길으면서 시간을 끌 수 없을 때에는 다음 군인이 방으로 들어오기 전에 몸을 아주 꼼꼼히 씻을 핑계를 찾는다. 군인들이 하나를 재촉하려고 하면 하나는 리코의 조언대로 성병을 예방해야 된다고 말한다. 그래도 재촉하면 이전 군인한테서 빨간 물집이나 고름이 찬 염증을 보았다고 거짓말을 한다. 대개의 경우 거짓말이 통하지만 가끔 상관없다는 군인도 있다. 제일 다루기 힘든 자들이다. 하나는 그런 자들을 상대할 때 토를 달지 않고 원하는 대로 해주어야 한다는 사실을 금세 깨닫는다. 서둘러 만족할수록 서둘러 사라지기 때문이다.

한밤중에 군인들이 떠나고 없을 때 집 생각이 제일 많이 난다. 축축한 다다미 자리 위에 누워 닳아빠진 이불을 턱까지 끌어 올리고 누워 있을 때면 옆에 누운 동생의 온기, 머지않은 곳에서 들려오는 아버지의 코고는 소리, 꿈에서도 전복을 찾아 끊임없이 뒤척이는 엄마의 소리가 간절하다. 친구들과, 날마다 함께 물질을 했던 다른 해녀들도 떠오른다. 모두가 그립다.

이런 기억은 하나를 괴롭게 만드는 동시에 버팀목이 되어 준다. 따뜻한 추억 하나하나가 비좁은 옥방 안의 침묵에 배어들어 날카로운 칼날처럼 살갗을 스친다. 그 고통은 하나의 희생을 상기시킨다. 하나가 위안소로 오지 않았다면 동생이 왔을 것이다. 하나는 위안소를 견디어 낼 것이다. 언젠가 집에 돌아갈 것이므로. 다시 가족을 볼 것이므로.

청소를 하는 날 아침 하나는 마당에서 옷을 빨기 위해 일찍 기상한다. 주방 문 앞에서 보초가 몸으로 하나를 막아선다.

"방으로 돌아가. 오늘 진료가 있어."

보초에게 말대꾸를 해서는 안 된다는 것을 잘 알고 있는 하나는 도로 계단을 올라가 방에서 기다린다. 첫 진료이다. 먼저 중국 노파가 들어오고 가져 온 물로 하나의 대야를 채운다. 그리고 씻는 시늉을 한다.

노파가 방을 나가자 하나는 왜 노파와 그 남편이 위안소를 운영하는지 궁금하다는 생각이 들었다. 어쩔 수 없이 하는 것일까? 그들 또한 감금된 것일까? 가볍게 문을 두드리는 소리가 하나의 생각을 방해한다.

군인이 방으로 돌아오고 하나가 벌떡 일어선다. 군인은 하나의 화들짝 놀란 표정을 알아챘는지 한 손을 들어 올린다.

"나는 군의관이야. 몸 상태 검사하러 온 거야."

그가 빠르게 말한다. 그리고 다른 한 손을 들어 검은 가방을 보여 준다. 그리고 다시 앉으라는 시늉을 한다. 하나는 일단 군인이 시키는 대로 하지만 여차하면 박차고 나갈 각오를 하고 있다. 군인은 가방을 내려놓고 하나 앞에 앉는다.

"입을 벌려."

군인은 이렇게 말하고 하나의 목구멍과 치아, 잇몸과 혀를 들여다본다.

"좋아, 이제 누워."

하나가 뻣뻣하게 굳는다. 하나는 의사의 진료를 받아 본 적이 없고 이 남자가 정말 의사인지 알아볼 길도 없다. 군복 때문에 긴장을 풀기가 어렵지만 하나는 천천히 의사의 말대로 자리 위에 눕는다. 군인이 하나의 치마를 들추자 하나가 일어나 앉는다.

"뭐하는 거예요?"

하나가 묻는다.

"난 널 검사해야 돼."

군인은 화를 내거나 기분이 상한 티를 내지는 않는다.

"도로 누워서 무릎을 굽히고 치마를 올려. 질 검사를 해야 한다고. 그리고 더 이상 낭비할 시간이 없어."

"싫어요."

하나가 이렇게 말하고 군인으로부터 떨어진다.

"싫어도 해야 돼. 나는 두 주마다 너희들을 검사해야 돼. 성병이나 염증이 없는지, 임신은 안했는지 상처는 없는지. 너희를 위해서다. 너희 건강, 그리고 병사들 건강을 위해서."

하나가 군인을 뚫어져라 본다. 병사들의 건강. 그것이 그가 하나에게 온 진짜 이유다.

"자, 어서 도로 누워서 무릎을 굽히고 치마를 올려."

하나는 수치를 참으며 눕는다. 진료는 빠르게 진행된다. 군인은 하나의 질 속에 차가운 금속 도구를 넣고 손가락으로 안쪽을 만져 본 다음 주황색 액체로 속을 씻어 낸다. 그런 다음 왼쪽 팔에 성병을 예방한다는 주사를 놓는다.

한 달이 지난 어느 늦은 저녁 군인들이 지프를 타고 위안소에 도착한다. 술을 마시다 온 것 같았고 두 사람은 취해서 제대로 서 있지도 못한다. 다른 사람들의 부축을 받아 걷는 둥 마는 둥 위안소로 들어온 군인들은 비틀거리며 위층으로 직행한다. 그리고 줄을 선 다른 군인들을 밀치고 맨 앞으로 간다.

"전부 막사로 돌아가라."

대위가 사병들의 볼멘소리 위로 소리친다.

"오늘밤은 우리가 이 초소를 접수한다."

줄 앞에 서 있었던 사병들은 몇 시간을 기다렸다며 강력하게 저항한다. 하나의 방에 있던 군인은 문을 열고 밖을 내다본다. 대위를 보좌하는 중위가 칼을 뽑아 들자 사병들은 잠잠해진다. 그러나 아무도 돌아가려고 하지 않는다. 하나의 방에 있던 군인은 말없이 옷을 입기 시작한다. 하나는 자세를 바꿔 문틈으로 밖을 바라본다.

"뭐하고 있나, 다들 나가!"

대위는 줄 앞에 서 있던 이등병에게 칼을 겨누며 고함을 친다.

어떤 훈장도 달려 있지 않은 이등병의 군복은 단정하지만 허름하다. 그는 한 걸음 뒤로 물러서지만 즉시 떠나지는 않는다.

"자네 불만 있나?"

대위가 중위 옆으로 서면서 묻는다. 나란히 선 두 사람의 모습은 꽤나 인상적인 광경을 이룬다. 두 사람은 사병 대부분보다 키가 크거니와 훈장이 줄줄이 달린 군복은 마치 금은보화를 바른 것처럼 빛이 난다. 이등병은 두 사람의 눈빛 아래 몸집이 점점 작아지는 것처럼 보인다.

"아침에 전선으로 싸우러 갈 예정입니다."

이등병이 작고 온순한 목소리로 말한다.

"그런가?"

대위가 되묻는다.

"예, 그렇습니다."

사병 몇몇이 한 목소리로 우물우물 말한다.

"알게 돼서 다행이군. 그렇지 않은가?"

대위가 중위에게 묻는다.

"그렇습니다. 중요한 정보입니다. 자네 아주 훌륭하군."

중위가 비웃듯 칭찬한다.

대위는 이등병에게 한 걸음 더 다가가 위에서 그를 내려다본다. 이등병 뒤에 있던 다른 사병들은 주춤하며 물러난다.

"그 전선으로 자네들을 이끌 사람이 누구라고 생각하나? 자네 상관이 누구일지 생각해 본 적이 있나? 누가 맨 앞에서 돌격하고 전투가 계획대로 되지 않았을 때 제일 먼저 죽을지 생각해 본 적이 있어?"

장교의 말이 들리는 거리에 있는 사병들은 대위의 장황한 비난의 말이 끝나기도 전에 꽁무니를 빼지만 포화의 정면에 선 딱한 이등병과 몇몇 다른 사병들은 차렷자세를 한 채 움직이지 못한다.

"예, 사과드립니다."

이등병이 대위에게 경례를 하며 말한다.

"사과? 들었나? 사과를 한대."

대위가 중위에게 말하며 이등병의 코앞에서 웃음을 터뜨린다. 대위는 떨고 있는 이등병에게 아슬아슬할 정도로 가까이 몸을 기울인다.

"내가 명령만 하면 네 머리를 총검 끝에 꽂을 수도 있어. 다른 사병들에게 네 무식을 알리고 장교의 말에 절대로 토를 달지 않도록 경고하기 위해서. 자, 이제 고개 숙여."

대위가 이등병의 코앞에서 낮은 목소리로 으르렁거리듯 명령했다.

이등병이 상체를 깊이 숙이자 취약한 목 뒤가 그대로 노출된다. 중위가 이등병의 살갗에 검을 대고 점점 세게 누른다. 머리카락처럼 가느다란 핏줄기가 칼날 밑에서 솟아오른다.

"어떻게 할까요, 대위님?"

중위가 묻는다.

이등병은 중위의 칼날 아래에서 벌벌 떨고 있다. 면도날처럼 예리한 칼날이 점점 더 깊이 들어간다. 목 옆으로 피가 뚝뚝 떨어져 옷깃을 적신다.

"오늘 저녁은 기분도 좋은데 망치기 싫어. 보내 버려."

"들었지. 꺼져."

중위가 외치며 이등병을 벽으로 밀어붙인다.

"불복종으로 처넣어 버리기 전에 다 꺼져 버려."

계단 아래로 줄행랑치는 군화 소리가 요란하다. 하나의 방에 있던 군인은 중위가 들어오자 재빨리 빠져나간다. 대위는 케이코가 있는 옆방으로 간다.

하나는 중위를 올려다보지 않는다. 아예 중위가 올 때까지 꼼짝을 않는다. 오른손에 틀어쥔 검이나 비틀거리는 발걸음은 모른 척하려고 애쓴다. 소녀들에게는 하나같이 술에 취하거나 분노한 군인들의 손에 입은 상처가 있다. 방에서 군인을 상대하는 동안에도 얇은 벽을 통해 다른 소녀들이 공격을 당하는 소리를 들은 적이 한두 번이 아니다. 중위는 하나 앞에 무릎을 꿇고 앉아 하나에게 일어서라고 명령한다. 하나는 시키는 대로 벌벌 떨며 일어나 중위 앞에 선다. 중위는 하나의 다리 사이에 있는 삼각형 모양의 음모를 살핀다. 마치 검진을 하는 양 바짝 다가와 칼끝으로 음모를 뒤적인다.

"이건 없애야겠다. 가만 있어, 안 그러면 다쳐."

중위는 검을 이용해 음모를 밀기 시작한다. 여린 살갗이 칼날에 스치며 피를 흘린다. 하나는 차가운 칼날이 피부를 긁는 동안 몸을 떤다. 살갗이 베일 때에는 혀를 꼭 깨문다.

"너희 같은 것들은 불결해."

중위가 칼날을 놀리며 중얼거린다.

"위생 관리가 엉망이야. 기생충이 득실거려. 나한테 옮길 생각 마."

하나는 눈을 감는다. 불결하다고? 위안소로 병을 옮겨 오는 자들은 다름 아닌 군인들이다. 모든 소녀들은 여기 올 때 순수하고 청결한 상태였다. 군인들이야말로 불결한 괴수들이고 군인들이 아니었다면 소녀들이 수치스러운 검진을 받을 이유도,

팔이 붓고 얼얼할 정도로 독한 주사약을 맞아야 할 이유도 없다. 불결한 것은 이 군인이다. 하나는 분노가 쏟아져 나오는 것을 막기 위해 더 질끈 눈을 감는다.

털을 죄다 밀어 버린 중위는 검을 내동댕이친 뒤 하나에게 몸을 씻으라고 요구한다. 하나는 방 한 구석에 있는 대야로 가서 그 위로 쪼그려 앉는다. 이제는 알게 됐지만 그 대야는 다 쓴 삿쿠를 담가 놓기 위한 용도였다. 하나는 작은 수건을 이용한다. 군인은 그 모습을 지켜보면서 더 박박 밀라고 하거나 더 구석구석 씻으라고 참견하며 하나가 깨끗해질 때까지 기다린다. 만족스러운 상태가 되자 군복을 벗는 것을 도우라고 지시한다. 벌거벗은 뒤에는 자리에 누워 자신을 타고 앉으라고 한다.

"야스쿠니가 보일 때까지 타고 흔들어. 어차피 내일 죽을 거면 내 혼령이 머물게 될 야스쿠니 신사가 보고 싶다!"

군인은 너무 취해 사정을 하지도 않는다. 헛된 성교가 한 시간쯤 지속된 뒤에야 그는 하나를 밀어내고 깊은 잠에 빠진다.

군인들은 종종 도쿄에 있는 이 야스쿠니 신사의 이름을 외친다. 새로울 게 없다. 그러나 중위가 하나에게 가한 그런 치욕은 처음이었다. 중위와 대위는 밤새 위안소에 머문다. 하나는 다다미 자리에 누워 중위의 코고는 소리를 듣는다. 너무 화가 나서 잠이 오지 않는다. 하나는 중위의 숨소리를 들으며 뜬눈으로 밤을 지샌다. 중위의 모든 들숨이 역겹고 모든 날숨에 속이 메스꺼워진다. 한편, 하나 자신이 숨 쉴 때마다 몸의 모든 상처가 어떻게 좀 해 달라고 애원한다.

동이 트자 수탉의 울음소리가 중위를 깨우고 중위는 하나에게 군복 착용을 돕게 한다. 하나가 군화 끈을 다 묶자 그는 하나를 걷어찬다. 엎드린 하나는 중위가 숙취로 힘든 나머지 그 이상의 가해는 하지 않기를 바란다. 중위는 일어서서 헝클어진 머리를 손으로 빗은 뒤 방을 나서며 대위에게 함께 나가자고 크게 외친다. 잠시 뒤 둘은 각자의 밤에 대해 이야기하며 흥겹게 계단을 내려간다. 대문이 닫히고 지프가 위안소에서 멀어지는 소리가 들리자 하나는 방을 나와 조용히 아래층으로 내려간다.

케이코가 하나를 따라 주방으로 들어온다.

"놈이 무슨 짓을 했는지 들었어."

케이코가 하나의 귀에 대고 속삭인다.

하나의 어깨가 축 처진다.

"어디 보자."

케이코가 말한다.

"괜찮을 거예요."

하나가 옆으로 물러선다.

"그러지 마. 상처가 심하면 덧날 수도 있어. 이리 와."

케이코가 하나의 손을 잡아 끌고 창고 안으로 데리고 들어가더니 문을 닫는다.

"치마 올려봐."

하나는 케이코가 시키는 대로 한다. 케이코가 고개를 가로저으며 이를 악문 채 숨을 들이마신다.

"그 나쁜 놈이 아주 난도질을 해놨구나."

케이코가 거칠게 속삭인다. 그리고 소독제를 꺼내 작은 수건을 적신다. 케이코는 아주 조심스럽게 하나의 상처를 닦는다. 처치가 다 끝나갈 무렵 다른 소녀들이 아침 식사를 준비하기 위해 주방으로 내려온다.

"다른 애들한테는 말하지 마세요."

하나가 눈을 내리깔고 말한다.

"왜? 애들한테도 놈을 조심하라고 해야 돼."

"제발요. 안 그래도 저를 불쌍한 눈으로 본다구요."

케이코는 두 손으로 하나의 얼굴을 감싸고 눈을 맞춘다. 케이코의 두 손은 부드럽고 강하며 눈길은 매섭다. 주방에서 재잘거리는 소리가 들려온다. 하나는 누군가가 창고 문을 열까 두렵다. 그러나 손을 거부하면 케이코가 언짢아 할 것이다.

"불쌍히 여기는 마음은 따뜻한 마음이야."

케이코가 확고한 목소리로 말했다.

"우리 모두 불쌍히 여김을 받아야 하지만 이 저주받은 땅 그 누구도 우리에게 그런 친절을 베풀 연민을 가지고 있지 않아. 그래서 우리는 여기 갇혀 날마다 수모를 당하고 고문을 당하는 거야. 그래서 우리라도 서로 불쌍히 여기지 않으면 안 돼."

하나는 케이코의 말을 곱씹어 본다. 다른 소녀들은 하나에게 악의를 보인 적은 없지만 케이코만큼 친절한 적도 없었다. 하나와 같이 다른 소녀들도 모두 조선인이고 그렇다면 곧바로 친해졌을 것 같은데 그런 일은 없었다. 하나는 홀로 있으며 어떤 것도 주지 않았고 그러므로 어떤 것도 받지 못했다. 자신의 불행에 빠져 다른 소녀들도 같은 불행을 겪고 있다는 것을 미처 생각하지 못했다. 소녀들은 다 같은 처지에 있다. 입에도 담지 못할 감옥에 다 함께 갇혀 있는 것이다. 다른 소녀들에게 하나 자신의 수치와 고통을 보여 준다면 인정이 뒤따를 것 같았다. 거울을 보듯 다른 소녀들은 하나에게서 피투성이가 된 창피한 자신의 모습을 보고 하나를 받아들일 것 같았다.

케이코가 창고를 나설 때 히나타가 다가와 무슨 일이 있었는지 들여다본다. 하나는 숨지 않는다. 리코가 히나타의 뒤로 나타나 어깨 너머로 하나를 본다. 리코는 손을 재빨리 입으로 가져간다. 하나가 상처에 마저 약을 바른 뒤 창고를 나서자 소녀들은 식탁에 둘러앉아 하나가 오기를 기다린다. 하나가 자리에 앉자 츠바키가 누룽지를 끓인다. 물이 끓는 동안 츠바키는 출정을 앞둔 한 장교가 총검으로 자신의 등에 이름을 새긴 일에 대해 이야기한다.

"불행하게도 그놈은 전쟁터에서 죽지 않았지."

츠바키가 눈을 찡그리며 말한다.

"놈이 다시 돌아왔을 때는 위안소가 문을 닫은 시간이었고 나는 상대해 주지 않았지. 그게 아니었어도 절대로 놈이 다시 건드리게 내버려 두지 않을 작정이었어. 그랬더니 날 죽이겠다고 협박하는 거야!"

츠바키가 고개를 저으며 당시의 분노를 되새겼다.

"그래서 놈이 알아채기도 전에 손에 있던 총검을 빼앗아서 목을 찔렀지."

츠바키가 기억을 되새기며 히죽 웃는다.

"그리고 한밤중에 다 같이 놈을 마당에 묻었어. 그리고 거길 텃밭으로 꾸몄지."

소녀들이 입을 가리고 소리를 내며 웃는다.

"나중에 야간 보초가 한밤중에 사라진 장교에 대해 우릴 추궁했는데 우리는 다 모르는 척했어."

케이코가 덧붙였다.

"어차피 우리를 바보 천치라고 생각하니까 다들 그런 척했지."

히나타가 말했고 모두가 웃음을 터뜨린다.

"그해에 농사가 정말 잘 됐지. 그래서 텃밭이 비실비실해 보이면 한 번 더 해볼까 싶은 생각이 들어."

츠바키가 케이코의 어깨를 슬쩍 밀며 말한다.

"그 중위가 전투에서 죽지 않고 돌아온다면 말만 해. 내가 없애는 걸 도와줄 테니. 그러면 우리 모두 배부르게 먹을 수 있어!"

츠바키가 말을 마치자 다들 함박웃음을 지었고 하나도 엷은 웃음이 나온다. 위안소에 온 뒤로 처음으로 웃는 웃음이다.

아미

참가자들이 일본 대사관 앞에서 구호를 외친다. 두툼하고 따뜻한 겨울 외투를 입고 모자를 쓴 사람들은 장갑 낀 손으로 피켓이나 전단을 흔들며 외친다. 일본은 범죄를 인정하라, 할머니들의 피해를 보상하라. 한 남자가 확성기에 대고 외친다. 일본은 전쟁 범죄를 인정하라, 사죄 없는 평화 없다! 철문 근처에 서 있던 누군가는 외친다. 모든 전쟁은 세계의 모든 여성과 소녀에 대한 범죄이다!

빨간 벽돌 건물은 수치심에 철문 뒤로 숨은 것처럼 보인다. 앞에는 평소보다 많은 경찰이 배치되어 어깨를 붙이고 나란히 서 있다. 그들은 감정을 숨긴 채 무표정한 얼굴을 하고 있다.

"우리도 피켓 만들어 올걸."

레인이 말한다.

"다들 하나씩 갖고 있잖아."

아미가 군중을 훑어본다. 아이들도 손에 피켓을 들고 흔들고 있다.

"만드는 곳이 있을지도 몰라."

윤희가 말한다.

"저기 있네, 천막 안에."

윤희는 가설무대 옆에 설치된 흰 천막을 가리킨다. 무대 앞에는 의자들이 놓여 있고 그 의자를 덮은 현수막은 보상, 반인류 범죄에 대한 인정, 사죄, 제네바 협정 위반 인정 등을 요구하고 있었다. 커다란 스피커는 불만이 전류처럼 흐르는 공기 속으로 백색 소음을 내보내고 있다.

"가서 한번 볼까요?"

윤희가 아미의 팔을 건드리며 말한다.

"엄마?"

"응?"

아미가 묻는다.

"우리도 가서 피켓 만들까?"

아미는 딸을 따라 천막 쪽으로 간다. 두꺼운 종이와 사인펜이 잔뜩 놓여 있는 커다란 탁자 뒤에 선 두 여자가 일행을 맞이한다. 레인은 빨간 사인펜을 들어 흰 하드보드지에 일본어로 무언가 쓰기 시작한다. 아미는 레인의 빨간 사인펜에서 거침없이 흘러나오는 곡선을 바라보며 레인의 훌륭한 필체에 감탄한다.

"일본어도 알아요?"

아미가 말한다.

"알아요, 중국어도 할 줄 알아요."

윤희가 대신 대답한다. 아미는 대단하다는 듯 고개를 끄덕이지만 미국인이 왜 이런 언어들을 공부하려고 하는지 의아하다. 굳이 고향을 이토록 멀리 떠나 와 낯선 것들에 둘러싸이려는 이유는 무엇일까? 레인은 아미를 올려다보며 사인펜을 건넨다.

"하나 만드실래요?"

아미는 고개를 젓는다. 윤희는 레인에게 지지 않으려는 듯 영어로 피켓을 만드는데 집중한다. 아미는 읽을 수가 없다.

"카메라에 찍히라고요."

윤희가 거리에 줄지어 서 있는 중계차를 가리키며 말한다.

무대 옆에 모여들고 있는 할머니들을 좀 더 자세히 보고 싶은 간절한 마음에 아미는 살짝 천막을 빠져나온다. 아무도 아미가 나가는 모습을 보지 못한다. 무대 방향으로 발을 절며 가는데 아픈 다리가 말썽을 부린다. 통증은 걸음을 늦추기는 해도 아주 붙잡지는 못한다. 지난 집회 때 보았던 여자 셋이 보인다. 생존자들이다. 그 곁의 두 사람은 처음 보는 얼굴이다. 아미는 그들의 얼굴을 제대로 보기 위해 더 가까이 간다.

그들은 아미의 연배이거나 더 많다. 세월은 한때 팽팽했던 피부를 칙칙하게 만들었다. 언니의 늙은 모습을 못 알아볼 수도 있다는 생각에 아미는 그들의 몸짓을 유심히 살핀다. 키가 작은 여자는 빨간 벙어리장갑을 낀 손을 움직이고 있다. 다른 한 사람은 뾰족한 부츠 코로 땅을 건드리며 분홍색 모자를 쓴 머리를 끄덕인다. 아미는 기시감이 들기를 기다리며 지켜본다.

그러다 한 사람이 웃음을 터뜨린다. 예전에 들어본 적 있는 웃음일까? 좀 더 젊은 목에서 나오는 더 높은 소리로?

아미는 웃음소리가 다시 한 번 울려 퍼지기를 기다리며 여자를 더 잘 살펴보기 위해 목을 길게 뺀다. 여자는 빨간 장갑을 낀 손으로 손짓을 하며 이야기를 들려주고 있다. 그러더니 두 손을 맞잡으며 다시 웃는다. 평범하지 않은 거칠고 허스키한 목소리이다. 한 번도 들어본 적이 없는 목소리이다. 아미는 다른 생존자에게로 주의를 돌린다. 키가 좀 더 크고 아미에게 등을 돌리고 있다. 아미가 이 여자의 얼굴을 더 잘 보려고 몇 발짝 옆으로 움직이는데 여자가 고개를 돌린다. 모든 시선이 아미를 향한다.

"저희를 아세요?"

한 여자가 외친다.

"아니, 아닌 것 같아요."

아미가 미안한 기색을 보이며 등을 돌린다.

"확실해요? 이리 와 보세요."

빨간 장갑을 낀 여자가 상냥하게 말한다. 아미는 흰 천막을 바라보며 머뭇거린다. 레인은 탁자 뒤에 있는 여자와 이야기를 나누고 있고 윤희는 여전히 피켓을 만드는 중이다. 여자들은 서로 속삭이면서도 아미에게서 눈길을 떼지 않는다. 아미는 그들을 향해 발길을 돌린다. 다리가 유난히 말을 듣지 않고 뒤처진다. 아무리 애를 써도 말을 잘 듣지 않는다. 물속에 들어갔다 나오고 싶은 마음이 간절하다. 그러면 관절이 느슨해지고 편안해질 텐데.

"전에도 온 적 있죠? 낯이 익어요."

일행 중에서 얼굴이 비교적 더 잘 알려진 한 생존자가 말한다.

"작년에 이 자리에서 만났어요."

아미가 시인한다.

"그래요, 기억나요."

여자가 아미의 불편한 다리를 흘깃 본다.

"누굴 찾고 있었죠? 친구던가?"

아미는 얼굴이 붉어진다. 정말 기억을 하는 걸까? 그냥 예의를 차리려는 걸까?

"네, 친구요. 하나요. 이름이 하나예요."

"하나? 전쟁 동안 하나라는 여자 만난 적 있는 사람?"

여자들은 서로 낮은 소리로 말을 주고받는다. 아미는 그들이 기억 속에 서로 공유하고 있는 그 끔찍한 곳으로 시간 여행을 하는 동안 차분히 기다린다.

"히나타라는 애는 있었는데."

아미가 아직 제대로 살펴보지 못한 새로운 얼굴이 말한다. 둘은 마주 보고 서서 낯익은 모습을 찾아 서로의 얼굴을 뜯어본다.

"히나타요?"

아미는 건성으로 되물으며 여자의 늙은 얼굴을 자세히 들여다본다. 그리고 더 맑고 팽팽한 피부, 더 반짝이는 눈을 상상하려고 애쓴다.

"네, 해바라기요."

여자가 일본 이름의 우리말 뜻을 설명한다.

"우리는 본명이 아니라 꽃 이름으로 불렸어요."

한 여자가 쓸쓸함을 감추지 않으며 말한다.

"그래서 아직도 꽃을 싫어해요."

다른 여자가 말한다.

"나도. 꽃을 즐길 수가 없어요. 너무 많은 기억들이 되살아나니까. 우리는 서로 본명을 말하지 않았어요."

벙어리장갑을 낀 여자가 말한다.

"본명을 굳이 말하지 않으면 남이 알 수는 없었을 거예요."

"고향 이야기나 내 이야기를 하지는 않았을까요? 내 이름은 아미에요. 아미."

여자들은 아미의 이름을 되뇌어 보면서도 하나 둘 고개를 젓는다.

"제주 출신이에요. 해녀였어요."

아미가 결정적인 정보라는 듯 확신을 가지고 말한다.

"해녀요? 그렇게 멀리서도 사람을 끌고 갔어요?"

한 여자가 깜짝 놀라며 말한다.

"안 끌고 간 데가 어딨어. 중국, 필리핀, 말레이시아에서도 끌고 갔는 걸."

"네덜란드도 있잖아. 그때 증언했던 사람 기억나지?"

"그래, 그 화란 여자. 참 용감하게도 나서 줬지."

아미도 그 네덜란드 여자에 대해 신문에서 읽은 기억이 난다. 다른 수많은 '위안부' 여성처럼 그 네덜란드 여성도 강간과 치욕의 사연을 가족으로부터 50년 넘게 숨겨 왔었다. 1991년도에 김학순이 한국 최초로 '위안부' 여성임을 밝히고 어두운 증언을 했을 때 다른 여자들도 뒤따랐다. 그들의 말을 믿는 사람들은 적었고 돈을 밝히는 매춘부로 낙인찍히기도 했다. 바로 그때 이 네덜란드 여성 얀 루프 오헤른이 용감하게 그들과 함께 했고 1992년 도쿄에서 열린 일본 전쟁 범죄에 관한 국제 청문회에서 자신의 피해 사실을 밝혔다. 그러자 서구권에서 관심을 갖기 시작했다.

그 당시 아미는 가슴에 뚫린 구멍이 언니의 부재로 인한 것이라고 인정할 준비가 되어 있지 않았다. 물론 언니가 이런 위안부 여성이었을 가능성도 받아들일 수 없었다.

"엄마?"

윤희가 새로 만든 피켓을 들고 엄마를 찾아왔다.

"딸이에요?"

빨간 장갑을 낀 여자가 묻는다.

"네, 제 딸이에요."

아미가 이렇게 대답하고 딸을 향해 대견스런 미소를 짓는다. 여자들은 예의 바르게 인사를 건네지만 아미는 이내 여자들에게 흥미를 잃는다. 여자들은 아미에게 도움을 줄 수 없을 것 같다. 아미는 등을 돌려 다시금 군중을 살피며 낯익은 무언가를 찾고자 애를 쓴다. 한때 언니가 그랬듯 고개를 꼿꼿이 들고 있는 사람이라든가 언니처럼 웃는 사람, 언니처럼 걷거나 앉거나 앉아 있는 사람. 사라져 버린 언니와 비슷한 점이 단 한 구석이라도 있는 사람을.

빨간 장갑을 낀 여자가 무리에서 떨어져 나와 아미 옆에 선다.

"어디로 데려갔는지 알아요?"

"중국이나 만주일 수 있다고 들었는데 확실히는 몰라요."

"이렇게 오랜 세월이 흘렀는데도 계속 찾고 있다면 정말 가까운 친구였나 봐요. 정말 안타깝네요."

건성으로 고개를 끄덕이던 아미는 엄마가 언니의 행방에 대해 아는 대로 말해 주던 날을 떠올린다. 추운 1월 오후였고 하나가 사라진 뒤 벌써 몇 달이 지난 뒤였다. 아미의 부모는 두려운 나머지 아미를 해변가에도 집에도 홀로 두지 않았다. 군인들은 하나를 납치한 뒤 오래지 않아 다시 돌아왔고 감귤밭 너머 집에서도 딸 둘을 데려갔다. 그날은 아미가 깊은 바다에서 물질하는 법을 배운 날이기도 하다. 아미는 겨우 아홉 살이었지만 엄마는 아미를 곁에서 떼어 놓으려고 하지 않았다.

"놈들이 여기서 널 데려가려면 물에 빠져 죽을 각오를 해야 될 테니까."

엄마가 아미를 데리고 암초가 있는 얕은 바다에서 점점 더 깊이 헤엄쳐 들어가며 말했다.

그해는 가뭄이 유난히 심해서 농사가 잘 안 됐다. 그러나 해녀들은 겨울에도 평소보다 물속에 더 오래 머물며 굶주림을 면했다. 보통 때는 물에 한두 시간 있다가 나와 휴식을 했다면 그해에는 얼음장 같은 물속에서 두 시간, 때로는 세 시간을 머물렀다가 나와서 해안에 불을 피우고 몸을 녹이곤 했다. 아미는 엄마가 깊은 바다에서 물질을 하는 동안 테왁에 올라앉아 망사리를 감시하는 법을 터득했다. 해안에 비교적 가까운 곳으로 오면 엄마는 아미가 곁에서 물질을 하도록 허락했다. 거기서 아미는 암초 사이를 누비며 굴이나 성게를 땄다. 아미는 엄마가 예상했던 것보다 더 물에 빨리 적응했다. 언니보다 몸집이 작았고 전에는 헤엄에 별 소질이 없었던 아미였다. 그러나 새로운 상황에 처하자 달리 방법이 없다는 듯 빨리 적응했다. 엄마는 만족스러운 듯 보였다. 언니가 끌려간 뒤 엄마가 보인 유일한 긍정적인 감정이었다.

긴 아침 물질이 끝나면 잡은 것들을 갈무리하고 불 옆에서 휴식을 취하기 위해 해안으로 헤엄쳐 돌아왔다. 하루는 암초에서 굴을 발견한 아미가 작은 칼로 굴 껍질을 비틀어 열었다. 그러자 알맹이 사이에 진주가 숨어 있는 게 보였다.

"진주다!"

아미가 외치며 엄마에게 진주를 들어보였다.

다른 해녀들도 아미가 발견한 진주를 보려고 몸을 기울였다.

"애개!"

여자들이 외쳤다.

"쬐그맣네. 그런 걸 가지고 뭘 그리 신이 났어."

엄마도 조그만 진주를 흘깃 보았다.

"몇 년 후에 발견했다면 아주 아름다운 진주가 되어 있을 텐데. 아깝네."

엄마는 고개를 가로저으며 잡아 온 것들을 세고 분리하는 일로 돌아갔다.

하나가 납치된 뒤로 엄마는 말수가 적어지고 만사에 무관심해졌다. 그럼에도 아미를 곁에서 떨어뜨리지 않았다. 아미는 친구들과 노는 게 점점 더 어려워졌다.

"몇 년 뒤에는 여기 없겠지."

한 여자가 적의가 가득한 목소리로 말했다.

"일본 어부놈들이 우리가 먹을 굴은 하나도 남겨 두지 않는다고. 아미야, 그 진주 마음껏 즐겨라. 앞으로 씨가 마를지도 모르니까."

아미는 겨울의 밝은 태양을 향해 진주를 들어 올려 보았다. 진주를 가까이 본 것은 처음이었고 아미가 아는 해녀 중에 진주를 발견한 사람은 두 명이 다였다. 일본인들은 30년 전 처음 도착한 이후로 굴 서식지를 마구 휩쓸어 놓았고 해녀들에게 돌아갈 몫은 없었다. 이제 해녀들은 일본인 어부들이 어업을 하지 않는 깊은 물속에 사는 미역이나 전복 등을 땄다.

만약 아미가 그날 암초에서 그 굴을 따지 않고 엄마가 말했듯 몇 년 뒤에 땄다면? 아미는 엄지와 검지로 작고 동그란 진주를 잡고 햇볕 아래 굴려 보며 말했다.

"하나 언니가 있었으면 기뻐해 줬을 텐데."

아미는 이렇게 말하고 진주에 입을 맞추더니 모래에 떨어뜨렸다.

하나의 이름이 언급된 순간 엄마는 다듬고 있던 성게를 떨어뜨렸다. 그리고 이를 악문 채 거친 숨을 들이마셨다. 다른 해녀들은 자리를 피하지는 않았지만 눈길을 돌려 두 사람이 이야기를 나눌 수 있게 해주었다. 아미는 엄마가 드러내놓고 언짢은 표정을 짓는데도 기죽지 않고 말을 계속했다.

"왜 언니한테 무슨 일이 있었는지 말해 주지 않아요? 왜요?"

엄마는 손을 뻗어 떨어뜨린 성게를 주웠다. 먹을 수 있는 알맹이를 칼로 도려낸 뒤 나머지는 동이 안으로 던졌다. 엄마는 한 마디 말없이 계속 분류하고 다듬고 개수를 세었다.

아미는 추위에 몸이 떨렸다. 평소에는 잡은 것들을 서둘러 장에 내다 팔 수 있도록 엄마를 도운 뒤 집에 가서 뜨거운 물로 목간을 하고 따뜻한 옷으로 갈아입었다. 그러나 그날은 너무 화가 나서 얘기를 안 할 수 없었다.

"언니가 어떻게 됐는지 알죠? 그래서 언니 이름을 입에도 안 담는 거죠? 어디로 데려갔는지 말해 주세요."

엄마는 눈을 내리깐 채 계속해서 분류하고 다듬고 버리고 했다. 모래 위에 성게를 또 한 번 떨어뜨렸을 때 엄마는 다 들리게 짜증 섞인 한숨을 쉬었다. 아미는 엄마한테 혼이 날 줄 알았지만 엄마는 한동안 아무 말도 하지 않았다. 엄마는 대신 먼 바다로 시선을 던졌다. 아미는 파도 위로 반짝이며 부서지는 햇볕을 손으로 가리며 엄마의 시선을 따라갔다. 파도는 엄마의 날카로운 눈길 아래 얼어붙은 듯했다. 저 멀리 솟아오른 흰 물마루들은 마치 시간이 멈춘 듯 꼼짝하지 않고 있었다. 바람마저 침묵으로 잦아들었다. 아미와 다른 해녀들은 숨도 쉬지 못하고 엄마의 분노 섞인 말을 기다렸다. 마침내 엄마가 아미를 바라보았다.

"만주나, 심지어 중국에 있는 전방으로 데려갔을 거야. 확실히 알 방법은 없어. 하지만 돌아오지 않는다는 건 확실해."

아미는 정말로 엄마가 질문에 답을 할 줄은 몰랐기 때문에 당황했다.

"언니가 어디 있는지 알아요? 쭉 알고 있었어요?"

아미는 자기도 모르게 고함을 쳤다. 아미가 목청을 높이자 해녀들이 움츠러들었다.

"그러면 아버지가 가서 데려오면 안 돼요?"

"조용히 해. 모르는 소리 마. 아버지도 못 데려와. 못 데려와, 거기선."

"그럼 내가 갈게요! 나 안 무서워요. 어디로 갈지만 알려 줘요."

아미는 언니를 찾으러 갈 준비가 됐다는 듯 일어섰다.

엄마는 아미의 팔꿈치를 붙잡고 말했다.

"너무 늦었어. 벌써 전방으로 갔어. 이미 죽었다는 뜻이야."

엄마의 담담한 말에 아미는 망연자실했다. 무릎에 갑자기 힘이 빠졌다. 아미는 돌 위에 도로 주저앉았다. 파도가 다시 넘실거리고 바람도 울부짖기 시작했다. 바닷새들은 머리 위에서 아이 울음 같은 소리를 내고 해녀들은 어색한 분위기를 감추려고 저들끼리 재잘거렸다.

아미는 엄마의 무표정한 얼굴을 뜯어보며 엄마의 말이 사실인지 단지 추측인지 알아 내려고 했다. 얼마나 몰두했으면 손바닥으로 칼날을 감싼 채 질끈 주먹을 쥐었다는 사실조차 깨닫지 못했다.

"뭐하는 거야?"

엄마가 소리를 치며 아미의 곁으로 와서 칼을 빼앗았다. 칼에 베인 손바닥에서 피가 배어 나왔다. 엄마가 자기 물옷을 찢어 손의 상처를 감싸는 동안에도 아미는 엄마의 얼굴을 살폈고 마침내 말을 꺼냈다.

"왜 언니를 전방으로 데려갔어요? 언니는 군인이 아니잖아요. 언니는 여자잖아요. 남자들만 군대로 끌려가잖아요."

엄마는 대답을 하기 전에 먼저 옷을 찢어 만든 붕대를 묶었다. 딸의 다친 손을 무릎 위에 놓은 엄마는 아미의 손등을 부드럽게 어루만지며 할 말을 고르는 듯했다. 바람이 다시 불기 시작했고 아미의 가냘픈 체구가 으슬으슬 떨렸다.

"네가 알 필요 없는 것들이 이 세상에 많아. 엄마는 할 수 있는 한 오래 네가 이런 것들을 알 필요가 없도록 널 지킬 거야. 그게 네 엄마로서 내 임무다. 다시 묻지 말아라. 언니는 죽었다. 그리워해도 좋고 슬퍼해도 좋지만 다시는 엄마한테 언니 얘기 꺼내지 말아."

엄마는 불쑥 일어서더니 양동이를 들고 자리를 떴다. 엄마가 뒤를 돌아보았을 때 아미는 엄마를 뒤따라 가야 한다는 것을 알았다. 두 사람 사이에 더 할 말이 없을지언정 엄마는 아미를 홀로 내버려 두지 않았다.

아버지가 장에 도착하자 엄마는 아미를 아버지와 함께 집으로 돌려보냈다. 아미는 엄마가 왜 화가 났는지 아버지에게 설명할 수 없었다. 두 사람은 미역과 느타리가 들어간 생선찌개로 간단히 끼니를 해결했다. 언니가 끌려간 뒤 아버지는 말수가 적어졌다. 아버지는 노래를 하거나 시조를 읊지도 않았으며 그토록 좋아하던 가야금도 뜯지 않았다. 이따금 눈이 마주칠 때면 두 사람은 어떻게 해야 서로를 위로할지 알지 못한 채 슬픈 미소만 주고받았다.

해가 저물었다. 엄마는 장터에서 돌아오기 전이었고 아미는 잠자리에 들지 않은 채 아버지와 함께 앉아 있었다.

"이리 와라."

엄마가 마당으로 들어서면서 말했다. 아미가 자지 않고 있을 줄 알았다는 투였다.

"어디 가요?"

아미가 물었다. 아미는 언니에 대해 물어본 자신에게 엄마가 여전히 화가 나 있을까 걱정했다.

"여보, 당신도 가요."

세 사람은 오직 별빛에 의지해서 바다를 향해 내려갔다. 절벽 저 아래 해안으로 달려와 부서지는 파도 소리는 마치 험난한 파도 위로 떨어지지 말고 돌아가라고 경고하는 듯했다. 절벽 끝으로 다가가던 아미는 문득 그 장소가 친숙하게 느껴졌다. 그곳은 모래밭이 내려다보이는 높은 절벽이었다. 아래에 보이는 검은 바위는 여러 달 전 아미가 잡은 것을 지키고 있었던 자리였다.

엄마는 등잔에 불을 붙이고 바닥에 내려놓았다. 그런 다음 주머니를 열어 꽃을 꺼냈다. 조선인들에게는 추모의 의미를 가진 국화였다. 일본 황실의 문양도 노란 국화로 황족의 권력을 상징했다. 아미는 무엇이 먼저였을지, 권력의 상징이었을지 추모의 의미였을지 궁금했다. 아버지는 등잔불을 들어 흐릿한 별빛 하늘을 등진 흰 꽃송이를 밝혔다.

"우리 아이이자 바다의 딸인 하나를 위해 이 꽃을 용왕님께 바칩니다. 비나이다, 우리 하나가 저승에서 길을 잘 찾을 수 있게 용왕님께서 하나의 혼백을 인도해 주소서. 우리 조상님께 갈 수 있게 인도해 주소서."

엄마는 꽃을 절벽 저편으로 던졌다. 꽃은 아득한 허공 속으로 영영 사라졌다. 하나처럼.

엄마는 아미에게 용왕님께 절을 하라고 했다. 세 사람은 바다와 마주 보고 엄숙하게 삼배를 했다. 절을 마치고 일어선 세 사람은 눈물을 주르륵 흘리며 하나의 혼백이 편히 쉴 수 있기를 용왕님께 빌었다.

포근한 집으로 돌아오는 길은 멀고 몽환적이었다. 아미는 몇 해 전 언니가 정식으로 해녀가 될 때 치렀던 굿을 떠올렸다. 아미는 그때 겨우 네 살이었지만 그래도 무당이 돌리던 흰 천과 언니를 따라 해녀가 되고 싶었던 간절한 마음이 기억났다. 너도 금방 여기 서게 돼 있어. 그땐 언니가 바로 옆에서 맞이해 준다니까……. 그날 밤 언니의 말이 머릿속에서 메아리쳤다.

"언니 거짓말했어."

아미가 혼자서 중얼거렸다. 그리고 처음으로 하나 언니가 죽었다는 사실을 깨달았다. 바로 그때 아미는 언니를 절대로 다시 생각하지 않겠다고 결심했다. 고통이 심장을 터뜨리고 아미를 죽일 것처럼 느껴졌기 때문이다. 아미는 숨을 몰아쉬며 고꾸라져 무릎을 꿇었다. 그리고 언니에게 마지막 작별 인사를 했다.

*

아미는 빨간 장갑을 낀 생존자 앞에서 그 통증을 되새긴다. 지금도 그 아픔이 어렴풋이 느껴진다. 꽃이 절벽 아래로 사라진 순간, 그때 받은 충격, 그리고 언니가 죽었다는 확신이 들었을 때의 기분도. 피해 할머니들처럼 아미도 그날 이후로 꽃을 즐기지 못했다. 국화는 특히 그러했다. 하얀 국화이든 노란 국화이든. 피해자 할머니를 올려다보며 아미는 이런 기억들을 떨쳐 버린다. 할머니의 말없는 끈기가 아미의 가슴을 따뜻하게 한다.

하나

1943년 여름, 만주

시간이 지날수록 다른 소녀들과의 동지 의식은 늘어가지만 그럼에도 하나는 정신을 무감각하게 만드는 위안소의 일과가 몹시 답답하게 느껴진다. 일과에 변동이 생기는 경우가 있다면 오로지 위안소에서 키우는 성질 나쁜 수탉 덕분이다. 중국인 노부부는 암탉도 우리에 가두어 키운다. 그러나 소녀들은 암탉이 낳는 알을 먹어 본 적이 없다. 하나는 어느새 마당을 보초병처럼 거니는 지저분한 수탉을 증오하게 되었다.

수탉은 하나가 마당에 나가기만 하면 쫓아온다. 하나가 마당에서 옷을 빨 때면 이 못된 닭은 몰래 하나 등 뒤로 다가와 다리 뒤를 쪼아 피를 낸다. 하나는 뒤돌아 발길질을 해보지만 그때는 이미 늦다. 우물에서 물을 길어 올릴 때에도 하나가 물동이를 끌어 올리려고 몸을 숙이면 등 위로 뛰어오른다. 그러면 하나는 기겁을 하며 물동이를 놓치고 처음부터 다시 물을 길어야 한다. 못된 귀신이 씌었는지 수탉은 위안소에서의 하나의 생활을 어떻게든 더 비참하게 만들려고 작정을 한 것 같다.

매일 아침 수탉이 울면 하나는 상수의 혼백이 여기까지 하나를 따라와 하나를 괴롭히는 게 아닐까 생각하며 잠에서 깬다. 하나는 수탉과 화해를 하려고도 해보았다. 잔인한 수탉에게 바치려고 주머니에 밥풀도 몇 알 아껴 둔다. 그러면 수탉은 밥알이 뱃속으로 사라질 때까지 쪼다가 계속해서 하나의 손바닥 살갗까지 쪼아 댄다.

두 달 가까이 지났을 무렵 어느 날 악마 같은 수탉의 울음소리가 하나를 얕은 잠에서 깨운다. 어둠 속에 누운 채 하나는 이 지독한 녀석이 다시 울기를 기다린다. 녀석은 천천히 세 번 운 뒤 마지막에는 좀 더 긴 울음을 울며 새벽을 알리기 때문이다. 그러나 다시 울지 않는다. 하나는 애초에 수탉 소리가 잠을 깨운 것인지조차 확신할 수 없다. 다른 무언가가 하나의 잠을 방해한 것 같다.

저 높이 달린 비좁은 창을 가린 쇠창살 사이로 이름을 모르는 별 두 개가 곧 사라질 듯 반짝거린다. 밤하늘로 미루어 보아 자정은 훨씬 지났지만 동이 트려면 멀었다. 하나는 고요 속에 귀를 기울이며 위안소의 익숙한 소음에 집중한다. 바람이 휘몰아칠 때마다 삐걱거리는 지붕 소리, 마루 밑에서 합창하는 귀뚜라미 소리, 벽과 마루 저편에서 생쥐들이 조그마한 발로 날쌔게 뛰어다니는 소리는 특이할 것이 없다. 그러다 방 아래 어딘가에서 문이 닫히는 소리, 그리고 아래층 휴게실을 가로지르는 발걸음 소리가 들린다.

야간 보초가 교대하기에는 너무 이른 시각이다. 교대는 동틀 녘에 이루어진다. 발걸음 소리는 조심스럽다. 보초병은 건물 안을 다닐 때 발소리에 신경 쓰지 않는다. 오히려 존재감을 과시하려는 듯 위층에 잠든 소녀들은 안중에도 없이 아래층 나무 바닥 위를 쿵쿵거리며 걷는다.

조심스러운 발걸음은 어느새 계단에 이르고 하나는 재빨리 도로 눕는다. 발걸음은 점점 더 가까워지더니 갑자기 하나의 방 앞에서 멈춘다. 하나는 이불을 턱밑까지 끌어올린다. 장교가 찾아왔을 리도 없다. 장교들은 주로 거하게 식사를 하고 술을 마신 뒤에 소녀를 선택해 위로 데리고 올라간다. 방문 아래의 작은 틈으로 손전등의 어슴푸레한 빛이 들어온다. 하나는 그동안 자신에게 관심을 보인 군인들을 외면하고 보호자를 선택하지 않은 것이 문득 후회스럽다. 보호자가 있으면 갑작스러운 방문은 걱정하지 않아도 된다. 소녀를 차지한 군인이 보복을 할 수 있기 때문이다. 하나가 퇴짜를 놓았던 군인이 복수를 하러 돌아온 것인지도 모른다. 놈이 하나를 죽이기 전에 어떻게 설명할 수 있을까? 유독 너만 싫어서가 아니라 너희 모두가 똑같이 혐오스럽기 때문이라고?

문 손잡이가 삐걱거리며 돌아간다. 하나는 잠든 척한다. 문이 열리고 하나의 닫힌 눈꺼풀 위로 빛줄기가 비춘다. 하나는 얼굴에 힘을 빼고 자는 척 깊은 숨을 쉰다. 가슴도 느리고 일정한 박자에 맞추어 올렸다 내렸다 한다. 손전등이 꺼진다. 방은 다시 어둠 속에 빠진다. 발걸음이 방 안으로 향한다. 문이 딸깍 닫힌다. 하나는 숨을 멈춘다.

귀신 소리 같기도 한 바람 소리가 머리 위 서까래 사이로 울부짖는다. 위안소는 마치 숨을 몰아쉬는 듯하고 바람은 창문을 획획 넘어 다닌다. 하나는 눈을 뜨고 어둠 속을 응시한다. 문 옆에 검은 형체가 서 있다. 한동안 형체는 움직이지 않는다. 귀뚜라미는 합창을 멈추었고 생쥐들도 순간 얼어붙은 것 같다. 그들이 남긴 침묵의 빈자리를 침입자의 얕은 숨소리가 채운다.

그가 하나를 향해 한 발자국 다가오고, 하나는 이불을 움켜쥔다. 그가 또 한 걸음 다가오자 자신도 모르게 일어나 앉은 하나는 방 뒷구석으로 물러나 움츠린다.

"겁먹지 마."

남자가 속삭인다.

"나야."

하나는 곧바로 목소리를 알아챈다. 그리고 격하게 고개를 젓는다. 남자는 창문 앞에서 잠시 멈춘다. 희미한 별빛이 남자의 얼굴 위로 떨어진다. 모리모토가 돌아온 것이다.

"나야."

모리모토가 하나 앞에 무릎을 꿇으며 되풀이한다.

"널 보러 결국 돌아왔어."

모리모토는 하나의 떨리는 무릎에 손을 얹는다. 손가락의 온기는 하나의 피부 전체를 전류처럼 타고 흐른다. 하나는 모리모토가 돌아왔다는 끔찍한 사실에 여전히 격하게 고개를 저으며 몸을 한껏 더 움츠린다. 모리모토는 납치와 감금의 순간이 되풀이되는 하나의 꿈속을 점령하고 있는 괴물이다. 하나는 모리모토를 다시 만난다면 심장에 칼을 박으리라, 그러지 못해도 애쓰다 죽으리라 매일 아침 다짐한다.

이제 그 순간이 왔건만 하나는 용기가 나지 않는다. 떨리는 몸을 어떻게 할 수가 없다. 하나는 그냥 사라져 버리고 싶다고 생각한다. 모리모토가 나머지 한 손을 뻗자 하나는 비명을 지르지 않으려고 혀를 깨문다.

"널 보러 돌아왔다니까."

모리모토가 한 손으로 하나의 팔목을 감싸고 제 쪽으로 끌어당긴다.

하나는 모리모토의 말투가 혼란스럽다. 하나가 반가워하기를 기대하고 있는 것 같다. 하나는 모리모토의 손아귀에서 빠져나오려고 발길질을 하고 몸부림을 치지만 모리모토는 어느 새 하나의 위에 올라와 맨바닥에 누운 하나를 내리누르고 있다.

"왜 반항하는 거야?"

모리모토는 목소리를 낮추려고 애쓰지도 않고 묻는다. 케이코가 잠에서 깼다면 모리모토의 목소리를 들었을 것이다.

"모르겠어? 널 보러 왔다니까."

하나의 얼굴 위로 어둠에 가려진 모리모토의 얼굴이 떠다닌다. 하나는 이 검은 어둠을 기억에 남아 있는 모리모토의 얼굴로 채운다. 하나를 가장 먼저 겁탈하고 감사해야 할 일이라고 말했던 자, 그리고 이 상상할 수 없는 생활로, 아니 저승의 문턱으로 몰아넣은 자. 모리모토는 다름 아닌 저승사자이고 하나의 넋을 빼앗으러 온 자이다.

모리모토가 허리띠를 푼다. 하나가 밑에서 몸부림을 치는 동안 모리모토는 바지 단추를 풀려고 애를 쓴다. 하나가 손바닥으로 모리모토의 가슴을 힘껏 밀어 올리자 모리모토가 굴러 떨어질 뻔한다. 그러나 재빨리 균형을 잡고 하나의 배를 주먹으로 때린다. 하나는 숨이 막혀 몸을 웅크리고 캑캑거린다.

"또 때리게 만들지 마."

모리모토가 바지를 무릎까지 내리며 말한다.

"소리 지를 거예요."

하나가 힘겹게 숨을 쉬며 겨우 말한다.

"그러면 야간 보초한테 들켜서 처벌받을 거라구요."

모리모토가 하나를 바닥으로 내동댕이치더니 다시 한 번 하나를 타고 앉는다. 하나를 바로 위에서 내려다보고 있는 모리모토의 코가 하나의 코에 닿을락 말락 가깝다.

"내가 바로 야간 보초야."

모리모토가 말한다.

*

끝나고 난 뒤 모리모토가 하나의 곁에 눕는다. 하나는 모리모토에게 우는 모습을 보이지 않으려고 등을 돌린다. 위안소에 도착한 뒤 수많은 남자가 거쳐 갔다. 첫날에만 열다섯 명이 넘었다. 하나는 그들 하나하나를 전부 다 혐오한다. 그들의 욕구가 역겹다. 그들의 죽음에 대한 공포, 천황의 영예로운 전쟁에 대한 공포가 구역질난다. 하나는 그자들이 모두 더디고 괴로운 죽음을 맞기를 바라며 저승에서도 고통받기를 바란다. 그러나 하나가 모리모토에게 느끼는 증오는, 하나가 그동안 느꼈던 어떤 증오보다 크다. 증오는 하나의 존재 자체를 삼키고 하나를 마비시키지만 하나는 커져 가는 분노를 분출하지 못한 채 다만 소리없이 처연한 눈물만을 흘린다.

모리모토의 숨소리가 느려지는 걸 보니 잠이 든 것 같다. 하나는 누더기 이불 한 구석으로 얼굴을 닦는다. 귀뚜라미가 다시 노래하기 시작했고 빈약한 널빤지로 지은 위안소의 숨은 공간 사이로 생쥐들이 다시 몰려다닌다. 하나의 어깨가 축 처진다. 하나는 모리모토의 어떤 변덕도 욕구도 통제할 수 없다. 모리모토가 한밤중에 하나를 방문하겠다고 하면 내버려둘 수밖에 없다. 올 때마다 하나가 정신을 잃을 때까지 때리겠다고 하면 역시 내버려둘 수밖에 없다. 하나는 제 몸조차 마음대로 할 수 없다.

하나의 의식은 텃밭 뒤에 있는 우물로 향한다. 머리부터 떨어진다면 깊고 어두운 우물물에 익사하기 전에 의식부터 잃게 될 것이다. 하나는 서둘러 위안소 계단을 내려가는 자신을 상상한다. 모리모토 하사가 계단을 따라 내려와 하나를 막기 전에 주방에 난 창문을 깨고 마당을 가로질러 우물로 간다. 검은 물이 하나의 망가진, 의식 불명의 얼굴을 맞이한다. 이것은 하나의 힘으로 할 수 있는 일이다. 이것이 바로 하나가 자신의 몸을 다시 제 것으로 만드는 방법일 것이다.

하나가 일어선다. 모리모토의 온기가 없어지자 으슬으슬 춥다. 모리모토가 뒤척이자 하나는 모리모토의 숨소리가 일정해질 때까지 기다린다. 우물 생각을 멈출 수 없다. 운이 좋다면 순식간에 고통 없는 죽음을 맞이할 수 있고 다시는 모리모토의 손길을 느끼지 않아도 될 것이다. 모리모토가 잠이 든 게 확실하다고 느낀 하나는 벌거벗은 그의 몸을 넘어 방문으로 향한다. 발을 디딜 때마다 마루가 삐걱거린다. 소리는 한밤중의 고요 속에 더욱 크게 들린다. 방문에 거의 다 다다랐을 때 문득 누군가의 목소리가 들린다.

일어나, 우리 딸. 팔다리에 온통 소름이 돋는다. 엄마 목소리. 굉장히 가깝게 들린다. 하나는 눈을 감고 엄마가 다시 이야기하기를 기다린다.

시간이 됐어. 엄마가 말한다. 하나는 이제 엄마가 보인다. 하나는 집에 있고 엄마는 곁에서 깊이 잠든 하나를 깨우고 있다. 하나는 살며시 팔을 흔드는 엄마의 손길을 느끼면서 마침내 잠에서 깬다. 작은 방 안에서, 위안소에서의 삶과 우물 바닥에서 기다리는 자유 사이의 선택을 앞두고 있는 하나에게 이 기억은 너무나 생생하다.

가자. 엄마가 말한다. 하나는 열한 살 어린 소녀였던 시절의 기억에 빠져든다.

위안소의 서까래 사이로 난 틈으로 바람이 소용돌이쳐 들어온다. 하나는 모래밭에서 흰 천을 나부끼며 제자리에서 빙빙 돌던 무당을 떠올린다. 손에는 동생의 손이 꼭 쥐어져 있었다. 하나는 언젠가 꼭 함께 물질을 하자고 약속했었다. 그날이 올 거라는 확신이 느껴졌다. 언젠가 동생이 어엿한 해녀가 되는 그날, 모래밭에서 동생을 위한 굿을 볼 수 있으리라는 사실을 하나는 조금도 의심하지 않았다. 새벽빛 아래 당당하게 선 동생의 모습을 그리자 하나의 핏줄 속으로 온기가 고동친다. 하나는 갑자기 제 눈으로 똑똑히 동생을 위한 굿을 보고 싶다는 생각이 간절하다. 동생 아미가 해녀가 되는 모습을 보는 것보다 하나에게 더 중요한 것은 없다. 하나는 모리모토의 곁으로 돌아간다. 자리에 누우면서 하나는 생각한다. 죽어야 한다면, 우물로 뛰어들어 죽기보다는 고향으로 돌아가느라 애쓰다 죽을 것이다. 하나는 탈출하는 순간을 상상하며 한숨도 자지 못한다.

*

그 후로 몇 주 동안 모리모토는 보초 임무를 맡은 밤마다 하나의 방으로 온다. 처음에는 하나도 저항을 해보지만 모리모토는 매번 손쉽게 하나를 제압하고 하나의 몸에 작별의 표시를 남기고 떠난다. 마지막으로 저항했을 때 모리모토는 하나의 목을 졸라 거의 죽일 뻔했다. 그 이후로 하나는 저항을 그만둔다. 모리모토 마음대로 오고 가게 내버려 둔다. 하나가 막을 방법은 없다.

찾아올 때마다 모리모토는 점점 더 과감해지고 하나가 그의 포로가 아닌 연인인 양 이야기한다. 어쩔 수 없는 상황에 굴복한 하나의 태도가 그를 안심시킨 듯하고 그는 전처럼 불안한 모습을 보이지 않는다. 그리고 곧 전쟁에 대한 불만을 털어놓기 시작한다.

"천황은 군인들을 사형에 처한 거나 마찬가지야. 우린 남태

평양에서 미국놈들한테 참패하고 있어. 우리가 얼마나 심하게 지고 있는지 천황은 아는지 모르는지."

모리모토는 하나가 옷을 벗겨 주기를 기다리며 꼿꼿이 선 채 거친 말을 쏟아 낸다. 목소리는 나지막하지만 속삭이지는 않는다. 하나는 다른 소녀들이 벽을 통해 모리모토의 목소리를 듣고 있는지, 아니면 잠을 자기 위해 일부러 귀를 막는지 궁금할 때가 있다. 소녀들이 한밤중에 방문하는 모리모토를 언급한 적은 없다. 누군가가 피를 쏟지 않는 한, 방에서 일어나는 일에 대해서는 다들 함구하는 분위기이다.

"만주에서 벗어나야겠어. 이길 수 없는 싸움을 하다가 죽지는 않겠어. 천황을 위해서든 누구를 위해서든."

일본 군인답지 못한 말이라고 하나는 생각한다. 하나를 찾아오는 군인들 대부분은 천황이 마치 진정한 신이라도 되는 양 숭배한다. 신이 원하는 대로 신의 발치에 목숨을 내놓고 기꺼이 피를 쏟는다. 천황에 대해 험담을 하는 사람은 소수이고 그런 사람은 대개 정신이 온전치 못한 사람이다. 코앞에서 학살을 목격하거나 전방에서 잔학무도한 행위를 저지른 뒤 머릿속 무언가가 고장난 사람들이다. 하나는 모리모토 역시 그런 정신적으로 고장난 군인이라는 생각이 들기 시작한다.

"널 데려가 줄게."

모리모토가 어느 날 밤 이렇게 말한다. 모리모토가 만주를 떠날 작정이라는 얘기를 하자 하나는 이것이 덫일 수도 있다고 생각한다. 하나를 속이거나 하나의 믿음을 얻으려고, 혹은 그가 꾸미는 어떤 정신 나간 일에 엮어 넣으려고 술수를 부리는 것 같다. 하나는 그가 역겹기 그지없지만 이제나저제나 고향에 돌아가고 싶은 마음은 그보다 더 강렬하므로 모리모토의 말에 귀를 기울인다.

"같이 여길 떠나자. 몽골로 도망치는 거야. 거기 아는 사람들이 있어. 연줄이 있다고."

모리모토가 하나의 허벅지에 달갑지 않은 손바닥을 올려놓으며 말한다.

"어떻게 생각해? 나랑 같이 갈래?"

하나는 침묵을 지킨다. 모리모토가 하나의 의향을 물어본 것은 이번이 처음이다. 함정일 수도 있다. 위안소를 떠나고 싶다고 말하면 도망을 꾀한 죄로 독방에 보낼 수도 있고 떠나고 싶지 않다고 하면 제안을 거절했다고 매질을 할 수도 있다. 정답은 없다.

"내 말 들었어?"

모리모토가 어둠 속에서 지나치게 큰 목소리로 묻더니 하나의 팔을 쥔다. 하나는 모리모토의 손아귀가 어디 한번 화를 돋우어 보라고 말하는 것처럼 느껴진다.

"좋으실 대로 할게요."

하나가 속삭인다.

모리모토의 손아귀가 느슨해지더니 하나의 살갗을 훑으며 내려간다.

"너와 있는 게 좋아."

모리모토가 하나에게 깊고 거북한 입맞춤을 한다.

하나는 모리모토가 입맞춤을 하거나 몸을 건드릴 때면 숨을 참는다. 정신이 혼미해질 때까지 참을 때도 있다. 숨을 참는 동안 숫자를 세면서 얼마나 높이 올라가는지 보기도 한다. 지금까지 가장 높이 세어 본 숫자는 백 쉰둘이다. 오늘밤에는 여든넷에 이르자 모리모토가 마침내 사정을 하고 하나 옆으로 굴러내려온다.

모리모토가 옷을 입는 동안 하나의 시선은 모리모토를 지나 허공에 멈추어 있다. 정말 모리모토 덕분에 위안소에서 풀려날 수 있다면 하나는 수많은 탈주 계획 중 한 가지를 실행에 옮길 수 있을 것이다.

*

"가지 마."

마당에 쪼그려 앉아 더러워진 삿쿠를 씻는 도중 케이코가 말한다.

군인들을 상대하는 일과가 끝난 두 사람은 임신과 질병의 위험을 막아 주는 유일한 경계를 손보고 있다. 하나는 그것을 만지는 느낌이 정말 싫다. 군인들은 다 귀대하고 없는 밤이지만 여전히 어딘가 머물고 있는 것 같다. 허물을 벗어 두고 간 것 같다. 그들이 내일 아침 다시 오리라는 사실을 하나가 잊지 못하도록. 그러나 그들은 언제나 다시 돌아온다. 하나가 그걸 잊을 리 없다.

하나는 더러워진 삿쿠를 될 수 있는 대로 재빨리 씻으며 비누 거품이 떠 있는 물에 집중한다.

"무슨 말씀인지 모르겠어요."

하나가 대답한다.

"거짓말하지 마."

케이코가 팔을 뻗어 하나의 손목 위를 붙잡는다.

"날 여기 혼자 두지 마. 놈은 믿으면 안 돼. 다른 놈들과 똑같아. 원하는 걸 얻기 위해서라면 무슨 말이라도 할 거야. 그런 놈들은 여자라면 사족을 못 쓰지. 네 마음을 얻으려고 도망치는 걸 돕고 싶다는 듯 말해. 그래서 네 마음을 주면? 약속을 지키지 않겠지. 넌 다리를 잃게 될 거야. 아니면 더한 것도."

하나는 조여드는 케이코의 손아귀에서 팔을 빼낸다. 그리고 계속해서 삿쿠를 씻는다.

"난 그런 놈들 말 듣지도 않아요."

케이코의 가느다란 눈이 더 가늘어진다.

"모리모토 하사가 하는 말이라도?"

하나는 케이코의 입에서 그 이름이 나왔다는 사실에 당황한다. 두 사람은 밤이면 찾아오는 모리모토에 대해서 이야기를 나눈 적이 없다. 하나는 케이코의 얼굴을 뜯어보며 케이코의 마음이 어떨지 미루어 짐작해 보려고 애쓴다. 화가 난 걸까, 아니면 더 못된 감정일까……. 혹시 모리모토 하사 같은 사람이 자신이 아닌 하나를 찾아온다는 사실에 질투심이 생긴 걸까? 하나는 무슨 말을 할지 무슨 감정을 가져야 할지조차 모른 채 입을 다문다.

"내 불행을 보고 배워. 절대로 남자를 믿지 마. 더욱이 이런 곳에 있는 남자라면."

케이코는 대야에 있는 샷쿠를 모아들고 탁해진 물을 바닥에 붓는다. 그리고 말없이 안으로 성큼성큼 들어간다.

모리모토의 말이 거짓이 아니라고 잠깐이라도 믿은 하나가 어리석은 걸까? 모리모토는 하나에게 벌을 주려고 덫을 놓은 건 아닐까? 그가 두 사람 모두를 죽음으로 몰고 갈 그저 미치광이인 것은 아닐까?

*

하나는 한밤중 맑은 하늘에 시선을 고정한다. 바로 오늘밤이다. 하나는 까치발을 들고 감옥 같은 방의 창살에 매달려 높은 창틀 위로 밖을 내다본다. 녹슨 창살에 손바닥이 쓸려도 더 단단히 붙잡으며 몸을 들어 올린다. 만주의 여름 더위는 금세 꺾였고 어느새 시원한 바람이 하나의 얼굴에 스친다. 고향은 아직 밤공기가 눅진한 장마철일 것이다. 늦여름의 열기가 화산석으로 지은 돌집에서 배어 나오며 하나를 땀으로 적셨을 것이다. 만주 벌판의 초원에서 오는 상쾌한 향기가 하나의 콧속으로 흘러 들어가며 고향 생각을 밀어낸다.

하나는 위안소 담벼락 너머로 이어지는 좁은 흙길이 눈에 들어올 때까지 창살을 붙잡고 버틴다. 너무 어두워서 잘 보이지 않지만 거기 길이 있다는 사실은 안다. 낮이면 수많은 군화가 다져 놓은 비좁은 길이 어렴풋이 보인다. 하나는 창살을 놓고 바닥으로 가라앉는다. 주저앉은 채 무릎을 껴안고 벽 근처 마루에 가지런히 줄지어 있는 초승달 모양의 자국들을 바라본다.

희미해서 잘 보이지도 않는다. 손끝으로 낡은 널빤지에 공들여 눌러 새긴 자국들을 세어 본다. 스물넷…… 마흔여덟…… 여든셋. 하나는 엄지손톱으로 마루를 눌러 이제 밤이 되어 버린 또 하루의 흔적을 남긴다. 84일. 하나의 손가락이 유폐 생활의 증거를 어루만지는 동안 하나의 생각은 문 저편에 있는 사람에게로 간다. 하나는 위안소의 익숙한 소리에 귀를 기울여 보지만 그 소리조차 들리지 않는다. 곧 내려야 하는 결정 때문에 익숙한 소음이 들리지 않는 것일지도 모른다. 마치 물의 압력만이 고막을 울리는 거대한 바다 밑에 잠긴 듯하다.

발자국 소리가 하나의 생각을 방해한다. 모리모토 하사가 아래층에서 떠날 준비를 하고 있다. 하나의 심장 박동이 빨라진다. 모리모토는 교대 시간보다 5분 먼저 철수해서 빗장을 잠그지 않은 채 흙길을 따라 내려갈 예정이라고 했다. 다음 야간 보초가 오기까지 5분의 시간이 주어지는 셈이다. 그동안 하나는 몰래 빠져나가 자유의 몸이 될 수 있다.

모리모토는 흡사 점령국의 왕이었고 마침내 하나에게 요구 사항을 제시했다. 하나는 열린 문을 나와 그의 품으로 걸어 들어가야 한다. 그의 요구는 또 다른 죽음이다.

창 아래 앉아 방문을 주시하던 하나에게 아래층 공용 공간을 가로지르는 모리모토의 발소리가 들린다. 하나는 까치발을 딛고 방문 앞으로 가서 천천히 문을 연다. 조용한 복도가 하나를 맞이한다. 소녀들은 보통 죽은 듯 잠을 자지만 그래도 하나는 그들이 깨지 않게 조심해야 한다. 하나가 마루의 삐걱거리는 부분을 피해 발을 디디며 계단에 다다르자 옆문으로 나가는 모리모토의 군화 소리가 들린다. 경첩이 소리를 내며 닫히고 문 손잡이가 제자리로 돌아간다. 하나는 난간에 몸을 기댄 채 열쇠가 자물쇠 안으로 들어가는 소리, 빗장이 요란하게 물리는 소리, 그리고 뒤이은 정적을 기다린다. 그러나 아무 소리도 나지 않는다. 휘파람 소리만이 들릴 뿐이다. 하나는 점점 멀어지는 모리모토의 휘파람 소리를 가만히 듣고 있다.

다음 군인이 야간 보초로 올 때까지는 5분도 채 남지 않았다. 하나는 어떤 결정을 내려야 할지 몰라 괴롭다. 방을 나온 것을 들키면 하나는 채찍 열 대를 맞고 독방에 던져질 것이다. 그러나 도망을 치려고 했다는 사실이 밝혀지면 한쪽 다리가 절단될 것이다. 판사도 배심원도 없을 것이다. 하나를 찍어 누를 남자들만이 있을 것이다. 그러나 잡힐 수 있다는 두려움은 하나를 괴롭히는 고향의 추억보다 크지 않다. 부모님은 하나를 그리워하고 계실까? 하나를 찾고 계실까?

맨발로 계단 위에 서 있느라 발이 시렵다. 얼마나 많은 시간이 지났을까? 1분? 2분? 하나는 슬며시 방 안으로 돌아간다. 땀에 전 자리 아래 움푹 파인 홈이 있고 그 안에는 하나가 붙잡혀 있는 동안 얻은 모든 값 나가는 물건들이 네모난 천 조각에 싸여 있다. 젊은 군인들이 고마움의 표시로 남기고 간 동전 몇 푼, 한 지휘관이 남겨 두고 간 금 목걸이, 향수병에 걸린 이등병이 남기고 간 반지, 또 어떤 얼굴도 이름도 기억나지 않는 군인이 준 은으로 된 머리빗. 하나가 가진 재산이라고는 이것이 전부이다. 그러나 혼자서는 이걸로 멀리 가지 못할 것이다.

"내가 널 데리고 여길 떠나 주는 게 좋지 않아?"

모리모토가 그날 밤 하나와 헤어지기 전 물었다. 그는 태양열 같은 자신감을 발산하고 있었다. 하나가 고개만 끄덕이면 그는 기세등등 할 터였다. 작은 몸짓 하나면 만족해서 갈 길을 갈 터였다.

그런데 아무리 애를 써도 차마 할 수 없었다. 고개만 끄덕이면 모리모토는 갈 거라고 하나의 머리가 소리 높여 외쳤지만 하나는 뻣뻣하게 굳은 채 모리모토를 빤히 쳐다볼 수밖에 없었고 불쾌감이 얼굴에 드러나기 직전이었다. 모리모토는 혼란스러워 보였다. 자신감이 떨어지기 시작하는 것 같았고 미간이 깊게 파였다.

"왜 그래, 우리 사쿠라? 날 못 믿어?"

모리모토의 손아귀가 점점 조여들기 시작했다. 멍이 들 정도로 단단히 조여 오자 하나는 눈을 깜빡하며 둘 사이의 긴장을 풀었다. 그런 다음 다소곳이 고개를 숙였다.

"제가 뭐라고 못 믿겠어요?"

하나가 기어들어가는 목소리로 말했다. 너무 작아서 하나 자신에게도 실제처럼 느껴지지 않았다.

모리모토는 하나의 팔을 놓고 다시금 우쭐해진 채 방을 나갔다.

보잘것없는 전 재산을 손에 쥔 하나는 방을 나가던 모리모토의 당당한 발걸음을 떠올린다. 하나는 모리모토가 이미 밖에 있다는 것을 안다. 다리 밑 밤 그림자 속에 숨어 하나가 오기를 기다리고 있다. 모리모토는 하나가 제 말대로 할 것이라고 확신하고 있다. 하나는 창문 저편의 어둠에 마지막으로 눈길을 던지고 천지가 돕기를 빌어 본다. 엄마의 목소리가 옆에 있는 것처럼 똑똑하게 들린다. 물 밖으로 나오면 꼭 뭍을 찾아. 네 동생이 보이면 괜찮을 거다. 물가에 선 동생의 모습이 보인다……. 아미.

하나는 동생을 떠올리고 이를 악문다. 왜 하필 지금? 엄마의 얼굴과 동생의 얼굴, 이어서 아버지의 얼굴이 머릿속을 가득 채운다. 세 사람은 지금 하나와 함께 있다. 하나의 비좁은 방 안에 식구들은 유령처럼 나란히 서서 하나가 결정을 내리기를 기다리고 있다. 위안소에 남아 끝이 보이지 않도록 줄지어 선 군인들을 상대하든가 목숨과 다리 한 쪽을 걸고 하나를 끌고 온 남자와 도망치든가. 식구들의 공허한 눈은 어둠 속에서 반짝인다. 이제 결정을 내려. 식구들이 말하는 것 같다. 하나는 한 걸음 물러난다.

"여기 없는 거 알아요."

하나가 나지막이 말한다. 유령 식구들은 눈도 깜빡이지 않고 하나를 물끄러미 바라볼 뿐이다. 하나는 질끈 눈을 감는다. 하나의 머릿속에 그들은 하나가 모리모토에게 붙잡히기 전, 하나가 사쿠라가 되기 전의 모습 그대로이다. 하나는 고향 섬 바다 곁에 사는 가족의 모습을 그려 본다. 하나가 사쿠라가 아닌 하나였던 시절. 하나는 자신의 이름을 여기 있는 누구에게도 이야기한 적이 없다.

떠나지 않을 이유가 떠오르기 전에 하나는 천 꾸러미를 속바지 안에 넣는다. 그리고 잽싸게 아래층으로 두 계단씩 내려간다. 거의 다 내려갔을 때 벽에 걸린 액자에 갇힌 소녀들의 눈빛이 하나를 바라본다. 하나는 걸음을 멈추고 자신의 얼굴을 들여다본다. 자신의 사진이 하룻밤이라도 더 그곳에 머문다고 생각하면 가슴이 답답해진다.

하나는 맨 아래 계단에 까치발을 하고 서서 손을 뻗어 액자를 건드린다. 액자는 앞으로 기울었다가 벽을 타고 내려온다. 하나는 재빨리 액자를 붙잡아 나무 액자에서 사진을 빼낸다. 그리고 천 꾸러미와 함께 속바지 안에 넣고 휴게실을 가로질러 주방으로 달려간다.

뒷문에 거의 다 도착했을 때 누군가 하나의 등 뒤에 총을 겨누고 뭐라고 외칠 것 같은 느낌이 생생하다. 근육이 팽팽해진다. 그 바람에 발을 헛디뎌 바닥으로 고꾸라진다. 무릎을 꿇은 하나는 피할 수 없는 운명을 앞두고 마음의 준비를 한다.

심장이 벌새의 날개처럼 퍼덕거리는데 하나의 귀에는 소녀들의 코고는 소리만이 나지막이 들려올 뿐이다. 하나는 갑자기 돌아가고 싶은 마음이 든다. 위안소에 남을 이유들이 하나의 머릿속을 채운다. 붙잡히면 다리가 잘리고 결국 죽을 수도 있다. 게다가 하나가 떠나면 다른 소녀들이 피해를 볼 것이다. 벌을 받고 독방에 던져지고 심지어 하나의 이기적인 행동 때문에 죽을 수도 있다. 케이코의 간절한 목소리가 끼어든다. 날 여기 혼자 두지 마.

위안소 저편에서 앞문이 열리는 소리가 들린다. 문밖에서 묵직한 군화를 신은 발이 나무 바닥 위를 구른다. 위안소에 남는 쪽을 선택한다면 다시 휴게실을 가로질러 계단을 올라가야 하고 그러면 야간 보초의 눈에 띄지 않을 수 없다. 거친 톱날이 살갗을 스치는 생각만 해도 다리가 타들어 가는 느낌이다.

이미 늦었다. 잠든 친구들을 구하고 싶어도 더는 머물 수 없다. 하나는 자리에서 일어나 재빨리 문으로 간다. 그리고 떨리는 숨을 내뱉으며 금속 손잡이를 돌린다. 삐걱 소리가 난다. 하나는 몸을 움츠린 채 손잡이가 멈출 때까지 숨을 참는다. 그런 다음 숨을 내쉬고 손잡이를 당긴다. 꼼짝도 하지 않는다. 두 뺨이 따끔할 정도로 뜨겁다. 하나는 다시 한 번 온 힘을 다해 당겨 본다. 움직이지 않는다. 문에는 여전히 빗장이 걸려 있다. 하나가 어리석었다. 모리모토는 하나를 비웃고 있을 것이다.

이것은 일본 군인을 믿은 대가, 순진했던 대가이다. 케이코의 실망 가득한 얼굴이 눈에 선하다. 하나는 케이코를 버린 것이다. 남자를 믿기로 결정한 것이다.

체념한 하나는 문에 이마를 기댄다. 벌을 받아도 싸다. 죽어도 싸다. 허벅지에 차가운 칼날이 닿는 상상을 하니 정신이 혼미해진다. 그러는 사이 문이 스르르 열린다. 당기는 게 아니라 밀어야 하는 것이었다.

문은 열려 있었다. 모리모토의 말은 거짓이 아니었다. 주방으로 향하는 발걸음 소리가 들린다. 하나는 뒤를 돌아보지 않는다. 열린 문틈으로 빠져나간 뒤, 문을 닫고 어둠 속으로 사라진다. 죄책감은 사라지고 없다. 탈출의 환희만이 있을 뿐이다.

하나는 모리모토가 기다리고 있는 다리 밑으로 가는 길을 안다. 길은 방에서 보이는 흙길과 닿아 있다. 길은 북으로 4, 5리쯤 이어지는데 모리모토는 이 길이 갈라지는 지점에 기다리고 있겠다고 했다. 그 길의 끝에는 허름한 부대가 있다고도 했다. 하나는 어둠 속에서 기다리는 모리모토의 모습, 하나가 다가갈 때 그가 지을 미소를 상상할 수 있다. 하나에게 다가와 볼에, 목에, 이마에 입을 맞추고 목조르기와 다름없는 포옹을 한다음, 몽골에 준비해 놓은 둘만의 인생을 향하여 강독을 따라 서둘러 걷도록 재촉할 것이다. 모리모토의 모습이 눈에 선하고 그의 물음이 귀에 선하다.

내가 널 데리고 여길 떠나 주는 게 좋지 않아? 하나를 뚫어져라 쳐다보던 모리모토의 얼굴이 떠오른다. 이제 밤하늘 아래 서 있는 하나는 그 질문에 솔직하게 대답할 수 있다.

"싫어."

하나가 단호하게 말한다.

"너랑 같이 떠나는 거 싫어."

하나는 뛰기 시작한다.

별빛이 하나의 앞길을 밝힌다. 하나는 온 힘을 다해 달리기 시작한다. 좁은 길을 따라 모리모토가 기다리고 있는 북쪽으로 가지 않고 남으로 달린다. 조선으로, 고향 섬이 있는 바다로. 모리모토는 오래지 않아 하나가 도망쳐 버렸다는 사실을 깨달을 것이다. 하나의 두 다리도 이 사실을 아는 듯 빠르게 움직인다. 한때 하나의 닻이 되어 주었던 동생이 서 있는 물가가 보일 때까지 다리는 멈추지 않을 것이다.

하나는 아미의 얼굴을 그리며 어둠을 헤치고 달리지만 때때로 그 얼굴은 하나가 남겨 두고 온 하나의 다른 자매들의 얼굴로 바뀌기도 한다. 하나가 사라졌다는 것을 안 그들의 얼굴에 스칠 공포, 케이코의 얼굴에 스칠 공포가 그려진다. 그러나 하나는 허파가 타들어 가고 가슴이 욱신거리는데도 달리기를 멈추지 않는다. 태어나서 한 번도 가 본 적 없는 가장 깊은 곳까지 곤두박질쳤지만 이제 빛을 향해 심해의 깊은 어둠 속을 헤엄쳐 나온다는 생각으로 통증을 삼키고 내달린다.

아미

2011년 12월, 서울

아미가 선 곳에서 몇 발자국 떨어지지 않은 위치에서 나이 든 한 여자가 흐느끼고 있다. 무대에 선 여자는 마이크에 대고 뭐라고 말을 한다. 마이크가 삑 하고 울리자 군중은 불평을 하고 아이들은 귀를 막는다.

"1천 번째 수요집회에서는 특별한 제막식을 갖게 됐습니다. 이른바 위안부 여성의 역경을 기억하기 위해 두 작가가 평화의 소녀상을 제작했습니다. 이 조형물은 일본군 성노예로 끌려간 모든 여성과 소녀들, 그분들의 가족, 그분들의 건강과 존엄, 그리고 우리가 그 사연을 영영 다 알지 못할 많은 분들의 아까운 목숨을 기리고 있습니다."

사회자는 무리지어 선 여자들을 향해 손짓을 한다. 여자들이 흩어지자 천을 씌운 조형물이 드러난다. 흰색과 분홍색이 아름답게 어우러진 한복을 입은 두 여자가 과장된 몸짓으로 천을 걷어 낸다. 아미는 소녀상을 보려고 눈을 한껏 찡그린다.

박수를 치는 관중 사이로 탄성이, 감사의 마음을 담은 웃음소리가 퍼져 나간다. 아미는 까치발을 들고 앞을 가린 사람들 사이로 소녀상을 보려고 애를 쓰지만 키가 너무 작아서 소용이 없다. 결국 비틀거리는 발걸음으로 이 사람 저 사람과 부딪히며 느릿느릿 소녀상을 향해 절룩이며 간다.

"어디 가세요?"

윤희가 아미의 뒤에 대고 외친다.

아미는 딸의 물음에 대답하지 않는다. 계속 앞으로만 간다. 소녀상을 꼭 보아야 한다. 소녀상을 보는 게 왜 그렇게 중요한지 설명할 수는 없다. 불현듯 두 눈으로 똑똑히 보아야겠다는 의지가 샘솟는다. 아미는 이리저리 사람들을 제치며 군중을 뚫고 나아간다. 시선은 청동상에 단단히 고정되어 있다. 군중은 아미의 손만 닿아도 녹아 없어지듯 흩어진다. 그들 또한 아미의 의지를 느끼는 것 같다. 아미는 어려움 없이 군중을 헤치고 어느새 소녀상과 마주 선다.

수많은 사람들을 헤치고 오느라 숨이 차다. 힘겹게 숨을 쉬는 아미의 폐를 채운 겨울 공기가 차디차다. 아미는 많아 봤자 열여섯쯤 되어 보이는 소녀상과 마주 보고 있다. 빈 의자 옆에 홀로 앉은 소녀는 부드럽게 쥔 주먹을 무릎에 얹은 채 정면을, 아미를 바라보고 있다. 아미는 거친 숨을 들이쉬며 가슴을 부여잡더니 무릎을 꿇으며 주저앉는다. 언니…….

잿빛 오후 하늘에서 떨어진 눈발은 게으른 원을 그리며 날아다니다 분주한 군중 위로 소리없이 내려앉으며 경이로운 광경을 빚어 낸다. 딸의 외침이 들린다. 공포로 떨리는 비명 소리다. 앞으로 고꾸라지는 아미를 누군가의 두 손이 붙잡는다. 아미의 얼굴은 시멘트 바닥에 처박히는 것을 겨우 면한다.

"엄마!"

윤희가 외치며 아미의 곁으로 달려온다.

사람들이 아미를 눕히고 윤희가 무릎에 아미의 머리를 올려놓는다. 레인도 도착하고 두 사람의 얼굴은 마치 수호천사들의 얼굴처럼 아미 위를 맴돈다. 겨울 햇빛이 두 사람의 그늘진 얼굴 뒤로 후광처럼 번쩍인다. 저 먼 곳에서 자신을 부르며 내려다보는 부모님의 얼굴도 보인다. 부모님을 따라가고 싶은 마음이 마치 저류처럼 아미를 끌어당긴다. 저항한다면 익사할 것이고 거기 몸을 맡긴다면 은은한 고요 속으로 사라질 것이다. 이 모든 것 위로 소녀상의 서글픈 얼굴이 보인다. 아미는 자신을 둘러싼 군중 사이로 소녀상의 얼굴을 다시 한 번 보기 위해 고개를 돌린다. 눈길은 소녀의 얼굴에 머무른다. 놀랍고도 익숙하다. 아는 얼굴이 분명하다. 아직 안 돼요, 엄마, 아버지. 언니가 마침내 절 찾았어요. 언니가 이렇게 멀리 왔는데 제가 어떻게 언니를 두고 떠날 수가 있겠어요?

하나

1943년 여름, 만주

아침 해의 이른 빛줄기가 지평선 위로 기어오르기 시작한다. 하나는 도로에서 좀 더 떨어진다. 험한 길을 뒤덮은 돌부리와 나뭇가지들 때문에 하나의 두 발은 피투성이다. 밤은 조용했다. 트럭 한 대만이 요란한 소리를 내며 도로를 따라 이동했을 뿐이다. 트럭이 지나갈 때 도랑에 있는 덤불 뒤로 숨었지만 날이 밝으면 덤불 하나로는 부족하리라는 사실을 하나는 안다. 그러나 밤새 불어닥친 차디찬 바람에 몹시 힘들었던 하나는 밝은 태양이 반갑기만 하다.

마른 풀이 발에 난 상처를 비집고 들어온다. 모리모토가 하나를 찾고 있다면 하나가 남긴 핏자국을 따라오기만 하면 될 것이다. 하나는 십 분마다 멈추어 서서 숨을 가다듬으며 혹시 묵직한 군홧발 소리가 뒤따라오고 있지는 않은지 텅 빈 벌판에서 들려오는 소리에 귀를 기울인다. 모리모토는 저 벌판 어딘가에서 하나가 감히 자신을 버렸다는 생각에 분노하고 있을 것이다. 분노에 찬 모리모토를 떠올리기만 해도 소름이 돋는다. 탈출 첫날의 태양이 떠오르고 하나는 더 빨리 내달린다.

도로를 왼편에 두려고 애쓰면서 하나는 계속해서 남쪽으로 향한다. 경치는 아름답다. 저 멀리 완만한 언덕들이 굽이친다. 들판에는 허리 높이까지 풀이 자라 있다. 땅바닥에 앉으면 들키지 않을 수 있다. 십수 리쯤 지났을까. 발이 아파 더 이상 갈 수 없는 하나는 무릎을 꿇고 앉아 새 은신처를 즐긴다. 피투성이 발은 되도록이면 보지 않으려고 애쓴다. 온 사방에서 벌레가 찍찍거리며 날아다닌다. 작디작은 노란 꽃들이 긴 줄기 위에 피어 있다. 대지의 팔은 하나에게 누우라고 손짓한다. 세상으로부터 떨어져 여기 이렇게 걱정 없이 누워 있으니 하나는 이미 죽었다고 해도 놀랍지 않을 것 같다. 욱신거리는 발의 고통만이 하나가 아직 살아 있다고 말해 주고 있다.

모리모토가 하나를 쫓고 있을 것이 분명하므로 계속 움직이지 않으면 안 된다는 것을 하나는 알고 있다. 그러나 하나의 두 발은 조금만 더 쉬어 가자고 간청한다. 하나는 하늘을 우러러보며 온갖 다양한 모양으로 변하는 구름을 관찰한다. 고래의 입에서 구렁이가 튀어나오는가 하면 수많은 봉분이 모여 있는 묘지가 펼쳐지다가 이내 한 줄기 연기처럼 희미해진다. 모리모토가 피는 담배 연기가 떠오른다. 하나의 방 창문 틈으로 새어 나가던 담배 연기 같다. 하나의 몸을 더듬던 모리모토의 손, 하나의 숨을 빼앗아 가던 모리모토의 허기에까지 생각이 미치고 갑자기 오싹한 느낌이 든다. 혐오감이 차오르고 심장 박동이 빨라진다. 하나는 일어나 앉아 주변에서 나는 소리에 귀를 기울인다. 모리모토가 온다면 소리로 알아챌 수 있을까?

하나는 퉁퉁 부은 두 발을 내려다본다. 검은 흙이 피와 섞여 덕지덕지 붙어 있는 발은 더 이상 내버려둘 수 없다. 하나는 풀을 한 주먹 뜯어 발이 어느 정도 깨끗해질 때까지 닦는다. 아파도 소리내지 않는다. 근처에서 새가 노래를 한다. 바람은 하나의 얼굴에 입을 맞춘다. 하나는 발바닥 앞쪽에 가시가 박혀있는 것을 발견한다. 꽤 깊이 박혀 있다. 손가락으로 살갗을 한 꺼풀 제친 뒤에야 가시가 만져진다.

처음에는 손가락이 피로 미끌미끌해져서 가시를 잡을 수가 없다. 하나는 풀에 손을 닦는다. 그리고 마른 손가락을 다시 상처 안으로 집어넣는다. 이번에는 가시가 빠져나온다. 아픔이 가시기를 기다리는 동안 하나는 풀을 쓰다듬는다. 풀은 은은한 바람에 구부러지고 하나는 그것이 마치 섬세한 악기라도 되는 양 가볍게 퉁긴다.

하나의 아버지는 음악성이 뛰어났다. 어부가 되기 전에 아버지는 시를 공부했고 종종 시에 음악을 붙여 연주하곤 했다. 아버지의 시어는 서정적이면서도 역사성이 충만해서 정치적일 수밖에 없었다. 일본은 중국을 침략함으로써 그들만의 세계대전을 일으키면서 식민지 조선인들에게 더욱 강경한 정책을 취했다. 조선의 모든 역사서와 문학을 금지하고 조선 문화 자체의 연구를 막았다. 하루아침에 범법자가 되어 버린 하나의 아버지는 뭍을 떠나 제주도로 도피했고, 거기서 가난한 어부로서 새로운 삶을 꾸렸다. 그때 하나의 엄마를 만난 것이다.

바다에서 빈손으로 돌아오는 날이면 아버지는 발치에 빈 그물을 놔 둔 채 물가에 앉아 금지된 조선 노래를 불렀다. 물가에 있는 다른 사람들은 조선 노래를 듣다가 지나가던 일본 순사에게 들킬까 두려워 가까이 오지도 않았지만 하나의 엄마는 달랐다. 엄마는 어떤 엉뚱한 사람이 그런 우스꽝스러운 노래를 부르는지 궁금해서 더 잘 보려고 일어나 손으로 볕을 가렸다. 그리고 빈 그물을 발치에 두고 노래를 부르고 있는 젊은 어부를 보자 고개를 뒤로 젖히고 폭소를 터뜨렸다. 어부는 고개를 들었지만 노래를 멈추지 않았다. 하나의 엄마가 다가가 그의 곁에 있는 따뜻한 바위에 앉는 그 순간 어부는 그녀가 다시는 곁을 떠나지 않았으면 좋겠다고 생각했다. 두 사람은 혼인했고 하나는 이듬해 태어났다. 동생이 생기기까지는 좀 더 오랜 시간이 걸렸지만 동생이 태어나자 마침내 하나의 가족이 완성되었다.

저녁 설거지가 끝나고 네 식구가 화롯가에 옹기종기 앉아 몸을 녹이는 밤이면 아버지는 가야금을 연주하곤 했다. 기분이 좋을 때면 엄마를 기쁘게 만들었던 옛 노래를 부르기도 했다.

떠나시나요, 정녕 떠나시나요
날 두고 떠나시나요
나 혼자 어찌 살라고
날 두고 떠나시나요
그대를 붙잡고 싶지만

붙잡으면 그대는 영영 오지 않으실 테니
놓아드리리다, 나의 그리운 님
떠나시더라도 어서 돌아오세요

하나는 나지막이 노래를 속삭여 본다. 금지된 말들이 하나의
입에서 줄줄 흘러나온다. 모국어로 노래를 부르자 저항심이 솟
아오른다. 하나는 아버지가 가야금을 집어 들 때마다 덧문을
꼭꼭 닫던 엄마를 떠올린다. 하나는 자기만이 들을 수 있는 나
지막한 목소리로 계속해서 노래한다. 엿보는 눈이 없는지 풀
위로 몇 차례 고개를 들어 벌판을 훑어본다. 아무도 없는 것을
확인하고 하나는 목이 칼칼해질 때까지 노래를 계속한다.

물을 찾아야 하지만 발이 욱신거려서 이동할 수가 없다. 이
동해야 한다는 마음만 가득한 채 하나는 긴 풀을 손가락 사이
로 엮어 본다. 줄기는 대나무 줄기처럼 튼튼하다. 하나는 좋은
생각이 떠오른다. 바닥에서 풀을 한 포기 뽑은 하나는 한쪽 끝
을 풀 몇 가닥으로 묶은 다음 길게 새끼를 꼰다. 충분한 길이로
꼰 다음 발볼을 한 번 감싼 뒤 발등에서 묶는다.

하나는 자리에서 일어나 급히 만든 신을 신어 본다. 한 걸음
디딜 때마다 점점 흥이 오른다. 하나는 다른 쪽 신을 만들기 위
해 주저앉는다. 그 순간 매듭이 끊어지며 새끼가 풀어진다. 그
래도 하나는 낙심하지 않고 두 번째 신을 만들기 위해 새끼를
꼰다. 그것도 풀어지자 하나는 세 번째, 네 번째 새끼를 꼰다.
하나의 수고는 저무는 태양과 함께 잦아든다. 하나는 시들고
헤진 풀신 더미를 베고 누워 피로한 두 눈을 쉬게 한다.

하나의 잠은 온갖 꿈에 시달린다. 악몽과 행복한 추억이 뒤섞여 부유하는가 하면 줄거리가 섞이고 감정이 뒤죽박죽이 된다. 결국 하나는 외마디 소리를 지르며 잠에서 깬다. 붉그레한 새들이 깜짝 놀라 퍼드득 초저녁 하늘로 솟아오른다. 벌레들은 조용하다. 하나는 자신이 비명을 지른 것인지 다른 무언가가 새들에게 겁을 주어 날아오르게 만든 것인지 알 수가 없다. 하나는 가만히 누워 귀를 기울이며 무엇인가 혹은 누군가가 소리를 내기를 기다린다.

처음에는 먼 곳에서 들려오는 소리였다. 바람 같은 것이 살짝 풀을 쓸어내는 소리처럼 들렸다. 그러나 더 오래 귀 기울일수록 풀이 쓸리는 소리는 더 크게 더 가까이 들렸고 어느 순간 뻣뻣한 줄기가 군화 밑에서 부스러지는 소리가 난다. 하나의 심장이 쿵 하고 내려앉는다. 하나도 붉그레한 새들을 따라 안전한 하늘로 솟아오르고 싶다. 하나는 움직이고 싶은 충동을 억누르고 죽은 듯 가만히 누워 있다. 조금만 움직여도 하나를 에워싼 풀이 움직일 테고 하나가 있는 곳이 발각될 것이다. 낮은 목소리로 서로 명령과 대답을 주고받는 남자들의 목소리가 들려온다. 하나는 모리모토의 목소리를 찾아 귀를 쫑긋 세운다. 모리모토가 함께 왔을까? 저들이 찾는 사람이 나일까, 다른 사람일까?

하나는 저들 가운데 누군가가 하나의 팔이나 얼굴을 밟거나 하나의 몸에 걸려 넘어져 심장에 총검을 꽂을까 두렵다. 하나는 눈을 감은 채 피할 수 없는 운명을 기다린다. 그들은 하나를 발견하고 고문할 것이다. 과연 그들은 하나를 얼마나 오래 살려 둘 것인가? 끝끝내 만신창이가 된 육신으로부터 하나의 영혼을 해방시켜 줄까?

군인 한 명이 하나의 바로 옆 풀숲에 서 있다. 풀잎 사이로 군인의 황색 제복이 보인다. 하나를 등지고 있는 이 군인은 아직 하나를 보지 못했다. 또 다른 군인이 총을 꼭 쥔 채 이 군인에게 귓속말을 하고 있다.

군인이 한 걸음 뒤로 물러나 군화의 뒷굽으로 하나의 치맛자락을 밟고 선다. 하나는 눈을 감고 있을 수가 없다. 군인의 얼굴을 봐야 한다. 모리모토인가? 두 사람의 시선이 교차할 때 그가 지을 표정을 하나는 꼭 보아야만 한다. 놀라운 표정일까? 아니면 통쾌함, 욕망, 혹은 혐오를 담은 표정일까? 하나는 군인이 몸을 돌려 걸려 넘어지기를 기다린다.

그러던 중 갑자기 들판 저편에서 다른 군인이 뭐라고 외친다. 그러자 하나의 치맛자락을 밟고 있던 군인이 달려 나간다. 군인들이 하나와 반대편으로 뛰는 소리가 들린다. 고함 소리는 점점 더 잦아지고 혼란 속에서 총성이 한 차례 울려 퍼진다. 하나는 키 큰 풀숲 안에서 마치 갓 태어난 새끼 사슴처럼 가만히 숨을 참고 소리가 희미해질 때까지, 어둠이 내려 밤이 다시 숨겨 줄 때까지 기다린다.

모리모토는 아니었다. 하나는 확신했다. 모리모토였다면 뒤돌아 하나를 발견했을 것이다. 그렇게 가까이 있으면서도 하나의 존재를 알아채지 못했을 모리모토가 아니다. 그는 짐승 같다. 하나의 냄새를 맡았을 것이다.

하나는 변하는 하늘빛에서 시간의 흐름을 본다. 어슴푸레한 푸른색은 깊은 청옥색으로 어두워지고 감청색 밤으로 이어진다. 군인들이 아직 근처에 숨어 있을까 두려운 나머지 하나는 그 자리에서 소변을 본다. 냄새에 파리들이 꼬인다. 파리는 윙윙거리며 하나의 옷자락 위를 기어 다니고 더러워진 무명옷을 맛본다. 냄새는 위안소 뒷간에서 나는 냄새처럼 진노랑 빛깔이다. 아무리 박박 닦아도 냄새는 썩어 가는 널빤지 바닥에서 지워지지 않았다.

부엉이 울음소리가 들리고 하나는 두더쥐와 생쥐를 찾아 들판 위를 덮치는 부엉이의 모습을 상상한다. 부엉이의 깃털이 바람을 가르는 소리도 들으려고 애써 본다. 다시 한 번 부엉이가 울고 하나는 용기를 되찾는다. 일단 일어나 앉은 하나는 아주 천천히 일어선다. 밤하늘 아래 보이는 것은 어둠밖에 없다. 눈이 먼 소녀처럼 두 팔을 앞으로 뻗은 하나는 한 걸음, 그리고 또 한 걸음을 내딛는다. 하나는 어느새 달리고 있다. 너덜너덜해진 두 발은 멈추라고 비명을 내지르지만 하나의 머리는 그들의 간청을 들어주지 않는다.

하나는 길과 나란히 달리고 있는지조차 더 이상 확신할 수 없다. 남쪽으로 향하고 있는지도 잘 모르겠다. 하늘 지도를 외는 데는 전혀 관심이 없었던 하나였다. 하나의 아버지는 하나가 광막한 하늘 아래 자신의 위치를 알 수 있도록 가르치려고 했지만 하나는 언제나 저항했다. 하나의 관심은 늘 바닷속 평온한 어둠과 그 안의 생물들에 있었다. 하나는 대왕고래나 황새치, 상어에 대한 어부들의 이야기를 듣고 싶어 했다. 아버지의 별 이야기는 깊은 인상을 남기지 못했다. 하나가 하늘을 올려다보자 별들이 말없이 하나를 마주 비춘다.

들판을 막무가내로 가로질러 달리던 하나에게 어둠 속에서 무언가가 울부짖는 소리가 들린다. 처음에는 작지만 곧 찢어지는 듯한 날카로운 소리로 바뀐다. 궤도 위를 굴러가는 바퀴의 규칙적인 울림도 들려온다. 기차다. 길을 찾은 것이다. 하나는 귀에 의지한 채 소리를 쫓아 급격히 방향을 바꾼다. 기찻길이 가까워져 오자 금속이 맞부딪히는 철컹거림이 점점 더 크게 들린다. 바람과 소리를 몰고 오던 기차는 순식간에 스쳐 지나간다.

하나는 기차가 온 방향으로 가려고 한다. 모든 밤기차는 북쪽으로 향한다. 전장에서 필요한 군수 물자로 가득한 기차는 전투기의 공습을 피하기 위해 밤에만 움직인다. 위안소에서 하나는 한밤중에 철교를 지나 부대로 들어가는 기차의 기적 소리에 귀를 기울이곤 했다. 주로 일주일에 한 번 도착을 알렸고 철길이 폭격을 당해 지연되면 두 주에 한 번 오기도 했다. 그 소리를 들을 때마다 하나는 속이 뒤집어지는 것 같았다. 하나 역시 그 기차를 타고 군수 물품 재고 목록에 '필수품'으로 기록되어 위안소에 도착했기 때문이다. 탈출을 꿈꿀 당시 하나는 기찻길이 바로 고향으로 가는 길이 되어 주리라는 것을 알았다.

하나는 속도를 줄이고 다시 두 손을 뻗어 조심스럽게 걷는다. 조심하지 않으면 침목에 부딪혀 철길 위로 고꾸라질 것이 분명했다. 발밑의 듬성듬성한 풀 아래 깔린 자갈이 하나의 아픈 상처를 찌르지만 하나는 애써 무시한 채 어두운 앞길에 신경을 집중한다. 이내 엄지발가락이 딱딱한 무언가에 부딪힌다. 하나는 재빨리 무릎을 꿇고 단단하고 부드러운 금속에 손을 갖다 댄다. 그리고 철로에 귀를 대고 기차 소리에 귀 기울인다. 기차는 어디로 가고 있으며 하나가 온 방향은 어느 쪽인가?

윙윙거리는 낮은 소리가 들린다. 금속 철로에 손을 대자 약간의 진동도 느껴진다. 그러나 윙윙거리던 소리는 곧 사라진다. 철로는 하나의 손안에서 죽은 듯 고요해진다. 침묵이 하나를 에워싼다. 하나의 가슴에 슬며시 공포가 찾아든다. 어느 쪽이지? 바람만이 소리를 내고 별빛만이 어둠을 비춘다. 그 가운데 희미한 기적 소리가 마치 아득한 유령처럼 나타났다 사라진다. 오른쪽에서 왔나? 하나는 오른쪽으로 고개를 돌리고 유령의 오싹한 울음소리를 찾아 귀를 기울인다. 그러나 소리는 다시 들리지 않는다.

하나는 밤새 걷는다. 길을 잃기 두려운 나머지 침목과 그 사이의 자갈 위로 고통을 삼키며 발을 디딘다. 이틀 밤 동안 물한 방울 마시지 못한 터라 머리가 멍하고 입안의 혀는 부어올라 있다. 머릿속에는 물 생각밖에 없다. 아침까지 기다리자. 하나가 스스로에게 말한다. 해가 뜰 때까지 기다렸다 물을 찾아야 한다. 지금은 어둠의 장막에 의지해 계속 움직여야 한다. 아침까지 기다리자.

해가 중천에 뜨면 물을 찾을 수 있을 것이다. 쉴 곳도 찾을 수 있을지 모른다. 땅이 비옥하고 새가 날아다닐 수 있다면 분명 근처에 호수나 강이 있을 것이다. 아침이 되면 찾을 수 있을 것이다. 멈추지 마. 아직은. 바다까지의 거리는 상상도 하기 힘들다. 바다에 다다르고 싶으면 계속 움직이는 수밖에 없다. 두발은 쉬고 싶다고 소리를 지르지만 하나는 한 발, 그리고 또 한 발을 억지로 내딛는다.

새벽이 다가오자 밤은 어슴푸레한 잿빛으로 변하고 앞으로 뻗은 창백한 두 손의 윤곽이 거우 보인다. 해가 조금 더 올라오자 발밑에 있는 철로가 보이고 곧 주변 풍경이 눈에 들어온다. 키 큰 풀숲은 노란 꽃이 넘실거리는 넓은 구릉들로 바뀌어 있다.

하나는 철로와 나란히 자갈 도로가 나 있는 것을 보고 경악한다. 군인을 태운 호송차가 언제든지 지나갈 수 있고 그러면 몸을 숨길 곳이 없다. 하나는 재빨리 도로 반대 방향으로 철로에서 내려와 꽃밭으로 들어간다. 꽃은 하나의 무릎 높이에 불과하다. 하나는 계속해서 철로 반대 방향으로 뛰어간다. 철로는 곧 지평선 위로 까마득히 물러난다. 하나는 길을 잃지 않도록 철로와 수평을 지키며 가야 한다고 스스로에게 당부한다. 잘못하면 빙빙 돌 수도 있다.

저 멀리 풀숲 사이로 갈색 형체가 보인다. 황소의 깊고 낮은 울음소리가 고요를 꿰뚫는다. 하나는 무릎을 꿇고 웅크린 채 농부 혹은 소를 치는 사람들을 찾아 두리번거린다. 태양이 시골 풍경을 아름답게 비추지만 하나에게 어떤 감정도 주지 못한다. 하나의 눈은 인적을 찾아 들판을 훑지만 주변에는 소들밖에 없다. 한 마리의 소가 낮은 소리로 울자 하나는 소가 새끼를 낳는 중일 수도 있다고 생각한다. 우유. 생각이 여기에 이른 하나는 내처 출산 중인 소를 향해 달린다. 그러는 동안에도 하나의 눈은 잠시도 쉬지 않고 하나를 돕거나 해할 수 있는 사람들의 흔적을 찾아 바삐 움직인다.

마침내 소가 있는 곳에 다다른 하나는 실망한다. 소는 새끼를 낳고 있지 않다. 오래된 사냥 덫에 걸린 것이다. 녹슨 덫의 이빨은 황소의 한쪽 다리를 꽉 물고 있다. 뒷다리의 아래뼈가 찢어진 살갗 사이로 튀어나와 있다. 뼈는 이미 분리된 상태이고 멀쩡한 다리 옆에 힘없이 축 늘어져 있다. 황소가 또 울부짖는다. 하나는 귀를 막는다. 하나가 따라온 소리는 죽어 가는 황소의 신음 소리였던 것이다.

하나는 딱한 그 짐승으로부터 일단 물러난다. 그리고 두 손으로 귀를 막고 그 끔찍한 저음의 통성을 막아 내려고 애를 쓰지만 소용이 없다. 신음 소리가 다시 들려왔을 때 하나는 그 소리가 왠지 익숙하다고 생각한다. 그리고 위안소에 도착한 첫날 밤, 조선 여자가 죽은 태아를 출산하는 장면을 본 기억을 떠올린다. 촛불로 밝힌 방 안을 다시금 훔쳐 보고 있는 듯 여자의 짐승 같은 신음 소리가 생생하게 들려온다. 여자의 벌어진 두 다리 사이에는 피가 홍건했다. 윗층으로 뛰어올라간 뒤에 게이샤 케이코를 처음으로 만난 기억도 난다. 다다미 자리에 앉아 두 손에 머리를 묻고 흐느끼던 케이코.

황소가 다시 신음을 하자 하나가 깜짝 놀라 정신을 차린다. 하나는 더 이상 위안소에 있지 않다. 자유의 몸이 되었고 계속 자유의 몸으로 있기 위해 할 일을 해야 한다. 용기를 그러모은 하나는 빙 돌아 황소의 머리 곁으로 간다. 황소는 눈동자를 거칠게 돌리며 다리를 마구 휘두른다. 덫에서 빠져나오려는 황소의 절박한 움직임으로 인해 살갗이 점점 더 찢어지고 상처에서 선혈이 배어 나온다.

"조용히 해, 이 딱한 것."

하나가 자상한 소리로 속삭인다.

소의 머리 곁에 무릎을 꿇고 앉은 하나는 소의 이마를 쓰다듬는다. 조용해진 황소가 얕은 숨을 몰아쉰다. 상처에는 파리가 모여들어 있고 살에는 꿈틀거리는 구더기가 우글우글하다. 하나는 소의 목 언저리를 천천히 길게 쓸어내린다. 여기 쓰러진 지 며칠은 지난 것 같다. 하나는 황소의 고통을 상상할 수 있다. 느낄 수 있다. 얼굴에 닿은 바람의 손길을 느낄 수 있는 것처럼. 몸이 말을 듣지 않아 힘없이 누워 있는 기분이 어떤지 하나는 잘 안다. 하나는 소의 곁에 몸을 붙이고 귀에 대고 속삭인다.

"소야, 어서 자. 어서 잠들어. 무거운 머리를 땅에 누이고 쉬어. 지친 영혼을 놓아 주고 이 끔찍한 곳을 떠나자. 어서 가자, 소야, 어서 가자. 그리고 용서해 줘, 부디…… 용서해."

하나는 소의 귀에 입술을 대었다 떼고는 소의 부러진 뒷다리 쪽으로 기어간다. 한 손으로는 계속해서 가죽을 쓰다듬고 입으로는 소를 달래면서 소의 뒤로 이동한다. 소는 콧방귀를 뀌지만 발길질을 하지는 않는다. 저항할 힘이 없을 수도 있지만 확신할 수는 없다. 하나는 천천히 부러진 다리를 향해 손을 뻗는다.

하나는 마음이 바뀌기 전에 재빨리 다리를 잡아 단번에 있는 힘껏 비틀어 잡아챈다. 가죽은 하나의 생각과 달리 쉽게 떨어져 나오지 않는다. 하나의 몸은 땅을 향해 뒤로 절반쯤 기울어져 있고 뒤꿈치는 몸부림치는 황소 쪽으로 미끄러지는 것을 막기 위해 흙에 단단히 박혀 있다. 쇠로 된 덫은 요란하게 흔들리지만 사슬로 땅에 고정되어 있다. 소는 비명을 지르고 있고 그 소리는 낮은 신음 소리보다 더 끔찍하다. 하나가 당기고 잡아채고 또 비트는 동안 소는 도망치려고 필사적으로 몸부림을 친다. 하나는 일종의 줄다리기를 하며 버티고 있다.

황소가 죽는 소리를 한다. 덫이 하나의 발치에서 철컹거리고 하나의 팔에서는 점점 힘이 빠진다. 더 이상 버틸 수 없을 것 같아 포기하고 싶은 마음이 든 바로 그때 가죽이 찍 소리를 내며 뜯겨져 나온다.

하나는 떨어진 뒷다리를 꼭 쥔 채 뒤로 나가떨어진다. 황소는 계속해서 흙바닥을 발로 차며 필사적으로 도망치려고 애쓴다. 하나는 도저히 겁에 질린 소를 돌아볼 수 없다. 대신 기어가는 소가 뭉개어 놓은 노란 꽃밭을 응시한다. 어느새 소는 하나에게 운명을 맡긴 듯 숨을 헐떡이고 코를 벌렁거리며 가만히 누워 있다.

넌더리를 내며 하나는 분리된 다리를 덫에서 꺼낸다. 다리는 묵직하다. 하나는 자신이 무슨 짓을 했는지 생각하지 않으려고 애쓴다. 재빨리 자리에서 일어선 하나는 불쌍한 소를 두고 멀리 달아난다. 그러나 발굽이 달린 뒷다리는 손에 꼭 쥐고 있다. 지금은 나 자신의 잔혹한 행위에 대해 생각할 때가 아니다. 손에 든 다리를 내려다보자 끔찍스럽게도 배에서 꼬르륵 소리가 난다. 구슬픈 소리가 입 밖으로 흘러나오다 멈춘다. 이어서 범죄의 현장에서 도주하는 하나의 발소리만이 울려 퍼진다.

더 이상 뛰지 못할 때까지 뛰다 멈춘 하나는 무릎을 꿇고 앉아 피 흐르는 소 뒷다리를 뚫어져라 쳐다본다. 어떻게 해야 할지 어떻게 먹어야 할지 알 수가 없다. 다행스러운 것은 구더기가 대부분 떨어져 나갔다는 점이다. 뱃속에서 다시 꼬르륵 소리가 나고 하나는 역겨움에 진저리를 친다. 그리고 눈을 질끈 감는다. 뒷다리가 아니야. 하나가 스스로에게 말한다. 뒷다리가 아니야. 물고기야. 길고 늘씬한 바다 생물이고 그물에 걸려 들었어. 하나의 아버지는 하나에게 여러 가지 생선의 뼈를 발라 내는 법을 가르쳐 주었다. 이것은 생선이다. 죽은 생선. 아버지의 검게 탄 손이 머릿속에 그려진다. 손에는 고등어와 날카로운 칼이 들려 있고 하나는 고등어를 능숙하게 다듬는 아버지의 정확하고 침착한 동작을 지켜본다.

아버지의 손이 마치 자신의 손인 듯 하나는 뒷다리의 가죽을 벗기기 시작한다. 다리가 끊어진 부분에서부터 손가락으로 가죽을 벗긴다. 처음에는 좀 망설이지만 곧 온 힘을 다해 발굽 쪽으로 가죽을 당긴다. 가죽은 쉽게 벗겨지지 않는다. 거칠게 잡아당기면서 공들여 살과 분리해야 한다. 가죽이 반쯤 벗겨졌을 때 하나는 더 이상 참을 수 없다. 다리를 입으로 가져가 한 입 베어 문다.

고기도 잘 떨어지지 않기는 마찬가지다. 고기를 잡아 뜯어 뼈와 분리해야 한다. 피가 하나의 목구멍을 타고 흘러 들어간다. 하나는 피의 맛이 혀로 느껴지지 않게 애쓴다. 고기가 어디서 왔는지 잊으려고 애쓴다. 하나에게 이것은 생선일 뿐이다.

비쩍 마른 황소였으므로 하나가 뼈에 붙은 살을 다 뜯어 먹는 데는 긴 시간이 걸리지 않는다. 하나는 뼈의 한쪽 끝을 빨아 피와 골수마저 뽑아 먹는다. 진하고 묵직한 맛은 놀라울 만큼 나쁘지 않다. 하나는 고향에서 끌려온 뒤 가볍게 익힌 신선한 고기를 먹은 적이 없었다. 가루가 되어 버린 생선포라도 먹을 수 있으면 운이 좋은 날이었다.

좋아하는 소녀와 함께 먹으려고 신선한 과일이나 채소를 위안소로 가져오는 군인도 있었다. 케이코는 종종 이런 선물을 받았고 받을 때마다 하나와 함께 나누어 먹었다. 케이코는 지금 무얼 하고 있을까? 하나는 자태가 우아한 게이샤 케이코가 위안소 지하 독방에서 웅크리고 있는 모습을 상상한다. 독방은 천장이 낮아 사람이 허리를 펴고 설 수 없었고 언제나 앉아 있어야 했다. 하나가 도망친 대가로 케이코는 몇 날 며칠 밤을 고통받아야 할까? 다른 소녀들은? 그들도 고통받을까?

하나는 눈을 감고 피 묻은 손으로 그들의 얼굴을 지우는 시늉을 한다. 케이코나 다른 자매들을 생각할 때가 아니다. 포기하지 않기 위해서는 고향 생각만 해야 한다.

하나는 범죄의 흔적을 숨기듯 뼈를 흙 속에 묻는다. 그러나 살에서 벗겨 낸 긴 가죽 조각은 묻지 않는다. 털을 흙에 문질러 소의 피를 닦아 낸다. 처음에는 흙이 피와 섞여 뭉치며 털을 더 럽혔지만 자꾸 문지르니 피흙이 마르고 마침내 떨어진다. 하나는 이빨로 가죽을 더 짧게 찢은 뒤 발에 여러 번 덧대어 묶는다. 그리고 몇 걸음 디뎌 보며 가죽이 단단히 묶였는지 확인한 뒤 처음 황소의 소리를 들었던 지점으로 거슬러 간다. 그리고 거기서 철로와 나란히 달리며 다시 긴 여정에 오른다.

하나는 사람이나 트럭, 기차뿐만 아니라 물새를 찾아 두리번거린다. 몹시 목이 마르다. 소 피는 갈증을 해소하는 데 큰 도움이 되지 못했다.

오후의 날씨는 생각보다 덥다. 구름은 서로 뭉쳐 하늘에서 거대한 잿빛 산맥을 이루었다. 하나는 풀 위로 발을 끌며 아주 천천히 걷고 있다. 구릉은 사라졌고 사방이 평평하다. 철로는 이미 한참 전에 놓쳤다. 언덕 뒤로 사라지더니 다시 나타나지 않았다. 하나는 철로를 찾아 방황하느라 길을 잃었다. 길도 철로도 인가도 보이지 않는다. 하나는 초원에 둘러싸인 채 만주의 황무지 한복판에 홀로 서 있다.

귓속으로 찌르는 듯한 울림이 들려오고 그것은 마치 보이지 않는 외톨이 기차의 하염없는 기적 소리 같다. 짐승의 흔적조차 보이지 않는다. 희망을 갖고 따라갈 만한 가축 떼의 흔적 같은 것도 없다. 갑자기 야생 낙타 한 무리가 보이는가 싶었지만 얼마나 순식간에 사라졌는지 정신이 오락가락해서 헛것을 본 게 아니라고 확신할 길이 없었다. 하나는 이제까지 보아 오던 풀과 다른 풀이 보이면 한 줌 먹어 보기도 했다. 꽃도 먹었다. 그러나 개중에 특히 매운 꽃을 먹고 구역질을 한 뒤로는 눈앞에 있는 초목을 먹는 일은 그만두었다. 이제는 그냥 걸을 뿐이다. 그게 전부이다.

갈증이 하나를 괴롭힌다. 위안소에서 하나는 매일 아침 눈을 뜨자마자 아래층으로 가서 물을 길었다. 당시에는 시달린 몸을 이끌고 주방으로 가는 길이 그렇게 멀게 느껴질 수가 없었다. 케이코는 언제나 하나보다 먼저 우물가에 도착했고 거기서 둘은 말없이 서서 물을 마셨다. 그러면 곧 다른 소녀들이 도착하고 다 함께 보잘것없는 아침 식사를 준비하곤 했다.

식량은 언제나 모자랐다. 소녀들은 물자를 북쪽으로 이동하는 게 어려워 그렇다고 했다. 심지어 일본군도 굶주릴 지경이라고 했다. 그러나 일본군은 언제나 힘이 넘쳤다. 하나는 만주의 일본군이 조선의 일본군보다도 덩치가 좋다고 생각했다. 그러나 깨닫고 보니 위안소에서는 소녀들이 주어진 의무를 다하는 것 말고는 다른 생각을 할 수 없도록, 도망칠 힘조차 없도록 그렇게 적게 먹인 것이다.

잡일을 하는 날이 되면 소녀들은 작은 라디오를 틀어 놓을 수 있었다. 어느 방송국이든 주로 일본을 선전하는 뉴스 보도를 주로 쏟아 냈다. 그래도 뉴스 사이사이에 노래 한두 곡은 틀어 주었기 때문에 소녀들은 개의치 않았다. 소녀들은 잡일을 하거나 식사를 하면서 라디오에 귀 기울였다.

뉴스에서는 외국의 군대들이 온 사방에서 일본에 대항해 무기를 들고 일어나고 있다고 경고하며 천황에겐 그들을 물리치기 위한 자원병이 가능한 한 많이 필요하다고 알렸다. 중국, 몽골, 온 유럽과 미국이 천황의 적이라고 했다. 심지어 소련도 아주 신뢰할 수 없었다. 소련과 일본 간의 임시 협정은 나날이 약해지고 있었다. 소녀들의 마음속에는 위안소 저편의 황무지와 그 안에 숨어 있을 적들에 대한 공포가 심어졌다.

하나가 도망칠 곳은 남쪽의 조선밖에 없다. 그러나 고향은 아주 멀다. 물을 좀 찾을 수 있다면 몰라도. 고향 추억이 아련하게 떠오른다. 우물에서 물동이 가득 찰랑찰랑하게 길어 올린 물. 시원하고 맛있고 마치 녹은 눈처럼 상쾌한 물. 눈을 감자 그 맛이 느껴질 정도이다.

"물 튀었잖아!"

동생이 대접을 놓고 도망가며 소리를 지른다.

하나가 추억을 떠올리며 소리내어 웃는다. 목 타는 더운 여름날이었다. 하나는 우물에서 길어 올린 찬물을 동생에게 튀겼다. 옛 기억은 마치 눈에 보이는 듯, 손에 잡힐 듯하지만 하나의 바싹 마른 입은 침 한 방울이 간절하다.

"이리 와. 이제 안 할게."

하나가 동생을 불렀다.

동생은 집 뒤에서 작은 얼굴을 빼꼼 내밀었다.

"정말?"

동생의 천진무구한 갈색 눈동자를 떠올리자 하나의 가슴이 철렁 내려앉는다. 동생의 눈을 들여다볼 때마다 하나는 책임감이 불끈 솟아오르곤 했다. 하나는 그 눈이 전쟁의 참상을 보지 못하게 막아야 한다고 생각했다. 삼촌이 죽었을 때 동생의 얼굴에 그늘이 지는 걸 막아야 한다고 생각한 하나는 부모님을 설득해서 아미에게 비밀로 하게 했다. 하나는 동생이 삼촌에게 편지를 쓰는 것을 도왔고 부치는 척했다. 심지어 삼촌의 필체를 흉내 내 답장을 쓴 적도 있었다. 이를 안 엄마는 언짢아 했지만 하나에게 다시는 쓰지 않겠다는 약속을 받는 데 그쳤다.

"괜찮으니까 어서 이리 와."

하나가 다시 동생을 불렀다.

동생은 작은 물그릇을 든 손을 앞에 모으고 망설이는 발걸음으로 우물로 돌아왔다. 하나는 물동이에 물을 길어 올려 조심스레 바닥에 내려놓았다.

"자, 여기 대접을 넣고 물을 떠. 그게 제일 안전한 방법이야."

하나가 동생에게 가르쳐 주었다.

동생은 쪼그리고 앉아 두 손까지 물동이에 담그고는 부르르 떨었다.

"차가워!"

하나도 옆에 무릎을 꿇고 앉아 두 손을 물에 담갔다. 손과 손목의 뜨거웠던 핏줄이 시원해졌다. 하나는 고개를 숙여 오목하게 모은 손바닥 언저리에 입술을 댔다. 물에서는 얼음 냄새가 났다. 하나가 물맛을 보기도 전에 고사리손이 하나의 머리를 물동이 속으로 밀어넣었다. 물이 콧속으로 솟구쳐 들어왔다. 하나는 입에서 물을 뚝뚝 흘리며 일어나 기침을 하고 재채기를 하며 콧속으로 들어간 찬물을 뺐다. 까르르 웃으며 달아나는 동생의 목소리가 멀어져 간다.

하나는 바람에 딸랑이는 종소리 같던 그 소리를 다시 떠올려 본다. 남풍이 거세지며 하나의 피부를 식힌다. 하나는 자신을 에워싼 공기의 강한 흐름에 살짝 휘청이며 걸음을 멈춘다. 바닷바람 같은 느낌이다. 사포 같은 혀로 마르고 갈라진 입술을 훑자 짭짤한 바람 맛이 느껴진다. 피의 짠맛일 수도 있지만 하나는 눈을 감고 고향에 왔다고 상상해 본다.

모래밭 위로 높다랗게 쌓인 검은 바위들을 밟고 서서 검고 광활한 바다를 내다본다. 빙글빙글 돌며 하나의 귀향을 반기는 무용수 같은 파도는 바위 위로 부서지며 박수갈채를 보낸다. 바람에는 목소리도 묻어 온다. 엄마가 하나의 이름을 부르는 소리가 들린다. 하나가 몸을 돌린다. 엄마가 두 팔을 펼치고 하나를 향해 달려오고 있다. 아버지도 있다. 아버지는 울부짖는 바람과 부서지는 파도 소리 위로 하나의 이름을 목청껏 부르고 있다.

"저 여기 있어요."

하나가 외친다.

"저 여기 있어요."

하나가 부모님을 향해 발걸음을 옮기며 외친다. 그러나 하나의 두 발은 마치 모래 속에 파묻힌 듯 움직이지 않는다. 그토록 멀리 왔는데 지쳐서 발걸음조차 옮길 수 없다.

"사쿠라!"

아버지가 외친다.

"사쿠라!"

세 번째 목소리가 바람을 타고 하나의 귀로 들어온다. 머나먼 섬에서 흘러온 듯한 어린 아이의 작은 목소리가 등 뒤에서 들려온다. 하나는 다시 바다를 바라보며 손으로 작열하는 태양을 가린다. 거친 바다 위 흰 낚싯배를 탄 어린 소녀가 하나의 이름을 부른다. 하나는 눈을 찡그리고 소녀의 얼굴에 초점을 맞춘다. 갑자기 가슴이 뛴다.

"아미!"

하나가 외친다.

"아미, 언니 왔어!"

하나가 손을 흔들며 펄쩍 뛰어 보려고 하지만 두 발은 모래에 묶여 꼼짝하지 않는다.

소녀가 뱃머리에 올라서고 하나는 걱정부터 앞선다.

"아미, 조심해!"

하나가 외친다. 동생은 이런 거친 바다에서 헤엄치는 법을 모른다.

소녀는 고개를 들어 하나의 이름을 외치더니 어두운 바닷속으로 뛰어든다. 하나는 물로 뛰어드는 소녀의 기품 있는 모습에 감탄하지만 곧 당황하기 시작한다. 소녀는 하나 언니라고 했다. 엄마가 짓고 식구들이 불러 주던 이름이다. 사쿠라라고 하지 않았다. 그 이름은 나무에 새겨져 문 옆에 걸려 있던 이름, 벚꽃이었다.

하나는 뒤돌아 아버지를 찾아보지만 물가에 있던 식구들의 모습은 희미해진다. 지평선에서 하나를 향해 달려오는 형체는 부모님의 형체가 아니라 전속력으로 뛰는 검은 말이다. 말 위에 앉아 채찍으로 말의 엉덩이를 때리고 있는 남자의 윤곽은 의심할 여지가 없다. 모리모토가 하나를 발견한 것이다. 도망치기에는 이미 너무 늦었지만 그럼에도 하나는 돌진해 오는 말을 등지고 달아나려고 시도한다. 당황한 머리를 몸이 따르려고 하지 않지만 그래도 하나는 포기하지 않는다.

한 걸음, 한 걸음, 억지로 내딛던 하나는 어느새 전속력으로 달리고 있다. 아드레날린을 제외한 그 어떤 연료도 남지 않은 하나의 근육은 타들어 가는 듯 고통스럽고 곧 멈추어 버릴 것 같다. 빠르게 다가오는 말굽 소리는 어둠 속에서 땅을 연타하며 쿵쿵 울려 퍼진다. 하나가 그런 훌륭한 짐승과 겨루어 이길 수는 없다. 그러나 모리모토가 하나의 옷깃을 잡아 올리는 순간에도 하나의 다리는 계속해서 허공을 내딛는다. 모리모토는 쌀자루를 들어 올리듯 하나를 들어 말 위로 올린다. 하나는 하릴없이 몸부림을 친다. 모리모토에게 사로잡힌 이상 팔다리를 아무리 휘저어 봐야 소용이 없다. 모리모토는 말의 속도를 줄여 멈추게 한 뒤 하나의 머리카락을 한 주먹 움켜쥔 채 제 쪽으로 고개를 홱 잡아 돌린다.

"사쿠라."

모리모토가 숨을 헐떡이며 말한다.

"넌 날 떠날 수 없다니까."

모리모토의 목소리는 그의 손만큼이나 거칠다. 그는 하나를 말에서 끌어내린 뒤 안간힘을 쓰며 바닥에 눕힌다. 하나는 모리모토에게 짓눌린 채 몸부림을 치지만 모리모토는 하나가 가만히 있을 때까지 하나의 얼굴을 때리고 또 때린다.

"아직도 모르겠어? 넌 내 거야."

느닷없이 우레가 하늘을 쩍 갈라 놓는다. 대기에 탁탁 전류가 흐른다. 머리 위로 소나기구름이 모여든다. 모리모토가 하나 위에 길게 제 몸을 눕히자 헐떡이던 하나의 폐부가 눌려 숨이 빠져나간다. 모리모토는 하나에게 억지로 주어진 이름을 부르며 하나의 목에 이번에는 슬며시 입술을 갖다 댄다. 손은 하나의 치마를 들춘다.

하나는 자신이 몸부림을 치고 있는지조차 알 수가 없다. 피로에 얼얼해진 하나의 팔다리는 머리와 분리되어 있는 듯하다. 하나는 꺼칠한 모리모토의 턱을 피해 고개를 돌린 채 바다를 찾아 저 너머로 시선을 던진다.

이제 막 떨어지기 시작한 빗방울은 먼저 하나의 입술을 적신다. 빗물은 아버지가 우물에서 퍼 올린 물만큼 차다. 빗방울을 입으로 가져간 하나는 더 마시고 싶은 생각이 간절하다. 그러나 만족감은 오래가지 않는다. 모리모토가 탐욕스럽게 밀고 들어올 때마다 살이 타들어 가는 듯 날카로운 고통이 하나를 꿰뚫는다. 군인들과 그들의 몸, 입에 대한 괴로운 기억, 지워 버리는 데 실패한 모든 괴로운 기억들에 하나는 다시금 잠겨든다. 구름은 너덜너덜해진 하나의 몸에 홍수를 쏟아 내고 하나는 꼼짝없이 풀숲에 누워 있다.

*

하나는 바다 밑에 누워 햇볕에 반짝이는 수면의 잔물결을 올려다보고 있다. 거대한 바다의 박동 소리가 규칙적으로 하나의 고막을 울린다. 조류는 하나의 살갗을 어루만진다. 하나의 가슴을 누르고 있는 묵직한 물체는 하나가 발견한 어느 낡은 배의 닻이다. 하나는 떠오르지 않으려고 닻을 꼭 안고 있다. 하나의 몸은 작아서 평소였다면 자연스럽게 물 위로 떠올랐을 테지만 오늘은 다르다. 오늘은 태양이 바다 깊은 곳으로 사라질 때까지 바다 밑에 남고 싶다. 이것은 하나가 제일 좋아하는 놀이이다. 져 본 적이 없다. 마지막까지 버틴 친구도 결국은 거품 꼬리를 남기고 수면으로 떠올랐다. 하나는 친구의 뒷모습을 바라본다. 이번에도 하나가 이겼다. 누구도 하나를 이길 수 없다.

그자를 제외하면. 모리모토는 하나를 바다 밑에 붙잡아 놓는 닻이다. 모리모토 밑에 깔린 하나는 그가 배신자 하나를 계속해서 벌 주든지 죽이든지 결정할 동안 단지 기다릴 뿐이다. 숨을 고르며 꿈틀대는 모리모토는 점점 더 하나의 몸을 무겁게 내리누르고 하나의 가슴은 진흙 속을 파고 들어간다.

도망칠 수도 있겠지. 하나는 생각한다. 얼굴을 할퀴고 놈을 떼어 낸 뒤 마지막으로 살아남으려고 발버둥칠 수도 있겠지. 그러나 아물지 않은 두 발의 상처는 꿈틀대는 살덩어리의 산 아래 이 평화로운 곳에서 하나의 여정이 끝나기를 간절히 바라고 있다. 그래, 고통은 이제 그만. 하나도 동의한다. 그리고 덮쳐 오는 하늘을 올려다보며 기다린다.

모리모토가 몸을 들어 하나를 바라본다. 눈이 마주친다. 하나는 시선을 돌릴 수가 없다.

"어떻게 내가 다리 밑에서 기다리는데 날 그렇게 바보로 만들 수가 있어?"

모리모토의 목소리에 분노가 넘친다.

"내가 목숨을 걸고 널 위안소에서 구해 줬는데 이렇게 보답을 해? 도망을 가?"

모리모토는 마치 사과 혹은 변명을 기다리듯 입을 다물고 있다. 그러나 하나가 대답을 하지 않자 웃는다. 어둡고 씁쓸한 웃음이다.

"내가 널 못 찾을 줄 알았어? 이 지역은 내 손바닥 안이야. 넌 나한테서 절대 못 벗어나."

모리모토가 하나를 흔들며 대답을 요구하지만 도망이라는 행위보다 하나의 마음을 더 잘 말해 주는 것은 없다. 하나는 말 없이, 생기도 없이, 마치 죽은 사냥감처럼 모리모토 밑에 누워 있다. 모리모토는 몸을 숙이며 하나의 얼굴에 입김을 뿜는다.

그는 이제 하나를 죽일 것이다. 하나는 눈을 감는다.

모리모토가 한 손으로 하나의 목을 감싼다. 그리고 엄지손가락으로 하나의 기도를 누른다. 하나는 자기도 모르게 구역질이 나오고 의지와 다르게 몸부림을 친다. 모리모토가 남은 손 역시 하나의 목으로 가져가 조르기 시작한다. 하나는 눈을 뜬 채 하늘에서 태양을 찾지만 태양은 먹구름 뒤에 숨어 보이지 않는다.

"널 죽여 버릴 거다."

모리모토가 하나의 귀에 대고 속삭인다.

"네가 또 나를 바보로 만들면 정말 널 죽여 버릴 거라고."

모리모토는 손을 놓지 않는다. 하나의 폐 속에 단 한 숨도 남지 않을 때까지 자꾸 더 세게 목을 조른다.

*

고통이 하나를 깨운다. 달구어진 바늘 수천 개가 뺨을 태우는 느낌이다. 아랫입술도 불타는 듯하다. 피맛이 느껴진다.

"일어나!"

모리모토가 손바닥으로 하나의 다른 뺨을 때리며 말한다. 모리모토는 하나를 일으켜 세우려고 하지만 다리에 힘이 하나도 없는 하나는 질척한 바닥 위로 무너져 내린다.

"쓸모없는 것."

모리모토가 중얼거리며 하나를 물건처럼 들어 올린다.

저 멀리서 말의 콧바람 소리가 들린다. 땅을 구르는 발굽 소리도 들린다. 하나는 이렇게 가까이서 말을 본 적이 없다. 검은 말인데 발목 주변에 흰 점이 먼지처럼 흩어져 있다.

모리모토가 휘파람을 불자 말이 가까이 다가온다. 모리모토는 하나를 말에 기대어 세운 채 안장 뒤쪽에 달린 가방에서 물통을 꺼내더니 뚜껑을 열어 그 작은 뚜껑에 물을 따른다. 그리고 하나의 입에 뚜껑을 댄다. 하나는 게걸스럽게 물을 마시지만 갈증을 달래기에는 턱없이 부족하다. 더 달라고 하고 싶지만 참는다. 모리모토는 다 안다는 듯 미소를 지으며 아주 천천히 뚜껑을 돌려 닫는다. 모리모토의 눈은 하나의 눈을 떠나지 않는다. 하나는 아무 말도 하지 않지만 저도 모르게 자꾸 입술을 빨게 된다.

모리모토는 하나가 말에 탈 수 있도록 하나의 허리춤을 붙잡아 들어 올린다. 여전히 피로와 갈증으로 혼미한 하나는 좀처럼 말에 오를 수가 없다. 두 팔이 왜 말을 듣지 않는지 알 수가 없다.

"올라가!"

모리모토가 명령하며 하나를 밀친다.

간신히 안장을 붙잡은 하나는 무엇이 문제인지 깨닫는다. 두 손이 밧줄로 묶여 있다. 모리모토가 다시 한 번 하나를 들어 올려 안장 위로 떠민다. 그리고 하나의 다리 한쪽을 넘겨 하나가 말의 목을 타고 앉도록 한다. 모리모토는 하나의 허리에도 밧줄을 두른 뒤 고삐와 함께 손에 쥔다.

"말을 겁줄 생각은 하지도 마."

모리모토가 하나의 허리로 이어진 밧줄을 보여 주면서 말한다.

"널 확 끌어내려 버릴 테니까. 그러면 우리 둘 다 꼼짝없이 걷는 거야."

모리모토가 하나의 발바닥에 난 상처에 손을 가져다 대며 힘 주어 경고한다.

하나가 모리모토의 손길에 얼굴을 찡그린다. 모리모토는 하 나를 뚫어져라 쳐다본다. 눈빛이 너무 강렬해서 하나는 시선을 돌릴 수가 없다. 그러던 모리모토는 주머니에 손을 넣어 작은 천 꾸러미를 꺼낸다. 하나가 속바지 안에 숨겼던 꾸러미였다. 하나는 꾸러미를 잡으려다 말에서 미끄러질 뻔하지만 곧 안장 을 붙잡고 자세를 바로잡는다.

"네 밑에서 이게 나왔어."

모리모토가 꾸러미를 열고 내용물을 보여 주면서 말한다.

"아주 예쁜 물건들이네."

하나는 꾸러미를 빼앗아 오고 싶지만 하나가 괴로워하는 모 습은 모리모토를 만족시킬 뿐이다. 하나는 지지 않고 저 멀리 수평선으로 시선을 가져간다.

"네가 이런 걸 간직하다니 난 질투심이 생겨야 옳겠지."

모리모토가 이렇게 말하자 하나는 불안해지기 시작한다. 그 는 물건을 일일이 골라 내며 어떤 단서를 찾듯 자세히 들여다 본다.

"이게 다 한 놈이 준 건가? 그놈 이름은 알아?"

하나는 고개를 젓는다. 모리모토의 목소리는 위협적이다. 하 나를 뚫어져라 쳐다보는 모리모토의 눈은 하나의 두개골을 뚫고 그 안에 있는 진실을 읽으려는 듯하다. 도로 물건을 살펴보던 모리모토는 한참을 골똘히 생각하더니 하나를 보고 히죽 웃는다.

"이제 내가 있으니까 이런 것들은 필요 없어."

모리모토가 손을 기울이자 물건들이 하나 둘 땅으로 떨어진다. 모리모토는 떨어진 물건들을 군홧발로 밟아 흙 속으로 짓이긴다. 하나는 고개를 돌려 금반지와 목걸이, 동전, 머리빗이 땅속으로 사라지는 모습을 본다. 이제 하나에게 아무것도 남지 않았다.

모리모토는 마치 상을 받은 어린 아이처럼 만족스러워 보인다. 하나는 모리모토가 스스로 쟁취한 전리품이다. 하나는 말의 옆구리를 세게 걷어차고 싶다. 그러면 말은 앞발을 차올렸다가 모리모토를 짓밟으며, 그를 하나의 물건들과 마찬가지로 땅속으로 묻어 버릴 것이다. 그러나 하나에게는 말을 놀라게 할 힘조차 남아 있지 않다.

"하지만 이건,"

모리모토가 문득 생각났다는 듯 말을 잇는다.

"이건, 소중하게 간직할 거야."

모리모토가 하나의 사진을 들어 보이자 하나는 자신도 모르게 분노가 치밀어 오른다. 모리모토의 손에서 사진을 확 빼앗고 싶다. 그가 사진을 만지는 것도 싫다. 군인들이 하나의 방 앞에 줄을 서기 전에 찍은 사진이다. 케이코가 마당에서 하나의 머리를 자르기도 전이고 놈들이 끝을 볼 때까지 가만히 누워 있는 법을 터득하기 전이다. 사진 속의 하나는 사쿠라가 아닌 하나다. 사진은 하나의 것이다.

하나는 모리모토가 간절히 원하는 반응을 보이지 않으려고 애쓴다. 그러나 말에서 뛰어내려 모리모토를 땅으로 내리꽂고 싶은 마음에 온몸이 움찔거린다. 하나의 마지막 남은 옛 모습을 모리모토의 손에서 빼앗지 않기 위해 하나는 마지막 한 방울의 인내심까지 쥐어짠다. 하나는 천천히 고개를 돌려 정면을 바라보지만 모리모토가 가슴 주머니에 사진을 넣으며 느끼는 쾌감은 외면할 수 없다.

마침내 그 순간도 끝이 나고 모리모토는 혀를 차며 말을 앞으로 움직인다. 앞장을 서서 고삐를 당기는 모리모토에게 하나는 눈길을 주지 않는다. 자신을 결코 놓아 주지 않을 자에게 하나는 시선을 보내기를 거부한다.

비바람이 거세지고 둘은 말없이 이동한다. 머리 위로 번개가 치고 하나는 비를 향해 입을 벌린다. 번개를 맞아도 상관없다. 반가운 최후가 될 것이다. 모리모토는 계획한 대로 움직이고 있다. 두 사람은 쏟아지는 비를 뚫고 언제나 그럴 생각이었다는 듯이 몽골을 향해 북쪽으로 터덜터덜 가고 있다.

*

잿빛 안개가 주위에 깔려 두 사람은 서로의 모습조차 잘 분간할 수 없다. 하나는 하늘에서 떨어지는 빗물을 들이켠다. 배가 불러오기 시작하지만 멈출 수 없다. 얼굴을 하늘로 향한 채 하나는 만족스러울 때까지 비를 마신다. 배가 터질 것 같을 때가 되어서야 하나는 고개를 숙인다. 더 들고 있기도 힘들다. 모리모토는 고삐를 더 세게 쥐고 말을 앞으로 몬다.

초원을 가로질러 가는 동안 차가운 비에 얼얼해진 하나의 얼굴과 두 발은 더 이상 욱신거리지 않는다. 하나는 하루만 더 쉬면 다시 뛸 수 있을 것 같다는 생각이 들지만 몽골까지 얼마나 더 걸릴지 알 수 없다. 모리모토에게 혹시 몽골이나 소련인 공범이 있어 그를 만나기로 했을지, 공범이 혼자일지 여럿일지 하나는 알지 못한다. 모리모토라면 중국인과 내통을 했을 수도 있다.

얼굴 없고 국적 없는 남자들의 무리와 합류할 수도 있다고 생각하니 공포가 찾아온다. 그들에게 무엇을 약속했을까? 하나가 그 거래의 일부일까? 하나는 모리모토의 뒤통수를 노려본다. 그자들을 다 상대하게 만들까? 야만인들이 누더기옷을 찢는 상상을 하니 감정을 추스를 수가 없다. 고개를 숙여도 보고 눈을 감아도 보지만 다른 남자들이 욕구를 채우고 간 뒤 밤늦게 찾아올 모리모토의 모습이 그려진다.

하나는 갑자기 몸을 웅크리고 빗물로 가득 찬 뱃속을 쏟아낸다. 뒤집어진 뱃속에서 빗물을 게워 내는 하나의 가녀린 어깨가 떨린다. 하나도 모르는 사이 몸이 말에서 미끄러진다. 두 손이 묶여 있는 상태라 떨어지는 순간 몸을 보호할 수도 없다. 오른쪽 어깨가 땅에 처박힌다. 날카로운 충격에 숨이 멎는다. 말이 앞발을 들고 일어서지만 모리모토가 재빨리 제압한다. 그는 땅에 웅크리고 있는 하나를 보고 재빨리 옆으로 뛰어온다.

"뭐하는 거야?"

모리모토가 외치며 조심스럽게 하나를 돌아 눕힌다. 비가 하나의 얼굴 위로 쏟아진다. 하나는 고통에, 스며드는 축축함에, 모리모토와의 앞날에 대한 생각에 숨이 막힌다. 모리모토는 하나를 일으키려고 하나의 두 어깨를 잡지만 오른쪽 팔이 힘없이 무너지고 하나는 고통스러운 비명을 지른다. 그가 어깨를 놓자 아픔이 줄어든다. 모리모토가 하나의 어깨 주변을 눌러 보는 동안 하나가 얼굴을 찡그린다. 모리모토의 손가락은 하나의 몸을 살피다 곧 통증의 원인을 찾아낸다.

"어깨가 탈구됐군. 다시 집어넣어야 해."

모리모토는 걱정스러운 듯 부드러운 목소리로 말한다. 하나는 상관하지 않는다. 그저 잿빛 허공을 멍하니 바라볼 뿐이다. 모리모토가 하나의 팔목을 감았던 밧줄을 푼다. 느슨해진 밧줄은 쑥 빠져 바닥으로 떨어진다. 모리모토는 하나를 일으켜 앉힌다. 말이 고개를 옆으로 돌린다. 커다랗고 시커먼 한쪽 눈으로 그 광경을 지켜보려는 것 같다. 모리모토가 하나의 팔목 윗부분을 주무르며 천천히 근육을 풀어 준다. 그러고는 어깨 위를 주무른다. 경험이 있는, 확신을 담은 손길이다. 아픔은 거의 느껴지지 않는다.

"어깨를 으쓱해 봐. 천천히."

모리모토가 말한다.

시키는 대로 하자 팔이 어깨 관절 속으로 맞아 들어가는 느낌이 든다. 모리모토는 팔목을 묶었던 밧줄을 하나의 목과 팔에 걸어 어깨를 지지하게 한다.

"조심 좀 해. 머리로 떨어져 목이 부러졌으면 어쩔 뻔했어?

그럼 우리는 어떻게 되는지 알아?"

모리모토는 하나가 뭘 해도 결국 자신을 실망시키리라는 사실에 체념한 듯 고개를 절레절레 흔든다.

"우리?"

하나는 오랫동안 말을 하지 않아 쉰 목소리로 묻는다.

"우리지. 이제 너하고 나밖에 없어."

모리모토의 말에 하나는 어이없는 표정으로 그를 본다.

마지막 매듭을 완성한 모리모토는 빗방울 사이로 하나를 보며 미소짓는다. 하나가 고마운 표정을 짓기를 기대하는 것 같다. 하나는 모리모토가 처음 도움을 주겠다고 알려 왔던 순간을 떠올린다. 모리모토는 하나가 탈출할 수 있도록 옆문을 열어 놓겠다고 말했다. 그때 하나는 긴장한 티를 내지 않기 위해 몹시 신경을 썼다. 심장이 너무 빨리 뛰는 것을 막기 위해서 해안으로 서둘러 헤엄쳐 온 사람처럼 먼저 숨을 골랐다. 그리고 손이 떨리는 것을 막고자 계속해서 머릿속으로 되풀이했다. 거짓말이야, 거짓말이야, 거짓말이야. 그러자 곧 하나의 몸이 그 말을 믿었다. 모리모토의 말은 다 거짓이었다. 하나는 다음날 아침이면 여전히 그 감옥 안에서 굶주린 군인들을 줄줄이 상대해야 되리라는 사실을 알고 있었다.

"내가 여기서 도망치게 해주겠다는데 별로 기뻐하지를 않네. 여기 있고 싶은 이유가 있어? 혹시 다른 놈 때문이야?"

하나는 흠칫했다. 모리모토는 하나의 턱을 들고 눈을 맞췄다. 두 사람의 숨소리를 제외하면 방은 고요했다. 모리모토의 숨은 침착하고 안정적이었지만 하나의 숨은 곧 내달릴 준비를 하고 있었다.

"드디어 좋아하는 놈이 생긴 거야?"

하나는 모리모토의 질투가 역겨웠다. 하나가 위안소에 와서 병사들에게 수없이 겁탈을 당한 것은 모리모토가 하나를 거기 끌고 왔기 때문이다. 그 중 한둘이 죽으러 가기 전에 하나에게 고마움의 표시를 했다고 쳐도 그것이 새삼 화를 낼 일이던가? 그렇지만 모리모토는 도망이라고 했다. 무엇보다 간절히 바랐던 일에 모리모토가 도움을 줄 수도 있다는 생각에 하나는 입을 다물 수 있었다.

"황군의 어떤 군인도 내 마음속에 있는 하사님의 자리를 차지할 수는 없어요."

하나가 대답했다. 사실 하나는 모리모토를 그 누구보다 증오했다. 그는 언제나 하나의 마음속에 하나의 방을 찾은 누구보다 사악한 사람으로 남을 터였다.

하나는 위안소에서 벗어났지만 모리모토에게서 벗어나지는 못했다. 그는 여전히 팔을 고쳐 준 데 대한 고마움의 표시를 기다리고 있다. 하나는 몸을 돌려 모리모토의 손에서 벗어난 뒤 축축한 땅 위에 다시 몸을 눕힌다. 얼굴이 진흙탕에 절반쯤 잠긴다. 흙탕물에서는 진하고 텁텁한 맛이 난다. 죽어 가는 황소의 골수 맛, 무덤의 맛이다. 모리모토가 진흙에서 하나를 일으켜 세우고 고개를 돌려 자신을 보게 한다.

"몽골에 도착하면 새 삶을 시작하는 거야. 같이. 널 내 아내로 만들 거야."

모리모토는 하나의 미소를 보고 싶은 듯 하나의 눈을 살피지만 모리모토가 그린 앞날에 하나의 속은 메스껍다. 모리모토는 하나 역시 새 삶을 원한다고 굳게 믿고 있다. 하나는 모리모토의 말을 받아 치고 싶은 마음이 간절하다. 상처를 주고 싶다. 그럴 수 있는 유일한 방법은 그의 자존심을 건드리는 것이다.

"뭘 어떻게 하든 달라지지 않아. 당신은 나한테 그냥 일본군일 뿐이야."

하나는 모리모토가 종종 했던 것처럼 모리모토의 귀에 대고 조선말로 속삭인다.

깜짝 놀란 모리모토가 움찔하는 순간 하나는 그의 얼굴에 빗물을 뱉는다. 하나의 다친 어깨를 쥔 모리모토의 손아귀가 점점 강하게 조여 온다. 하나는 비명을 꾹 참는다. 대신 입술을 꽉 깨물고 신선한 피맛을 본다. 모리모토가 더 강하게 어깨를 움켜쥐고 하나는 숨을 참는다. 고통에 정신이 혼미해진다. 모리모토가 마침내 손을 놓자 하나의 눈앞에 별이 반짝인다.

"언젠가 이해하게 될 거야."

모리모토가 하나를 들어 올려 억지로 말에 태우며 말한다.

절대로 이해하지 못할 거야. 낱말들이 하나의 혀 위에서 꿈틀대지만 하나는 이를 악물고 그것들을 삼킨다. 모리모토가 앞에서 고삐를 당기자 말은 하나가 절대로 견디어 낼 수 없을 미래를 향해 터덜터덜 움직인다. 하나는 몸을 숙이고 말의 목에 기대어 아래로 지나가는 땅의 표면을 본다. 말에서 나는 지독한 짐승 냄새가 하나의 콧속을 채운다. 의식이 오락가락 한다. 삶이 마치 깨어나고 싶은 꿈처럼 느껴진다.

*

하나는 철로를 건널 무렵 눈을 뜬다. 말굽이 나무에 닿자 축축한 땅을 지나는 동안 이어졌던 단조로움이 깨지고 고열에 몸이 달아오른 하나가 잠에서 깬다. 비는 잦아들어 부슬부슬 내리고 잿빛 구름 사이로 햇빛이 점점이 새어 나오려고 한다. 하나가 움직이자 말이 속도를 늦추고 모리모토에게 하나가 깬 것을 알린다. 모리모토는 말을 멈추고 코를 쓰다듬은 다음 외투 주머니에서 무언가를 한 줌 꺼내 먹인다. 곧 모리모토의 발소리가 하나의 곁에서 멈춘다.

그가 하나를 말에서 끌어 내리자 처음에는 하나의 다리가 하나를 지탱하지 못한다. 모리모토가 하나를 가까이 끌어안는다. 익숙한 냄새가 풍기자 하나는 겁에 질린다. 하나는 어떤 방식으로도 모리모토를 느끼고 싶지 않지만 담배와 땀, 풀, 소금, 비의 냄새가 난다. 하나는 고개를 돌리고 입으로 숨을 쉰다.

"꽤 많이 왔어."

그가 말한다.

하나는 아무 대답도 하지 않는다. 하나는 궁금한 것이 많다. 어디로 가고 있는지, 마을인지, 야영지인지, 또 다른 군부대인지, 다다르면 어떻게 될지. 어느새 다리에 힘이 들어가고 혼자 설 수 있게 되자마자 하나는 모리모토에게서 한 발짝 떨어진다. 하나는 초저녁 공기를 들이쉬며 코에서 모리모토의 냄새를 없앤다. 그리고 말의 두꺼운 목에 이마를 갖다 댄다. 말은 앞발로 땅을 구르지만 하나를 밀어내지는 않는다. 하나는 이 든든한 짐승에게 영원히 기대어 있고 싶다.

"자!"

모리모토가 하나의 몸을 돌려 마주 보게 한 뒤 사과를 건넨다. 하나는 헛것을 보듯 사과를 물끄러미 쳐다본다. 핏빛처럼 붉은 사과는 땅을 뒤덮은 흐릿한 잿빛과 강렬한 대비를 이룬다.

"가져가!"

모리모토가 명령하듯 말한다.

하나는 천천히 아프지 않은 팔을 뻗는다. 손가락이 사과에 닿자 헛것이 아님을 깨달은 하나는 사과를 확 거머쥐더니 씨앗까지 남김없이 먹어 치운다. 모리모토는 탐욕스러운 눈으로 하나를 바라본다. 하나는 상관하지 않는다. 이제 모리모토가 하나에게 어떠한 짓을 해도 그것은 새롭지 않을 것이다. 하나는 손가락과 입술을 핥는다. 그리고 모리모토의 손이 외투 안으로 깊숙이 들어가는 것을 뚫어져라 쳐다본다. 마술처럼 강렬한 빨간색 사과가 또 한 개 하나의 눈앞에 나타난다. 하나의 눈이 사과를 따라가고 모리모토가 그것을 깨문다. 입에서 침이 뚝뚝 떨어지는 것을 어쩔 수 없다. 굳이 어쩔 생각도 없다. 하나는 모리모토가 다시 한 번 사과를 입으로 가져가는 것을 지켜본다.

그리고 모리모토에게 다가간다. 모리모토의 입꼬리가 슬며시 위로 올라간다. 하나는 모리모토에게 몸을 기울이며 입술을 사과 근처로 가져가고 모리모토는 사과를 자신의 입술 근처로 가져가며 하나를 유인한다. 하나는 모리모토가 이끄는 대로 제 입술이 모리모토의 입술에 닿게 내버려 둔다. 모리모토가 입을 맞춘다. 모리모토의 혀가 하나의 입안에서 펄떡거린다. 하나는 모리모토가 실컷 하고 싶은 대로 하도록 내버려 두지만 두 눈만은 사과에서 떼지 않는다.

그리고 사과를 향해 손을 뻗는다. 모리모토는 처음에는 사과를 붙잡고 놓지 않는다. 하나는 뻣뻣하게 굳은 채 모리모토가 입을 맞추게 내버려 두지만 깜빡이지 않는 두 눈은 그가 단단히 붙잡고 있는 사과에 고정된 채로 있다. 마침내 입을 뗀 모리모토는 미소를 지으며 사과를 쥔 손을 놓는다. 하나는 등을 돌리고 말을 바라보고 서서 어깨를 웅크린 채 반쯤 남은 사과를 먹어 치운다. 하나가 아삭한 사과의 마지막 한 조각을 삼킬 때 모리모토가 하나의 치마를 들춘다. 하나는 모리모토의 손이 더듬는 동안 말의 검은 갈기에 이마를 기댄다.

모리모토는 하나의 목에 입술을 대고 등에 몸을 붙이더니 하나를 말에 대고 민다. 하나에게 자신의 숨소리와 교차하는 모리모토의 숨소리가 들린다. 하나는 온 사방에 소록소록 떨어지는 빗소리에 귀를 기울인다. 바람이 구름을 밀어내는 소리도 들려온다. 모리모토는 두 팔로 하나를 으깨어 버릴 것처럼 꼭 조여 온다. 하나의 몸이 사라져 버릴 때까지. 그래서 하나가, 살아 있는 하나의 모습을 마지막으로 본 모리모토 자신의 몸속에 단지 기억으로 남을 때까지.

하나의 심장이 가슴속에서 두근거린다. 모리모토의 포옹에 숨이 막히지만 하나의 심장은 모리모토의 팔에 눌린 채로도 힘차게 고동친다. 하나는 벌린 입으로 긴 숨을 들이마신다. 가슴이 부풀며 모리모토의 압박에 저항한다.

갈라지는 구름 사이로 태양의 빛줄기가 새어 나오고 저 멀리 한 조각의 초록을 드러낸다. 모리모토가 마침내 하나를 놓아 주고 하나는 숨을 몰아쉰다. 햇볕을 받아 따뜻하고 신선해진 공기에서 다른 맛이 난다. 어깨의 욱신거림은 하나에게 살아 있다는 사실과 몸이 치유되고 있음을 일깨워 준다. 하나는 죽기 전 마지막으로 보는 얼굴이 모리모토의 얼굴이 되지 않게 하겠다고 스스로에게 맹세한다.

모리모토가 하나를 들어 말에 태운다. 그리고 그 뒤로 올라타더니 하나를 꽉 끌어안아 하나를 경악케 한다. 둘은 한 사람처럼 말을 탄다. 하나는 모리모토의 끊임없는 접촉과 두 사람 간의 밀접한 거리를 애써 모른 척하지만 그가 휘파람을 불기 시작하자 역겨움을 감출 수 없다. 모리모토가 교대를 끝내고 돌아가면서 불던 휘파람, 창살이 달린 창문으로 흘러 들어오곤 하던 익숙한 가락이다. 하나는 모리모토에게서 떨어져 말의 목을 안고 주먹으로 갈기를 꼭 쥔다. 어깨가 저항하지만 하나는 그 자세를 유지한다. 통증이 오히려 반갑다. 통증은 하나의 머릿속으로 비명을 내지르며 역겨운 모리모토의 휘파람 소리를 덮어 준다.

아미

2011년 12월, 서울

소녀의 메아리가 희미해지다 고요 속으로 사라지자 아미는 잠에서 깬다. 아미는 몸을 부르르 떨며 말끔한 방 안을 살핀다. 지척에서 심장 모니터가 삑삑 울리고 있다. 아미는 기계를 향해 손을 뻗다가 손가락 끝에 물려 있는 작은 장치를 발견한다. 장치에 연결된 선은 침대 너머 어딘가로 이어진다. 아미는 반대편 손을 이마에 갖다 대고 천천히 집회의 기억을 되새기기 시작한다. 떠오르는 것은 아미에게 몰려 들던 수많은 낯선 얼굴들. 그리고 느닷없이 튀어나온 낯익은 얼굴에 받은 충격.

기억 속에 우뚝 선 소녀상이 내려다본다. 청동으로 빚은 하나 언니의 얼굴이 태양의 무지갯빛을 반사하여 황금처럼 번쩍인다. 아미는 일어나 앉는다. 심장 모니터가 불규칙하게 삑삑거린다. 방 한 구석 팔걸이의자에 앉은 채로 졸고 있는 아들의

모습이 아미의 눈에 들어온다. 기계음이 느려지며 다시 일정해
지자 아미는 아들의 이름을 부른다.

"깨어나셨네요."

아들이 기침을 한다. 아미는 다가와 침대에 걸터앉는 아들에
게 미소를 보낸다.

"돌아가야겠어."

"돌아가요?"

형택이 아미의 말을 되풀이한다.

"어디로요? 집으로요? 비행기는 못 타세요. 의사 선생님
이……."

아들의 말을 아미가 가로막는다.

"아니, 집회로."

"집회는 끝났어요, 엄마. 병원에 오신 지 벌써 이틀이나 됐
어요."

충격이었다. 아미의 가슴이 철렁 하는 순간 심장 모니터의
소리가 멎는다. 아들이 걱정스럽게 기계를 바라보더니 플라스
틱 화면을 손으로 건드린다. 다행히 소리가 다시 일정해진다.
도로 어머니를 바라보는 아들의 눈에 망설임이 어려 있다. 다
음에 뭐라고 말해야 할지 주저하는 어린 아이 같다.

"엄마, 상태가 별로 안 좋대요. 의사가 그러는데 심장에 충격
이 왔대요. 여기 며칠 더 계셔야 해요. 무엇보다도…… 심장 때
문에요."

아들은 손을 어디 두어야 할지 모르겠다는 듯 아미의 팔을
토닥거린다.

"윤희 데려올게요. 저보다 잘 설명해 드릴 거예요. 커피 사러 갔어요."

아들은 침대에서 일어나 자리를 떠도 될지 조심스럽게 살피는가 싶더니 다시 아미의 팔을 토닥거린다.

"금방 올게요."

아들이 안심시키듯 말하고 숱이 줄어든 백발을 손으로 빗어 넘기면서 문으로 향한다.

문이 살며시 닫히고 아미는 홀로 남는다. 하나 언니. 언니를 다시 봐야 한다. 아들은 이틀이나 되었다고 했다. 소녀상이 아직 거기 있을까? 소녀상이 거기 영구적으로 설치된 것인지 순회 전시용인지 기억이 나지 않았다. 어쨌든 거기 하루쯤은 더 있겠지 싶었지만 서두르지 않으면 안 되는 것은 분명했다. 아미가 제주를 떠나온 순간부터 시간은 아미의 편이 아니었고 병원에서 정신을 차렸다는 점 역시 그런 사실을 다시금 강조하고 있었다.

보건소 의사가 아미에게 심장병이 있으며 몇 달 남지 않았다고 말했을 때 아미는 웃음이 나왔다. 결국 가슴이 찢어져 죽게 되다니. 그러나 마음속 씁쓸함은 결국 절박함으로 변했다. 언니를 다시 한 번 더 찾아 나서야 했다. 정말 찾을 수 있다고 장담은 할 수 없었지만. 그런데 이제 찾은 것이다. 하나 언니가 그곳에서 아미가 오기를 기다리고 있었다.

아미는 다리를 덮은 이불을 걷어 낸다. 맨 다리가 드러난다. 바지가 없이 환자 가운만 입고 있다. 손가락에 물린 장치를 떼어 내자 심장 모니터의 선이 수평이 되면서 경고음을 낸다. 아미는 날카로운 경고음을 멈추려고 손을 뻗어 다급히 이런저런 단추를 눌러 본다. 마침내 어떤 다이얼을 돌리니 잠잠해진다.

아미는 살살 침대에서 내려와 옷을 찾아 두리번거린다. 옷은 병실 안에 있는 화장실 세면대 옆에 가지런히 개켜져 있다. 딸의 솜씨가 분명하다. 아미는 아픈 몸이 허락하는 한에서 재빨리 옷을 입는다. 그런데 핸드백이 어디 가고 없다. 옷장과 서랍, 침대 밑까지 뒤져 보지만 어디에도 없다. 핸드백도 없이 어딜 갈 수는 없는 노릇이다.

아미가 다리를 절며 복도로 나와 간호사들이 있는 접수대로 가는 동안 의료진이 잰걸음으로 아미를 지나쳐 간다. 레인이 대기실에 서서 창밖의 회색 하늘을 물끄러미 바라보고 있다. 또 눈이 내리고 있다. 아미가 레인을 향해 간다.

"어머님, 깨어나셨네요? 여기까지 왜 나오셨어요?"

레인이 당황한 목소리로 말한다.

"내 가방 어디 있어요?"

아미는 아무 일도 없었던 듯 몸이 멀쩡한 것처럼 차분하게 말을 하려고 애쓴다.

"가방이요?"

레인은 마치 말의 의미를 이해하지 못하겠다는 듯 되풀이한다.

"내 백이 있어야 돌아갈 수 있어요."

아미가 설명한다.

"일단 진정하세요, 어머님. 지금 몸이 좋지 않으세요. 여기 앉으세요."

레인이 아미를 부축해 의자에 앉게 한다.

"가방 제가 갖고 있어요. 여기 있어요."

레인이 곁에 있는 의자에 쌓인 코트 더미를 뒤지더니 맨 밑에서 아미의 가방을 찾아 건넨다.

가방을 품에 꼭 안자 비로소 마음이 진정되고 편안해진다. 아미는 레인을 바라보며 어떻게 이해를 시킬 수 있을까 고민한다. 간호사가 지나가자 아미는 건강한 사람처럼 보이려고 허리를 펴고 앉는다. 간호사가 멀어지자 아미가 레인을 향해 몸을 숙인다.

"소녀상을 다시 봐야겠어요. 애들은 이해하지 못하겠지만 혹시 레인은 날 이해해 줄지도 모르겠어요."

레인은 의심스럽다는 표정이지만 그래도 아미를 향해 상체를 숙인다.

"난 시간이 얼마 남지 않았어요."

아미가 고백한다.

"심장병이 있다는 걸 안 지 한참 됐어요."

아미가 레인에게 의미심장한 눈빛을 보내고 레인은 한동안 그 뜻을 이해하지 못하다가 마침내 눈치를 채고 한 손으로 입을 가린다. 아미가 고개를 끄덕인다.

"언제 아셨어요?"

레인이 아미의 팔뚝에 손을 올리며 묻는다.

"그건 상관없어요. 중요한 건 이번 서울 여행이 마지막이라는 거예요."

아미가 털어놓는다.

"그 사람을 찾을 마지막 기회예요."

"상관이 없다뇨!"

레인이 소리를 지르다시피 한다. 그러고는 아미에게서 시선을 뗀 채 윤희를 찾아 두리번거린다.

"말씀하셔야 돼요. 시간이 얼마나 남았는데요?"

레인은 계속해서 아미에게 짤막한 말과 질문을 던지다가 갑자기 입을 다물고 아미의 얼굴을 들여다본다.

"아직 돌아가시면 안 돼요. 아직 안 돼요. 윤희는 아직 어머님이 필요해요."

"윤희는 다 큰 여성이에요. 성공도 했고 안정도 찾았고."

아미가 말한다. 그리고 레인의 어깨에 손을 얹고 덧붙인다.

"게다가 레인이 있잖아요."

레인은 무슨 답을 해야 할지 망설이는 듯 보인다. 아미가 말을 잇는다.

"나는 할 일이 있어서 왔으니 이제 그 일을 해야 해요."

"그 일이 대체 뭔데요?"

레인이 아미의 두 손을 부여잡고 묻는다.

"언니를 다시 만나야 해요."

레인이 말을 잇지 못하고 고개를 돌려 창밖을 바라본다. 회색 빛이 레인의 창백한 피부 위에 흐릿한 그림자를 드리운다.

"윤희는 절대로 이해하지 못할 거예요."

레인이 마침내 입을 뗀다.

"그래요. 그래서 윤희가 막기 전에 가야 해요."

"아니요."

레인이 아미의 손을 놓으며 말한다.

"왜 언니가 있다고 이야기를 하지 않으셨는지 그걸 이해하지 못할 거라구요."

레인이 원망스러운 눈빛으로 아미를 바라본다.

"지난 3년 동안 수요집회에 갈 때마다 윤희와 제게 거짓말을 하셨어요. 언니를 찾고 있다고 말씀을 하셨어야지요."

아미가 매끈한 바닥을 쳐다본다. 아미는 레인이나 아들, 딸과 입씨름을 할 시간이 없다. 병원에 갇히는 게 두렵다. 이곳에서 병세가 심각해진다면 절대로 빠져나가지 못할 것이다.

"언니 일을 숨긴 지 너무 오래돼서 윤희에게 어떻게 사실대로 말해야 할지 그 방법을 몰랐어요. 윤희가 아니고 그 누가 됐든."

"가족에 대해서 과거에 대해서 무슨 얘기를 하셨든 윤희는 이해했을 거예요. 이런 일이라면 특히. 저희가 언니를 찾는 걸 도와드릴 수도 있었을 거예요."

아미가 입을 다문 채 여전히 가방을 꼭 쥐고 있는 두 손을 내려다본다.

"레인의 생각이 틀릴 수도 있어요."

"제 생각이 맞아요. 전 윤희를 잘 알아요."

레인의 희끗희끗한 머리카락은 엉성하게 뒤로 묶여 있다. 잔머리가 부스스 일어나 마치 듬성듬성한 사자의 갈기 같다. 아미는 자신보다 딸에 대해 많이 알고 앞으로는 더욱 많이 알게 될 이 솔직한 사람을 물끄러미 쳐다본다. 아미 자신도 사실이라고 믿고 싶지 않았기에 아이들에게 이모의 이야기를 할 수 없었는지 모른다. 그날 물가에서 침묵을 지킨 탓에 언니가 강제로 성노예가 되고 말았다는 사실을 아미는 믿고 싶지 않았다. 처음에는 죄책감에 사실을 말할 수 없었다. 그러나 비밀을 간직한 채 너무 오랜 세월이 흐르자 사실을 말하기는 불가능해졌다. 어깨가 축 늘어지고 심장에는 묵직한 통증이 느껴진다.

"지금 당장 설명할 시간은 없어요."

아미가 말한다.

"하지만 할게요. 약속해요. 돌아오면 다 설명하겠다고 윤희한테 말해 줘요."

"어머님이 말씀하세요."

레인이 접수대를 가리키며 말한다.

윤희가 혼비백산하여 접수대 뒤에 있는 간호사에게 엄마가 사라졌다고 말하고 있다. 마치 TV에 나오는 광경을 보고 있는 것 같다. 딸의 흥분한 목소리는 한 마디 한 마디 이어질 때마다 점점 더 높아진다. 거기 아들의 퉁명스러운 목소리가 끼어든다. 아미는 당장 떠날 수는 없음을 깨닫는다. 떠나게 해 달라고 아이들을 설득해야 한다. 이제 아미가 허락을 기다리는 아이가 된 것이다.

하나

1943년 여름, 몽골

흔치 않은 비바람이 물러가고 파란 하늘이 마치 머리 위에 걸린 거대하고 잔잔한 호수처럼 지평선 위를 채운다. 말굽이 땅을 밟는 소리가 하나의 귀에는 마치 심장의 박동처럼 들린다. 눈을 감고 숨을 멈추고 있으면 다른 곳에 있는 상상을 할 수 있다. 이틀 밤 혹은 그보다 더 오래 이동하는 동안 말은 속도를 늦추었지만 멈추지는 않았다. 모리모토는 말을 쉬게 하기 위해 말을 타기도 하고 걷기도 한다. 물을 마시기 위해 강가에 멈추기도 했지만 그런 지 벌써 하루가 지났다. 어깨의 통증은 여전히 심하지만 시간의 흐름을 잊게 해준다.

늦은 오후의 태양은 이미 잠들 준비를 하고 있다. 하나는 말 안장에 쓸려 피부가 아린 데다 얼굴이 붓고 두 발이 피투성이라 더욱 괴롭지만 머릿속 안식처로 들어가면 아픔도 잦아든다.

그곳에서는 고통에서 벗어날 수 있다. 하나의 몸이 바닷속에서 미끄러진다. 두 다리는 힘있게 물결을 박차고 나아간다. 한때 가족을 먹여 살리기 위해 의지했던 힘이다. 열 길 푸른 바닷속을 헤엄치던 하나는 말이 코로 숨을 내뿜는 소리에 눈을 뜬다. 지평선에 인가와 움직이는 형체 등이 보인다.

하나는 인가가 가까워질수록 눈을 떼지 못한다. 집은 점점 커진다. 멀리서 볼 때는 작은 타원형의 형태였는데 점점 새로운 모양으로 변한다. 둥근 구조를 돔 형태의 팽팽한 지붕이 덮고 있다. 모리모토가 몽골에 도착했다고 말한다. 더 가까이 다가가자 남자들 한 무리가 손인사를 한다. 합해서 네 명이고 다채로운 외투를 입고 있다. 늑대같이 생긴 개가 짖어 댄다. 그리고 좁은 원을 그리며 빙빙 돈다. 하나는 잠시 후에야 개가 땅에 박힌 말뚝에 매여 있음을 깨닫는다. 말이 지나가자 거대한 개가 으르렁댄다. 한 남자가 몽골어로 뭐라고 외치며 개가 묶인 곳을 향해 풀을 걷어차자 개는 혀를 빼물고 엎드린다. 남자들은 마치 오랜 벗을 맞이하듯 납치범을 맞이한다. 아무도 하나를 올려다보지 않는다. 하나의 또래로 보이는 한 소년은 말의 고삐를 건네받은 뒤 모리모토가 하나를 말에서 내릴 때까지 기다린다. 소년은 말을 끌고 조랑말 몇 마리와 소 한 마리가 갇혀 있는 우리로 간다.

땅에 내려서자 비로소 남자들의 눈길이 하나에게 향하는 것이 느껴진다. 그들은 누더기를 입은 만신창이 소녀의 망가진 팔과 피멍 든 얼굴을 살피고 있다. 모리모토는 하나의 허리에 팔을 두른 채 유목민들의 언어로 이야기를 나누고 있다. 그들은 알겠다는 듯 고개를 끄덕인다. 하나는 모리모토가 자신을 팔아 치우고 있다고 생각한다. 유목민들의 거주지에 머무는 동안 하나를 이용해도 좋다고 허락한 것은 아닌지 더 끔찍한 의심도 한다. 두 발에 두른 피 묻은 가죽을 내려다보며 하나는 수치심과 피로를 느낀다.

대화를 끝낸 모리모토는 하나를 돔 모양의 천막으로 데리고 간다. 하나는 나중에야 이 천막의 명칭이 게르라는 사실을 안다. 두 사람이 다가가자 장막이 늘어진 입구가 열린다. 하나가 안으로 들어가자 한 여자가 맞이한다. 모리모토는 따라 들어가지 않는다. 여자에게 고개를 끄덕여 보이고 하나에게는 말 한마디 않은 채 무거운 장막을 닫는다. 하나는 갑자기 버림을 받은 느낌이 든다. 따귀를 한 대 얻어맞은 느낌이다.

안으로 들어간 하나의 눈에 당장은 몽골 여자밖에 들어오지 않는다. 여자의 불그레한 얼굴에는 세월보다는 햇볕이 만든 주름이 가득하다. 여자의 나이는 하나의 엄마보다 많지 않아 보인다. 여자는 하나의 다친 팔을 어루만지고 하나는 여자의 연한 피부에 깜짝 놀란다. 손가락에는 굳은살도 없고 손바닥 가장자리도 거칠지 않다. 하나는 여자의 몸도 똑같이 부드러울 것이라고 생각한다. 하나는 여자를 따라 게르 깊숙이 들어가 비단 방석에 앉는다. 여자는 하나의 옷을 벗겨 주고 수건으로 하나를 닦아 준다. 얼굴부터 시작해 몸을 닦고 발에서 끝이 난다. 그런 뒤 비단 자수가 놓인 진한 자주색 겉옷을 입힌다. 소매는 손을 덮고 밑단은 무릎보다 훨씬 더 아래로 내려온다.

하나는 자신에게 일어나고 있는 물리적인 상황에 생각을 집중한다. 살에 닿는 여자의 손길, 머리카락을 고르고 있는 뼈로 만든 머리빗. 들리는 소리라고는 여자의 숨소리와 게르를 스쳐 지나가는 바람 소리, 둥근 천막 안의 중심에 놓인 배부른 화로에서 타고 있는 장작 소리가 전부이다. 어둑어둑하고 고요한 실내는 마치 자궁 안에 들어온 듯 따뜻하고 편안해서 하나는 눈을 감는다. 붙잡혀 온 이후 처음으로 안전하다는 생각이 든다. 하나는 이런 안정감을 주는 것이 과연 모리모토의 의도였을지 궁금하다. 그러나 모리모토를 떠올리자마자 고요는 깨질 듯 위태로워진다. 하나는 모리모토의 생각을 밀어내고 지금 이 순간 벌어지는 일들에만 집중한다. 천천히 천막 안의 고요를 기쁘게 받아들인다.

여자가 무언가 말을 하자 차분해졌던 하나가 흠칫 놀란다. 하나는 여자가 하는 낯선 말을 단 한 마디도 알아들을 수 없다. 여자는 하나가 입고 있는 겉옷의 모양과 빛깔이 비슷한 옷을 입고 있다. 하나에게 자신의 옷을 빌려 준 모양이었다. 곱게 빗은 겉옷을 만지며 하나는 고개를 푹 숙여 감사를 나타낸다. 여자가 미소를 짓는다. 여자의 이가 희고 가지런하다. 왼쪽 송곳니만이 살짝 비뚤어져 나와 있는데 하나는 이 작은 흠이 여자를 더욱 아름다워 보이게 만드는 것 같다고 생각한다.

여자는 하나를 놔 두고 불을 돌보기 시작한다. 타는 장작에서 피어 오른 연기는 금속 관을 따라 올라가 게르의 정 중앙 꼭대기에 있는 커다란 구멍으로 빠져나간다. 여자는 한 손으로 입을 가리키며 낯선 말로 뭐라고 말을 한다. 하나는 고개를 끄덕인다. 여자가 게르 한 구석에 있는 작은 제단 옆 커다란 가죽

상자를 연다. 안에는 가죽이나 무명으로 동여매거나 바구니에 담은 음식이 들어 있다. 여자가 하나에게 바구니 하나를 주고 뚜껑을 연다.

안에는 말린 고기로 보이는 것이 들어 있고 하나는 다시 한 번 감사의 표시로 고개를 푹 숙여 인사를 한다. 그리고 굉장한 허기를 느끼며 고기 조각을 먹어 치운다. 짭짤한 맛에 혀가 간질거린다. 여자가 발효시키지 않은 커다란 빵 덩어리에서 빵 몇 조각을 뜯어 하나의 바구니에 넣어 주는 동안 하나의 시선은 줄곧 여자에게 머문다. 여자는 이내 고개를 끄덕이더니 일어선다. 부드러운 가죽 장화를 신은 여자는 두껍게 짠 양털과 가죽으로 만든 장막 사이로 사라진다.

빵 한 조각을 집어든 하나는 여자의 뒤를 따라 장막 앞까지 가서 머뭇거린다. 그리고 빵을 입에 넣은 뒤 바깥의 남자들을 가리고 있는 장막에 손을 올린다. 개가 짖는 소리와 남자의 웃음소리, 바람 소리가 들린다. 좀 더 먼 곳에서 말이 콧바람을 내뿜는 소리도 들린다. 하나는 이 모든 소리가 바깥 어디서 오는지 분명히 감지할 수 있다. 장막을 열고 밖으로 빠져나가고 싶은 생각에 손가락이 찌릿찌릿하다.

짧은 시간이 흐르고 아무도 게르 안으로 들어오지 않는다. 하나는 여전히 장막 옆에 서서 호기심과 싸우고 있다. 그러다 마침내 몸을 돌려 비단 방석으로 되돌아가 앉는다. 그리고 말린 고기를 먹는다. 작은 음식 바구니를 비우자 여자가 돌아온다. 여자가 들어오면서 걷어올린 장막 사이로 바깥이 언뜻 내다보인다. 하나를 여기로 데려다준 검은 말이 세모난 틈새로 보인다. 모리모토가 안장에 앉아 있다. 모리모토의 눈이 하나의 눈과 마주치는 순간 장막이 닫히고 하나는 다시 여자와 단둘이 빛과 그림자로 이루어진 따뜻한 원 안에 들어와 있다.

살갗 위로 따끔따끔한 느낌이 춤을 추는가 싶더니 곧 귀가 화끈거려 온다. 모리모토는 하나를 팔아 치운 것이 분명하다. 하나는 겁을 먹어야 할지 안심을 해야 할지 잘 모르겠다. 그래도 여자는 상냥해서 다행이다. 여자의 부드럽고 친절한 손길에 하나는 희망을 갖는다. 여기 이 몽골 사람들에게 하나가 고향에서 납치되어 왔다는 사실을 이해시키면 하나를 풀어 줄지도 모른다.

여자가 하나에게 물을 한 그릇 가져다 준다. 차가운 액체는 하나의 목구멍으로 흘러 들어가 배를 채우고 그 안에 든 짠 고기를 불린다. 하나는 몇 달 만에 처음으로 배가 부른 느낌을 받는다. 빠르게 멀어지는 말발굽 소리에 마음이 놓인다. 하나는 모리모토가 들판을 가로질러 영영 사라지는 모습을 상상한다.

눈꺼풀이 무거워진다. 다친 어깨가 여전히 욱신거리지만 하나는 자리에 누워 다시는 깨지 않을 잠을 자고 싶다. 하나의 마음을 읽었는지 여자가 털가죽을 가져와 깔더니 누우라고 손짓한다. 위안소의 휑한 방에 갇힌 채 여러 밤을, 그리고 말 위에서 사흘 밤 이상을 보낸 하나에게 비단결 같은 털은 사치스럽게 느껴진다. 하나는 털을 쓰다듬으며 그 부드러움 속으로 빠져든다. 여자가 손으로 짠 담요를 덮어 주고, 하나는 스르르 감기는 눈을 어찌할 수가 없다. 여자는 멀지 않은 곳에서 콧노래를 부르며 털실을 만지작거린다. 여자가 움직일 때마다 사각거리는 겉옷 소리가 하나에게 자장가가 되어 준다.

꿈속에서 하나는 해안에 불거져 나온 검은 바위들로 에워싸인 따뜻한 물웅덩이에 떠 있다. 물은 얕고 오후의 태양이 녹아든 온기는 하나의 팔다리를 오르내린다. 볼에도 온기가 느껴지고 머리 위에서는 지저귀는 바닷새 소리도 들려온다. 근처 어딘가에서 강치가 짖는 소리도 들린다. 하나는 눈을 뜨고 엄마를 찾아야 할 것 같다. 꼭 그래야만 할 것 같다. 그러나 아무리 애를 써도 눈은 풀칠한 듯 꼭 감겨 떠지지 않고 하나는 작열하는 태양 아래 어떤 어둠 속에 둥둥 떠 있다.

*

하나는 한밤중에 잠에서 깬다. 잠든 몽골인들의 깊은 숨소리가 뜨거운 공기를 채운다. 화로의 타다 남은 붉은 장작이 만드는 어스름한 빛에 하나의 눈이 적응한다. 온화한 가을밤이지만 몽골인들은 아주 작은 불씨만은 살려 두었다. 하나는 천천히 고개를 들어 근처에 잠든 세 사람의 형체를 확인한다.

바로 옆자리에는 여자가 잠들어 있다. 여자의 왼쪽에 있는 커다란 언덕 같은 형체는 어둠 속에 깊이 들어가 있어 얼굴은 알 수 없지만 크기로 보아 남자가 분명하다. 그 언덕 뒤에 있는 작은 형체는 여자에 비해 그다지 크지 않다. 하나가 도착했을 때 말을 데려갔던 그 소년이 분명하다. 다른 몽골 남자 두 명은 보이지 않는다. 하나는 마음을 놓으며 도로 자리에 누워 담요 속으로 더 깊이 파고든다.

그러나 달아난 잠은 오지 않고 하나는 주변의 소리에 귀를 기울인다. 그르렁거리며 끝을 맺는 남자의 요란한 들숨. 부드러운 탄식으로 끝나는 여자의 조용한 날숨. 그리고 악몽을 헤쳐 가는 듯한 소년의 끊임없는 뒤척거림. 바깥의 바람은 잦아들었고 개도 잠든 듯하지만 조랑말들은 때때로 발을 구른다. 말발굽이 땅을 딛는 소리는 이곳으로의 여정을 떠올리게 만든다. 모리모토는 어디로 간 걸까? 그리고 해가 뜨면 무슨 일이 벌어질까? 하나는 궁금해진다.

언니, 돌아와……. 동생의 소리가 지척에서, 바로 바깥에서 들리는 듯하다. 하나는 자리에서 일어나 앉아 재차 귀를 기울이지만 코고는 소리와 숨소리, 가끔 탁탁거리는 장작 소리 외에는 아무것도 들리지 않는다. 목소리가 진짜는 아닐지, 어디서 왔는지 궁금한 하나는 밖으로 나가 살펴봐야 할지 한참을 고민한다. 도로 자리에 누우려는 찰나 게르 상공에서 부엉이가 울고 하나는 입구로 기어가 바깥으로 빠져나간다.

게르 위의 별들이 밤하늘을 밝히고 있어 바깥이 안보다 더 환하다. 수천 개의 흰 바늘구멍이 검은 창공을 향해 빛을 쏘아 보내고 하나는 무릎을 꿇는다. 몽골 여자가 하나에게 선사한 평화로운 순간들이 지나고 편안히 잠까지 자고 나니 밤의 아름다움이 하나를 압도한다. 하나는 별이 촘촘한 하늘을 동그랗게 뜬 눈으로 마냥 바라볼 뿐이다.

근처에서 개가 으르렁대는 소리가 생각에 잠긴 하나를 깨운다. 하나는 개의 낮은 울음이 들려오는 방향으로 고개를 돌린다. 멀지 않은 곳에서 작은 둔덕 같은 형체가 움직인다. 잡종으로 보이는 개가 일어선 것 같다. 밋밋한 들판을 비추는 은은한 별빛 위로 우뚝 선 개의 그림자가 드리운다. 개는 거의 들리지 않는 소리로 다시 한 번 으르렁거리며 경고를 보낸다. 하나는 별빛으로 환한 하늘에 마지막으로 눈길을 던지고 게르 안으로 몸을 숙여 들어간다. 털가죽이 깔린 잠자리로 기어간 하나는 부드러운 담요를 끌어올린다. 여자가 곁에서 뒤척이고 남자는 더 이상 코를 골지 않는다. 소년은 조용하다. 다들 깨어 있지만 아무 말도 하지 않고 있다. 긴 침묵이 이어진 뒤 게르는 다시 평온한 분위기를 되찾고, 사방을 붉은 빛으로 밝히고 있는 화로의 장작은 때때로 타는 소리를 낸다. 하나는 밤하늘에 밝게 빛나고 있던 별들을 생각에서 지울 수가 없다. 게르의 천장 한 가운데 난 연기 구멍으로 시선을 돌리자 하얀 눈 하나, 혹은 둘이 하나를 내려다본다.

*

몽골 여자가 하나의 손을 지그시 누르며 잠을 깨운다. 하나는 어느 틈에 콩닥거리기 시작한 심장을 안고 벌떡 일어나 앉는다. 여자가 미소를 짓더니 하나의 뺨을 부드럽게 매만졌다. 그리고 하나에게 부드러운 가죽 장화를 건네주며 신으라고 손짓한다. 이어서 장막을 열어 밖으로 데리고 나간다.

바깥에서는 태양이 곧은 지평선 위로 겨우 모습을 드러내기 시작했다. 짙은 자줏빛 하늘에 별은 보이지 않는다. 하나가 천막에서 나오자 개가 으르렁대지만 여자가 손짓 하나로 입을 다물게 만든다. 개는 꼬리를 바닥에 파닥이며 엎드린다. 말뚝에 묶인 개는 밧줄의 길이만큼 천막 가까이 오지 못한다. 여자가 일부러 과장된 몸짓으로 하나를 포옹한다. 그러고는 하나의 손을 잡고 개가 기다리고 있는 곳으로 간다. 여자의 의도를 눈치챈 하나는 자기도 모르게 뒷걸음질을 친다. 그러나 여자는 커다란 미소를 띤 얼굴로 곁눈질을 하며 고개를 젓는다. 하나는 할 수 없이 여자를 따른다.

개에게 다가가던 여자는 조용히 말을 건넨다. 개도 대답을 한다. 여자는 말로, 개는 낑낑대거나 작게 짖으며 마치 대화를 나누는 듯하다. 손이 닿는 거리에 이르자 개가 낮은 소리로 으르렁댄다. 전날 밤 하나에게 보냈던 경고와 똑같다. 하나는 주춤하지만 여자는 포기하지 않고 하나의 손을 개의 콧잔등 근처로 가져간다. 하나는 개에게서 눈을 떼지 않는다. 개가 손을 확 물고 팔을 통째로 뜯어 갈 것 같다.

개의 부드러운 잿빛 털은 마치 화가 난 고양이의 털처럼 곤두서 있다. 개는 하나의 손을 킁킁대더니 하나의 낯선 냄새에 거부 반응을 보이는 듯 연이어 세 차례 재채기를 한다. 여자가 개에게 뭐라고 말한다. 개는 길고 구슬픈 울음소리를 낸다. 하나는 이 잡종 개가 정말 늑대의 후손인가 싶다. 개는 노란 눈으로 하나를 쏘아보면서도 코를 낮추고 고개를 숙인다.

여자가 하나의 손을 놓고 자신을 따라 개를 쓰다듬으라고 손짓한다. 여자는 개의 빽빽한 털을 손가락으로 빗으며 부드럽고 신기한 말들을 속삭인다. 하나는 개의 머리에 손을 댈 준비를 하고 천천히 몸을 기울인다. 이마의 털끝만 스치듯 건드린다면 개가 달려들어도 손가락을 물리기 전에 재빨리 피할 수 있을 것만 같았다.

손가락 끝에 개의 털이 닿기까지 아주 오랜 시간이 걸린 것만 같다. 하나는 손을 멈추고 개가 싫든 좋든 반응을 보이기를 기다렸지만 아무 반응도 보이지 않자 머리에서 목덜미까지 죽 쓰다듬어 본다. 한 번 더 과감하게 쓰다듬자 개는 이가 빽빽한 입을 열고 한쪽으로 혀를 빼문 뒤 발라당 자빠져 부드러운 배를 내놓는다. 여자는 하나에게 계속 쓰다듬으라고 손짓한다. 하나는 보드라운 솜털의 느낌과 하나 자신의 팔다리로 퍼져 나가는 순수한 기쁨을 즐기며 한동안 개를 쓰다듬는다. 그리고 어느새 자기도 모르게 개에게 말을 건넨다.

"넌 정말 아름다운 짐승이구나."

하나가 배를 살며시 긁으며 말한다.

"우리가 친구가 된 이 순간을 부디 기억해 주렴."

두 사람은 개와 한동안 시간을 보낸다. 그러나 개가 하나의 손을 핥기 시작하자 여자는 하나에게 일어나라고 손짓한다. 소개가 성공적으로 끝났으니 이제 다음 일을 해야 할 차례이다. 여자를 따라 게르 뒤편으로 걸어가던 하나는 주춤한 채로 눈앞에 펼쳐진 광경에 놀라움을 금치 못한다. 넓게 펼쳐진 구릉 너머 푸른 산이 아침 하늘로 우뚝 솟아 있다. 장엄한 풍경에 숨이 막힐 지경이다. 여자는 하나를 작은 우리로 데려간다. 하나는 어떻게 그 전날 이 풍경을 보지 못했는지 신기할 따름이다.

두 사람이 문을 열고 우리 안으로 들어가자 털이 무성하고 젖이 늘어진 암소가 고개를 든다. 땅딸막하고 색이 다양한 조랑말 네 마리는 얌전하지만 경계하는 눈으로 두 사람을 맞이한다. 우리 뒤쪽에는 좀 더 자그마한 게르가 있고 등에 혹이 두 개씩 달린 낙타 두 마리가 문틀 옆 말뚝에 묶여 있다. 다른 두 남자가 그 안에 자고 있을 거라고 하나는 추측한다. 가족이 아닐 수도 있겠다고 생각하면서 하나는 여자가 내민 우유통을 받아 든다. 철제로 된 우유통을 든 두 사람은 소를 우리 한 구석으로 몰아붙인다.

소는 큰 소리로 음매 하고 울지만 젖을 짜는 두 사람을 밀어내지는 않는다. 하나는 위안소에서 도망친 뒤 다친 소의 뒷다리를 훔친 기억이 떠올라 잊으려고 애를 쓴다. 대신 무릎을 꿇고 젖을 짜는 여자에 정신을 집중한다. 우유통이 거의 다 찼을 때 여자가 일어나서 하나에게 한 번 해보라고 손짓한다.

하나는 여자가 했듯 공손히 앉아서 소젖 아래 우유통을 놓고 젖을 쥐어 본다. 어깨가 따끔거리지만 무시한다. 처음 몇 번은 짜도 아무것도 나오지 않는다. 여자가 방법을 알려 준다. 좀 더 위쪽을 부드럽게 눌러 살며시 아래로 끌어내리면 젖이 뿜어져 나온다. 하나가 몇 차례 젖을 짜는 데 성공하자 여자는 자신이 짠 우유통을 들고 우리를 나가 게르로 향한다. 이제 하나는 홀로 우유를 짜야 한다.

처음에는 젖을 짜도 아무것도 나오지 않아 우유가 이제 없는가 보다 싶었는데 다른 젖을 짜니 또 우유가 나왔다. 우유통은 느리지만 분명하게 차오르고 있다. 무거운 우유통을 들어 올리기 전에 하나는 먼저 이마의 땀을 닦는다. 아픈 어깨가 열기에 욱신거리며 협조를 거부한다. 하나는 밝아 오는 풍경을 바라보며 어깨를 주무른다. 넘실거리는 푸른 언덕이 하나의 주의를 끈다. 부푼 구름이 머리 위로 지나가자 평평한 초원 위로 짙은 그림자가 게으르게 흘러간다. 바다라고 해도 믿을 것 같다. 하나는 머릿속에 남해를 그려 본다.

느닷없이 불어온 바람에 머리카락이 눈앞을 가린다. 머리카락을 귀 뒤로 넘기던 하나는 오른쪽에서 움직임을 포착한다. 암소도 한 걸음 물러나고 하나는 몸을 돌린다. 개가 달려들어 목덜미를 물어뜯을지 모른다는 생각에 하나의 가슴이 뛰기 시작한다. 그런데 알고 보니 울타리에 기대어 팔짱을 끼고 그 위에 턱을 괸 채 하나를 향해 웃고 있는 사람이었다. 다름 아닌 그 소년이다.

전날 말을 데리고 갔던 그 소년이자 게르 안에서 여자 건너편에 잠들어 있던 소년이다. 하나는 재빨리 몸을 돌려 일어나면서 신속한 동작으로 우유통을 들어 올린다. 두 손을 다 써야 하지만 용케 넘어지지 않고 우리를 나와 게르로 향한다. 힘을 받은 어깨가 성을 내지만 하나는 티내지 않는다.

그런데 갑자기 소년이 곁에 나타나 우유통을 하나의 손에서 빼앗으려고 한다. 하나는 걸음을 멈추고 손잡이를 반대쪽으로 홱 움직인다. 가장자리로 우유가 넘쳐 바닥에 쏟아진다. 소년은 다시 한 번 우유통을 향해 손을 뻗지만 하나는 소년의 손이 닿지 않게 한 걸음 더 뒤로 물러난다. 소년이 흥미진진하다는 듯 하나에게 미소를 짓더니 뒷짐을 진다. 하나는 조심스럽게 소년을 에둘러 게르 방향으로 가던 길을 간다.

소년은 호기심 많은 강아지처럼 하나를 따라간다. 하나가 당황하지 않도록 충분한 거리를 둔다. 하나는 소년이 뒤에서 덮치지나 않을까 딱 한 번 돌아볼 뿐이다. 게르에 다다른 하나는 소년을 무시한 채 장막 안으로 몸을 숙여 들어간다. 소년은 따라 들어오지 않는다. 하나는 여자의 손짓에 따라 문가에 있는 단지에 간신히 우유를 따른다. 그제야 소년이 안으로 들어와 말아 둔 잠자리 옆에 앉는다. 여자는 두 사람을 지켜보는 소년의 눈길을 알아채고 꾸중을 한다. 소년은 재빨리 게르 밖으로 나가지만 그 전에 하나와 잠시 눈을 맞춘다. 소년의 엉뚱한 행동에 하나는 긴장을 풀 수가 없다. 다른 남자들은 아직 보이지 않지만 이 소년은 꽤 어리기는 해도 하나를 혼자서 차지하려고 애쓰는 것 같다.

온종일 하나는 여자의 곁을 떠나지 않으려고 신경을 쓰며 효심이 지극한 아이처럼 여자를 따라다닌다. 하루 일과는 간단하다. 게르 동쪽의 첫 언덕 너머에 있는 냇물에서 깨끗한 물을 길어 온다. 조랑말과 소, 낙타에게 먹이를 준다. 버터나 치즈, 발효 음료로 만들 신선한 우유를 젓는다. 신발이나 옷, 천막 일부를 고친다. 낮은 금세 저녁이 되고 다가오는 어둠은 하나를 초조하게 한다.

남자들은 큰 게르 안에 모여 있다. 막 저녁 식사가 끝났고 접시는 깨끗하게 닦였다. 남자들은 발효된 우유를 즐기며 화로에 둘러앉아 노래를 시작한다. 남자들의 웃음소리가 조용한 공기 속에서 흥겨운 분위기를 자아내지만 하나의 마음은 무겁다.

하나는 밤의 어둠 속에 숨어 게르 밖을 서성이다 문 근처에 매인 조랑말을 쓰다듬는다. 말은 곧 떠날 여행에 대비해서 거기 묶여 있는 듯 보인다. 다 큰 말인데도 보통 망아지와 크기가 비슷하다. 고향 섬에 있을 때 먼 발치에서 보았던 품종이 떠오른다. 제주 말은 제주 사람들이 매우 아끼는 말이고 하나는 고향을 생각나게 하는 이 말에게 금방 정이 든다. 하나는 점심 때 먹지 않고 남겨 둔 배 몇 조각을 손바닥에 놓는다. 조랑말은 말랑한 코로 하나의 손을 가볍게 건드리는가 싶더니 입술로 배 한 조각을 집어 든다. 말이 배의 과육을 씹어 부수는 소리는 고향 집 처마 밑에서 흔들리던 나무 풍경 소리와 닮았다. 갑자기 파도 같은 향수가 온몸을 타고 흐른다.

조랑말의 부드러운 털을 쓰다듬던 하나의 손은 특이한 나무 안장 위에서 멈추어 선다. 군인들의 흑마와 달리 이 몽골 말은 큰 어려움 없이 올라탈 수 있다. 한 번만 펄쩍 뛰면 걸터 탈 수 있는 높이이다. 하나의 손은 안장머리의 뿔에 가 닿는다. 하나는 손때 묻은 나무의 감촉을 느끼면서 뿔을 꼭 쥐어 본다. 마음만 먹으면 말을 타고 어둠 속으로 떠날 수도 있다. 어두워서 쫓아오기도 힘들 것이다.

뒤에서 개가 낑낑거리는 소리가 들리고 하나가 몸을 돌린다. 누군가가 몸을 숙여 개의 머리를 쓰다듬는다. 소년이다. 다시 조랑말 쪽으로 돌아선 하나는 두 손을 양 옆으로 내린다. 소년이 하나의 의도를 눈치 챘을까? 소년의 가죽 장화가 듬성듬성한 풀을 밟으며 다가오는 소리가 들린다. 뒤로 소년의 인기척이 느껴지자 하나는 몸을 돌린다.

하나는 게르의 입구로 시선을 보내며 안에 있는 남자들의 소리에 귀 기울인다. 장막은 시원한 밤공기가 통하도록 밧줄로 일부 열어 두었다. 후두음이 짙은 노랫소리가 하나에게 떠내려온다. 세모난 입구로 새어 나온 불빛이 소년의 얼굴을 비춘다. 소년은 웃고 있지 않다. 걱정스럽거나 어쩌면 초조해 보인다. 소년은 하나에게 게르로 들어가라고 손짓한다. 입구를 살피던 하나는 조랑말을 타고 사라지지 않은 것을 후회한다. 게르 안으로 향하는 하나의 발걸음이 천근 같다. 젖은 모래를 헤치고 걷는 듯하다. 영겁같이 느껴지는 시간이 지나고 하나는 마침내 장막 아래로 몸을 숙여 넓은 천장 아래 펼쳐진 빛과 온기의 동그라미 속으로 들어간다.

게르 안에는 화로 주위로 비단 방석이 동그랗게 놓여 있다. 둥근 공간의 가장 안쪽에 앉은 여자가 하나에게 곁에 있는 방석에 와 앉으라고 손짓한다. 앉아 있는 남자들 주위로 하나는 뒤꿈치를 들고 살금살금 움직인다. 남자들은 아랑곳하지 않고 노래를 계속한다. 여자는 하나를 뒤따라 들어오는 소년에게 눈길을 보낸다. 입구와 가까운 방석에 털썩 주저앉은 소년은 화로에 가려 하나가 앉은 곳에서는 잘 보이지 않는다. 남자들과 어울려 노래를 부르고 박수를 치며 좌우로 몸을 흔드는 소년의 감청색 겉옷이 불빛에 빛난다. 이따금 소년의 행복한 감정이 얼굴에 드러난다.

하나는 함께 노래하지 않는다. 대신 주변을 살피며 하나를 손에 넣은 새로운 사람들의 낯선 노래에 귀를 기울인다. 남자들은 발효된 음료로 잔을 채우고 또 채우면서 점점 더 취해 간다. 서로의 무릎을 치며 놀다가 여자를 향해 웃음을 터뜨리거나 미소를 짓는다. 여자는 남자들의 잔이 비면 채워 준다. 타다 남은 화롯불마저 꺼지려고 할 때쯤 하나는 피할 수 없는 공격에 대비해 마음의 준비를 한다. 남자들이 술을 먹으며 즐거운 시간을 보낸 뒤에 어떤 일이 벌어지는지 하나는 겪어서 알고 있었다. 하나는 두 손바닥을 모아 무릎에 놓고 뻣뻣한 자세로 앉아 있다. 노래를 부르는 사람들과 같이 몸을 흔들지도 않는다. 입술에는 어떤 웃음기도 없다. 새 옷이 찢겨 나가고 이국 남자들의 지독한 냄새가 하나의 머릿속에 영원히 새겨질 순간을 날카로운 눈빛으로 기다린다. 그것이 하나의 용도, 모리모토가 하나를 이곳으로 데려온 진짜 이유임이 분명하다.

조랑말은 여전히 문밖에 매여 있다. 남자들은 술에 취해 있다. 소변을 보러 갈 것처럼 일어나서 조용히 그들을 지나쳐 나갈 수 있을 것 같다. 일단 밖으로 나가면 조용히 조랑말을 데리고 좀 떨어진 데로 가서 사람들이 눈치 채기 전에 말을 타고 어둠 속으로 사라질 수 있다. 그러나 때마침 소년이 하나의 눈에 들어온다. 소년은 술에 취하지 않았다. 그리고 하나를 유심히 살피고 있다. 소년이라면 말발굽 소리를 눈치 챌 것이다. 하나를 붙잡을 것이다.

마지막 남은 장작을 태우던 주황색 불길이 스러지고 은은한 붉은 빛만이 남았다. 사람들의 얼굴은 이제 어둠에 가려지고 차분해진 무리 위로 침묵이 짙은 안개처럼 내려앉는다. 돌연 노래가 멈추고 누군가의 손이 하나를 건드린다. 몸을 움츠려 봐야 소용없다. 이제 시작이구나. 하나가 생각한다. 그러나 손은 하나를 일으켜 세운 뒤 남자들의 반대편으로 데리고 간다. 남자들은 하나 둘 일어서기 시작한다. 여자는 바닥에 두꺼운 털가죽을 놓고 하나는 그 위에 누워 기다린다. 남자들은 놀랍게도 게르 밖으로 나간다. 남자들의 목소리가 천막 안으로 흘러 들어온다. 하나는 귀를 쫑긋 세운다. 어떤 남자가 먼저 들어올 것이며 어떻게 순서를 결정할지 하나는 알 수 없다.

조랑말이 콧방귀를 뀐다. 누군가의 손에 이끌려 터벅터벅 흙을 디디는 말발굽 소리가 점점 멀어지다가 곧 빠른 질주로 바뀌더니 사라진다. 한 남자는 도로 게르 안으로 들어온다. 남자의 발소리는 가만히 하나가 누운 곳을 지나 여자에게로 간다. 남자가 무릎을 꿇자 솜이 두툼하게 들어가 뻣뻣한 그의 비단 외투가 서걱거린다. 남자는 옷을 벗고 여자 옆에 눕는다. 여자의 입에서 희미한 중얼거림이 들리고 하나는 더 이상 귀 기울이지 않는다.

남자와 여자가 내는 익숙한 소리에 하나는 부모님 생각이 난다. 하나는 고향 집에서 동생과 나란히 누워 잠들기 직전 엄마가 아버지와 조용히 사랑을 나누는 소리를 들은 적이 있다. 붙잡혀 오기 전에는 어둠의 장막 아래서 두 사람 사이에 무슨 일이 있는지 하나는 알지 못했다. 하나는 남자와 여자 사이의 합의된 욕망, 어쩌면 사랑일 수도 있는 그 행위를 엿듣지 않으려고 애쓴다. 하나의 엄마와 아버지도 이렇게 사랑을 했었다. 소년도 말이 없지만 아직 잠든 것은 아니라고 하나는 생각한다. 남자와 여자는 곧 조용해지고 게르 안의 어둠을 코고는 소리가 채운다. 하나는 눈을 감는다. 잠이 오지 않는다. 모리모토는 영영 하나를 두고 떠났는지 다시 돌아올 작정인지 궁금한 마음이 사라지지 않는다.

아미

2011년 12월, 서울

좁은 병실 안 침대 끝에 걸터앉은 아미는 자녀들을 둘러앉혀 놓고 어릴 때 납치된 언니의 이야기를 들려준다. 언니가 바다에서 솟구쳐 나와 아미를 바위가 많은 벼랑 아래 숨긴 이야기를 들려준다. 아미는 쉬지 않고 이야기를 풀어 낸다. 멈추어 생각을 가다듬지도 않는다. 이야기가 끝나자 침묵이 뒤따른다.

윤희만이 눈물을 닦을 때마다 조용히 코를 훌쩍이며 침묵을 깬다.

아들이 먼저 말을 꺼낸다.

"그 오랜 세월 동안 우리는 엄마가 외동딸인 줄 알았어요."

"알아, 미안하다."

아들은 숨도 쉬지 않고 말을 잇는다.

"이제 와서 살아 있을지도 모르는 언니가 있다고요? 그 언니를 찾아서 집회에 나갔다고요? 아니, 우리가 이걸 어떻게 받아들여요?"

"진정하세요."

레인이 부드러운 어조로 타이른다.

"어머님 지금 편찮으시잖아요."

"왜 지금까지 저희한테 아무 말씀도 안 하셨어요?"

아들은 경멸이 짙게 깔린 물음을 던진다. 아들의 분노에 병실이 달아오른다. 아미는 아들의 불같은 성질을 잊고 있었다. 형택은 먼저 분노를 표현하고 한참 후에 생각과 이해가 이어지는 성격이다. 아미는 아들의 말에 답하기 전에 아들이 진정되기를 기다린다. 뻣뻣한 침묵이 작은 병실을 가득 채운다. 딸은 몇 번 더 훌쩍이더니 휴지에 코를 푼다. 레인은 윤희의 어깨에 올린 팔을 단 한 번도 내리지 않는다. 아미는 마침내 아들에게 답한다.

"너희에게 내 수치심이 짐이 되는 걸 원치 않았다."

"수치라니요?"

윤희가 갑자기 목소리를 되찾아 말한다.

"엄마, 엄마는 수치스러운 일 하나도 한 거 없어요."

윤희가 엄마의 손을 붙잡아 안정시킨다.

아들은 아무 말도 하지 않지만 분노를 감추지도 못한다. 양 귓바퀴가 새빨갛게 달아올라 있다.

"너희는 이해할 수 없다는 거 알아."

아미가 나지막이 말한다.

"엄마, 이해하고 싶어요. 이해할 수 있게 도와주세요."

윤희가 속삭인다.

아미는 고개를 들 수가 없다. 흰 이불 위에 찍힌 작고 노란 꽃무늬만 바라볼 뿐이다. 아미는 다 똑같이 생긴 작은 꽃송이들을 쓰다듬는다. 그러나 그 꽃이 노란 국화를 닮았다는 데 생각이 미치자 화들짝 손을 거둔다. 흰 배경 위의 꽃은 무수한 점으로 흐릿해지고 아미는 눈물을 닦아 낸다. 아미는 간신히 말을 잇는다.

"수치스러운 일을 했지."

아미가 말한다. 한 마디 한 마디 꺼낼 때마다 고통은 점점 더 심해진다. 가슴이 아려 온다.

"수치스러운 일을 한 건…… 일본이죠."

윤희가 낯설고 카랑카랑한 목소리로 말한다. 아미가 들어본 적 없는 딸의 목소리이다.

"그 사람들이 자기들이 저지른 일에 대해 수치스러워야 한다구요. 엄마가 아니라."

아미는 떨리는 손등으로 눈을 닦고는 고개를 뒤로 젖히고 눈을 질끈 감는다. 그러고는 가슴속 가장 깊고 어두운 비밀을 털어놓는다. 자신에게도, 상상으로도 고백해 본 적 없는 비밀을.

"그날 바위 아래 숨어서 그놈들이 나 대신 언니를 데려가게 내버려 뒀어. 언니는 나를 살리려고 자길 희생한 거야. 난 지켜보기만 했고. 그래서 너희들한테 이야기할 수 없었지. 누구한테도. 내가 겁쟁이였던 게 얼마나 부끄러웠는지."

아미가 두 손에 머리를 묻고 어깨를 움츠린다. 몸을 작게 접으면 사라져 버릴 수 있을까. 그날 아미의 몸에 흘렀던 공포가 고개를 들더니 다시 아미의 팔다리로 퍼진다. 바위 밑에서 떨었던 그 순간으로 되돌아간 느낌이다. 하나 언니가 군인에게 당당하게 대꾸하는 소리가 아미의 귀에도 들렸다. 언니는 일본 군에게 거짓말을 했고 군인이 두 명 더 나타나 언니를 끌고 갔다. 군인들이 언니를 이끌고 물가에서 멀어져 도로로 갈수록 목소리는 점점 작아졌다. 몸을 일으켜 바위 위로 훔쳐보았다고 해도 그들의 눈에 띄지 않았을 테지만 아미는 너무 무서웠다. 아미는 엄마가 곁으로 달려오기 전까지 바위 아래 가만히 엎드리고만 있었다.

"다쳤어? 너 왜 그러고 있어?"

다급한 엄마의 목소리도 공포에 질려 망연자실한 아미를 깨우지 못했다.

"아미야?"

엄마의 목소리가 점점 더 다급해졌다.

아미는 갑자기 울음을 터뜨렸다. 가슴을 쥐어짠 통곡이었다. 엄마의 걱정은 심한 불안으로 변했다.

"아미야, 언니 어디 갔어?"

"끌려갔어."

아미가 딸꾹질을 하며 울먹였다.

"누구한테?"

"군인들."

아미는 공포에 질린 엄마의 얼굴을 상세하게 기억한다. 엄마의 눈은 동그랗게 커지더니 검은 먹물병처럼 변했고 그 먹물은 마치 아미의 눈으로 쏟아질 것 같았다. 엄마의 입가는 토라진 아이의 입처럼 아래로 처졌고 입술은 떨리기 시작했다. 엄마는 곧 몹시 서럽게 목을 놓아 울기 시작했는데 바람도 실어 가지 못하는 애달픈 소리였다. 어린 아미가 수치심으로 가득 차오른 순간이 바로 그때였다. 엄마의 물질 동료이자 자랑스러운 맏딸이었던 언니가 일본군에게 끌려가는 동안 손을 쓰기는커녕 해초가 널린 모래밭에 숨어 있었다는 사실에서 오는 수치심이었다.

"언니가 엄마를 살린 거네요."

두 손에 감싸쥔 아미의 얼굴을 살며시 밀어 올리며 윤희가 말했다. 그리고 엄마의 볼을 쓰다듬으며 말을 이었다.

"정말 감사한 일이에요. 엄마 언니한테, 우리 이모한테 정말 감사한 일이에요. 그자들한테 끌려가는 대신 엄마를 살리기로 선택한 거예요. 언니로서 할 일을 했고 우리가 그걸 잊지 말아야 하는 건 맞아요. 하지만 엄마가 죄책감을 가질 필요는 없어요. 언니라면 동생이 그러길 바라겠어요?"

아미는 딸이 주는 손쉬운 면죄부가 탐탁지 않다. 하나 언니가 끌려간 다음날 아침이 떠오른다. 아미는 느릿느릿 자리에서 일어나 졸음이 남은 눈을 비비며 언니를 깨우러 고개를 돌렸다. 처음에는 빈 자리를 보고 혼란스러웠지만 곧바로 기억이 났다.

"언니! 언니 어딨어!"

아미가 자꾸 언니를 부르자 엄마가 방으로 뛰어들어와 두 팔로 아미를 꼭 안아 주었다. 엄마는 아미를 앞뒤로 흔들면서 아미가 조용해질 때까지 보듬어 주었다.

두 사람은 한참을 그렇게 포옹한 채 슬픔을 나누며 몸을 흔들었다. 아미가 엄마의 얼굴을 올려다보니 소리 없는 눈물이 엄마의 부드러운 볼을 타고 흐르고 있었다.

"울지 마, 엄마. 아버지가 언니를 꼭 찾을 거야. 꼭 그럴 거야."

아미는 자리에서 일어나 멍한 얼굴로 조용한 집 안을 가로질러 갔다. 그리고 밖으로 나가 툇마루에 앉아서 아버지가 언니를 집으로 데려오기를 기다렸다.

아주 오랜 시간이 흐르고 마침내 밤이 찾아왔지만 아버지는 돌아오지 않았다. 엄마는 아미와 함께 툇마루에 앉아 말없이 어두워지는 하늘을 바라보았다. 아미는 그러다 잠이 들었던 모양이다. 다음날 아침 잠에서 깨었을 때 아미는 여전히 홀로 이불을 덮고 있는 자신을 발견했고 또다시 언니를 불렀다. 엄마가 아미의 곁으로 달려왔고 아미가 조용해질 때까지 손을 잡아주었다. 툇마루에 앉은 두 사람은 태양이 말없는 목격자처럼 타원을 그리며 하늘을 가로지르는 모습을 지켜보면서 아버지가 돌아오기를 또 하루 기다렸다.

몇 주가 지나자 아미는 잠에서 깨어 언니가 곁에 없어도 놀라지 않았다. 대신 이불을 뒤집어쓰고 다시 잠들기 위해 애를 썼다. 엄마는 한참 뒤 아미를 발견하고 부드럽게 등을 쓸어내리며 잠을 깨웠다.

"아버지가 언니를 데려오기 전에는 안 일어나."

아미가 이불 속에서 칭얼거렸다.

"오늘도 물질을 안 나가면 우리 다 굶어."

엄마가 아미의 등에서 손을 떼며 덤덤하게 말했다.

아미는 엄마의 위로의 손길이 간절했지만 등을 돌리지 않으려고 몹시 애를 썼다.

"아버지가 언니 데리고 돌아오기 전에는 밥 안 먹을래."

엄마는 딸의 말에 곧바로 대답하지 않았다. 엄마의 침묵은 아미를 초조하게 만들었지만 아미는 고집을 부리며 일부러 돌아눕지 않았다.

"엄마는 물질하러 가야 돼. 그래야 우리가 밥을 먹지. 언제까지 이웃들 도움만 받을 수는 없어."

"난 배 안 고파."

아침을 못 먹어 굶주린 배가 꼬르륵댔지만 아미는 거짓말을 했다.

"엄마는 배고파. 어서 일어나 일하러 가자."

엄마가 아미의 등허리를 살짝 누르며 말한다.

"엄마는 가. 나는 아버지 기다릴래."

그러자 아미가 이해할 수 없는 침묵이 이어졌다. 엄마는 화가 난 걸까? 슬퍼진 걸까? 아미는 알 수 없었다. 그래서 결국 돌아누워 엄마의 얼굴을 살펴보았다. 엄마의 표정을 읽을 수가 없었다. 아미는 엄마한테 혼이 날까 봐 겁이 났다.

"널 여기 놔 두고 갈 수는 없어. 위험해."

엄마가 너무 작은 목소리로 말해서 아미는 제대로 들었는지 확인해야 했다.

"위험해?"

아미가 되물었다.

"군인들이 또 올지 몰라."

일본 군복을 입은 얼굴 없는 남자들의 모습이 머릿속을 지나쳐 갔고 아미는 황급히 일어나 앉았다.

"왜 또 와?"

"다른 아이들이 있으니까. 아직 너처럼 남은 아이들이 있으니까."

아미의 볼을 어루만지는 엄마의 손길이 얼마나 애틋했던지 아미는 마침내 엄마의 말을 이해했다. 엄마는 아미마저 잃을까 봐 걱정하고 있었다.

"나는 절대로 못 데려갈 거야. 나는 헤엄은 잘 못 치지만 앞으로 잘하게 될 거야. 하나 언니처럼. 그리고 바다에서 엄마 옆을 지킬게. 나 할 수 있어."

아미는 자리에서 일어나 무릎을 꿇고 앉아 있는 엄마를 내려다보았다. 고개를 들고 허리를 꼿꼿이 펴니 키가 한 치는 더 자란 것 같아 보였다.

"알아, 우리 딸. 알아."

엄마의 미소는 아미가 보던 미소와 달랐다. 눈가에 가 닿지 않는, 흉내만 낸 미소였다.

두 사람은 그날 이후로 매일 함께 바다로 내려갔다.

한 달 뒤 마침내 집으로 돌아온 아버지는 혼자였다. 핼쑥해진 아버지의 얼굴은 아버지가 하나 언니를 찾아 꽤 멀리까지 다녀왔음을 말해 주고 있었다. 아미는 아버지에게 왜 포기하고 돌아왔는지 묻지 않았다. 이미 가슴이 찢어져 버린 아버지를 더 아프게 할 수는 없었다.

아미는 손을 가슴에 얹고 해녀가 된 첫날의 기억을 떠올렸다. 아미에게 힘이 된 것은 엄마의 두려움이었다. 하나 언니가 대신 끌려가기 전에도 그런 힘이 있었다면 좋았을 텐데.

"언니가 그런 선택을 했고 그 덕분에 엄마가 살았다고 해서 수치심을 가질 필요가 없어요."

윤희가 말을 잇자 아미는 기억 속에서 억지로 끌려 나온다.

"그리고 언니가 어쩔 수 없이 위안부가 되었다고 해도 그건 수치스러운 일이 아니에요. 엄마가 얼마나 고생하셨어요. 엄마는 행복할 자격이 있어요. 다 놓으세요. 앞으로라도 행복하시게."

수치라는 말은 아미의 마음속에 무겁게 자리잡고 있다. 그 말을 듣기만 해도 귀가 아프다. 아미가 느끼는 수치심은 마음 깊이 뿌리박힌 감정으로 언니의 강제된 겁탈과 아무 상관이 없다. 그보다 깊은 어떤 것이며 절대로 사라지지 않을 아미의 일부가 되었다. 아미의 수치심은 한이 되었다. 주변 사람들이 고통받고 스러질 동안 두 번의 전쟁에서 살아남은 부끄러움, 목청껏 정의를 외치지 못한 부끄러움, 사는 이유도 알지 못하면서 계속해서 살아가는 부끄러움.

때로는 오로지 고통받기 위해 이 세상에 태어난 기분이 들기도 했다. 요즘 사람들은 삶의 행복을 찾는 데서 만족감을 느낀다. 행복이 인간의 기본 권리라는 것을 아미의 세대는 상상도 하지 못했다. 그러나 이제는 가능해 보인다. 딸과 레인과의 인생을 보면 느껴진다. 심지어 아들도 나름대로 행복해 보인다. 물론 아들은 아버지와 닮은 점이 더 많다. 아버지는 마치 상관의 지시를 수행하듯 주어진 모든 일을 하는 경찰이었다. 그러나 그것이 아들의 방식이라면 아미는 만족스럽다. 아미는 더 바랄 것이 없었다. 얼마 전까지만 해도. 청동 소녀상의 모습이 아른거린다. 소녀상을 봐야 한다. 다시 한 번 더.

하나

1943년 가을, 몽골

한 주 동안 매일 아침이 그 전날 아침과 똑같이 시작된다. 하나는 종일 여자를 따라다니고 밤에는 게르 안에서 잠들면서 이 일상이 얼마나 오래 지속될지 궁금해한다. 그러던 어느 아침 하나는 여자의 손길에 잠에서 깨고 나머지 사람들이 여전히 자고 있는 사이 게르 밖으로 나간다. 이번에는 여자가 하나에게 우유통 두 개를 다 준다. 여자는 가축 우리 방향으로 고갯짓을 한 뒤 반대 방향으로 간다. 이제 하나는 혼자 일을 해야 하는 것이다.

빈 우유통이 한 손에 한 개씩 들려 있지만 하나의 다친 어깨는 늘어난 무게를 거의 감지하지 못한다. 태양은 평탄한 지평선 위로 빼꼼히 솟아올라 있다. 멀리 여자의 모습이 아른거린다. 하나는 손으로 햇빛을 가리고 게르 너머를 살핀다. 끝없는 초원이 먼산을 향해 펼쳐진다. 여자의 짙은 자줏빛 겉옷은 이렇게 멀리서 보니 검게 보인다. 하나는 이제 이 겉옷의 이름이 델이라는 것도 안다.

하나는 서서히 몸을 돌려 가축 우리로 향한다. 하나가 배운 몽골 낱말은 이뿐만이 아니다. 개는 너허이, 말은 모리. 올론은 배가 고프다는 뜻이다. 하나는 필요할 때 기억해 낼 수 있도록 낯선 말을 자꾸 머릿속으로 되풀이해 본다.

개가 지나가는 하나를 향해 짖어 댄다. 너허이. 하나가 속으로 왼다. 그리고 우유통을 내려놓은 뒤 손을 내밀어 인사를 한다. 개는 기꺼이 하나의 손을 핥고 하나는 무릎을 꿇고 앉아 벌러덩 뒤집어진 개의 배를 쓰다듬는다. 줄이 풀어져 있어서 어디든 자유롭게 다닐 수 있지만 그러지 않는다. 개의 배를 긁어 주며 하나는 아주 오랫동안 느껴 보지 못한 묘한 따뜻함으로 차오른다. 그러나 웃고 있는 자신을 발견하자마자 하나는 갑자기 동작을 멈추고 우유통 손잡이를 낚아챈 뒤 터덜터덜 자리를 뜬다. 개는 몸을 일으켜 여자가 사라진 방향으로 달려간다.

하나가 다가가자 소가 코를 킁킁거린다. 조랑말들도 부드러운 코로 하나의 팔을 슬쩍 밀며 인사를 한다.

"아직 아무것도 줄 게 없어."

하나가 가장 작은 조랑말의 목을 토닥거리며 말한다. 그리고 조랑말을 지나 암소 곁에 무릎을 꿇고 앉는다. 다가오는 발걸음 소리가 들린다. 하나는 고개를 돌리지 않아도 소년이 온 것을 안다. 소년은 엄마가 가까이 있을 때는 하나와 거리를 유지했지만 엄마가 하나에게 모든 일을 맡기고 사라진 지금 소년은 대담해진 것이다. 소년은 군인처럼 발을 쿵쿵대는 어른들과 달리 발걸음이 가볍다. 소년이 하나에게 인사를 한다. 하나는 소년을 무시한다. 마치 소젖을 짜는 일이 세상 그 무엇보다 중요한 일인 듯 주어진 임무에 집중하지만 귀는 소년의 움직임을 탐지한다. 소년은 울타리 밖에서 팔짱을 끼고 그 위에 턱을 괸 채 곁에 한참을 머물며 하나를 바라본다.

"알탄."

그가 말한다.

하나가 소년을 바라보자 소년은 가슴에 손을 댄다.

"알탄."

소년이 손바닥으로 제 가슴을 두드리며 다시 한 번 말한다. 그리고 하나를 향해 손짓하며 궁금하다는 표정을 짓는다. 소년은 하나의 대답을 기다리지만 하나는 말하고 싶지 않다. 소년은 다시 한 번 같은 동작을 해보지만 하나는 입을 열지 않는다.

소년이 세 번째로 같은 동작을 하려고 하자 하나의 입에서 웃음이 터져 나오고 하나는 입을 가린다. 엄청난 압박을 견디지 못하고 둑이 터진 듯 웃음이 쏟아져 나온다. 하나는 어느새 배를 잡고 참을 수 없는 폭소를 터뜨리고 있다. 정말 오랜만에 웃어 보는 것 같다. 참고 싶어도 참을 수가 없다. 두 눈에서 눈물이 주르륵 흘러내린다. 소년의 얼굴이 붉어진다. 하나는 소년이 화가 났는지 분간할 수 없다. 소년은 울타리를 타고 오르더니 뛰어넘어 하나에게 다가온다. 소년이 다가오자 하나의 웃음기가 말끔히 사라진다. 하나는 손등으로 눈물을 닦고 꼿꼿이 서서 소년을 맞이한다.

마주 본 두 사람은 키가 거의 똑같다. 그래도 소년의 어깨가 하나보다 조금 더 올라와 있고 소년은 하나의 눈을 들여다볼 때 고개를 살짝 숙인다. 하나의 얼굴에는 모리모토에게 맞아서 생긴 멍이, 목에는 모리모토의 손자국이 남아 있었지만 하나는 겉모습이 그렇다고 해서 기죽지 않았다. 소년이 무슨 짓을 하든 준비가 되어 있는 하나는 이를 악물고 주먹을 꼭 쥔다. 맞서 싸울지는 아직 정하지 못했다. 소년은 다 큰 어른만큼 세보이지는 않지만 만만치 않은 상대일 것 같다. 하나는 힘주어 소년을 노려본다. 맞서 싸우면 적어도 이다음에는 섣불리 건드리지 못할 것이다.

소년이 손을 올리자 하나는 움찔한다. 소년이 자기 가슴에 손가락을 댄다.

"알탄."

소년이 헤벌쭉 두 눈에까지 가 닿는 진심어린 미소를 짓는다. 그런 다음 같은 방식으로 하나의 가슴에 손가락을 대고 눈썹을 올린다. 납치당한 이후로 누구에게도 받아 보지 못한 질문이다. 하나는 이제 자기 이름이 무엇인지조차 잘 모르겠다. 위안소에서 받은 이름을 말해야 할까, 진짜 이름을 말해야 할까? 어떤 이름을 말해야 할지 고민하는 순간에도 소년의 손가락은 여전히 하나의 가슴을 가리키고 있다. 하나는 슬며시 소년의 손을 밀어낸다. 소년이 옆으로 팔을 내린다.

"하나."

하나가 마침내 입을 연다. 소년이 몇 차례 하나의 이름을 반복한다. 하나는 소년의 발음이 우습다.

"하나."

하나가 일부러 발음을 고쳐 준다.

다시 한 번 하나의 이름을 되풀이한 소년은 손가락으로 자신을 가리키고 아무 말도 하지 않는다. 하나가 미소를 짓는다.

"알탄."

하나가 말한다.

하나의 정확한 발음에 소년은 만족한 듯하다. 조랑말들이 발을 구르고 하나는 구경꾼이 생겼다는 사실을 깨닫는다. 다른 게르에 머물고 있는 젊은 남자가 게르의 입구에서 이곳을 쳐다보고 있다. 남자는 능글맞은 웃음을 웃고 있다. 하나는 얼굴이 붉어지지만 소년은 남자에게 손을 흔든다. 남자는 고개를 절레절레 흔들며 게르 뒤로 돌아가 소변을 본다. 마른 흙 위로 쏟아지는 소변 줄기의 소리에 당황한 하나는 다시 젖을 짜는데 열중한다. 하나의 침묵은 알탄에게 대화가 끝났음을 알린다. 알탄은 의젓하게 하나를 우리에 두고 나간다. 하나는 여자가 사라진 방향으로 뛰어가는 알탄의 뒷모습을 바라본다. 아니, 여자가 아니라 에찌. 엄마.

말은 곧 힘이다. 아버지가 하나에게 세태를 반영한 시를 들려준 뒤 해준 말이다.

"더 많은 낱말을 알수록 더 큰 힘이 생긴다. 그래서 일본인들이 조선말을 금지하는 거야. 우리말을 제한해서 우리 힘을 제한하려는 거지."

하나는 일을 하는 내내 새로 배운 몽골어 단어를 머릿속으로 되풀이하면서 한 단어 한 단어에 정신을 집중해 힘을 키워 본다. 우유통 두 개를 다 채운 하나는 두 개를 한꺼번에 나르려고 애써 보지만 너무 무겁다. 그래서 먼저 한 통을 두 손으로 들고 게르로 돌아간다. 남자는 여전히 화로 곁에 잠들어 있고 그를 깨우지 않으려는 하나의 몸짓은 조심스럽다. 남자의 코고는 소리에 하나의 마음이 놓인다. 남자가 잠들어 있는 동안은 곁에 있어도 무섭지 않다. 하나는 두 번째 우유통을 가지고 오려고 서둘러 가축 우리로 돌아가지만 이웃 게르의 젊은 남자가 우리 안에 조랑말들과 함께 서 있는 모습이 보인다.

하나는 우리로 들어가지 못하고 망설이며 남자가 조랑말의 털을 쓰다듬으며 지푸라기나 가시를 제거하는 모습을 지켜본다. 조랑말의 빽빽한 털 사이에서 이물질을 두어 개 제거한 다음에는 발굽을 하나씩 들어 건강한지 확인한다. 그리고 말 주위를 두어 번 돌며 위아래로 훑어본 뒤 그 다음 말에게 주의를 돌린다. 하나는 남자가 볼일을 마칠 때까지 우리의 입구에서 기다린다. 남자는 세 번째 말을 살펴보다가 비로소 하나의 기척을 느낀다.

남자가 낮은 소리로 뭐라고 말을 하지만 하나는 반응하지 않는다. 남자가 소 옆에 있는 우유통을 가리킨다. 침착하기 그지없는 소는 마치 하나가 돌아오길 기다렸다는 듯 얌전히 우유통 옆에 서 있다. 태양은 어느새 중천을 향하고 있고 하나는 남자의 나이가 위안소에서 본 아주 젊은 군인들과 비슷할 것이라고 짐작한다. 알탄의 형일지도 모른다. 남자는 하나보다 머리통 하나는 더 크다. 어깨는 떡 벌어졌고 다리는 마치 나무의 그루터기처럼 두껍고 다부지다. 하나는 상대도 되지 않는다.

하나가 우리로 들어가지 않자 남자는 웃으며 조랑말에게 뭐라고 중얼거린다. 남자가 조랑말의 꼬리를 당기자 조랑말이 빠른 걸음으로 우리 입구로 향한다. 다른 두 조랑말도 뒤따르고 어느새 말들은 게르를 지나 들판으로 질주하고 있다. 하나는 조랑말들의 자유로운 모습을 보며 놀라움을 금치 못한다. 네 번째 조랑말은 뒤처진 채 서성이며 호기심 어린 눈으로 하나를 지켜보는 것 같다.

남자가 하나에게 무슨 말을 한다. 하나는 남자의 갑작스런 말에 놀라 움찔한다. 남자는 하나를 향해 걸어오며 웃는다. 하나는 고개를 똑바로 들고 서서 애써 무시한다. 남자가 하나 앞에서 멈춘다. 두 사람은 말없이 마주 보고 있다. 남자가 하나와 눈을 맞추고 하나는 이번에도 힘주어 남자를 노려본다. 남자가 미소를 짓는다. 이가 담뱃진으로 누렇게 물들어 있다. 햇볕에 그을린 피부는 땀으로 촉촉하게 젖어 있다. 남자가 가슴을 두드리며 말한다.

"간바타르."

남자가 웃는다. 하나는 알탄의 행동을 지켜본 남자가 하나를 놀리고 있다는 사실을 깨닫는다. 하나는 눈을 가늘게 뜨고 남자를 보지만 말은 하지 않는다. 바람이 거세지자 굴러다니던 건초가 날아오른다. 하나는 몸을 돌려 재빨리 우유통에 건초가 들어가지 못하게 막는다. 남자가 다시 너털웃음을 웃으며 마지막 남은 조랑말을 데리고 우리 밖으로 나간다. 남자 역시 산을 향해, 알탄과 여자와 같은 방향으로 간다.

두 번째 우유통을 들고 게르로 돌아간 하나는 너무 조용해서 놀란다. 몽골 남자는 웃통을 벗은 채 화로 곁에 앉아 치즈와 소금에 절인 고기로 아침 식사를 하고 있다. 하나는 서둘러 우유를 단지에 붓고 얼른 뒤돌아 나가려고 한다.

"잠깐만."

남자가 말한다. 하나가 멈춘다. 남자가 일본어를 했다. 하나는 돌아서서 남자를 본다. 남자가 자리에서 일어나 말린 고기를 우물거리며 무명 속옷을 걸친다. 하나의 배에서 꼬르륵 소리가 난다. 옷을 갖추어 입고 델의 어깨 여밈까지 채우고 난 뒤 남자는 다시 자리에 앉는다.

"여기 앉아."

남자가 곁에 있는 방석을 가리키며 말한다.

하나는 어떤 선택을 할지 생각해 본다. 지금 달아나 여자와 나머지 사람들을 찾아가 볼 수도 있지만 돌아오면 어차피 남자와 마주해야 할 것이다. 지금 남자와 부딪쳐 버리는 것이 나을 수도 있다. 하나는 손가락을 꼭 쥐어 단단한 주먹을 만든다. 손톱이 손바닥을 파고든다.

하나는 눈을 내리깐 채 남자 곁의 방석으로 이어지는 보이지 않는 길을 따라 간다.

"여기 도착한 뒤로 한 마디도 하지 않았어."

하나가 앉자 남자가 말한다. 남자는 하나를 바라보지 않는다. 대신 말린 고기를 질겅이면서 한 입 베어 물 때마다 마치 새롭고 신기한 것인 양 고기를 살펴본다. 남자는 하나에게도 고기를 권하지만 하나는 사양한다.

"일본어를 하시는 줄 몰랐어요."

하나가 두 눈을 무릎 앞 바닥에 고정한 채 대답한다.

"말을 참 예쁘고 나긋나긋하게 하는구나. 여자애 목소리가, 암 나긋나긋해야지."

하나가 뻣뻣하게 군다. 칭찬은 불쾌한 일로 이어지기 일쑤다. 그러나 하나는 당황함을 감추려고 애쓴다.

"난 네가 왜 여기 와 있는지 잘 모르겠어."

남자가 이렇게 말하고 마침내 하나를 쳐다본다.

눈가의 잔주름 덕분에 남자의 인상은 푸근하다. 햇볕에 그을린 두꺼운 피부는 그의 나이를 짐작케 한다. 하나는 그가 알탄의 아버지가 아닌 할아버지일 수도 있다고 생각한다. 하나가 아무 말도 하지 않자 남자가 말을 잇는다.

"모리모토 하사가 널 여기 데려오면서 말했던 이유야 물론 알고 있지만, 그게 네가 여기 온 진정한 이유는 아닐 수 있잖니."

하나가 남자를 올려다본다. 남자는 마치 하나가 처음 보는 특이한 짐승이라도 되는 것처럼, 무얼 먹고 어디서 왔는지 관찰하려는 듯 하나를 뚫어져라 쳐다본다. 하나는 남자가 생각했던 것만큼 무섭지 않다고 생각하고 긴장해서 움츠러들었던 어깨를 편다.

"그 사람이 어떤 이유를 댔어요?"

하나가 눈을 맞추지 않으려고 애를 쓰며 과감한 질문을 던져본다.

"네가 고아라고 했어. 만주 관동군에게 붙잡혀 있던 걸 구했다고. 서쪽에 있는 네 삼촌한테 데려다주는 길이라고 했다. 그런데 네 삼촌은 왜 서몽골에 있는 거냐? 내가 묻고 싶은 건 그

거다."

모리모토는 남자에게 하나가 고아라고 했다. 창녀가 아니라. 안도감이 하나의 온몸으로 퍼져 간다. 이 사람들은 좋은 사람들이다. 절대로 고아를 겁탈하지 않을 사람들이다. 그래서 모리모토가 그렇게 이야기했을지 모른다. 모리모토는 하나가 다치기를 바라지 않았던 것이다. 돌아올 때까지 하나를 안전한 곳에 두고 싶었던 것이다. 하나는 남자가 자신의 생각을 읽을 수 없도록 두 손으로 얼굴을 감싼다.

"저런, 아직도 가슴 아픈 기억이 있는가 보구나."

남자가 하나의 몸짓을 슬픔의 몸짓으로 오해한다.

"다음에 또 얘기하자."

남자가 일어나면서 말한다.

"가자."

그리고 입구를 가리킨다.

하나는 남자를 뒤따르고, 남자는 다른 사람들이 간 방향으로 하나를 데리고 간다. 발바닥이 여전히 쓰라리고 상처가 일부 다시 터진 듯하다. 그러나 약한 모습을 보이고 싶지 않은 하나는 너무 뒤처지지 않기 위해 속도를 올린다. 그러면서도 하나는 모리모토가 자신을 데리러 돌아올 작정이라는 사실을 곱씹는다. 그럼 그렇지. 하나는 불과 몇 시간 전처럼 편안하게 숨을 쉴 수가 없다.

어림잡아 4, 5리쯤 걸었을까, 긴 풀이 짧고 거친 관목으로 변해 있다. 두 사람 위로 드리워진 산이 하늘을 가린다. 약간의 경사에 종아리가 당기지만 그럼에도 하나는 남자와의 거리가 너무 좁아지지 않도록 애쓰면서 꾸준히 올라간다. 남자가 하나를 데리고 가는 곳에는 나머지 식구들이 없을 수도 있다. 인적 없는 숲속으로 가는 것일 수도 있다. 그는 식구들 가운데 가장 늙었지만 어쩐지 가장 강력해 보인다.

남자는 작은 언덕 위에 다다라 속도를 늦추더니 두 손을 허리에 대고 선다. 남자의 손이 미치지 않을 만한 거리를 두고 곁에 선 하나는 아래에 펼쳐진 계곡을 내려다본다. 온 사방에 크고 둥근 꼬투리가 달린 초록 줄기들이 계곡에 넘쳐 흐른다. 밭은 가까운 산기슭까지 이어져 있다. 그 사이로 피처럼 붉은 꽃들이 점점이 피어 있다. 그러나 대부분의 꽃잎은 이미 떨어졌다. 알탄과 여자가 보이고 간바타르와 다른 젊은 남자 한 명도 거기 있다. 그들은 줄지어 있는 줄기들 사이로 천천히 왔다 갔다 하며 꼬투리마다 걸음을 멈춘다.

"뭘 따는 거예요?"

하나가 묻는다.

"양귀비밭 처음 보니?"

하나가 고개를 끄덕인다. 남자가 하나의 얼굴을 찬찬히 뜯어보고 하나는 볼을 붉힌다.

"양귀비 한 번도 못 봤어? 이걸 따서 뭘 만드는지 아니?"

남자가 몸을 돌려 하나와 마주 본다. 하나는 한 걸음 물러나 밭과 알탄이 있는 방향으로 좀 더 가까이 간다.

"아편이야."

남자가 이렇게 말하고 미소짓는다.

"와라, 우리 막내가 필요한 건 다 가르쳐 줄 거야."

남자는 하나의 대답을 기다리지 않고 작은 언덕을 내려간다. 하나는 땅에 뿌리를 내린 듯 꼼짝 않고 서서 남자를 지켜본다. 알탄의 엄마가 고개를 들고 손을 흔든다. 거리가 멀어 잘 보이지는 않지만 하나는 여자가 웃고 있다는 것을 안다. 그러자 알탄도 하나 쪽을 바라보며 손을 흔든다. 알탄이 하나의 이름을 부르자 하나는 문득 진정한 제 모습을 되찾은 느낌이 든다. 여기서 하나는 위안소에 붙잡혀 있던 그 소녀가 아니다. 여기서 하나는 그냥 하나이고 여기 사람들은 군인들과 다르다. 하나는 알탄의 아버지를 따라 양귀비밭으로 내려가서 알탄에게 미소로 인사를 건넨다.

그들이 중국의 재앙, 아편을 수확하고 있다고 해도 하나에게는 아무 의미가 없다. 하나는 히나타와 히나타가 끓여 주던 차를 떠올린다. 그리고 그 차 덕분에 히나타가 위안소를 견딜 수 있어서 다행이라고 생각한다. 밭으로 내려가자 알탄은 양귀비 열매에 칼로 상처를 내어 유액을 흘러내리게 하는 법을 보여 준다. 밭에는 이미 칼집을 낸 열매들이 많다. 간바타르는 작은 헝겊 조각을 이용해 유액을 채취한다. 알탄과 하나의 임무는 아직 칼집이 없는 열매에 칼집을 내는 것이다. 두 사람은 바로 옆줄에서 일을 한다. 알탄이 하나의 작업을 지켜볼 수 있도록 하기 위함이지만 그다지 대단한 기술이 필요한 일은 아니다. 알탄은 이따금 하나에게 와서 칼날의 방향을 바로잡아 준다. 땅거미가 질 무렵 그들은 7할 이상의 수확을 마쳤다. 알탄은 하나에게 자기 몫의 점심을 나누어 주었지만 저녁이 되자 하나는 여전히 배가 몹시 고프다.

알탄의 아버지가 알탄을 부르고 알탄이 뭐라고 대답한다. 이내 알탄의 부모는 집으로 돌아간다. 난데없이 조랑말들이 나타나 말 잘 듣는 개들처럼 부부를 뒤따른다. 종종걸음으로 얌전히 우리로 돌아가면서 말들은 서로의 갈기나 꼬리를 입으로 건드리곤 한다. 하나는 어둑어둑해진 하늘을 올려다본다. 날개 폭이 어마어마한 어느 새의 검은 그림자가 발 위로 미끄러진다. 모리모토가 말했던 매가 바로 이 새일지도 모른다. 간바타르가 두 사람 곁으로 오더니 알탄에게 작은 병을 건넨다. 알탄은 뚜껑을 돌려 열고 병을 입술로 가져갔다가 멈칫한다. 그리고 웃으며 하나에게 병을 내민다.

"물이야?"

하나가 묻는다.

알탄이 어깨를 으쓱한다. 병을 건네받은 하나는 입구에 코를 대고 킁킁거린다. 발효된 우유의 진한 향기가 콧속으로 흘러 들어오자 하나는 진저리를 치며 병을 도로 알탄에게 건넨다. 알탄은 웃으며 음료를 죽 들이켠다. 그리고 미소를 지으며 다시 한 번 하나에게 건넨다. 알탄은 하나가 알아들을 수 없는 말을 하며 병으로 하나를 슬쩍 민다. 간바타르가 웃으며 고개를 절레절레 흔든다. 하나는 호기심을 이기지 못하고 다시 병을 받아든다. 그리고 입술로 가져가 한 모금 마신다.

발효된 이 음료에는 톡 쏘는 맛이 있다. 목이 후끈거리기 시작하자 기침이 나온다. 알탄이 웃으며 더 마시라고 부추긴다. 하나는 더 크게 한 모금을 마신 뒤 알탄에게 병을 돌려준다. 하나에게 음료를 나누어 주고 잔뜩 신이 난 알탄은 음료를 한 번 더 시원하게 들이켜더니 델의 안쪽 주머니에 병을 집어넣는다. 새가 다시 머리 위를 빙빙 돌고 하나가 하늘을 향해 고개를 든다. 간바타르가 높은 휘파람 소리를 내더니 팔을 내민다. 그러자 거대한 새가 두 번 원을 그린 다음 간바타르의 팔뚝에 내려 앉는다. 하나는 놀라움을 금치 못하며 이 광경을 바라본다. 검독수리이다. 알탄이 하나에게 미소를 지어 보이며 독수리의 뒷목에 난 깃털을 쓰다듬는다. 새는 웅장한 자태를 뽐내며 간바타르의 팔뚝에 위엄 있게 앉아 있다. 간바타르가 하나에게 무언가 말을 하자 하나는 간바타르를 쳐다본다. 간바타르가 독수리를 향해 손짓을 하고 하나는 망설인다. 여자가 하나에게 개를 소개시켜 주었듯 간바타르도 하나가 독수리를 쓰다듬기를 바란다.

하나는 가까이 다가가 본다. 그러나 짜증난 독수리가 거대한 발톱으로 하나의 두 눈을 할퀼 수도 있다고 생각하니 두려움이 앞선다. 적갈색 깃털이 석양에 반짝인다. 하나는 새를 만지고 깃털의 부드러움을 느껴 보고 싶다. 하나는 손을 들어 천천히 새에게 가져간다.

그러자 새가 하나의 손가락을 덥석 물려고 달려든다. 하나는 재빨리 손을 피하고, 간바타르와 알탄은 자지러지며 웃는다. 하나는 한 발짝 뒤로 물러서며 이 모든 것을 장난으로 생각하는 두 남자를 어이없는 표정으로 바라본다.

"손가락 잘렸으면 어쩔 뻔했어!"

하나가 웃고 있는 두 사람에게 화를 내며 외친다.

알탄은 화가 난 하나를 보자마자 웃음을 멈추고 간바타르의 팔을 찌르지만 소용이 없다. 간바타르는 새의 뒷목을 쓰다듬으며 계속해서 웃는다.

하나는 자리를 뜨려고 하지만 알탄이 이를 막는다. 알탄은 하나의 손목을 잡고 놓아 주지 않는다. 하나는 손목을 빼려고 힘을 주지만 알탄은 미소를 지으며 간바타르의 팔을 주먹으로 친다. 알탄이 간바타르에게 뭐라고 말을 하자 웃음기가 사라진다. 간바타르는 부끄러운 기색을 감추지 못한 채 하나의 눈을 피한다. 그러면서 바삐 손을 놀려 독수리의 머리에 모자를 씌운다. 독수리의 눈이 가려지자 알탄은 다시 한 번 하나에게 새를 쓰다듬으라고 손짓한다.

하나는 썩 내키지 않는 마음이다. 또 한 번 속아 넘어 가느니 지금 자리를 뜨는 게 나을 거라는 생각이 들지만 알탄의 표정에 담긴 무언가가 하나의 마음을 움직인다. 하나는 새를 쓰다듬기 위해 다시 한 번 손을 뻗는다. 두 눈은 새의 부리에 고정되어 있다. 새는 금방이라도 부리를 벌려 다시 한 번 달려들 것만 같다. 그러나 이번에는 하나의 손가락이 매끄러운 목털에 닿을 때까지 아무 반응이 없다.

하나는 자신도 모르게 웃음을 짓는다. 좋은 기색을 애써 감추려고 하지도 않는다. 독수리의 부드러운 깃털 밑으로 울근불근한 근육이 만져진다. 경외심이 느껴지는 아름다움이다. 간바타르도 어느새 하나에게 미소를 지으며 새를 쓰다듬는다. 하나도 간바타르에게 웃음을 지어 보인다. 처음으로 하나는 간바타르의 속이 궁금하지 않다.

하나에게 중요한 것은 바로 그 순간, 그들보다 더 위대한 생명체의 아름다움을 음미하는 일이다.

*

세 사람은 작은 언덕을 올라 게르로 향한다. 대체로 말없이 걷는다. 둥지로 돌아가는 새들이 머리 위에서 지저귄다. 시원한 바람이 긴 풀 사이로 불어오며 하나의 손가락을 간지른다. 하나는 알탄과의 거리에 마음이 간다. 알탄은 하나가 압박이나 위협을 느끼지 않고 편안해 하도록 아주 적당한 거리를 두고 걷고 있다. 시장에서 엄마의 좌판을 찾아왔던 마을 소년과 비슷하다. 공손하고 호기심이 많지만 선이 어디 그어져 있는지 아는 영리함이 있다.

대화를 나눌 수는 없지만 하나는 두 사람이 우정을 향해 가는 첫걸음을 내디뎠음을 직감적으로 알 수 있다. 하나는 알탄을 쳐다보지 않으려고 주변의 온갖 것들에 시선을 두지만 그래도 곁에 있는 알탄의 모든 움직임을 느낄 수 있다. 마치 알탄의 아주 작은 부분이 하나의 방어막을 침투한 듯하다.

게르가 가까워져 오자 개가 짖으며 다가와 세 사람의 다리 주변을 빙빙 돈다. 저녁밥 시간이 된 것을 알고 좋아서 펄쩍펄쩍 뛴다. 하나의 손을 핥았다가 알탄에게 뛰어올라 알탄의 귀를 무는 척하기도 한다. 알탄은 웃으며 개를 밀어낸다. 간바타르는 하나에게 손을 흔들고 자신의 게르로 돌아간다.

간바타르를 따라 들어가, 들고 있던 바구니를 놓고 나온 알탄은 이내 개를 쫓아 뛰어간다. 하나는 그들을 향해 자기도 모르게 미소지으며 가축 우리 곁에 멈추어 선다. 그리고 제일 작은 조랑말을 쓰다듬으며 어둑어둑해지는 하늘 아래 개와 놀고 있는 소년을 지켜본다.

저녁 시간은 평소와 별 다를 게 없지만 이번에는 알탄이 하나 곁, 원래 엄마가 앉았던 자리에 앉아 있다. 하나는 모르는 척하려고 애를 쓰지만 알탄이 도와주지 않는다. 알탄은 노래를 하며 하나에게 미소를 짓거나 어깨를 툭 건드리며 함께 노래하자고 권하기도 한다. 다른 사람들은 알탄의 들뜬 마음을 애써 모르는 척한다. 낯선 이국 땅과 사람들에 어느새 익숙해진 하나는 오랜만에 타인과 가족이 된 듯한 느낌을 느껴 본다. 그러나 그들 앞에서 노래를 하거나 미소를 짓거나 소리내어 웃지는 않는다. 아직은 그 정도로 마음을 줄 생각은 없다. 그러나 음악 소리에 몸을 약간 흔드는 정도는 스스로에게 허락한다. 그러자 알탄의 미소와 남자들의 노랫소리는 더욱 커지고 여자의 눈은 화롯불 앞에서 더욱 밝게 반짝인다.

간바타르는 남은 장작이 새빨갛게 달아오를 무렵 자리에서 일어난다. 알탄의 아버지가 배웅을 하러 나가고 다른 한 청년이 뒤따른다. 하나는 아직 그 청년의 이름은 모른다. 남자들의 노랫소리는 게르 밖에서도 이어진다. 알탄은 게르 저편에 있는 함 속에서 무언가를 꺼낸다. 그리고 하나 곁으로 돌아와 그것을 건넨다. 작은 가죽 주머니이다. 받기가 망설여졌던 하나는 알탄의 엄마의 허락을 구하고 싶지만 여자는 등을 돌리고 뒷정리를 하느라 바쁘다. 알탄이 다시 한 번 가죽 주머니로 하나의 손을 슬쩍 민다. 하나는 알탄의 성의를 무시하고 싶지 않아 주머니를 받아든다. 그리고 조심스럽게 가죽 끈을 풀어 주머니를 연다. 안에는 비단결처럼 부드러운 무언가가 들어 있다. 하나에게 선물을 제대로 보여 주고 싶어 마음이 급한 알탄은 직접 내용물을 꺼낸다. 아주 곱게 지은 허리띠이다.

어두침침한 실내에서도 다채로운 무늬는 빛을 발하는 듯하다. 밝은 파랑과 빨강, 주황이 찬란하다. 두 사람 사이에서 허리띠가 빛난다. 알탄은 하나의 허리를 가리키며 손짓한다. 뜻을 잘 알 수 없는 하나는 가만히 있는다. 알탄이 다시 손짓을 하다가 미소를 지으며 고개를 절레절레 흔든다. 그리고 살며시 하나의 허리에 허리띠를 매어 주고 겹매듭을 지어 고정한다. 가까워진 둘의 거리에 하나의 가슴이 두근거린다. 알탄은 몸을 뒤로 기울여 하나의 모습을 확인하더니 만족한 듯 고개를 끄덕인다.

그러더니 갑자기 다른 남자들을 따라 밖으로 나간다. 알탄의 엄마가 허리띠를 보고 아는 척하자 하나의 얼굴이 붉어진다. 엄마는 고개를 끄덕이며 미소를 짓는다. 두 사람은 함께 식구들의 잠자리에 털가죽을 편다. 하나는 알탄의 엄마가 보고 있지 않은 틈을 타 부드러운 비단을 쓰다듬으며 눈을 즐겁게 하는 색색의 소용돌이 무늬를 살펴본다. 비단의 어두운 빛깔 위로 밝은 빨강과 노랑 꽃, 초록 잎과 검은 덩굴이 수놓아져 아름답다. 하나는 알탄의 엄마가 아들을 위해 손바느질로 이 예쁜 허리띠를 만들었을 것이라고 짐작해 본다. 그리고 그 허리띠가 이제 하나의 허리를 장식하고 있는 지금 어떤 생각을 하고 있을지 궁금하다.

그날 밤 하나의 꿈은 따뜻하고 음악으로 가득하다. 아버지가 가야금을 타는 소리와 엄마의 웃음소리가 작은 고향집 안에 울려 퍼지고 하나는 동생과 맨발로 뒤꿈치를 들고 빙글빙글 춤을 추고 있다. 아주 생생하다. 불꽃의 열기며, 아버지의 노래, 가야금의 팽팽한 줄을 뜯는 아버지의 손가락이며. 심지어 열린 덧문으로 바다의 짠내도 흘러 들어온다. 하나는 마치 떠난 적이 없는 것처럼, 어떤 불쾌한 일도 벌어지지 않은 것처럼 고향집에 돌아와 있다. 하나는 동생의 고사리손을 마주 잡고 춤을 추면서 고개를 쳐들고 줄줄 외우고 있는 노래를 부른다. 엄마가 박수를 치며 장단을 맞추고 하나는 영원히 춤을 추고 싶다.

근처에서 개가 짖는다. 익숙한 중저음이 기억 속에 메아리친다. 개가 다시 한 번 묵직한 소리로 세 차례 짖는다. 하나가 춤을 멈춘다. 하나의 두 팔이 힘없이 옆으로 처지지만 아무도 눈치 채지 못한다. 흥겨운 음악과 춤은 하나가 빠진 채 계속된다. 동생은 마치 돌풍에 휩쓸린 나뭇잎처럼 뱅뱅 돈다. 엄마의 입에서 웃음소리가 터져 나온다. 달콤하고 부드럽고 환희에 찬 소리이다. 하나는 꿈을 꾸고 있다. 떠나고 싶지 않지만 잠이 깨려고 한다. 멈추지 마세요. 아버지가 연주를 멈추자 하나가 말한다. 마주친 아버지의 눈빛에 슬픔이 가득하다. 어느새 게르 밖에서 초원의 사람들을 잠에서 깨우는 새벽 새들의 지저귐이 들려온다.

하나는 털가죽 위에서 뒤척이다가 순간 잠에서 깬다.

아미

2011년 12월, 서울

병실 안의 얼굴이 모두 아미를 향하고 있다. 부담스러운 시선에 아미는 어서 소녀상으로 가고 싶은 마음뿐이다.

"목이 마르구나."

아미가 말하자 레인이 물을 가져오겠다고 한다.

"엄마, 좀 누워서 쉬시지 그래요?"

윤희가 묻는다. 윤희는 엄마를 도로 눕게 하려고 애를 쓴다.

"아니다. 쉴 시간이 없어. 소녀상을 보러 가야 해."

"꼭 오늘 안 가셔도 돼요. 일단 쉬면서 회복부터 하시면 몇 주 있다가 소녀상 있는 데까지 모셔다 드릴게요."

"몇 주라고?"

아미가 자기도 모르게 소리를 친다.

"나한테는 몇 주라는 시간이 남질 않았어. 모르겠니?"

아미가 다리를 덮은 이불을 걷어 내며 침대에서 내려가는 시늉을 한다.

"가만히 계세요."

아들이 재빨리 아미의 곁으로 오며 아미를 가로막는다.

"어딜 가시려구 그래요. 제가 어머니를 이 침대에 묶는 한이 있더라도 못 가시게 할 겁니다."

아미가 뻣뻣하게 군다. 이럴 때 아들은 꼭 아버지를 닮았다. 아미는 아들이 아버지와 얼마나 많이 닮았는지 새삼 놀라며 아들의 얼굴을 들여다본다.

"넌 꼭 네 아버지 같구나."

아미는 자기도 모르게 이렇게 속삭인다. 형택은 놀란 눈치다. 미간에 골이 지고 분노가 얼굴에 퍼진다.

"아버지를 왜 그렇게 미워하세요?"

형택이 목멘 소리로 묻는다.

너무 많은 상처가 아미의 영혼에 흉터를 남겼다. 아미는 이제 그 상처가 자녀들의 영혼에도 흉터를 남겼음을 깨닫는다. 아무리 막으려고 노력해도 소용없었던 것이다. 잃어버린 언니를 찾기 위한 서울로의 마지막 여정은 과거로 통하는 문을 산산이 부수어 버렸다.

"네 아버지와 내가 잘 지내지 못한 이유는 한두 가지가 아니다. 다 말할 수 없이 많아. 그렇지만 그건 네 아버지와 나 사이의 일이야."

"아버지는 돌아가셨잖아요."

형택이 나지막이 말한다.

"돌아가신 지 5년이 다 되어 가요. 돌아가신 분도 용서 못해요?"

모두의 언짢은 마음에 좁은 병실이 한숨을 쉬는 듯하다. 이 말 도중에 방으로 들어온 레인은 아미에게 물잔을 건네야 할지 문 옆에 서 있어야 할지 결정을 하지 못한다. 아미는 레인에게 가까이 오라고 손짓을 한다. 레인이 아미에게 물을 건네고 꿀꺽꿀꺽 물을 마시는 아미에게 모두의 시선이 집중해 있다. 아미는 마지막 한 방울까지 죽 들이켠다. 유리잔을 침대 옆 탁자에 올리자 형택이 엄마의 손을 잡는다.

"그냥 말씀해 주세요. 아버지가 도대체 그렇게 용서 못할 짓을 했어요? 사실대로 말씀해 주세요. 전 알 자격이 있어요. 우리 둘 다 알 자격이 있어요."

형택이 윤희에게 손을 뻗는다. 윤희는 오빠 곁에 서 있고 두 사람은 다시 아이가 된 것 같아 보인다. 얼굴에서 세월의 흔적이 지워지고 아미의 눈앞에는 일생을 바쳐 사랑해 온 두 사람만이 보일 뿐이다. 두 사람은 아미가 애정 없는 결혼 생활에서 살아남은 이유이다. 두 사람은 아미가 뒤를 돌아보지 않도록 도와주었다. 아미는 아이들에게 진실을 말할 의무가 있다는 것을 알면서도 그걸 밝힐 생각을 하니 끔찍한 두려움부터 앞선다.

"네 할머니가 어떻게 돌아가셨는지 얘기한 적 없지."

아미가 말한다.

"어머니."

형택이 말을 꺼내는데 윤희가 막아선다.

"말씀하세요, 엄마. 할머니가 어떻게 돌아가셨는지."

윤희가 아미의 손을 붙잡는다.

"6·25전쟁이 시작하기 직전이었어. 네 아버지랑 막 결혼했을 땐데 네 아버지는 할머니를 믿지 않았어. 툭하면 할머니가 빨갱이라고 했지."

"빨갱이요? 공산주의자 말씀이세요?"

레인이 불쑥 끼어든다.

"그래. 북한을 찬양하는 폭도 말이다."

"아니, 그런데 아버지는 그냥 평범한 어부였잖아요?"

형택도 끼어든다. 어린 시절의 추억이 아주 와해되고 있다는 표정이 아니면 이제야 이해가 될 것 같다는 표정이다.

"원래는 경찰이었지. 나중에는 시원찮은 어부였고."

아미가 말한다. 아미의 딸은 한국전쟁의 역사에 관해서라면 매우 잘 안다. 국문학 교수인 딸의 전문 분야이기도 하다. 딸은 입을 다물고 있지만 머릿속으로 전쟁에 관한 여러 사실들을 떠올리고 있을 것이다.

"그래서 할머니가 어떻게 돌아가셨는데요?"

늘 그렇듯 성급한 형택이 묻는다.

"공산주의자 폭도들이 밤마다 마을에 오곤 했어. 경찰들이 불태워 잿더미가 된 집들에서 연기가 피어오르면 그 연기에 묻어 왔어. 살아남았지만 집이 사라진 사람들을 자기 편으로 끌어들이려고. 그리고 물자를 구하려고 이집 저집을 찾아다니기도 했어. 네 아버지는 경찰이었으니까 폭도를 찾아내고 그 폭도를 돕는 사람이라면 누구든 벌을 주는 게 일이었어. 네 아버지는 할머니를 절대로 믿지 않았어. 내가 아무리 그렇지 않다고 해도 네 아버지는 할머니가 폭도들을 돕고 있다고 생각했어. 네 할머니 면전에다 대고 폭도니 빨갱이니 하기도 했다."

"할머니가 정말 빨갱이었어요?"

형택이 끼어든다.

아미는 불편한 병원 침대에서 자세를 바꾸며 잠시 말을 멈춘다. 막상 그 당시 나날들을 떠올리니 마치 어제 같다. 아픔 또한 생생하다. 비행기에 타고 있는 듯 병원 침대 아래로 공항 활주로의 모습이 보인다. 매끈한 병원 바닥은 수천 킬로미터 아래에 있는 것 같다. 활주로는 새로이 뒤집어엎은 검은 흙무더기가 점점이 펼쳐진 들판이다.

"나도 모르겠어. 나는 그때 바다에서 종일 물질을 했어. 네 아버지가 네 할머니를 믿지 못하겠다고 나랑 물질도 못하게 했어. 그래서 혼자 일을 했고 밤이 되면 곯아떨어졌어. 그리고 난 그때 어렸어. 봐도 모르는 게 여전히 많았어. 보지도 못한 건 더 많았구."

"하루는 집에 왔는데 할머니가 없었어. 네 아버지는 할머니가 어디 갔는지 말을 해주지 않았지. 나는 할머니 소식을 찾아 온 마을을 돌아다녔어. 그런데 아무도 말을 해주지 않았어. 다들 네 아버지를 두려워했거든."

아미가 이마에 손을 올린 채 길에서 만났던 마을 사람들의 얼굴을 떠올린다.

"기억나요."

갑자기 윤희가 덧붙인다.

"다들 아버지를 그런 눈으로 봤어요. 그땐 어려서 이해하지 못했는데…… 이제 와 그렇게 말씀하시니 이해가 돼요. 다들 아버지를 두려워했어."

딸의 표정이 아미의 가슴을 짓누른다. 너무 많은 비밀, 너무 많은 거짓이 작은 가슴 안에 숨겨져 있다. 아미는 자신의 가슴이 친구 진희의 가슴처럼 넓었으면 좋았을 것이라고 생각한다. 파도 위로 들리는 진희의 웃음소리는 마치 살아 움직이는 기쁨 같다.

"아버지가 할머니를 신고했구나? 그렇죠?"

윤희가 말한다. 윤희는 마치 알고 있었다는 듯 확신에 차 있지만 그럴 리는 없다. 윤희가 태어나기도 전의 일이다.

"나한테 한 번도 인정한 적은 없어. 절대로. 심지어 세상 뜨기 직전에도."

아미가 두 손을 물끄러미 내려다보며 말한다. 고개를 드니 딸과 눈이 맞는다.

"그렇지만 마음 깊은 곳에서는 언제나 네 아버지가 한 일이라는 걸 알고 있었어. 언제나 알고 있었어."

"네 아버지와 사랑해서 결혼한 건 아니야. 너희들도 그건 눈치 챘겠지만. 전쟁 때문에 억지로 했지. 네 아버지는 경찰이었고 그 이후에도 정부를 위해 일했어."

아미는 억지로 결혼을 하게 된 날에 대해 아이들이 묻지 않기를 바라면서 말을 잇는다. 아이들이 너무 큰 상처를 받을 것 같다. 아미의 두 손이 가볍게 떨리기 시작하고 멈추지 않는다. 아들이 아미의 손을 가져가 붙잡는다. 그 온기가 아미에게 용기를 준다.

"네 아버지랑 막 결혼한 나는 열넷이었다. 새로운 전쟁이 벌어지기 직전이었고. 네 할머니는 이 결혼을 시작한 지 몇 달도 되지 않아 사라진 거야. 엄마는 미쳐 버릴 것 같았어. 온몸을 굳어지게 만드는 낯선 사람과 홀로 집에 남겨졌으니까. 엄마도 엄마가 필요했어. 엄마를 찾고 싶은 마음이 간절했어. 그런데 엄마 소식을 듣지 못하고 몇 달, 몇 년이 지난 거야. 엄마가 감쪽같이 사라져 버린 거야."

아미가 잠시 말을 끊고 정신을 잃지 않기 위해 안간힘을 써야 했던 당시를 떠올린다. 일본군이 언니를 데려가고 같은 조선 사람들이 아버지를 데려간 뒤였다. 그런데 이제 누군가 엄마마저 데려간 것이다. 아미는 갑자기 혼자가 되어 버렸다.

"마침내 할머니가 처형을 당했다는 사실을 알았을 때 뱃속에 네가 있었다."

아미가 아들을 바라보며 말한다.

"엄마의 행방을 모른 채 2년이 지났는데 하루는 친구가 집에 오더니 정치범들이 다 처형됐다고 하더라. 그 길로 경찰서로 달려갔지. 그 중에 엄마가 있을지 꼭 알아야겠더라구. 그런데 말을 안해 줘. 그래서 정치범들 목록을 봐야겠다고 요구했어. 네 아버지도 나를 따라 경찰서로 왔지. 그런데 목록을 못 보여 주게 하더라. 그래서 내가 협박을 했다. 목록을 주지 않으면 나도 죽고 뱃속에 있는 아기도 죽이겠다고. 임신했다는 사실을 그때 처음 말한 거야."

아미는 아들과 눈을 마주치지 못한 채 이야기를 이어간다. 아미의 죄책감이 불어난다. 엄마로서의 의무를 다하지 못한 죄로 재판을 받는 것 같다. 배심원 앞에 선다면 그들의 동정표를 얻지 못할 것은 분명하다고 아미는 생각한다. 아미의 남편은 뱃속에 칼이 박힌 듯한 표정으로 아미를 보았다.

"임신했다고?"

아미의 남편이 못 믿겠다는 표정으로 되물었다.

사무실이 조용해지고 일부 경찰관들이 방을 나갔다. 남편의 눈을 똑바로 볼 수 없었던 아미는 책상에 시선을 고정했다. 남편과의 혼인 신고서에 서명했던 바로 그 책상이었다.

"했어요."

"안 지 얼마나 됐어?"

남편은 아미를 사랑하기라도 하는 양 애처로운 눈빛으로 바라보았다. 그러나 아미는 오로지 집안의 땅을 빼앗기 위해 자신과 결혼한 남편이 자신을 사랑할 수 있다고 생각하지 않았다. 남편이 아미의 팔을 향해 손을 뻗었지만 아미는 몸을 움츠려 피했다. 밤에는 남편의 권리를 행사했지만 낮에는 아미가 허락하지 않으면 건드릴 수 없었다. 이것이 아미가 남편에 대한 저항을 멈추고 두 사람이 부부로서 강요된 삶을 살아 낼 수 있도록 정한 두 사람 사이의 규칙이었다.

"몇 달 안 됐어요. 엄마가 필요해요. 엄마 없이 나 혼자 할 수는 없어요."

아미는 호소하는 눈으로 남편을 보았다. 엄마가 얼마나 필요한지 말로 다 할 수 없었다. 아미는 열여섯이었고 아기를 낳는 것도 두려웠고 엄마가 되는 것도 두려웠지만 무엇보다 더 이상 자신의 것이라고 할 수 없는 인생에 고립된 채 아이를 키우는 것이 두려웠다.

"그런데 지금 우리 아기를 어떻게 하겠다고?"

남편은 배신감을 느끼는 듯 보였지만 아미는 상관하지 않았다. 배신은 남편이 먼저 했다. 아미의 땅을 빼앗고 순수함을 빼앗았으며 이제 진실조차 가로막고 있었다. 아미는 고개를 들고 그를 노려보았다.

"그래요."

현모는 어깨를 축 늘어뜨리고 더 이상 말을 하지 않았다. 그리고 사무실 문을 열더니 부하 경찰관 한 명을 불렀다.

"목록을 보여 줘."

"하지만……."

부하 경찰관이 말을 잇지 못한 채 아미와 현모를 번갈아 초조하게 쳐다보았다.

"보여 주라고."

아미는 현모가 몹시 낙담한 채 방을 나가는 모습을 지켜보았다. 현모가 그런 모습을 보인 처음이자 마지막이었다. 그 이후로 현모는 아미에게 마음을 닫았고 아미가 그에게 상처를 줄 수조차 없게 만들었다. 딸을 마음대로 중학교에 보냈듯이 아미의 허락 없이 자식과 관련된 결정을 내리는 아버지가 되었다. 이따금은 물리적으로 혹은 감정적으로 손을 내밀기도 했지만 아미는 언제나 몸을 움츠렸다. 엄마의 실종과 죽음에 관여한 죄를 한 번도 용서하지 않았다. 아미는 이야기의 막바지를 들려주며 아이들의 얼굴을 찬찬히 살펴본다.

"나한테 목록을 봐도 된다고 말하고 네 아버지는 경찰서를 나갔어. 할머니 이름이 거기 있을 거라는 건 내내 알고 있었지. 거기 이름을 올린 장본인이었으니까. 나도 보지 않아도 알고 있었어. 그래도 봤지. 수백 개의 이름을 훑다가 마침내 할머니 이름을 찾았어. 할머니는 그동안 계속 죄수로 붙잡혀 있다가 어느 날 처형을 당한 거였어."

목록에서 엄마의 이름을 발견한 뒤 아미는 바닷가로 걸어갔다. 제일 높은 절벽에서 몸을 던질 작정이었다. 세상에 홀로 남겨진 데다 새로 생긴 원수의 아이를 임신하고 있었다. 그러나 거센 10월 바람에 휘청이던 아미는 뛸 수 없었다. 뱃속에서 자라고 있는 아이를 어느새 사랑하게 되었다는 것을 깨달았기 때문이다.

"네가 내 목숨을 살렸지."

아미가 아들을 올려다보며 말했다.

"내가 아이를 갖지 않았다면 아마 살아남지 못했을 것이다. 너 덕분에 너와의 앞날을 기대할 수 있었지. 넌 내 일부이자 내 엄마, 아버지, 심지어 내 언니의 일부였다. 내 가족의 피가 네 핏줄을 따라 흐르고 있으니까. 그땐 그렇게 믿었고 지금은 그렇다는 걸 잘 안다. 그날 나는 우리 식구들을 가슴에 묻었지. 그래야만 했어. 널 위해, 그리고 날 위해. 그날 나는 너희 아버지가 있는 집으로 돌아갔고 누구한테도 이 이야기를 꺼내지 않았어. 지금까지."

"어머니."

아들이 조용히 말을 건넨다. 눈가가 새빨갛다. 아미는 아들이 어른이 된 이후로 이처럼 다정한 눈길을 받아 본 적이 없다.

"전혀 몰랐어요."

"모르는 게 당연하지. 네 아버지였고 너희는 아버지를 사랑하는 게 당연하다. 너희한테서 그걸 뺏어갈 생각은 조금도 없었어."

"그렇지만 엄마의 엄마를, 우리 외할머니를 죽였어요."

아들의 말은 뒤따른 침묵 속으로 우수수 떨어진다.

아미는 아들이 무슨 생각을 하고 있는지 짐작한다. 아들도 딸도 머릿속으로 어린 시절을 되감으며 엄마가 아버지의 다정한 행동에 반응하지 않았던 모든 순간들, 아버지의 농담에 웃지 않았던 순간들, 심지어 아버지의 곁에서 잠들지 않았던 밤들을 뒤늦게 이해할 것이다. 아미는 종종 밤늦게 잠을 이루지 못한 채 툇마루에 앉아 있었는데 아이들이 그런 아미를 발견해도 아미는 그 이유를 말해 줄 수는 없었다. 아이들을 보호하는, 세상의 참상으로부터 아이들을 분리하는 아미만의 방식이었다. 아미는 자신이 겪었던 그 어떤 고통도 자식이 겪지 않기를 바랐다. 아이들에게 진실을 말하지 않은 것은 아미가 할 수 있는 가장 헌신적인 행동이었다. 그리고 그것은 사랑 때문이었다.

"그래. 네 아버지의 행동이 할머니를 돌아가시게 했지. 하지만 아버지는 정부의 꼭두각시였어. 아버지는 시키는 대로만 했지. 전시였고. 사람들은 다른 사람을 상대로 끔찍한 일들을 저질렀어. 그리고 아주아주 많은 사람들이 죽었지. 그런데 전쟁이 그런 거다. 사람이 죽임을 당하는 게 전쟁이야. 게다가 살아남은 사람들도 어떤 방식으로든 억울한 일을 당한 사람들이다."

한국전쟁은 그야말로 피바다였다. 아미는 이웃들이 서로를 배신했던 기억을 떠올린다. 1950년에 전쟁이 본격적으로 발발하기 전부터 사람들은 내가 간첩이라고 고발당하기 전에 이웃부터 고발했다. 엄마의 오랜 해녀 친구들도 여럿 죽음을 맞았다. 아들이 있는 사람은 아들을 잃고 딸이 있는 사람은 딸을 잃거나 믿을 수 없는 사위를 얻었다. 제주 전체가 슬픔을 공유하고 눈물을 흘렸다.

아미의 슬픔은 제주국제공항 밑에 묻혀 있었다. 한때 군 비행장이었던 이곳은 제2차 세계대전이 끝난 뒤 일본 공군이 제주도를 떠나면서 버려졌다. 그 자리에 7백 명이 넘는 정치범이 수용되어 있었고 그중에 엄마도 있었다는 사실을 아미는 알게 되었다. 수감자들은 총살당했고 시신은 거대한 구덩이에 켜켜이 묻혔다.

비행장이 지금의 국제공항으로 바뀌었을 때 새로 닦은 활주로 아래 무엇이 있는지 아무도 언급하지 않았다. 그러나 학살을 겪은 사람들은 아무도 잊지 않았다. 그래서 아미가 비행을 꺼렸던 것이다. 비석이 없는 엄마의 무덤 위로 아미가 탄 비행기가 굴러간다는 생각을 하면 속이 뒤집어지고 입이 바싹 타들어 갔다.

열여섯 아미는 사랑할 식구가 하나도 남지 않은 고아가 되어 있었다. 그러나 뱃속에 희망이 자라고 있었다. 아들은 한국전쟁이 공식적으로 발발한 1950년에 태어났고 3년 후 마침내 전쟁이 멈추었을 때 딸이 태어났다. 현모와 아미는 전쟁 중에도 그 이후로도 서로에게 한 번도 마음을 드러내지 않았다. 현모는 죽음이 임박해서야 진심을 말했다.

암으로 죽어갈 때였다. 폐와 간에 악성 종양이 가득 퍼져 있었다. 현모는 하루 종일 담배를 물고 살았고 고기가 그물에 걸리기를 기다리면서도 담배를 피웠다. 말년에는 40킬로가 채 되지 않았고 두 자녀와 하나밖에 없는 손주가 왔을 때도 고개를 좀처럼 가누지 못했다.

"애들을 낳아 줘서 고마워."

현모가 얕은 숨을 몰아쉬며 겨우 말했다. 아미가 시원한 천으로 현모의 이마를 닦아 주고 있을 때였다. 아미는 이마를 닦다 말고 현모의 눈을 들여다보았다. 딸이 해녀가 되기를 거부한 이후로 처음이었다. 뿌연 백내장이 오른쪽 동공의 전체를 뒤덮다시피 했고 누런 흰자에는 시뻘건 실핏줄이 그어져 있다. 현모는 나이보다 훨씬 늙어 보였다. 아미는 현모의 인생이 아미의 인생에 비해 더 힘들었을까 생각해 보았다.

"난 언제나 당신을 사랑했어."

현모가 속삭이며 아미의 손을 찾았다. 아미는 습관처럼 재빨리 손을 숨겼다. 현모는 눈을 천천히 깜빡였다. 아미에게 익숙한 결연한 눈빛이었다.

"내 나름대로 사랑했어."

현모가 푹 꺼진 가슴 위에 손을 얹으며 말했다.

아미는 현모를 내려다보며 의아하다고 생각했다. 언제 이렇게 늙은이가 되어 버렸지.

"나 죽으면 너무 미워하지 마."

현모의 말에 아미는 순간 당황했다. 아미의 놀란 표정을 본 현모가 웃었다. 그러나 웃음은 이내 한바탕의 잦은 기침으로 변했다.

아미는 현모의 몸이 너무 심하게 뒤틀리지 않도록 가슴을 살며시 눌러 주었다. 기침이 가라앉자 현모는 아미의 손 위에 손바닥을 올리고 가볍게 아미의 손목을 잡았다.

"날 용서할 수 있게 되면 우리 조상님들 제사라도 지내 줘."

현모의 빨간 눈은 마치 나약한 몸에 생명을 불어넣어 달라는 부탁이라도 하는 듯 간절했다.

현모의 눈을 들여다보는 일은 마치 낯선 사람의 기억을 체로 걸러 내는 느낌이었다. 아미가 마침내 말을 꺼냈을 때 아미의 목소리는 거칠었고 반감으로 가득했다.

"뭘 용서해요? 우리 엄마 일?"

현모가 아미의 손목을 놓고 옆으로 팔을 내렸다. 그리고 천천히 눈을 끔뻑였다. 눈꺼풀이 한 번 열렸다 닫히는데 몇날 며칠이 걸리는 듯했다. 심한 기침이 꽉 막힌 폐를 뒤흔들었다. 현모는 엔진 오일이라고 해도 믿을 검은 피를 뱉었다. 아미는 충실한 아내답게 입에서 피를 닦았다.

"용서해 줘. 내가 입에 담을 수도 없는 잘못을 했다. 내가 다 잘못했다."

이것이 현모가 아미에게 건넨 마지막 말이었다. 현모는 가늘기 그지없었던 생명줄을 그로부터 두 주 더 붙잡고 버텼다. 현모의 병든 몸은 그 어떤 흉악한 원수에게도 마땅하지 않을 방식으로 현모를 고문했다. 현모가 마침내 죽음을 맞이했을 때 찾아온 감정은 안도감이었지만 아미는 놀랍게도 그를 땅에 묻을 때 날카로운 슬픔 또한 느꼈다. 어른이 된 아이들의 눈에서 떨어지는 눈물 때문이었을까. 아미는 확신할 수 없었다.

지금도 남편의 불행한 죽음을 돌아보면 남편이 마침내 세상을 떠났을 때 기분이 어땠는지 잘 기억나지 않는다. 곰곰이 생각할수록 다시 한 번 그때의 초연한 감정, 남편에 대한 익숙한 무관심만이 느껴질 뿐이다. 분노가 아미를 삼킬 듯 위협했기 때문에 아미는 그 당시 할 수 있는 것을 했을 뿐이다. 하루하루 살아가기 위해 감정을 꾹 누른 것이다.

한때 언니는 아미를 춤추는 나비라고 했다. 하늘의 새처럼 쾌활하고 명랑하고 자유롭다고 했다. 아미는 그 소녀가 사라지고 여자의 껍질만 남은 순간을 돌이켜본다. 어린 시절의 고통스러운 기억이 떠오른다. 마지막 결정타는 경찰서에 서서 목록에서 엄마의 이름을 발견한 순간이었다. 그 순간 엄마도 아미도 죽은 것이다.

"너희 외할머니 제사를 좀 지내 줄래?"

아미가 갑자기 딸에게 말한다.

"네?"

윤희가 걱정과 고통으로 찌푸린 표정으로 묻는다.

"내가 제사를 지낸 적이 없어서 말이야……."

아미가 기어들어가는 목소리로 말한다. 엄마의 죽은 얼굴을 떠올리던 아미는 엄마가 저세상에서라도 평온을 찾았을까 궁금하다.

"그런 건 걱정하지 마세요, 어머니."

형택의 목소리에는 분노가 깔려 있다.

"어머니는 일단 몸부터 회복하세요."

형택은 미소를 지어 보지만 아미는 형택의 머릿속에서 벌어지고 있는 자신과의 싸움이 눈에 선하다.

과거의 진실을 말하는 일은 아미에게 너무 벅차다. 영원한 잠이 아미의 눈꺼풀을 당기며 아주 잠들어 버리자고 조른다. 아미는 이마에 손을 대고 아픔이 감각을 깨울 때까지 손가락으로 살갗을 누른다. 남은 시간은 짧지만 아미의 의지는 여전히 강하다. 아이들이 아버지의 죄나 아미의 침묵을 받아들이고 이해해 줄 때까지 기다릴 수는 없다. 아미에게는 할 일이 있다.

"소녀상을 보러 가고 싶어. 다시 봐야 해."

아미가 불쑥 말을 꺼낸다.

"병원 놔 두고 어딜 가세요. 엄마는 지금 아픈 사람이에요. 심장에 무리가 가서 안 돼요."

윤희가 효녀라기보다는 엄마 같은 어조로 말한다.

"며칠 있다가 엄마 회복하시면 가요."

"아니야, 오늘 가야 해. 지금. 지금 봐야 해."

"엄마, 안 돼요. 아프시다구요!"

윤희가 언성을 높이고 레인은 윤희를 달래려고 애쓴다. 형택은 말없이 발만 내려다보고 있다.

"제가 모시고 갈게요."

형택의 목소리는 나지막하지만 동생의 고음을 누르며 전해진다.

"안 돼!"

윤희가 소리 높여 말한다.

"여기서 상태를 봐야 한다니까. 아직 가시면 안돼."

윤희는 곧 울음을 터뜨릴 지경이다. 레인은 윤희의 어깨에 팔을 두르고 엄마가 상처 입은 아이를 위로하듯 윤희를 달랜다. 그러나 그 상처는 까진 무릎이 아닌 마음의 상처이다.

대화가 끊어진다. 형택은 휠체어를 빌리러 병실을 나가고 윤희는 더 이상 할 말이 없음을 깨닫고 침묵한다. 그리고 아미의 곁으로 가서 볼에 입을 맞춘다. 윤희가 아미의 손을 잡고 두 사람은 다시 바닷가 고향집에 앉은 엄마와 딸이 된다. 함께 기다리는 동안 파도가 바위투성이 해안으로 연이어 부서진다.

"내가 엄마를 따라 물질을 했어야 하는데. 그게 도리였는데. 내가 엄마를 실망시켰어요."

윤희의 목소리에 죄책감이 잔뜩 묻어 있다. 턱에서 눈물이 뚝뚝 떨어진다. 레인이 맨손으로 눈물을 닦아 준다. 두 사람 사이의 정이 아미의 가슴 깊이 와 닿는다. 그 오랜 세월을 살면서 아미는 한 번도 그런 친밀함을 느껴 본 적이 없다. 딸의 연인과의 관계는 아미가 자신의 역경과 화해하는 데 도움을 준다. 딸이 자신이 선택한 사람과 함께 인생을 나누고 그 사람의 사랑까지 되돌려 받을 수 있다면 아미의 역경도 나름대로 의미가 있었다고 여겨지는 것이다.

"넌 네 마음 가는 대로 했어. 내가 너희 둘에게 바란 것은 그거 하나다. 너희가 자랑스러워. 너희들이 내린 선택이 자랑스럽고 너희들이 그 선택을 할 수 있었다는 사실도. 엄마로서 그보다 만족스러운 건 없어. 너희들은 엄마가 꿈도 꾸지 못한 걸 가졌어."

형택이 휠체어를 가지고 들어온다. 갈 시간이다. 형택이 휠체어를 밀고 방을 나가 엘리베이터로 향한다. 윤희와 레인은 군말 없이 뒤따르지만 아미에게는 보이지 않는다. 아미에게 보이는 것은 돌아오라고 간청하는 눈앞의 얼굴뿐이다.

아미는 언니와 너무나도 닮은 황금빛 얼굴을 골똘히 생각한다. 언니가 살아 있을지도 모른다는 가능성에 감히 희망을 가져 본다. 소녀상이 언니와 그토록 닮은 데에 이유가 없을 리 없다. 아미는 언니가 어떤 식으로든 소녀상과 관계가 있다고 뼛속 깊이 느낀다. 그러나 확신을 가지려면 소녀상의 얼굴을 다시 한 번 보아야 한다.

하나

1943년 가을, 몽골

개가 낮게 으르렁거리는 소리에 게르 안 사람들이 잠에서 깬다. 아우, 즉 아버지가 등잔을 밝힌다. 아우는 하나가 새로이 배운 또 하나의 몽골 낱말이다. 여자도 뒤척인다. 하나는 잠을 자는 척하며 속눈썹 사이로 남자를 지켜본다. 개가 경계를 하며 한 차례 짖는다. 남자는 서둘러 옷을 걸치며 발로 알탄을 건드려 깨운다. 두 사람은 함께 장화를 신고 등잔불을 든 채 몸을 숙여 밖으로 나간다. 어떤 남자의 인사 소리가 들리고 입구의 장막이 도로 내려와 하나를 다시 어둠으로 뒤덮는다. 새벽바람이 게르 안으로 밀려 들어오고 하나의 살갗에 소름이 돋는다. 하나는 담요를 턱밑까지 바짝 끌어올린다.

새의 날카로운 지저귐이 게르 안의 고요를 꿰뚫는다. 빠른 걸음으로 다가오는 말발굽 소리도 들린다. 알탄의 엄마를 깨우

지 않도록 조심하며 하나는 입구로 기어가 귀를 기울인다. 알
탄의 아버지가 말을 타고 다가오는 사람에게 인사를 건네자 답
이 돌아온다. 익숙한 목소리이다.

잘 뛰던 하나의 심장은 아주 멎어 버리는 듯하더니 머리에서
피가 빠져나간다. 숨도 쉴 수가 없다. 공포에 사로잡힌 하나는
물 밖으로 나온 물고기처럼 숨을 헐떡인다. 모리모토가 돌아온
것이다.

심장이 다시 풀리기까지 너무 오랜 시간이 걸린다. 하나는
무릎을 꿇은 채 양탄자가 깔린 바닥에 이마를 대고 가쁜 숨을
몰아쉰다. 아무것도 들리지 않고 아무 감각도 없다. 진공 상태
에 빠져 있는 것 같다. 그러다가 아까처럼 갑자기 공포감이 물
러간다. 천천히 하나의 폐에 산소가 차오르고 다시 숨이 쉬어
진다. 떨리는 몸이 진정되었을 때 하나는 입구의 장막으로 귀
를 더 가까이 갖다 댄다.

남자들은 몽골어로 대화를 나눈다. 개는 피곤한 줄 모르고
빙빙 돌며 뛰어다닌다. 하나는 장막 끝을 빠끔히 열어 밖을 내
다본다. 등잔 불빛이 게르 안으로 새어 들어온다. 하나는 알탄
의 엄마 쪽을 바라보지만 여자는 아직 깊이 잠들어 있다.

바깥의 두 남자는 게르 앞에 서 있다. 병에 든 무언가를 들이
켜는 모리모토의 목이 등잔불에 하얗게 드러나 있다. 그는 손
등으로 입을 닦은 뒤 병을 알탄의 아버지에게 건넨다. 알탄의
아버지도 음료를 마신 뒤 병을 안주머니에 넣는다. 모리모토는
종이 한 장을 펼치더니 알탄의 아버지가 볼 수 있게 내민다. 종
이에 뭐라고 씌어 있는지 하나에게는 보이지 않는다. 지도일

까, 군사 작전 계획일까? 전혀 감이 오지 않는다.

등잔을 높이 든 채 알탄의 아버지가 몸을 숙여 종이를 찬찬히 살펴본다. 모리모토가 몇 군데를 손으로 짚어 가며 비밀을 이야기하듯 낮은 목소리로 이야기한다. 알탄이 돌아오자 모리모토가 재빨리 종이를 접어 바지 주머니에 넣는다. 알탄의 아버지도 바로 서서 게르를 향해 손짓한다. 알탄이 고개를 끄덕이고 게르의 입구로 온다.

하나는 재빨리 잠자리로 돌아가 알탄이 들어오기 직전에 담요를 덮는다. 알탄이 뭐라고 궁시렁대더니 잠자리 위에 풀썩 드러눕는다. 하품을 하며 담요를 이리저리 움직이더니 이내 잠에 빠져든다. 아버지가 게르로 돌아올 때쯤 알탄은 이미 깊은 숨을 쉬고 있다. 하나는 모리모토도 따라 들어올 줄 알았지만 모리모토의 모습은 보이지 않는다. 알탄의 아버지가 등잔불을 끄고 아내 곁에 자리를 잡고 눕는다. 그 역시 곧 코를 골기 시작한다.

우두커니 누워 있던 하나는 모리모토의 갑작스러운 출현에 대비해 마음을 다잡는다. 숨을 곳이 없으므로 하나는 시신을 감싸듯 담요를 팽팽하게 당겨 가장자리를 깔고 눕는다. 하나를 범하려 들면 막아 낼 것이다. 모리모토는 바깥 어딘가에 있고 하나는 그가 단 하룻밤이라도 하나를 그냥 내버려 두지 않으리라고 확신한다. 몇 분은 몇 시간이 되고 모리모토는 오지 않는다. 눈꺼풀이 무거워지고 아무리 버텨도 눈은 자꾸 내리감긴다. 꿈속에서는 아침 일찍 잠을 깬 새들이 지저귀며 맑은 하늘 높이 날아다닌다. 알탄의 아버지가 코를 고는 소리가 평소보다 크게 들린다. 마치 바로 옆에 누워 있는 듯하다. 하나는 잠의 부드러운 두 손에 안긴 채 게르에서 점점 더 멀리 떠내려간다. 그러나 두 손은 점점 거칠어진다. 손은 하나를 잡아당기며 잠의 품에서 끌어 낸다. 하나가 잠이 덜 깬 채 손을 밀어내려고 뒤척이는데 갑자기 억센 손가락이 하나의 다리를 벌린다. 하나가 눈을 뜨자 곁에 모리모토가 보인다.

"저놈들이 널 건드렸니?"

모리모토가 속삭인다. 수염으로 까칠한 턱이 하나의 볼을 긁는다. 모리모토가 왔다는 충격에 하나는 말을 잇지 못한다. 몸을 비틀어 떨어지려고 해보지만 모리모토가 하나를 내리누르고 있다.

"저놈들이 널 건드렸냐고?"

모리모토가 낮고 쉰 목소리로 묻는다. 하나는 간신히 고개를 흔든다.

"확실해?"

모리모토가 여전히 하나를 더듬으며 묻는다.

갑작스러운 공격에 분노가 목까지 차오른다. 상상을 초월할 정도로 하나를 범했던 자가, 납치된 이후로 하나에게 가장 친절했던 남자들을 의심하다니. 하나는 몸에 힘을 주고 목소리를 되찾는다.

"이 사람들은 겁탈 같은 거 안 해요. 이 사람들은 점잖은 사람들이에요. 군인들하고 달라요. 당신하고 달라요."

하나를 거칠게 탐하던 모리모토의 손가락이 멈춘다. 모리모토는 손을 거둔다. 어둠 속에서도 하나는 모리모토의 분노가 끓어오르고 있음을 알 수 있다. 하나는 재빨리 델을 여미고 비단 허리띠를 묶어 두 번 매듭짓는다. 모리모토는 말 한 마디 없이 일어나 게르 밖으로 나간다. 하나는 도로 잠들 수가 없다. 대신 곁에 잠든 가족의 소리를 들으며 모리모토가 영영 돌아오지 않았다면 어땠을까 상상해 본다.

*

아침이 되자 알탄의 아버지가 제일 먼저 잠에서 깬다. 아버지는 알탄을 흔들어 깨우고 두 사람은 함께 밖으로 나간다. 하나는 두 사람이 나가는 모습을 지켜본다. 알탄이 고개를 돌려 하나를 찾자 하나는 재빨리 눈을 감는다. 알탄은 곧 사라지고 없다. 알탄의 엄마는 여전히 잠을 자고 있다. 하나는 모리모토의 계획이 무엇인지 모른다. 오늘 당장 하나를 데리고 떠날지 며칠 더 있을지 알 수 없다. 눈을 감자 모리모토의 얼굴이 마치 무시무시하고 위협적인 악령처럼 머릿속에 떠오른다. 하나는 벌떡 일어나 앉으며 얼굴을 밀어낸다. 하나는 아무렇지도 않은 듯 할 일을 하기로 마음을 먹는다.

화로에 불을 피운 뒤 하나는 자신과 알탄, 알탄의 아버지의 이부자리를 접어 장에 넣는다. 알탄의 엄마가 느긋하게 잠에서 깨어 일어나 앉는다. 그리고 하나에게 미소를 보낸다. 담담하게 건네 오는 그런 따뜻한 인사를 곧 보지 못하게 되리라고 생각하니 견디기가 힘들다. 여자 앞에 주저앉아 통곡을 하고 싶은 마음이 굴뚝같지만 하나는 꾹 참는다. 대신 여자의 친절에 보답하고자 정중하게 큰절을 한다. 여자가 놀란 듯 소리를 낸다. 하나가 모두 세 번 큰절을 하고 일어서니 여자가 목례로 고마움을 표시한다. 그런 다음 게르 밖으로 나간 하나는 모리모토가 하나를 데려가려고 돌아온 사실을 잊은 듯 아침 일과를 시작한다.

먼저 우유통에 우유를 짠다. 우유통 두 개를 한 손에 하나씩 들고 돌아와 신선한 우유를 단지에 붓는다. 그리고 가축 우리로 돌아가 조랑말들에게 사과 조각을 먹인다. 이 모든 것을 모리모토와 알탄의 아버지, 알탄, 간바타르, 이름을 모르는 한 사내, 알탄의 엄마가 주의깊게 지켜보고 있다. 개까지 하나의 모든 움직임을 주시하고 있는 듯하다. 하나가 곧 떠나리라는 사실을 모르는 사람은 없는 것 같다.

알탄은 지난 며칠과 달리 가축 우리로 하나를 찾아오지 않고 적당한 거리를 유지한다. 간바타르가 독수리를 데리고 노는 동안 잔가지를 짚으로 묶는다. 하나는 때때로 알탄의 시선을 감지하지만 하나가 고개를 돌리면 알탄은 눈을 피한다. 모리모토는 등받이가 없는 의자에 앉아 총을 분해해 닦고 있다. 각각의 부속품을 질서 있게 닦은 뒤 작은 헝겊 위에 가지런히 늘어놓는다.

간바타르가 독수리를 놓아 주자 새는 큰 소리로 울며 하늘로 솟구친다. 하늘 높이 솟아오르는 독수리를 모두가 지켜본다. 모리모토가 경외심 깊은 침묵을 깬다.

"정말 아름다운 짐승이지?"

모리모토는 일본어를 하고 있다. 하나는 모리모토가 자신에게 말을 하고 있으며 자신을 바라보며 자신의 대답을 기다리고 있다는 사실을 알지만 일부러 독수리에게서 눈을 떼지 않는다.

"새끼 때부터 키웠대."

모리모토는 하나의 침묵이 아무렇지도 않다는 듯 말을 계속한다.

"이제는 주인의 눈이 되고 활이 되어서 한겨울에도 주인이 굶지 않게 사냥을 해오지."

독수리는 점점 더 큰 원을 그리며 머리 위를 빙빙 돈다. 마음만 먹으면 멀리 날아가 돌아오지 않을 수도 있지만 그렇게 하지 않는다. 간바타르와 독수리를 연결하는 눈에 보이지 않는 밧줄이 점점 더 길어지고 있는 느낌이다.

"잠도 게르에서 주인과 함께 자고 먹이도 손으로 주어야 먹는대. 주인에게 안기어 쉬기도 하고. 아내나 자식보다 소중한 가족이지."

이 말을 들은 하나가 모리모토를 쳐다본다. 동물이 아내나 자식보다 소중할 수 있다는 생각은 놀랍다. 진실을 말하고 있는 걸까, 아니면 몽골 사람들을 야만인으로 보이게 하려고 일부러 저러는 걸까. 그러던 하나는 몽골인들이 조랑말을 대하는 방식을 떠올려 본다. 말들은 마치 어미 오리를 따르는 새끼 오리들처럼 가족을 따른다. 그리고 간바타르는 매일 아침 그들을 상냥하고 정성스럽게 보살핀다. 모리모토의 말은 사실일지 모른다.

간바타르가 독수리를 부르자 독수리는 찢어지는 울음을 내뱉은 뒤 간바타르의 팔뚝에 다소곳이 내려앉는다. 간바타르가 독수리의 가슴을 쓰다듬으며 게르 안으로 데리고 들어간다.

다른 사람들이 모리모토에게 목례를 하고 양귀비밭으로 향한다. 하나도 모리모토와 홀로 남겨지지 않기 위해 재빨리 뒤를 따라간다. 그러나 게르 뒤로 향하는 하나를 모리모토가 막아선다.

"어디 가는 거지?"

모리모토에게서 기름과 쇳덩이 냄새가 난다.

"밭에 가서 할 일이 있어요."

모리모토에게서 몇 걸음 물러난 하나는 모리모토의 등 뒤로 멀어져 가는 알탄의 뒤통수를 보면서 그가 멈추어 기다려 주었으면 좋겠다고 생각한다.

"이제 일은 그만해도 돼."

모리모토가 하나를 게르 입구로 안내하면서 말한다.

하나는 모리모토의 속셈을 알고 있다. 그가 이곳으로 돌아오는 내내 하나 생각만 했다는 사실, 모리모토가 원하는 대로 따른다면 금방 끝난다는 사실을 알고 있다. 모리모토만 만족시키고 나면 하나는 아무 일도 없었다는 듯 밭으로 갈 수 있다는 사실을.

하나는 입구에 가까스로 멈추어 선다. 하나의 손은 손톱이 나무에 박힐 정도로 문틀을 꼭 붙잡고 있다. 모리모토가 장막을 들추고 하나를 안으로 이끈다. 손이 문틀에서 떨어지지 않는다. 하나는 모리모토의 반응이 두렵다.

"나 안 보고 싶었어?"

모리모토의 미소는 순수해 보인다. 하나에게 친절하지 않았

다는 사실은 잊은 듯 전혀 다른 사람 같다. 하나는 모리모토의
표정을 이해할 수가 없다.

"안 보고 싶었냐고?"

모리모토는 하나의 답을 기다리며 명백한 어조로 묻는다. 하
나는 입술을 적시며 어떤 대답이 최선일지 고민한다. 아무것도
생각나지 않는다. 하나는 말없이 멍하니 모리모토를 응시한다.
모리모토는 표정이 어두워지는가 싶더니 다짜고짜 하나의 팔
을 붙잡아 게르 안으로 끌고 들어간다.

그리고 맨바닥에 하나를 밀어 눕힌 채 알탄이 하나에게 준
비단 허리띠를 푼다. 하나는 바닥에 누운 채 자신의 피난처로
간다. 죽은 듯한 상태에 잠기는 것이다. 저항해 보지도 않고 모
리모토에게 굴복한다면 창녀가 되는 것일까? 모리모토가 하나
의 목에 입을 맞춘다. 저항하지 않는다면 허락한다는 뜻일까?

하나의 직감은 하나에게 가만히 있으라고 말한다. 모리모토
가 하나를 다치게 하지, 아니 죽이지 않도록. 모리모토의 손은
간단히 하나의 목을 조를 수 있고 그러면 하나는 다시는 엄마
를 볼 수 없을 것이다. 알탄의 얼굴도 머릿속에 떠오른다. 알탄
또한 다시 볼 수 없을 것이다. 그러자 하나 자신에게조차 낯선
슬픔이 몰려온다.

모리모토가 하나의 입을 맞추지만 하나는 화답하지 않는다.

"내가 보고 싶을 줄 알았는데."

모리모토가 말한다.

하나가 눈을 감으며 모리모토를 시야에서 지운다. 하나는 모
리모토의 망상이 지긋지긋하다.

"너 줄려고 뭘 가져왔어."

모리모토가 하나의 귀에 대고 속삭인다.

"이따가 줄게."

모리모토는 하나의 몸에 대한 자신의 소유권을 재확인하며 총을 청소할 때와 마찬가지로 꼼꼼하게 하나의 모든 부분에 관심을 준다. 하나는 그러는 내내 눈을 뜨지 않는다. 그리고 기록을 경신한다. 무려 백 예순셋을 셀 때까지 숨을 쉬지 않았고 기절하기 직전까지 간 것이다.

*

하나가 옷을 입는 동안 모리모토는 담배를 피워 문다. 하나가 허리띠를 매자 관심을 보인다. 하나는 주의를 끌고 싶지 않아서 한 번만 매듭을 짓지만 그래도 모리모토의 눈을 피할 수 없다.

"어디서 났어?"

"이거요? 옷이 없어서 몽골 아줌마가 줬어요. 날 데려다 줬을 때 입고 있던 넝마는 아줌마가 태워 버렸어요."

하나가 얼른 등을 돌려 장화를 한 짝씩 발에 끼운다.

담배 끝을 질겅거리던 모리모토는 미끼를 물지 않는다.

"그 옷 말고. 예쁜 허리띠 말이야. 비단인가?"

모리모토가 하나에게 가까이 오라고 손짓하며 말한다.

하나는 망설이다가 시키는 대로 한다. 모리모토가 머뭇거리는 하나를 보고 눈썹을 치켜올린다. 하나는 눈을 내리깐 채 타

박타박 모리모토의 앞으로 가서 무릎을 꿇고 앉는다. 모리모토
는 마치 가치를 감정하듯 엄지와 검지로 비단 허리띠를 문지른
다. 그러고는 무릎에 담뱃대를 걸쳐 두고 허리띠를 풀기 시작
한다. 하나는 모리모토가 다시 옷을 벗기려고 할까 두려워 두
손으로 델을 여민다. 그러나 모리모토는 두 손으로 허리띠를
받쳐 들고 그 전체를 꾸미고 있는 섬세한 장식을 살펴본다.

"이 허리띠는 존경의 표시야."

모리모토가 세밀한 자수에서 눈을 떼지 못하며 말한다.

"이거 누가 줬어?"

"그게 그렇게 중요한가요?"

"그럼. 아주 귀한 선물이네."

"생각하시는 것보다 너그러운 사람들인가 보죠."

모리모토가 들고 있던 허리띠를 내리고 하나의 표정을 살핀
다. 모리모토의 매와 같은 눈빛에 불안해진 하나는 고개를 돌
린다.

"여자는 원래 허리띠를 안 해. 풀기 번거롭거든."

모리모토가 한참 뒤에 조소 띤 얼굴로 말한다.

"그러니까 이걸 네게 준 사람은 분명한 목적이 있었던 거
야."

"아줌마도 허리띠 있어요."

"그건 작업 도구를 걸기 위한 허리띠잖아. 이건, 뭐랄까, 장
식용이랄까?"

모리모토는 눈빛으로 하나의 거짓말을 나무라는 듯하지만
입은 열지 않는다. 두 사람 간의 침묵이 하나를 불편하게 한다.

모리모토는 웃으며 허리띠를 하나의 얼굴에 던진다. 허리띠가 바닥에 떨어진다. 하나는 허리띠를 떨어진 채로 놔 둔다. 모리모토가 담뱃대를 입으로 가져가 한 모금 빨더니 하나의 얼굴에 길게 연기를 내뿜는다. 눈이 매워 눈물이 난다. 기침도 나온다.

"그래서, 누가 널 차지한 거냐? 그 간바타르 녀석 친구? 아니면 꼬마? 누가 널 갖겠다고 그러더냐?"

알탄이 걱정된 하나는 재빨리 머리를 굴린다. 모리모토의 화를 돋울 수 있다면 알탄이 아닌 하나에게 화살이 날아올 것 같았다.

"여기 당신 같은 사람은 없어요. 내가 당신 손을 벗어나기 위해 무엇이든 할 거라는 걸 알면서도 나를 자기 것이라고 생각하는 사람은 당신뿐이라고."

모리모토가 허리를 꼿꼿이 세우더니 마치 하나를 때릴 것 같은 자세를 취한다. 하나는 날아올 손찌검에 대비해서 몸에 힘을 준다. 그러자 모리모토는 작전을 변경하는 듯 미소를 짓는다. 언제든 덮쳐 올 한 마리 뱀 같다.

"원하면 하루 종일 이러고 있을 수 있어. 그러기 싫으면 누가 이걸 줬는지 말해."

하나는 모리모토를 외면한 채 허리띠를 장식한 밝은 파랑과 노랑을 물끄러미 바라본다. 벌써부터 커져 버린 이곳에 대한 그리움에 가슴이 아프다.

"아침에 떠날 거야."

모리모토가 하나를 떠보듯 말한다.

하나가 여전히 아무 말도 하지 않자 이렇게 덧붙인다.

"누군지 몰라도 영영 이루어지지 못할 너와의 미래를 하룻밤 더 꿈꿀 수 있겠구나."

모리모토의 말의 이면에 담긴 진실에 하나가 부서져 내린다. 속으로 하나는 자꾸만 아래로 처진다. 겉으로는 어깨를 꼿꼿이 편 채 모리모토의 말이 얼마나 큰 상처가 되었는지 드러내기를 거부한다.

"내가 왜 따라가야 돼요?"

모리모토는 하나의 갑작스러운 물음에 당황했을지 몰라도 겉으로는 드러내지 않는다. 모리모토는 담뱃대를 빨더니 손사래를 친다.

"네가 필요해. 내 불행을 없애 줄 사람은 너뿐이야."

불행? 위안소에서 낮 동안 온갖 괴롭힘을 당한 뒤 쉬고 싶은 마음만 간절했던 하나는 밤마다 잠도 못 잔 채 억지로 모리모토의 불평을 들어 주어야만 했다. 모리모토는 유령처럼 하나의 방에 나타나 잠든 하나를 깨우고 잠자리 상대까지 되어 주기를 요구했다. 그런 뒤에도 하나는 잠을 자지 못하고 모리모토의 말을 들어주어야 했다. 하나는 모리모토의 얼굴에 침을 뱉고 싶은 마음이지만 모리모토는 하나의 볼에 손을 댄다. 모리모토는 이제 다시 자기의 이야기를 하려는 참이고 하나는 들어 줄 수밖에 없다.

"미국놈들이 우리 식구들을 죽였어."

모리모토가 아련한 표정으로 말한다.

"아내와 어린 아들이 위험할까 봐 전쟁이 터지기 전에 캘리포니아에 있는 동생한테 보냈거든."

모리모토의 태도가 변한다. 어딘가 가라앉아 보인다.

"어떻게 죽었어요?"

하나는 자신도 모르게 묻는다. 모리모토가 식구들 이야기를 한 것은 처음이다.

모리모토가 깊은 숨을 들이쉬더니 얼마나 천천히 내뱉는지 하나는 그의 분노를 산 건 아닐까 겁이 난다. 그러나 모리모토는 말을 잇는다.

"일본이 미국을 폭격했어. 그거 알았어? 하와이 해군 기지에 정박해 있는 군함들을 침몰시켰지. 놈들이 전쟁에 끼어들지 않게 하려는 방어성 타격이었는데 소용이 없었어. 놈들이 화가 나서 참전해 버렸거든. 그리고 미국 내에 있는 모든 일본인들을 반역자와 간첩으로 선언했어. 집과 재산을 놔 두고 불결한 수용소에서 살게 만들었어. 아들은 굶어 죽었고 나까지 천황의 전쟁에 나가게 되자 버림을 받다시피 한 아내는 슬퍼 목을 매었어."

하나는 모리모토의 말을 곱씹으며 식구들이 죽었다는 소식을 듣고 모리모토가 느꼈을 비통함을 상상해 본다. 모리모토는 식구들이 안전하기를 바라며 그들을 미국으로 보냈지만 오히려 고통을 받고 죽임을 당했다. 하나는 게르 안의 어두운 불빛 아래 모리모토의 얼굴을 살펴보지만 아무리 노력해도 동정받을 가치가 있는 사람으로 보이지 않는다. 모리모토에겐 인정이란 없다. 모리모토의 인정은 식구들과 함께 죽어 버렸다.

"바닷가에서 널 봤을 때 신들이 주신 선물이라는 것을 알았지. 신들은 나에게 주려고 널 보낸 것이 틀림없어. 넌 언젠가

나에게 또 다른 아들을 낳아 줄 거야."

모리모토는 절대로 하나를 놓아 주지 않을 것이다. 모리모토가 계획해 놓은 미래에 하나는 구역질이 난다. 모리모토를 따라갔다가 그가 방심했을 때 도망치는 방법도 있을 것이다. 하나는 이런 미래를 머릿속으로 그려 보지만 도망을 치려는 하나의 두 팔에는 아기가 안겨 있다. 모리모토의 아기이다. 모리모토의 아기를 가지느니 죽는 게 낫다. 그러자 또 다른 생각이 하나의 머릿속으로 들어온다. 모리모토를 죽이거나 죽이려고 애쓰다 죽는 방법이다.

모리모토가 파이프를 내려놓고 외투 안에서 주머니를 꺼낸다. 하나는 주머니를 여는 모리모토를 지켜보며 그 안에 자신의 사진이 들어 있기를 내심 바란다. 그럴 리 없겠지만 적어도 기대하는 척하는 데는 도움이 된다.

"너 주려고 가져왔어."

모리모토는 당당한 구혼자라도 되는 듯 금팔찌 두 개를 꺼낸다.

실망한 하나는 팔찌를 물끄러미 바라본다. 모리모토가 하나의 팔을 당겨 가느다란 팔목에 팔찌를 끼운다. 팔찌가 서로 부딪치며 쟁그랑 소리를 내고 하나는 그 소리가 마치 쇠사슬 소리 같다고 생각한다.

"마음에 들어?"

하나는 어떻게 해야 모리모토가 만족할지 안다. 단지 고개만 한 번 끄덕이면 된다. 그러기 위해서 하나는 온 힘을 끌어모은다.

*

양귀비밭에서 하나는 알탄과 다른 식구들로부터 멀찍이 떨어져 있다. 너무 가까이 가면 모리모토와 잠자리를 한 냄새가 날지도 모르고 어쨌든 들킬까 두렵다. 하나가 모리모토에게 어떤 존재인지 밝혀진다면 그들도 짐승으로 변할까? 어제만 해도 가벼웠던 칼이지만 오늘은 봉오리에 칼집을 내는 하나의 손에 무겁고 거추장스럽게 느껴진다. 모리모토는 알탄의 아버지와 이야기를 나누느라 바쁘지만 이따금 하나 쪽으로 시선을 보낸다.

알탄이 하나 곁을 지나간다. 알탄의 그림자가 하나의 얼굴 위로 떨어지지만 하나는 아는 척하지 않는다. 대신 반대 방향으로 움직이며 거리를 둔다. 한 번 걷기 시작하자 멈출 수가 없다. 하나의 두 발이 제멋대로 움직인다. 하나는 어느새 밭을 벗어나 산 쪽으로 향하고 있다. 바위로 뒤덮인 거대한 덩어리가 하나의 이름을 부르는 듯하고 하나는 그 부름을 외면할 수가 없다. 모리모토가 뒤따라오지만 하나는 멈추지 않는다.

조랑말을 타고 따라온 모리모토가 하나의 앞을 가로막고 선다. 하나는 모리모토를 지나쳐 걸으려고 하지만 그가 다시 가로막는다. 술래잡기 같지만 하나는 모리모토가 술래가 되도록 내버려 두지 않는다. 하나는 뛰지 않는다. 하나는 침착하게 조랑말을 지나쳐 걷기를 반복한다. 곧 모리모토가 흥미를 잃고 조랑말에서 내린다. 조랑말은 양귀비밭에 있는 주인들에게 돌아간다. 모리모토가 하나의 팔꿈치를 붙잡고 온 길을 되짚어 간다. 하나가 몸부림을 치자 모리모토가 하나를 껴안는다. 하나는 어부의 단단한 손아귀 안에서 하릴없이 꿈틀거리는 물고기 같다. 어부가 물고기보다 배가 고프다면 물고기에게는 가망이 없다. 모리모토의 배고픔은 너무도 커서 하나는 도망칠 수 없다.

"저 사람들 앞에서 손발이 묶이고 싶니? 그렇게 해야 한다면 할 거야. 하지만 그러고 싶지는 않아."

모리모토가 거슬리는 목소리로 하나의 귀에 대고 말한다.

"상관없어요. 내가 당신한테 어떤 존재인지 보여 줘요. 짐승과 다름없는 존재라는 걸."

"짐승 아니야. 내 아내야. 아직도 모르겠어?"

모리모토가 하나에게 입을 맞추려고 하지만 하나가 그를 밀쳐 낸다.

"아내가 있었죠. 그렇지만 죽었어요. 운이 좋았지요."

모리모토가 하나의 뺨을 후려치자 하나가 땅에 쓰러진다. 코에서 피가 흘러 입으로 들어간다. 하나는 입술을 핥는다. 그 맛은 하나가 다시금 강인해졌다는 사실을 일깨운다.

"난 절대 당신 아내가 되지 않아."

하나가 팔에서 팔찌를 빼서 모리모토의 얼굴에 던진다.

"주변을 둘러봐."

모리모토가 두 팔을 넓게 펼치며 말한다.

"너한테는 선택의 여지가 없어."

모리모토가 고개를 쳐들고 하나를 비웃는다. 그러고는 마치 불쌍한 쪽은 하나라는 듯 고개를 젓는다. 그는 땅에 떨어진 팔찌를 주운 뒤 하나를 일으켜 세워 줄 요량으로 손을 내민다. 하나는 손에 침을 뱉는다. 모리모토는 멈칫 하더니 허리를 펴고 선다. 그리고 하나에게서 눈을 떼지 않은 채 손에 묻은 하나의 침을 훑더니 양귀비밭으로 돌아간다.

하나는 곧바로 모리모토를 따라가지는 않는다. 한동안 지켜보면서 이제 어떤 일이 벌어질지 생각한다. 모리모토가 내일 아침 하나를 데리고 떠나면 둘은 부부로서 삶을 시작할 것이다. 우리에 갇혀 사는 것과 다름없을 것이다. 양귀비밭에서는 알탄이 움직이지 않고 서 있다. 모리모토가 알탄의 곁을 지나 게르가 있는 방향으로 가지만 알탄의 표정은 보이지 않는다. 알탄은 하나가 양귀비밭으로 향하기 시작하자 비로소 움직인다. 알탄은 무슨 일이냐는 표정으로 하나를 맞이하지만 하나는 대답하지 않는다. 알탄은 너무 어리고 순수해서 이해할 수 없을 것이다. 하나가 지난 몇 달간 겪은 세상을 알탄은 겪어 본 적이 없다. 하나는 고개를 푹 숙인 채 양귀비 봉오리에 차례로 칼집을 낸다.

*

오늘밤에는 아무도 노래를 부르지 않는다. 알탄의 아버지와 모리모토는 계획을 점검하고 알탄은 부루퉁한 얼굴로 구석에 앉아 있다. 하나의 생각은 지난 며칠간의 추억 사이를 노닌다. 추억들은 마치 소용돌이치는 웅덩이에 떨어진 나뭇잎처럼 끝없는 나선을 그리며 돌고 또 돈다. 추억을 놓지 않고 안으로 끌어들이는 회오리의 끝은 바로 하나 자신이다. 고향을 다시 보지 못해도 이곳에서 행복할 수 있을 것만 같다. 그리고 이 생각은 하나를 공포로 몰아넣는다. 모리모토 혹은 그 같은 다른 군인을 영영 보지 않을 수 있다면 엄마, 아버지, 심지어 언니까지 버릴 수 있다는 생각이었으므로.

잠자리에 들 시간이 되자 하나는 모리모토의 잠자리 역시 식구들이 모인 게르 안에 준비되었다는 사실에 놀란다. 모리모토는 화로 건너편 알탄의 자리 근처에서 잠든다. 모리모토의 존재에 하나는 숨이 막힌다. 하나가 이 식구들 사이에서 느꼈던 평안을 모리모토가 침범한 것이다. 하나는 처음으로 평온을 느꼈던 순간을 애써 떠올려 보지만 추억들이 다 떠나간 듯 머릿속은 하얗게 변해 버린다. 당황한 하나가 눈을 뜨고 어두워진 게르 안을 두리번거리는데 문득 한 가지 생각이 머릿속에 피어난다. 난 아줌마가 양귀비 칼을 어디다 두는지 알고 있어.

하나는 원하는 칼이 무엇인지도 안다. 뼈로 만든 손잡이가 있는 짧은 칼로 칼날이 가장 날카롭다. 알탄이 쓰는 칼이다. 양귀비밭에 갔던 첫 아침 알탄이 하나에게 빌려 주었던 칼이다. 칼날은 힘들이지 않아도 봉오리로 쑥 들어간다. 빠르고 정확하고 깔끔하게. 크기도 크지 않아서 하나의 손으로도 손쉽게 다룰 수 있다. 긴 소매 안에 칼을 감추고 모리모토에게 가까이 가서 곁에 무릎을 꿇고 앉을 수 있다면 그가 깨어난다고 해도 하나의 의도를 알아챘을 때는 이미 늦었을 것이다. 암초에서 조개를 캐는 것만큼 간단할 것이다. 단 한 번의 깔끔하고 깊은,

절제된 손놀림이면 하나는 자유가 될 수 있다.

하나는 모리모토의 목에 칼날을 갖다 대는 상상을 한다. 칼날이 왼쪽에서 오른쪽으로 미끄러지는 모습을 그려 보면서 살갗을 뚫기 위해 얼마나 힘을 주어야 할지 상상해 본다. 손이 허공에서 신속하고 정확하게 움직이는 모습을 자꾸자꾸 그려 보며 연습을 한다.

하나는 부드러운 털 이부자리를 짚고 일어나 무릎을 꿇고 앉는다. 그리고 잠시 멈추어 잠든 사람들이 하나의 움직임을 감지했는지 확인한다. 두 남자의 코 고는 소리 사이로 알탄의 엄마가 내쉬는 안정적인 숨소리가 들릴 듯 말 듯하다. 알탄은 몸을 웅크린 채 벽에 붙어 꼼짝하지 않는다. 하나는 일어서서 둥그런 천막 안을 살핀다. 잠든 사람들이 내는 소리에 하나는 용기가 생긴다. 하나 자신의 숨은 조용하고 깊다. 두근대는 심장도 차분해진다. 하나는 발꿈치를 들고 알탄의 엄마 옆을 지나 잠자는 사람들 사이로 조심스럽게 나아간다.

칼은 음식이 들어 있는 상자 옆 나무로 된 함에 들어 있다. 뚜껑을 열 때 끼익 소리가 난다는 사실을 알고 있는 하나는 경첩에 침을 뱉는다. 침이 윤활제 역할을 해주기를 바라는 마음이다. 뚜껑은 별 소리 없이 열린다. 함 속에서 손잡이가 흰 뼈로 된 작은 칼이 빛난다. 치명적인 임무를 위해 선택되었다는 사실을 아는 듯하다.

하나는 칼을 상자 밖으로 꺼낸다. 매끄러운 뼈 손잡이에서 하나의 손으로 전류가 흘러 팔, 심장으로 이어진다. 하나의 결의가 새로이 발견된 힘으로 충전된다.

상자를 닫은 하나는 칼을 쥔 채 원하는 동작을 취해 본다. 칼을 쥔 느낌이 좋고 베는 동작은 자연스럽게 느껴진다. 모리모토에게 다가가려면 알탄의 아버지의 머리맡을 지나가야 한다. 하나는 남자의 털가죽 위로 조심스럽게 발가락을 내딛는다. 혹여 하나의 움직임에 털가죽의 털이 흔들려 남자의 볼을 건드릴까 싶어 하나는 극도로 천천히 움직인다. 한 발, 한 발, 하나는 기어가듯 남자 곁을 지나간다. 눈은 연신 게르 안에 있을지도 모르는 움직임을 살핀다. 숨소리가 하나의 발소리를 감춘다. 모리모토에게 가까이 갈수록 하나는 침착하려고 애쓴다. 한 발, 두 발, 세 발을 더 움직인 하나는 마침내 모리모토를 내려다보고 서 있다. 하나는 잠든 모리모토의 숨소리에 귀를 기울인다. 익숙한 그 소리에 분노가 치솟는다. 하나는 칼을 더 꼭 쥔다. 손이 모리모토의 목 위로 우아한 동시에 강인한 동작으로 미끄러지는 모습을 그려 보는 하나의 결의는 굳다.

하나는 심호흡을 한 뒤 모리모토의 옆에 무릎을 꿇고 앉는다. 하나는 그의 옆에 자주 누워 보았다. 그가 언제 꿈을 꾸는지, 언제 그 곁을 떠나서 몸을 씻거나 소변을 볼 수 있는지 알고 있다. 하나는 화로의 빨간 숯만이 비추고 있는 모리모토의 얼굴을 살핀다. 눈꺼풀이 흔들린다. 한 번 실룩거릴 때마다 하나는 증오가 차오른다. 때가 된 것이다.

칼은 마치 살아 있는 듯, 밖으로 드러난 모리모토의 목 위에서 맴돈다. 하나의 손은 쥐가 난 듯 저리다. 단 한 번의 칼질이면 돼. 지금이야. 놀랍게도 하나의 귀에 아버지의 목소리가 들린다. 어린 시절에서 온 메아리다. 하나가 처음 생선을 손질할 때였다. 축축하고 미끌미끌한 생선이 하나의 손안에서 몸부림치면서 도망치려고 했다. 지금이라고 다를 것은 없다. 죽어가던 황소를 만났을 때와도 같다. 끔찍하지만 해야 하는 일이다. 모리모토 없는 세상에서 살아 가기 위해.

하나는 모리모토의 목에 가볍게 칼날을 대본다. 숨을 참은 채, 그가 소리를 지를 수 없도록 기도까지 칼을 넣는데 필요한 힘을 계산해 본다. 하나는 길게 숨을 내쉬고 배와 팔에 힘을 준다. 그리고 머릿속에서 그려 본 대로 왼쪽에서 오른쪽으로 손을 움직이려는 찰나, 어떤 경고도 없이, 무언가 하나의 팔을 공중으로 들어 올린다. 그리고 몸을 뒤로 끌어당긴다. 갑작스러운 힘에 하나가 균형을 잃고 나자빠진다. 하나는 뒤늦게 자신이 누군가의 위로 넘어졌다는 사실을 깨닫는다. 칼을 빼앗으려고 애쓰는 남자의 손은 힘이 세고 확신에 차 있다. 하나는 남자의 얼굴을 보려고 몸을 비튼다. 알탄이다.

알탄이 하나의 손에 있는 급소를 누른다. 하나가 칼을 떨어뜨린다. 하나가 자세를 바로잡기도 전에 알탄이 칼을 집어 허리띠에 끼워 넣는다. 두 사람 모두 숨이 가쁘다. 하나는 알탄에게 소리를 지르고 싶지만 다른 사람들을 깨우는 위험을 감수할 수는 없다. 알탄은 아무 말도 하지 않지만 표정이 모든 것을 말해준다. 믿을 수 없다는 표정이다. 역겹다는 표정일 수도 있다.

하나는 알탄을 마주 노려본다. 마음 같아서는 상황을 설명하고 싶지만 알탄은 절대로 이해할 수 없을 것이다. 두 사람 사이를 오갈 수 있는 공통의 말이란 없다.

알탄이 일어나 재빨리 게르 밖으로 나간다. 하나는 알탄을 뒤따라 나가지 않는다. 상자 안에는 다른 칼도 많다. 하나는 재빨리 다른 걸 꺼내서 일을 마무리할 수도 있다. 그러나 알탄의 표정이 하나를 머뭇거리게 한다. 알탄은 절대로 하나를 용서하지 않을 것이다. 하나는 자신을 살인 미수자로 만들어 버린 모리모토를 돌아본다. 하나가 계획을 실행에 옮긴다면 하나는 모리모토, 혹은 자신을 고문했던 다른 남자들보다 나을 게 없을 것이다. 그 생각은 쉽게 넘겨 없앨 수 없다. 과연 놈들보다 나은 사람이 될 가치가 있을까?

모리모토를 바라보며 하나는 좌절과 분노, 혐오의 감정에 이를 간다. 주먹을 있는 힘껏 쥐며 손톱이 살을 파고드는 따가움을 즐긴다. 고통. 하나는 고통이라는 감각과 아주 친밀한 관계에 놓이게 되었다. 이것은 하나가 혐오의 안개로부터 멀어지게 해준다. 알탄의 얼굴이 마치 불운한 달처럼 하나의 머릿속에 떠오른다. 알탄의 표정은 하나의 기억에 얼룩으로 남는다. 알탄의 순수하던 눈동자는 어디 가고 없다. 하나는 무엇이 되어 버린 것인가?

모리모토는 계속해서 잠을 잔다. 하나는 마지막으로 모리모토의 목을 베는 상상을 하며 잠자리로 기어들어가 눕는다. 수만 리를 걸은 사람처럼 하나의 몸은 푹신한 자리 위로 축 늘어진다. 다음날 모리모토를 따라 가야 한다는 사실을 알면서도 잠자리로 돌아가느라 너무 많은 힘을 소비해서 하루 종일 잠을 잔다 해도 회복할 수 없을 것 같다.

하나는 다시는 알탄을 마주할 수 없을 것 같다. 알탄에 대한 마지막 기억은 하나의 눈을 바라보던 그의 얼굴에 퍼진 혐오일 것이다. 하나는 알탄의 입장에서 다시금 자신을 바라본다. 잠든 사람을 죽이기 위해 어둠 속을 살금살금 걸어가는 자신의 모습이 보인다. 알탄이 하나를 혐오하지 않을 리 없다. 하나는 아침에 알탄의 모습을 보지 않기를 바라면서, 하나의 모습을 역겹게 여긴 알탄이 하나가 떠나기 전에는 게르로 돌아오지 않기를 바라면서 눈을 감는다. 그래도 상관없다고 스스로를 설득하면서 더 꼭 감는다.

*

그날 밤늦게 누군가 하나를 깨운다. 하나는 그것이 모리모토일까 두렵다. 하나가 팔을 붙잡은 손을 뿌리치려는데 앳된 목소리가 쉿 하는 소리를 낸다. 알탄이 손가락을 입술에 올린 채 따라오라는 시늉을 한다. 알탄은 옷을 입고 있고 어깨에는 가죽 가방을 메고 있다. 하나가 일어나 앉는다. 알탄은 하나를 돌아보지 않은 채 알탄의 엄마가 하나에게 신으라고 준 부드러운 가죽 장화를 건넨다. 하나가 장화를 신자 알탄은 하나를 데리고 게르 밖으로 나간다.

밖으로 나오니 간바타르가 문간에 서 있어 하나가 소스라치게 놀란다. 간바타르가 알탄과 마찬가지로 손가락을 입술 위에 올린다. 하나는 두 사람의 의도를 파악하려고 잠시 머뭇거린다. 알탄은 여전히 하나의 손을 붙잡은 채 하나를 게르 반대 방향으로 이끈다. 간바타르도 둘을 따르고 그들은 가축 우리 뒤에 있는 작은 게르 쪽으로 간다. 그러던 중 두 사람과 함께 있는 것이 안전하지 않을 수 있다는 데 하나의 생각이 미친다.

하나가 알탄에게서 떨어지자 이번에는 간바타르가 뒤에서 하나의 두 어깨를 잡고 앞으로 밀어 준다. 하나는 간바타르의 손을 떨치려고 해보지만 간바타르는 하나를 아프게 하지는 않는다. 대신 하나의 귀에 대고 나지막이 무슨 말을 속삭인다. 이해할 수 없는 말이지만 간바타르가 무얼 할 작정인지 기다릴 여유는 없다. 하나는 제 머리를 간바타르의 머리에 갖다 박는다. 박치기 한 번에 눈앞이 어질어질하다. 간바타르가 손을 놓고 하나가 몸을 돌려 도망치려는 찰나 알탄이 하나의 허리에 맨 비단 허리띠를 붙잡는다. 하나는 허리띠를 잡아채려고 애를 쓰지만 알탄은 손을 놓지 않고 천천히 고개를 가로젓는다. 알탄의 표정은 화가 난 표정이 아니라 걱정스러운 표정이다. 알탄은 자꾸만 게르 쪽을 돌아본다.

"하나."

알탄이 하나를 진정시키려고 애쓰며 허리띠를 놓는다.

하나는 몸부림을 멈추고 알탄의 설명을 기다린다. 알탄이 손가락으로 작은 게르를 가리킨다. 말뚝에는 조랑말 두 마리가 묶여 있다. 두 마리 모두 긴 여정을 앞둔 듯 안장을 갖추고 있다. 알탄은 또 가방을 들어 안을 보여 준다. 식량 꾸러미와 물병, 그밖에 길에서 필요한 물건들이 들어 있다. 하나는 그제야 알탄의 계획을 깨닫는다. 알탄은 하나가 달아날 수 있게 도와주고 있는 것이다.

간바타르가 옆머리를 문지르며 미소를 짓더니 하나의 머리를 가리킨다. 하나 역시 미소를 짓고는 머리를 문지르며 아프다는 시늉을 한다. 세 사람은 말없이 조랑말이 묶여 있는 곳으로 간다. 간바타르가 하나를 발이 검은 흰 말에 태워 준다. 알탄은 허리띠에 차고 있던 칼을 꺼내 하나에게 건넨다. 알탄이 간바타르에게 무어라고 말을 하고 간바타르는 고개를 끄덕이며 알탄의 어깨를 두드린다. 그리고 말뚝에 묶인 조랑말을 푼다. 알탄이 하나의 뒷자리에 올라타자 하나가 깜짝 놀란다. 하나는 어깨 너머로 알탄을 쳐다보지만 알탄은 조랑말을 가볍게 건드릴 뿐, 두 사람은 함께 길을 떠난다. 나머지 말 한 마리는 마치 저도 길을 안다는 듯 얌전하게 둘을 따른다.

양귀비밭을 지나자 알탄은 조랑말을 빠른 속도로 몰기 시작한다. 말은 곧 전속력으로 날아가고 있다. 마치 그 길을 수백 번도 더 가봤다는 듯 어둠 속을 헤치고 간다. 지형이 바뀌고 말이 속도를 늦추자 알탄은 옆구리를 발로 찬다. 알탄의 불안감은 하나에게도 옮아, 하나는 어느새 오로지 정신력만으로 조랑말을 부추기고 있다. 말은 바위가 많고 가파른 길로 들어선다. 하나는 그 길이 게르 뒤편으로 솟아 있는 산으로 오르는 길이라고 짐작한다.

머리 위로 별이 반짝인다. 하나는 혹시 다가오는 말발굽 소리가 들릴까 귀를 기울인다. 모리모토가 추격하는 상상을 하니 불안해 견딜 수 없다. 몇 차례 모리모토의 검은 말이 전속력으로 쫓아오는 소리가 들리는 것 같기도 하지만 하나의 상상일 뿐이다.

태양이 대지를 깨우자 마침내 조랑말이 따라가고 있는 길이 눈에 들어온다. 산고개의 솟은 바위들 사이로 염소가 이동하는 좁은 길목이 구불구불 이어진다. 산을 절반도 올라오지 않은 터라 보이는 것은 눈앞의 나무와 커다란 바위뿐이다. 추격하는 사람이 있는지조차 알 수 없는 상태가 주는 불안감이 하나의 뱃속을 죄어 단단히 뭉치게 만든다.

고삐를 쥔 알탄의 두 팔이 하나를 감싸 안고 있는 것만이 하나에게 작은 안도감을 준다. 알탄이 하나를 어디로 데려가고 있는지, 하나와 얼마나 오래 함께 할지 알 수 없지만 하나는 알탄이 와 준 사실만으로도 기쁘다. 알탄이 모리모토를 죽이려는 하나를 발견하고 지었던 역겨운 표정은 여전히 하나의 머릿속을 떠나지 않는다. 하나는 부끄러움과 죄책감에 한없이 작아진다. 하나의 유일한 위로는 모리모토가 하나에게 무슨 짓을 했는지 알탄이 모르고 있다는 점이다. 알탄은 또한 하나의 앞날이 어떨지 전혀 모른다. 만약 하나가 알탄에게 이런 점들을 알려 줄 수 있었다면 알탄은 하나가 칼로 모리모토의 목을 그을 수 있게 내버려 두었을 것이고 두 사람은 도망칠 필요도 없었을 것이다. 해가 뜨고 조랑말이 지쳐 가는 내내 이런 생각들이 하나의 머릿속에서 자꾸자꾸 되풀이된다. 그러던 중 조랑말이 마침내 멈춰 선다.

알탄은 하나를 조랑말에서 내려준 뒤 안장을 내려 뒤따라온 예비 조랑말 위에 얹는다. 그리고 지친 조랑말을 위해 물통에 든 물을 손에 담아 먹인다. 이어서 하나를 새로운 조랑말에 태우고 그 뒤에 올라탄다. 두 사람은 가파른 산길을 따라 계속해서 빠른 속도로 올라간다. 말을 타고 전속력으로 장거리를 달리는 데서 오는 통증은 애써 무시한다. 하나의 뱃속을 죄어 오는 불안의 일부는 탈출에 성공할 희미한 가능성에서 온다. 밤새 단잠을 잔 모리모토가 이제야 깨어나 하나가 사라진 것을 발견한다면, 그리고 알탄의 도움이 있다면 하나는 진정으로 자유로워질 수 있다. 이것은 사실이라고 믿기에는 너무나 경이로운 생각이라 하나는 희망을 억누르고 냉정을 유지하려고 애쓴다. 오로지 떠오르고 있는 태양과 조랑말의 야무진 발걸음, 그리고 하나를 감싸 안고 짙은 새벽 안개 속으로 조랑말을 모는 알탄의 두 팔에 정신을 집중한다.

좁은 길이 정상에 이르자마자 조랑말의 주둥이가 산고개 저편으로 하강을 시작한다. 내려가는 길은 올라오는 길보다 쉽고 조랑말은 거의 전속력으로 달리고 있다. 놀라운 순발력으로 장애물을 피하면서 질주하는 조랑말을 하나는 꼭 붙잡고 놓지 않으려고 애쓴다. 알탄은 하나가 힘겨워하는 것을 눈치 챈 듯 하나의 등에 가슴을 붙인다. 그들은 한 덩어리가 되어 산을 내려간다. 구릉이 완만한 초원이 초록 바다처럼 아래로 펼쳐진다. 이 땅에 머물러도 좋을 것 같아. 하나가 이런 생각을 하는 순간 뒤에서 돌이 굴러오는 소리가 들린다.

처음에는 뒤따라오는 다른 조랑말이라고 생각했지만 확인하려고 뒤를 돌아보는 순간 숨이 쉬어지지 않는다. 집게로 폐부를 집은 듯 답답하다. 모리모토의 검은 말이 빠르게 뒤를 따라오고 있다. 채찍이 말을 때리는 소리가 짙은 공기 속으로 울려 퍼진다. 알탄도 소리를 들었는지 발을 차며 조랑말을 전속력으로 몬다. 작지만 단단한 조랑말이 알탄의 주문에 복종하고 그들은 곧 초원을 가로질러 내달리고 있다.

돌아보기에는 너무 빠른 속도로 달리고 있지만 검은 말의 속도는 가죽을 때리는 채찍의 소리로 가늠할 수 있다. 거리가 좁혀지고 있다. 두 사람이나 태운 조랑말은 힘겨워 한다. 평평한 들판을 전속력으로 달리고 있지만 모리모토의 준마에 따라잡히지 않기란 힘들다.

알탄이 뒤를 돌아보더니 욕으로 추정되는 말을 내뱉는다. 알탄은 조랑말에 수차례 박차를 가하며 더 빨리 몰아 보지만 조랑말은 알탄이 원하는 대로 해줄 수 없다. 그러는 가운데 알탄이 느닷없이 조랑말 뒤로 나가떨어진다. 하나가 고개를 돌리자 알탄은 땅에 고꾸라져 있다. 모리모토가 마치 포상으로 나온 조랑말을 다루듯 알탄에게 올가미를 던진 것이다. 모리모토의 말이 알탄 옆에 멈춘다. 조랑말은 여전히 전속력으로 달리고 있고 하나는 고삐를 잡는다. 하나는 도망을 치려는 간절한 마음에 말을 몰아 보지만 다시 한 번 뒤를 돌아보지 않을 수 없다. 모리모토가 말에서 내려 주먹으로 알탄을 치고 있다. 알탄이 죽을 때까지 멈추지 않을 것이다.

알탄을 내버려 두고 떠날 수는 없다. 하나는 분노와 슬픔, 회한이 섞인 괴성을 내지른다. 하나의 외침은 초원 전체로 울려 퍼지고 조랑말은 앞발을 쳐들고 정지한다. 하나는 말을 돌려 온 길을 되돌아간다. 알탄이 있는 곳으로, 속박과 어쩌면 죽음이 기다리는 곳으로 되돌아간다.

모리모토는 알탄 위에 걸터앉아 꼼짝 않고 누운 형체를 향해 힘껏 두 팔을 휘두른다. 조랑말은 전속력으로 그들을 향해 달리지만 하나는 모리모토의 주먹질을 멈추기에는 조랑말이 너무 늦게 도착하지 않을까 두렵다. 조랑말이 우렁차게 발을 구르는 와중에도 알탄의 얼굴을 치는 모리모토의 주먹 소리가 하나의 귀에 들려온다. 거리가 점점 좁혀지는 가운데 하나는 허리띠 안에 끼워 둔 칼을 떠올린다. 조랑말이 미끄러지며 정지하기 직전 하나는 허리띠를 쓸어내리며 칼이 거기 있는지 확인한다. 말에서 내려오자 다리가 후들거린다.

하나가 도착하자 모리모토는 타고 앉아 있던 알탄을 일으켜 세워 무릎을 꿇게 한다. 주먹이 알탄의 피로 물든 모리모토가 하나와 마주 선다. 한 손은 허리에 차고 있는 긴 칼의 손잡이에 놓여 있다. 하나 역시 허리띠 안에 끼워 둔 칼을 만져 본다. 뼈로 만든 매끄러운 칼자루가 희생을 앞둔 하나를 안정시킨다.

하나가 지켜보는 도중에도 알탄의 얼굴은 점점 부어오른다. 오른쪽 눈은 감기다시피 한다. 알탄은 탄환과도 같은 말을 모리모토에게 퍼붓지만 탄환은 과녁에 맞지 못한다. 모리모토의 관심은 온통 두 사람을 향해 다가가는 하나에게 향해 있다. 정오의 햇볕에 번득이는 검은 눈으로 모리모토는 하나를 바라보고 있다. 하나는 모리모토가 처음 자신을 붙잡았던 날을 떠올렸다. 그는 동생을 시야에서 가려 준 검은 바위 위에 서 있었다. 하나는 그날도 자진해서 모리모토에게 갔다. 모리모토에게 굴복하는 것이 결국 하나의 운명인 듯도 싶다.

잠시나마 하나는 도로 조랑말에 뛰어올라 먼지 구름을 남기며 내빼는 상상을 한다. 가능성을 상상만 해도 짜릿하다. 하나는 이 같은 상상을 즐기면서도 절대로 그럴 수 없다는 것을 안다. 알탄을 죽게 내버려 둔다면 하나의 삶 또한 아무런 가치가 없을 것이다. 알탄은 여전히 저주 같은 말들을 외치고 있다. 단련된 군인의 힘 앞에서 그 저주는 소년의 생떼에 지나지 않는다. 모리모토의 손은 여전히 칼자루에 가볍게 놓여 있다. 하나가 몇 걸음 떨어지지 않은 곳까지 다가가자 알탄이 몸을 일으켜 세우고 모리모토는 칼을 뽑아 든다.

"그만하세요!"

하나의 목소리는 부드럽지만 단호하다.

알탄은 하나에게 경고를 하는 듯 손을 들어 보이지만 하나는 천천히 고개를 젓는다.

"그만 때리세요!"

하나가 말한다.

"내가 왜?"

모리모토의 표정은 두 눈만큼이나 어둡다. 그 속에서 하나는 알탄의 목숨을 끊고 싶어하는 마음을 본다. 신속한 동작 한 번이면 알탄의 머리는 뎅강 떨어져 나와 몽골의 하늘도 다시 못볼 것이고 태양을 더 밝게 빛나게 하는 듯한 순수한 웃음도 웃지 못할 것이다.

"내가 돌아왔으니까요. 내가 왔잖아요."

"너희 둘 다 죽일 수도 있지."

히죽이는 모리모토의 얼굴은 탈춤에서 보던 악인의 탈처럼 생겼다. 모리모토는 하나가 전생에 지은 죄를 벌하러 온 악마와 같다.

"난 죽여도 좋지만 저 애는 그냥 어린 애예요. 아무 죄도 없어요."

모리모토는 고민을 하는가 싶지만 하나에게서 눈을 떼지는 않는다. 하나는 이제 두 사람 다 목숨을 빼앗길까 두렵다. 알탄에게 다가간 하나는 만신창이가 된 알탄의 얼굴을 어루만진다.

"정말 미안해."

하나는 알탄이 알아듣지 못할 것을 알면서도 말한다.

알탄이 하나를 모리모토와 떼어 놓으며 조랑말이 있는 방향으로 밀친다. 하나는 두 발을 단단히 지탱하고 저항한다. 알탄의 눈물이 입에서 흐르는 피와 섞여 떨어진다. 알탄은 고함을 치며 하나를 조랑말에 태우려고 안간힘을 쓰지만 하나는 꼼짝도 하지 않는다. 알탄이 휘청하더니 마른 풀 위로 쓰러진다. 그리고도 알탄은 하나의 두 다리를 잡고 조랑말 쪽으로 당긴다. 두 사람의 실랑이는 마치 빈 무대 위의 무언극 같고 유일한 관객은 고약한 쾌락을 느끼며 히죽이고 있다. 실시간으로 펼쳐지는 이 비극을 하나는 알탄을 위해서 버티어 내야 한다. 알탄은 어느새 무릎을 꿇고 이마를 하나의 다리에 기댄 채 모리모토만이 알아들을 수 있는 말로 무언가 중얼거리며 흐느끼고 있다. 하나는 미동도 않은 채 당돌한 눈빛으로 모리모토를 노려본다. 모리모토가 눈길을 피하자 비로소 알탄에게 시선을 보낸다.

알탄을 향해 몸을 돌린 하나는 살며시 알탄의 얼굴을 들어마주 본다. 알탄의 볼을 쓰다듬으며, 고개를 숙여 이마에 상냥하게 입을 맞춘다. 그리고 알탄의 두 손을 잡고 일으켜 세운다. 알탄은 하나에게 간청하지만 하나는 고개를 가로젓는다. 그리고 남은 힘을 애써 그러모아 미소를 짓는다.

"난 괜찮을 거야."

하나가 나지막이 말한다.

"집으로 돌아가, 알탄."

알탄이 하나의 두 손을 부여잡고 뭐라고 말한다. 그리고 하나의 어깨 너머로 모리모토에게 고함을 친다. 하나는 알탄의 얼굴을 자신에게 돌리며 두 눈을 들여다본다.

"집으로 돌아가, 알탄."

이번에는 좀 더 힘주어 말한다. 그리고 조랑말 쪽으로 이끈다. 알탄은 처음에는 거부하지만 하나는 고집을 부리며 알탄을 조랑말 쪽으로 밀어붙인다. 알탄은 결국 어쩔 수 없이 안장을 붙잡고 말에 오른다. 그리고 하나를 내려다본다.

"잘 가, 알탄."

하나가 고갯짓을 하며 인사한다.

"하나."

알탄이 쉰 목소리로 말한다.

하나는 고개를 젓는다. 그리고 그들이 온 길을, 산 너머 가족이 있는 안전한 땅을 손으로 가리킨다. 알탄이 모리모토를 노려보고, 하나는 그 순간 알탄이 모리모토를 향해 달려들까 겁이 난다. 하나는 알탄이 돌아가지 않을 수 없게 조랑말을 정면으로 막아서다시피 한다. 알탄은 마음을 고쳐먹은 듯 하나를 마지막으로 바라본다. 그리고 조랑말을 돌려 힘주어 발로 찬다. 조랑말은 속도를 높이며 하나를 뒤로 한 채 초원을 가로질러 달려간다.

하나는 알탄의 목숨이 걸린 문제인 듯 알탄의 뒷모습에서 눈을 떼지 않는다. 산이 드리운 그늘 속으로 사라지는 알탄의 모습을 눈이 아프도록 따라간다. 알탄이 사라진 뒤에도 하나는 저 멀리 거대한 바위 앞으로 작은 점으로나마 알탄의 모습이 나타나지 않을까 두루 살핀다. 산의 모습과 알탄의 모습을 구분할 수 없을 때 비로소 하나는 허리띠에 숨겨둔 칼을 손에 꼭 쥔다.

다가오는 모리모토의 발걸음에 마른 풀이 바스락거린다. 그러나 하나는 모리모토를 향해 몸을 돌리지 않는다. 알탄이 조랑말을 타고 빠르게 멀어지는 광경이 머릿속에 불로 새겨진 듯하다. 어깨가 축 처지고 이때까지 당당했던 자세가 풀어진다. 하나는 모리모토가 다가오길 기다리며 땅을 내려다본다. 모리모토가 하나의 등 뒤에서 멈춘다. 하나가 칼을 쥔 채 몸을 돌려 모리모토와 마주 본다.

"그 녀석과 도망치다니 넌 날 모욕했어. 네가 다 망쳐 버렸어! 이제 내가 어떻게 널 믿을 수 있겠어? 모르겠어?"

모리모토의 얼굴은 분노로 붉으락푸르락하다. 그가 하나의 손목을 잡으려고 손을 뻗지만 하나가 더 빠르다. 하나는 칼날을 뽑아들고 곧장 모리모토의 심장으로 가져간다. 모리모토가 하나의 팔을 붙잡는다. 하나는 온 힘을 다해 몸부림치며 칼날을 모리모토의 가슴을 향해 가져간다. 하나를 밀어내는 모리모토의 얼굴은 어이가 없다는 표정이다. 그는 재빨리 정신을 차리고 하나의 팔목을 비튼다. 팔이 부러지려는 찰나 하나가 칼을 풀 위로 떨어뜨린다. 모리모토가 뭐라고 말을 하려고 하지만 하나는 기다리지 않고 모리모토의 사타구니를 무릎으로 가격한 뒤 모리모토의 손아귀에서 발버둥쳐 벗어난다.

모리모토가 몸을 웅크리고 하나는 뒷걸음질을 친다. 하나는 모리모토의 말보다 빨리 달릴 수 없다는 것도, 시도해 봤자 소용없다는 것도 알지만 하나의 두 다리는 현실 따위는 개의치 않는다. 하나는 몸을 돌려 뛰기 시작한다. 따지고 보면 성공할 리 없다는 사실을 잘 알면서도 하나는 알탄이 간 길을 따라 산을 향해 달린다.

모리모토는 말을 타고 뒤따르지 않고 하나를 따라 그저 뛸 뿐이지만, 하나는 모리모토의 속도와 힘을 이길 수 없다. 모리모토의 손가락이 하나의 머리채를 쥐는가 싶더니 하나가 벌러덩 나자빠진다. 돌로 채운 포대 같은 땅 위에 내리꽂히자 가슴에서 숨이 모조리 빠져나간다. 모리모토가 하나의 머리채를 쥐고 말이 있는 곳으로 끌고 가자 하나는 정신이 혼미한 채로 비명을 지른다. 하나가 두 손으로 모리모토의 팔목을 움켜쥐어 보지만 머리카락이 빠질 것 같은 아픔은 사라지지 않는다. 하나의 두 발은 땅을 긁다가 차기도 하며 모리모토와 보조를 맞추려고 애를 쓴다. 그러다 모리모토가 갑자기 하나를 놓는다. 하나는 얼굴을 감싼 채 맥없이 무너진다. 모리모토가 하나의 배를 발로 찬다.

"널 죽여 버려야 하는데."

하나는 땅 위에 몸을 돌돌 말고 있다. 모리모토는 이번에는 하나의 정강이를 걷어찬다. 그리고 하나의 팔뚝을 붙잡고 얼굴에서 떼어 놓는다. 하나가 발길질을 해보지만 모리모토는 손쉽게 하나를 제압한다. 하나의 골반 위에 앉은 채 두 팔을 얼굴 옆으로 벌려 땅에 꽂는다. 하나는 덫에 걸린 난폭한 짐승처럼 발버둥을 친다.

"가만히 있어!'

모리모토가 외치며 하나의 두 팔을 들어 올렸다가 다시 땅 위로 내리꽂는다. 하나의 머리가 세차게 땅에 부딪힌다. 눈앞으로 별이 우수수 떨어진다. 낙하하고 있는 듯 하늘은 소용돌이친다. 위에서 모리모토가 엄청난 무게로 내리누르고 있어 하나는 꼭 짙은 공기 속에 빠져 죽을 것만 같다. 숨을 쉬는 것이 너무나 힘들다.

"왜 자꾸 달아나는 거야? 내가 말했잖아. 나한테 다 생각이 있다고 말했잖아."

모리모토의 머리가 하나의 얼굴 옆으로 축 처진다. 모리모토의 까칠한 볼이 하나의 관자놀이를 긁는다. 함께 누운 두 사람은 누구에게는 잔디 공원에 놀러 나온 연인으로 보일 수도 있다. 말과 예비 조랑말 한 마리는 멀지 않은 곳에서 그림처럼 함께 풀을 뜯고 있다. 여기가 제주라고 해도 믿길 듯하다. 게르에서 느꼈던 안정감이 하나를 쉽게 놓아 주지 않는다. 바람이 머리카락 사이로 빠르게 흘러간다. 공기에서 따뜻한 흙냄새가 난다. 이곳에는 고향을 생각나게 하는 정이 있었다. 하나는 눈을 감고 동생의 웃는 얼굴을 떠올린다.

"난 조용히 잘 살고 있었어. 네가 그걸 빼앗았어. 절대로 잊지 않을 거야."

하나가 말한다.

모리모토의 몸이 뻣뻣해진다. 하나는 자신을 내리누르고 있는 모리모토의 몸 전체가 굳어지는 것을 느낀다. 하나는 모리모토를 올려다보며 또 한바탕의 공격에 대비한다. 그러나 하나는 모리모토의 얼굴을 읽을 수 없다. 텅 빈 표정이다.

"이제 상관없어."

모리모토가 이렇게 말하며 땅을 짚고 일어나 하나 옆에 무릎을 꿇고 앉는다. 모리모토가 다음으로 어떤 행동을 할지 알 수 없는 하나도 몸을 웅크린다. 모리모토의 시선은 하나를 지나쳐 초원 저편으로 향한다. 그는 멀리 있는 무언가에 시선을 집중하려는 듯 손을 이마에 갖다 대더니 곧 벌떡 일어선다. 하나에게 눈길을 돌린 모리모토는 당황한 듯 보인다. 무언가를 고민하는 듯 하나와 지평선을 번갈아 보더니 휘파람을 불어 말을 부른다. 말이 빠른 걸음으로 다가온다. 모리모토가 말에 오르자 하나는 이제 말굽에 밟혀 죽는 것인가 하는 생각이 든다.

잠시나마 온정을 느꼈던 이곳에서 죽음을 맞는다니 적절하게 느껴진다. 하나는 꼼짝하지 않는다. 바람이 몸을 훑고 지나가고 헝클어진 머리는 얼굴을 간지럽힌다. 말이 하나의 머리 위에서 히힝 울더니 빠른 속도로 달려 나간다. 하나는 어이없는 표정으로 산을 향해 달려가는 모리모토를 지켜본다. 말발굽 소리가 점점 희미해지다 바람 속으로 사라진다.

모리모토가 하나를 버리고 간 것이다. 자유의 몸이 되었다는 사실을 깨닫자마자 발 아래 땅이 휘청거린다. 하나는 몇 차례 심호흡을 하며 풀이 자란 푹신한 땅 위에 무릎을 꿇고 앉는다. 모리모토가 떠났다. 모리모토가 정말 떠나 버렸다는 사실을 믿을 수가 없다. 모리모토가 마침내 망상을 버리고 하나를 놓아주었다니. 하나는 자유다. 생각만 해도 웃음이 나온다. 좀 전까지도 몹쓸 짓을 당했지만 어느새 기분 좋은 웃음이 나온다.

남은 조랑말 한 마리가 아직 곁에서 실컷 풀을 뜯고 있다. 이 몽골 조랑말은 집으로 가는 길을 안다. 하나를 태우고 게르가 있는 곳으로, 알탄과 식구들이 있는 곳으로 데려다 줄 것이다. 알탄의 얼굴이 하나의 머릿속을 가득 채운다. 하나에게는 초원을 가로질러 몰려오는 짐차들의 요란한 소리가 들리지 않는다.

얼른 일어나 조랑말에 올라탄 하나가 옆구리를 살짝 밀어 보지만 조랑말은 움직이지 않는다. 대신 고개를 돌려 뒤를 돌아본다. 하나의 시선도 조랑말을 따라간다. 군용 차량 한 무리가 다가오고 있다. 하나는 뒤늦게 깨닫는다. 모리모토는 하나를 버리고 떠난 것이 아니다. 하나를 놓아준 것이 아니다. 멀지 않은 곳에 육중한 트럭 세 대, 장갑차, 그리고 말을 탄 병사가 떼 지어 있다. 장갑차 뒷편에서 휘날리고 있는 국기는 핏빛처럼 빨갛고 한쪽 구석에 노란 별과 낫이 있다. 소련의 정찰대이다. 모리모토는 비겁하게 하나를 불확실한 운명에 맡겨 두고 혼자 도망친 것이다.

하나는 조랑말의 귀에 대고 고함을 치며 다급하게 옆구리를 찬다. 조랑말은 처음에는 천천히 움직이지만 곧 전속력으로 달리기 시작한다. 하나는 고개를 돌려 뒤를 확인한다. 흐트러짐 없이 줄지어 선 기병의 무리에서 네 명이 이탈해 하나를 뒤쫓는다. 그들이 탄 말은 크고 빠르다. 하나는 곧 잡힐 것이다. 하나의 정면으로 저 멀리 지평선 가까이 옅은 하늘에 찍힌 작고 까만 점이 하나 보인다. 모리모토는 있는 힘껏 말을 몰아 도주하고 있다.

하나의 조랑말은 속도를 늦추지만 하나는 말이 멈추게 내버려 두지 않는다. 옆구리를 발로 차고 귀에 대고 고함을 치는가 하면 포기하지 말고 계속 달리라고 목에 대고 간곡히 호소를 한다. 힘차게 땅을 디디는 말들의 우레 같은 발굽 소리가 몰려와 작은 조랑말을 따라잡는다. 그러나 그들은 속도를 늦추지 않고 하나를 지나쳐 간다. 하나는 보이지 않는 존재인 양 계속해서 전속력으로 초원을 가로지른다. 그러나 멀어지는 기병은 셋뿐이다.

나머지 한 명은 하나 곁에 모습을 드러낸다. 갈색 말은 땀으로 뒤덮여 반짝인다. 입술에는 거품이 묻어 있다. 소련 군인은 하나의 손에서 고삐를 뺏어가 속도를 늦춘다. 두 말이 가쁜 숨을 몰아쉬는 동안 하나는 낯선 군인의 얼굴을 들여다본다. 커다란 갈색 눈과 금발 머리, 매부리코를 갖고 있다. 군인은 하나에게 말을 걸지 않는다. 대신 허리띠에 찬 총집에 들어 있는 권총을 가리킨다. 그리고 하나를 향해 손가락을 흔들며 웃는다. 군인은 하나의 조랑말을 끌고 방향을 정반대로 바꾸어 차량 행렬이 있는 곳으로 향한다.

하나는 어깨 너머 지평선으로 눈길을 보낸다. 검은 점 세 개가 네 번째 점으로 좁혀 든다. 모리모토는 달아날 수 없을 것이다. 저들의 말은 너무 빠르다. 모리모토 역시 포로로 잡힐 것이다. 죽이지 않는 한 저들이 하나에게 할 수 있는 어떤 짓도 새롭지 않을 것이다. 죽는다는 생각도 이제 와서는 별 느낌이 없다. 하나는 대신 모리모토 생각을 한다. 붙잡힌 뒤 모리모토가 겪을 모든 수난은 모리모토에게 새로울 것이다. 고통도, 고문도, 수치도 모리모토는 처음으로 겪어 보게 될 것이다. 여기에 생각이 미치자 태양을 머금어 따뜻해진 잘 익은 살구를 따먹은 듯 하나의 입안에 달콤함이 감돈다.

*

소련 군인은 하나를 데리고 차량 행렬의 맨 마지막에 있는 트럭으로 간다. 트럭 안에는 포로들이 포개어져 있다시피 하다. 솜을 넣은 겉옷과 높이 세운 옷깃으로 보아 대부분은 중국인이다. 그러나 손을 맞잡은 두 조선 소녀도 눈에 띈다. 트럭 뒤로 다가가는 하나를 소녀들은 외면하지만 하나는 소녀들이 이미 하나를 보았다는 것을 안다. 무장을 한 소련 군인 두 명이 포로들과 함께 트럭 뒤에 타고 있다. 사람을 밟지 않으려고 조심하면서 하나는 두 군인으로부터 되는 대로 멀리 떨어져 앉기 위해 포로들 사이를 비집고 들어간다.

조선 소녀 하나가 몸을 비키며 자리를 만든다. 하나는 두 소녀 사이에 끼어 앉는다. 소녀들은 말을 하지 않는다. 고개를 푹 숙인 채 무릎 위에 고정한 시선도 움직이지 않는다. 하나는 저 멀리로 눈길을 던진다. 기병 셋이 돌아오고 있다. 그들이 가까이 올수록 하나는 모리모토의 얼굴을 찾느라 여념이 없다. 모리모토는 한 소련 군인 뒤에 앉아 있다. 도망치지 못한 것이다.

가슴속에서 심장이 쿵쾅거린다. 모리모토의 두 손은 뒤로 묶여 있고 입술은 부어올라 있다. 바지의 왼쪽 다리는 피가 적시고 있다. 모리모토는 스치며 지나가는 하나의 모습을 보지 못한다. 그는 꼿꼿이 허리를 펴고 앉은 채 덩치 큰 소련 군인의 어깨만 쳐다보고 있다. 마치 아무 일도 없었다는 듯이. 위험에 처하지도 않았고 겁도 나지 않는다는 듯이. 그러나 꼿꼿한 자세와 피가 흐르는 다리가 말해 준다. 모리모토는 앞으로의 일을 끔찍하게 두려워하고 있다. 저들은 모리모토를 심문하고 고문할 것이다. 모리모토가 아는 대로든 꾸며 낸 대로든 모든 것을 말한 뒤에도 저들은 모리모토를 죽일 수 있다. 하나의 가슴이 벅차오른다.

기병들이 차량 행렬을 따라 올라가고 모리모토의 모습이 더 이상 보이지 않는다. 도로 지평선을 향해 시선을 옮긴 하나는 문득 모리모토의 아름다운 말이 어떻게 되었을지 궁금하다. 그토록 힘 좋고 강인한 짐승을 내버려 두고 갈 리는 없다. 하나는 그 말이 근육을 드러낸 채 자유롭게 초원을 내달려 알탄에게 돌아가는 모습을 보고 싶다. 이 자들로부터 멀리 떨어진 곳에서 만족스러운 생을 보내기를 바란다. 하나는 이런 상상에 매달려 보지만 모리모토가 붙잡힌 데서 온 만족감은 금세 희미해진다. 하나는 어느새 말 없는 포로들로 가득한 트럭 안에서 몸을 떨고 있다.

*

멀리서 늑대가 울부짖는다. 외로운 울음은 초원 너머 언덕까지 울려 퍼진다. 차량 행렬은 하루 종일 저 언덕을 향해 이동해 왔다. 언덕 뒤편으로 꼭대기가 푸르른 산들이 솟아 있다. 하나는 고향의 한라산이 생각난다. 붉은 구름이 지는 해를 감싸는 동안 하늘은 어둠으로 잠긴다. 하나는 회오리치는 아름다운 광채를 기억에 새기려는 듯 마지막 빛이 사라질 때까지 눈을 떼지 않는다. 어둠 속에는 공포스러운 것들이 산다. 엄마는 해가 지면 절대 물질을 해서는 안 된다고 당부하곤 했다. 해가 지면 검은 심해의 생명체들이 깨어나 사냥을 시작하기 때문이다.

"밤이 오면 심연의 귀물이 빛을 찾아 올라와."

어느 날 물가로 헤엄을 쳐 오던 중 엄마가 하나에게 말했다.

하나가 이때까지 물속에서 보낸 가장 긴 하루였고 해가 지기 시작하고 있었다. 그러나 하나는 물질을 멈추고 싶지 않았다. 소라를 두 개밖에 잡지 못했기 때문이다.

"진숙이는 어제 네 개나 잡았대요. 망사리에 고작 소라 두 개 넣어가지고 돌아갈 수는 없지. 내가 진숙이보다 한 살이나 언닌데요."

"별 소리 다 한다. 두 개나 찾은 걸 다행인 줄 알아. 해 떨어진다. 오늘 일은 끝이야."

엄마는 묵묵히 해변을 향해 헤엄을 쳤고 하나는 어쩔 수 없이 뒤따랐지만 그러는 내내 엄마를 귀찮게 했다.

"조금만 더 하면 안 돼요? 두 개는 금방 찾을 것 같아요. 미역 땄던 저 낡은 닻 근처에 분명히 숨어 있을 것 같은데."

해변에 다다른 뒤 엄마는 물안경을 벗고 무릎을 살짝 굽혀 하나의 눈을 쳐다보았다. 하나가 갑자기 칭얼거림을 멈추었다.

"깊은 바다에서 귀물스러운 것들이 올라올 때까지 바다에 머물면 큰일 나."

하나는 엄마가 하나를 겁주려고 괜히 밤의 귀물 이야기를 하는 것이 분명하다고 생각했다.

"나는 걱정 마세요. 빛이 안 나니까 녀석들한테 보이지도 않을 걸요."

하나가 대답했다.

"하지만 빛이 나는 걸."

엄마가 눈썹을 올리며 말했다.

"내가? 어디서?"

"살결에서."

하나는 믿기 힘들었지만 엄마는 말을 이었다.

"우유같이 하얀 살결, 보드랍기 그지없는 새 가슴털처럼 고운 살결은 아무리 캄캄한 바닷속에서도 밝은 등불처럼 빛나지."

엄마가 하나의 볼을 어루만지며 말한다.

하나가 자신의 팔다리를 내려다본다. 그다지 하얗다는 생각이 들지 않는다. 오히려 물질을 너무 많이 해서 까맣게 그을려 있다.

"난 까무잡잡한데. 아미처럼 하얗지 않아요."

하나가 그날 잡은 것들을 지키며 아직까지 기다리고 있는 동생을 가리켰다. 부지런히 몸을 움직인 듯한 아미의 발그레한 볼에서는 빛이 나고 있었고 머리카락은 땀으로 뭉쳐 이마에 붙어 있었다.

"내가 새들을 쫓았어. 오늘 진짜 배고픈가 봐! 저 녀석 좀 봐. 아까 내 손을 쪼았어."

아미가 손등에 난 작은 상처를 하나에게 보여 준다.

"어떤 녀석이 그랬어?"

하나는 소라를 더 잡아야 한다는 생각은 금세 잊고 아미에게 물었다. 몹쓸 갈매기가 동생을 공격했고 제대로 혼내 주지 않으면 다른 녀석들도 따라할 터였다.

"저 녀석. 눈가에 시커먼 테가 있는 놈이야."

갈매기는 사람들이 제 일거수일투족을 지켜보고 있는지도 모른 채 모래에 묻힌 무언가를 향해 뒤뚱뒤뚱 걸어가고 있었다. 하나가 몸을 숙여 작은 돌멩이를 집어 들었다. 그리고 한 눈을 감고 돌멩이를 조준했다. 돌멩이는 갈매기의 등에 날아가 맞았다. 새는 요란하게 지저귀며 순식간에 날아올랐다.

"붙잡아!"

하나가 소리를 지르며 새가 지나간 자리를 따라 작은 만 너머로 길게 펼쳐진 해변가를 달렸다.

"어서 와, 아미야. 붙잡아야 돼!"

"기다려!"

아미가 짧은 다리로 온 힘을 다해 움직여 뒤따르며 외쳤다.

"내가 간다, 기다려라, 이 나쁜 녀석."

아미가 하늘을 향해 외쳤고 두 사람은 숨이 차올라 더 이상 뛸 수 없을 때까지 해변가를 달려 내려갔다.

자매는 모래밭에 드러누워 짠내 가득한 바닷바람을 실컷 들이마셨다. 하나는 하늘을 올려다보며 구름 아래서 투명한 동그라미를 그리는 갈매기들을 구경했다. 동생의 고사리손이 하나의 손을 잡았고 두 사람은 나란히 누운 채 구름이 흘러가는 모습을 지켜보았다. 한숨 돌린 뒤 동생은 벌떡 일어났다.

"집까지 누가 먼저 뛰어가나 내기하자."

이렇게 말하고는 왔던 방향으로 도로 내달렸다.

"야, 먼저 출발하는 게 어딨냐."

하나가 동생에게 외쳤지만 아미는 웃으며 더 빨리 달릴 뿐이었다. 아미는 집으로 가는 내내 웃음을 멈추지 않았고 하나에게 따라잡혔을 때는 더 크게 웃었다.

아미의 웃는 소리, 순수한 기쁨의 소리가 하나의 머릿속을 채운다. 그때 누군가의 손이 하나의 팔을 만지고 하나는 반사적으로 팔을 움츠린다.

"무슨 생각 해?"

옆에 앉은 소녀가 속삭인다.

"뭐?"

하나는 소녀와 소련 군인들을 재빨리 번갈아 쳐다보며 되묻는다. 군인 한 명은 잠들었지만 다른 한 명은 기름 묻은 헝겊으로 총을 닦고 있다.

순간 소녀가 하나의 입에 손을 가져간다. 손가락이 하나의 입술에 닿을 듯 말 듯하다 내려간다.

"웃고 있었어."

소녀가 속삭이더니 눈을 내리깔고는 손이 떨리는 것을 멈추려고 무릎 사이로 가져간다.

"내가?"

하나가 묻는다.

"응. 이런 상황에 웃다니 정말 행복한 기억을 떠올리고 있었나 봐."

소녀가 말한다. 하나는 두 발을 내려다본다. 아미의 웃음소리는 사라졌다. 다시 떠올리려고 애써 보았지만 떠오르지 않는다.

"정말 행복했어."

하나가 수긍한다.

하나는 소녀의 시선을 느낀다. 소녀의 그리움은 손에 잡힐 듯하다. 소녀가 소련군에게 붙잡혀 얼마나 오래 이동했으면 누군가 행복한 기억을 떠올렸을지 모른다는 생각만으로도 이처럼 애를 태울까? 하나는 소녀의 진지한 눈빛에 화답한다. 흰자가 빨갛게 충혈되어 있다. 팔은 누렇게 변한 멍으로 뒤덮여 있고 볼에는 매 자국이 시퍼렇게 피어 있다.

"동생이 웃는 모습을 생각하고 있었어. 아직 아홉 살밖에 안 됐어."

"나도 남동생이 있어. 다섯 살이야. 보고 싶다."

"나도 동생이 보고 싶어."

"동생이 웃는 소리가 어땠는데?"

하나는 잠시 머뭇거리며 더 이상 들리지 않는 동생의 웃음소리에 대해 생각해 본다. 트럭의 요란한 엔진 소리 때문에 동생의 웃음소리는 돌아올 기미도 보이지 않는다. 하나는 소녀의 쓸쓸한 두 눈을 들여다본다. 할 수 있다면 소녀에게 아주 작은 한 조각의 행복이라도 주고 싶다. 하나는 밤하늘을 올려다보며 감청색 하늘에서 처음으로 눈에 들어온 별에 시선을 고정한다.

"여름 산들바람에 얌전하게 떠다니는 새처럼 웃었지. 파도처럼 오르락내리락 하기도 하고 공중을 미끄러져 날아가면서 나무 끝을 건드리는 새처럼. 그렇게 웃었지……, 자유롭게."

소녀는 한참을 말이 없다. 하나를 바라보지도 않는다. 트럭이 속도를 늦추다가 마침내 멈추어 선다. 군인이 모두에게 일어서라고 명령하자 소녀는 허겁지겁 두 볼을 닦는다. 뒷판이 열리고 군인이 몇몇 포로를 붙잡아 다짜고짜 일으켜 세우는 모습이 보인다. 군인들은 포로들에게 트럭에서 내리라고 명령한다. 하나는 소녀와 함께 자리에서 일어서며 소녀의 얼굴을 들여다본다.

"나 때문에 슬퍼졌다면 미안해."

하나가 재빨리 속삭인다.

소녀가 트럭 뒤편으로 움직이며 어깨 너머로 말한다.

"나한테도 웃음소리가 들렸어."

소녀가 말하며 웃는다.

소녀가 짧은 말로 행복을 표현하고 하나의 마음이 따뜻해질 때쯤 하나는 트럭에서 뛰어내려 다른 포로들을 뒤따라 가고 있다. 두 군인이 포로들을 어둠 속으로 데려가는 모습을 바라보는 하나의 마음은 순식간에 공포에 잠긴다. 그들은 키가 크고 몸이 두껍고 우락부락한 야만인들이다. 하나를 양쪽에서 잡고 줄다리기를 하면 절반으로 찢어질 수도 있을 것이다. 하나는 두 군인이 각각 하나의 다리 한 쪽을 잡아당기는 상상을 한다. 몸은 절반으로 찢기지만 머리는 절반으로 갈라지지 않아 왼쪽 절반과 함께 남는다. 왼쪽 군인은 승리의 환호성을 내지른다. 적어도 그렇게 되면 하나는 죽을 것이다. 죽으면 한결 쉬워질 것이다.

지평선 부근에 점점이 모닥불이 보인다. 어둠 속에서 하나는 엄마의 말을 떠올린다. 밤이 오면 심해의 귀물이 올라와. 동생의 웃음소리는 이 공간에 존재할 수 없다는 걸 알면서도 하나는 마지막으로 그 소리가 듣고 싶다. 뒤에 선 소녀가 흐느껴 울지만 누구도 소녀를 달래지 않는다. 하나 역시 말없이 걷는다. 그들은 마치 또 다른 세계로 들어가는 귀신들 같다.

소련 군인들은 커다란 황갈색 천막 앞에 멈추어 그 안으로 포로들을 들여보낸다. 포로들은 시키는 대로 얌전히 고개를 숙여 낮은 입구로 들어간다. 하나가 입구에 다다르자 한 군인이 하나의 어깨에 손을 올린다. 겁이 난 하나는 군인의 얼굴을 올려다보지 못하고 천막 안에 있는 사람들만 쳐다본다. 군인이 뭐라고 말을 하지만 하나는 이해를 할 수가 없다. 군인이 이번에는 좀 더 크게 말을 한다. 하나는 어쩔 수 없이 시선을 돌려야 한다.

군인은 하나의 얼굴을 살펴본 다음 하나를 줄 밖으로 빼낸다. 그리고 다른 사람들에게는 계속 천막 안으로 들어가라고 손짓한다. 한 손으로는 하나를 붙잡고 놓지 않는다.

군인이 옆에 있는 보초병에게 뭐라고 외치자 보초병이 언제든지 총을 쏠 수 있는 자세를 하고 입구를 가로막는다. 하나는 온 길을 따라 이끌려 간다. 이제 또 시작이군. 하나는 생각한다. 모리모토가 여객선에서 했듯 그들도 하나를 '길들일' 것이다. 어둠 속에서 발을 헛디딘 하나는 짓밟힌 풀 위로 도드라진 돌부리에 발가락을 찧는다. 하나의 팔을 붙잡은 군인의 손은 마치 집게처럼 하나가 넘어지지도 도망가지도 못하게 막는다. 하나는 또다시 납치된 것이다. 그런데 이번에 하나를 납치한 사람은 하나보다 덩치는 두 배, 힘은 열 배이다.

트럭으로 가는 동안 여러 다른 병사들이 지나간다. 병사들은 둘 혹은 셋이 무리가 되어 움직이고 있다. 하나에게 눈길을 주는 병사들도 있고 그러기에 너무 바쁜 병사들도 있다. 하나가 막사에서 점점 먼 곳으로 끌려가는 도중에도 병사들 주위로 전기가 통하는 듯 진동음이 느껴진다. 다른 포로와 무리지어 있을 때는 눈치 채지 못했던 전류가 대기에 흐르고 있다. 이제 홀로 된 하나는 지나치는 병사 한 명 한 명으로부터 팽팽한 기운을 감지한다.

군인은 차량 대열의 맨 앞에 있는 트럭 앞에서 하나를 멈춰 세운다. 가라앉은 밤공기 속에 붉은 깃발이 축 처져 있다. 철로 만든 짐승 같은 트럭 위에 소련군 두 명이 서서 흙 위에 무릎을 꿇고 앉은 남자에게 총을 겨누고 있다. 몇 발자국 떨어진 곳에서 모닥불이 타고 있다. 모닥불은 무릎 꿇은 남자 주변으로 반원을 그리며 둘러앉은 소련 군인들을 비춘다. 남자의 얼굴은 보통 사람의 두 배로 부풀어 있다. 한쪽 눈 위에 난 자상에서 피가 흘러 뺨을 타고 내려오면서 위장 물감처럼 남자의 얼굴 절반을 가리고 있다.

소련군 무리에서 두 남자가 떨어져 나와 만신창이가 된 남자 앞으로 간다. 한 사람이 뭐라고 말을 한다. 그러자 거구의 소련 군인인 다른 한 사람이 일본어로 통역을 한다.

"괜한 고생하지 말고 우리 질문에 대답해!"

통역병은 억양이 매우 독특하고 문법에 살짝 어긋나는 일본어로 말을 한다. 심문의 책임자인 듯한 첫 번째 남자가 하나에게 눈길을 던지고 하나는 벌벌 떨기 시작한다. 피를 흘리고 있는 남자는 모리모토이다. 도무지 알아볼 수 없는 모리모토의 얼굴을 살피던 하나의 몸이 갑자기 격렬히 요동치기 시작한다. 모리모토의 이런 모습은 조금도 후련하지 않다. 오히려 하나는 공포에 사로잡힌다. 왜 날 이곳으로 데려온 걸까? 나도 저렇게 매질을 당할까?

"네가 말하지 않으면 이 아이가 말해 줄 거야."

소련군 장교가 고갯짓을 한다. 하나를 지키고 있던 군인이 하나의 팔을 뒤로 꺾어 바닥에 무릎을 꿇게 만든다. 하나는 모리모토에게서 열 걸음도 채 떨어져 있지 않다. 모리모토는 고개를 들지도 말을 하지도 않는다. 부러진 코로 숨을 쉴 뿐이다. 피의 강물 사이로 공기가 미끄러지며 요란하고 고통스러운 소리를 낸다.

장교가 모리모토에게 주먹을 날리자 모리모토가 쓰러진다. 병사 두 명이 곧바로 달려가 도로 무릎을 꿇린다. 얼굴에 묻은 피에 흙과 풀이 달라붙어 있다. 매질을 당해 망가진 육신에 어떤 인간성도 남지 않은 모리모토는 이제 한 마리 짐승 같다. 전시에 남성은 다른 남성에게 이런 짓을 당하고 있었다. 이것이 여성이 당하는 짓보다 더 심한지 어쩐지 하나는 알 수 없다. 다만 모리모토의 괴물 같은 얼굴에서 눈을 뗄 수 없을 뿐이다.

"공범들은 어디 갔어?"

통역병이 고함을 친다.

"네가 너희 천황에게 갖다 바칠 정보를 찾아 국경을 넘는 간첩이란 걸 우린 알고 있다. 몽골의 반역자들이 널 돕고 있다는 것도 알아. 그놈들은 어디 있어? 이름이 뭐야?"

알탄이 위험에 처한 것이다. 모리모토가 입을 연다면 알탄과 식구들은 학살을 당할 것이다. 알탄과 알탄의 부모, 간바타르는 소련군이 며칠이면 닿을 거리에 있다는 사실을 모르고 있다. 알탄이 하나의 탈출을 도운 마당에 모리모토가 과연 몽골의 동료들에 대한 의리를 지킬까? 모리모토가 복수를 위해 그들의 위치를 발설할까? 모리모토의 시선이 하나 쪽을 향하는가 싶더니 갑자기 초점을 맞추는 듯하다. 매를 맞아 만신창이가 된 얼굴이 어떤 표정을 하고 있는지 하나는 읽을 수가 없다.

조금이라도 움직이면 모리모토가 입을 열까 봐 하나는 꼼짝도 하지 않는다. 소련군은 마치 검은 바닷속을 가르는 어뢰처럼 몽골인들을 찾아낼 것이다. 그래서 한밤중에 그들을 덮쳐 잠시도 망설이지 않고 싹쓸이로 죽일 것이다. 그리고 이 모든 것은 하나의 탓일 것이다. 장교가 다시 한 번 모리모토에게 고함을 치고 통역병이 말을 옮기려는데 모리모토가 한 손을 들어 올린다. 하나의 심장이 목구멍까지 올라오고 귓속에서는 천둥이 치는 듯하다.

"아까 말했잖아."

모리모토의 목이 쉬어 있다. 목구멍 안쪽에서 들려오는 둔탁한 마찰음이 모리모토의 말을 물고 늘어지는 것 같다.

"나는 수송 담당⋯⋯."

"그래, 알아. 여자들을 수송한다고."

통역병이 짜증을 내더니 한숨을 쉰다. 그리고 하나를 보고 말한다.

"말해 봐라. 저자의 말이 사실이냐? 넌 일본군 매춘부냐?"

질문은 마치 칼날처럼 하나의 복부를 찌른다. 모리모토는 하나가 황군의 전방 매춘부라고 말한 것이다. 붙잡혀 있던 나날들의 기억이 하나의 머릿속을 스쳐 지나간다. 모리모토가 해변가에서 하나를 붙잡은 순간, 그가 처음 하나를 겁탈한 순간, 그 뒤로 줄지은 수많은 남자들, 매질, 강제 검진, 굶주림, 배고픔, 탈출 등 모든 것이 황금 빛줄기 속으로 어우러져 알탄의 엄마와 엄마의 보드라운 두 손, 엄마가 처음 보여 준 온정 위로 어떤 은은히 빛나는 선한 기운처럼 쏟아진다. 그간의 나날이 자욱해지며 그간의 기억을 열 번도 더 산 것 같은 기분이 들 때쯤 비로소 입이 열린다.

"저 사람 말이 맞습니다."

이 말은 하나의 입안에서 마치 타고 남은 재처럼 느껴지지만 하나는 알탄의 모습을 그리며 견딘다. 모리모토가 흙바닥에 피 섞인 침을 뱉는다. 하나는 부러진 이로 가득한 모리모토의 입을 보기 싫지만 눈길이 떨어지지 않는다.

"어디로 데려가고 있었는데?"

하나는 차마 고개를 돌리지 못한 채 정면을 응시한다. 위안소에서 들었던 한 소녀의 사연이 머릿속에 떠오른다.

"만주에서 일을 하면 아버지 빚을 갚을 수 있다고 했어요."

통역병이 장교에게 하나의 말을 전달하고 두 사람은 잠시 이야기를 나누더니 다시 모리모토를 심문한다.

"몽골까지는 어떻게 오게 됐지?"

모리모토는 하나에게서 시선을 떼지 않는다. 움직이지도 않는다. 모리모토의 대답은 무미건조하다.

"저것이 도망을 쳐서…… 여기까지 쫓아왔지. 붙잡아서 만주로 데리고 돌아가려는데 너희들이 들이닥친 거다."

"이 애가 주린 배에 이 꼴을 하고 만주에서 여기까지 혼자 도망쳤다는 말을 믿으라고?"

"이 녀석 꽤 독하다니까."

모리모토가 반쯤 웃고 반쯤 기침을 하며 말을 하더니 고꾸라져 피를 토한다. 자세를 바로 잡은 뒤 그는 통역병을 똑바로 바라보고 덧붙인다.

"그러니 너도 이 녀석을 잘 지켜보라고."

통역병이 모리모토의 말을 러시아어로 옮긴다. 하나는 모리모토가 한 말의 진위를 따져 보려는 모두의 시선을 느낀다. 그들은 호기심을 갖고 있지만 그 호기심은 모리모토의 몸이 하나를 향해 발산하는 증오보다 크지 않다. 하나에게 일말의 희망이 있었다면 모리모토는 일본군 사이에서 하나의 쓰임새를 밝힘으로써 그 희망을 지워 버렸다. 하나가 소련군 사이에서 똑같이 고통받도록 확실히 못박은 것이다.

장교는 막사 쪽으로 돌아가기 전에 통역병에게 뭐라고 말을 한다. 통역병과 다른 병사들은 그 자리에 남아 있다. 병사들은 흥분한 듯 웅성거린다. 통역병이 허리에 차고 있던 모리모토의 칼집에서 천천히 검을 뽑는다. 하나는 뒤늦게 검을 알아본다. 칼날이 장작 불빛에 번쩍인다. 모리모토가 알탄의 머리를 베려고 위협할 때 들고 있었던 바로 그 칼이다. 통역병은 칼을 모리모토 앞 땅바닥에 던지고 한 걸음 뒤로 물러선다.

"들어."

모리모토는 움직이지 않는다. 하나는 모리모토가 너무 심하게 맞아서 칼을 들기는커녕 몸을 움직일 수조차 없는 것은 아닐까 싶다.

"듣기로는 그 사무라이 무사도가 대단하다던데."

통역병이 말한다. 모리모토가 칼을 집어 들지 않았다는 사실은 짐짓 무시한다.

"그런데 누가 본 사람이 있어야지 말이야."

통역병은 모여드는 병사들을 향해 곁눈질을 하고 그들은 통역병을 부추긴다.

"그러니 선택권을 주겠다. 그 옛날 방식에 따라 네 손으로 명예롭게 죽음을 택하거나 저자들의 손에 죽거나."

통역병이 뒤로 모여든 병사들을 가리키며 말한다.

"장담하는데 후자는 조금도 명예롭지 못할 거다."

하나는 무릎을 꿇은 채 움직이지 않고 모리모토를 지켜본다. 그는 천천히 칼을 향해 손을 뻗다가 힘에 겨운지 땅에 고꾸라질 뻔한다. 하나는 탄식이 나오려는 것을 꾹 참는다. 모리모토는 가까스로 균형을 되찾고 자세를 바로잡으며 칼을 무릎 위에 얹는다. 그리고 눈에 띄게 몰아쉬던 숨을 가다듬는다. 고인 피사이로 꾸르륵대며 망가진 얼굴을 통과하는 숨소리는 고통의소리이다.

모리모토가 어깨를 펴고 칼을 들어 칼날을 살핀다. 면도날처럼 예리한 칼날을 손가락으로 쓰다듬자 피가 흐른다. 하나는진저리가 나지만 눈을 뗄 수가 없다.

모리모토가 하나 쪽을 바라보지만 부어오른 눈 때문에 그의 생각을 짐작할 수는 없다. 하나는 모리모토가 부은 눈두덩이 뒤로 웃음을 짓고 있다고 생각한다. 하나를 더 흉악한 적들의 손으로 넘긴 제 연극의 종막을 즐기고 있을 것이 분명하다.

"자, 그럼 네 선택은?"

통역병이 묻는다. 바로 그때 모리모토가 배를 찌르자 모두가 얼어붙는다.

하나마저도 그 순간 땅속에 뿌리박힌 기분이다. 칼은 모리모토의 뱃속 깊이 묻혀 있다. 아무런 소리도 내지 않은 채 모리모토는 칼을 오른쪽으로 당기며 배를 가른다. 얼굴은 고통으로 구겨져 있다. 모닥불에 비친 모리모토의 하얀 이는 들쭉날쭉해 보인다. 피로 범벅이 된 모리모토의 부은 얼굴은 흔들리는 불빛 아래 기괴하다. 하나는 자리를 뜨고 싶지만 소련 군인이 하나의 팔을 너무 세게 쥐고 있어서 하나는 모리모토가 할복을 끝낼 때까지 경악하며 지켜볼 수밖에 없다.

한 소련 군인은 급히 뒤돌아 구역질을 한다. 그러나 모리모토는 아직 죽지 않았다. 떨리는 손으로 천천히 칼을 들어 올린 모리모토는 단 한 번의 재빠른 움직임으로 제 목을 긋는다. 목숨이 빠져나간 모리모토의 육신은 맥없이 나동그라지며 땅을 검게 물들인다. 모리모토는 더 이상 저승사자가 아니다. 저승사자는 모리모토의 영혼을 거두어 가려고 와 있다.

모리모토가 쓰러지고 침묵이 뒤따른다. 시신에서 흘러나오는 혈액처럼 불편하고 탁한 침묵이다. 모리모토의 죽음과 함께 올 줄 알았던 위안을 하나는 느끼지 못한다. 단지 허탈할 뿐이다. 앞날에 대한 두려움조차 하나를 채운 허탈함을 뚫지 못한다. 모리모토가 하나의 육체에 가했던 폭력이 하나를 절망적인 상실감으로 감염시킨 듯하다.

남은 병사들은 하나 둘 자리를 뜬다. 무릎 꿇은 하나를 붙잡고 있던 병사조차 사라졌다. 죽은 모리모토와 함께 놔 두면 하나가 무슨 짓을 할지 궁금했던 걸까. 하나는 일어서서 모리모토를 향해 걸어간다. 그리고 모리모토의 축 늘어진 시신 앞에 무릎을 꿇고 앉아 잠시 머뭇거린다. 그리고 한때 존재만으로 하나를 고문했던 남자의 역겨운 시체를 살펴본다. 빳빳했던 군복은 피로 푹 젖어 있다. 죽어 있는 모리모토의 매맞은 얼굴은 인간보다는 짐승의 것 같다. 눈은 마치 썩어 가는 생선의 눈알처럼 흐릿하다. 움직임 없는 모리모토를 지켜보던 하나는 불편해진다. 그는 이제 몽골 평원 어딘가에 놓인 피와 살점에 지나지 않는다.

누가 보든지 말든지 하나는 모리모토의 주머니에 손을 넣는다. 그리고 한때 자신의 모습을 담은 흑백 사진을 꺼낸다. 사진은 모리모토의 피로 뒤덮여 있다. 하나는 사진을 재빨리 겉옷에 문질러 피를 닦고 주머니에 넣는다. 안도감이 온몸으로 퍼진다. 모리모토는 더 이상 하나의 그 무엇도 지니고 있지 않다.

한참 뒤 하나는 마침내 모리모토의 시신에서 눈을 뗀다. 그러자마자 통역병이 나타난다. 그는 하나의 생각을 읽으려는 듯 하나의 얼굴을 뜯어본다. 하나는 그럴 필요가 없다는 듯 담담하게 말한다.

"난 이 자를 증오했어요."

통역병은 하나가 사진을 가져가는 것을 보았을까.

하나의 말은 하나의 마음만큼이나 텅 비어 있다. 통역병은 아무런 반응을 하지 않는다. 대신 하나를 데리고 부대로 돌아간다. 둘은 다른 포로들이 머물고 있는 천막에 다다른다. 옆으로 물러난 보초병이 하나를 들여보내 준다. 하나는 고개를 숙여 안으로 들어가기 전에 마지막으로 통역병을 본다. 하나가 사진을 가져가는 것을 봤다고 해도 개의치 않는 것 같다.

천막으로 들어간 하나를 수십 명의 얼굴들이 맞이한다. 소리를 내기 두려워 두 손에 얼굴을 묻은 채 조용히 흐느끼는 사람들도 있고 앞으로 닥칠 일들에 무감각해진 듯 얼빠진 눈으로 하나를 응시하는 사람들도 있다. 하나는 등불이 밝혀진 천막 안을 훑어보며 트럭에서 만났던 두 조선 소녀를 찾는다. 소녀들은 가장 안쪽 구석, 등 뒤로 손이 묶인 두 중국 남자 뒤에 숨어 있다. 하나는 중국 남자들 곁을 비집고 지나쳐 소녀들 곁에 앉는다.

"옷에 피가 묻었어."

둘 중 더 큰 소녀가 말한다.

하나가 겉옷을 내려다본다. 소녀는 하나의 가슴께에 밑에서 위로 흩뿌리듯 튀어 있는 작고 검은 점들을 보고 있다. 하나는 소매로 자국을 문질러 본다.

"어떻게 된 거야?"

소녀의 눈은 순수함으로 가득하다.

"저자들이 날 납치한 놈을 죽였어. 일본 군인."

하나는 종종 모리모토가 죽는 순간을 상상했고 게르 안에서 그를 죽일 뻔하기도 했다. 하나의 인간성을 지켜준 사람, 적어도 그런 것이 있다고 일깨워 준 사람은 알탄이었다. 하나의 행동에 대해 알탄이 드러낸 혐오감은 하나를 악의 벼랑에서 구해 주었다. 알탄은 짧은 시간 동안이었을지 몰라도 하나가 최악의 모습이 되지 않도록 막아 주었다. 초원에서 하나는 죽사발이 되도록 알탄을 때리는 모리모토를 보고 다시 한 번 그를 죽이려고 했지만 실패했다.

"누구도 그렇게 죽어서는 안 돼."

하나가 마침내 말했다.

소녀가 고개를 끄덕이더니 하나의 허리띠를 만지며 말한다.

"이거 정말 예쁘다."

하나가 비단을 어루만진다. 감청색 바탕 위로 소용돌이쳐 검고 푸른 덩굴에 내려앉은 노랗고 빨간 꽃들은 마치 움직이는 듯하며 이 공포스러운 공간을 끝없는 아름다움으로 수놓는다.

모리모토는 통역병에게 하나가 매춘부라고 했다. 하나는 통역병이 언제든 하나를 데려가리라는 사실을 알고 있다. 하나의 운명은 정해져 있다. 갑자기 피로가 몰려온다.

이번에는 가만히 있지 않을 거야. 하나는 마음먹는다. 그리고 그렇게 하면 결국 죽음을 맞을 것이라는 깨달음으로 하나의 생각은 끝을 맺는다.

"할 얘기가 있어."

하나가 서둘러 두 사람에게 속삭인다.

"저 사람들이 날 데리고 가서 영영 놓아 주지 않을 수도 있으니까 누군가는 내 이야기를 알아줬으면 좋겠어."

소녀들은 고개를 끄덕이며 하나의 말을 기다린다.

"내 이름은 하나야."

하나는 맨 처음부터 이야기한다. 해녀로서의 삶에 대해, 고향 바다에서 헤엄을 치다가 동생이 있는 쪽으로 향하던 일본 군인을 본 일에 대해. 이야기는 마치 벼랑 밑으로 떨어지는 폭포처럼 하나의 입술을 떠난다. 영영 사라져 버릴 수 있다는 생각에 하나도 빠짐없이 이야기한다. 하나는 소녀들에게 위안소와 거기 있는 다른 소녀들, 케이코에 대해서 이야기한다. 몽골인 가족과 그들이 키우는 가축들, 친구 알탄에 대해서도 이야기한다. 혹시나 그들이 위험에 처할까 두려워 만난 지 한 달도 넘었다고 덧붙인다. 마침내 이야기가 끝나자 하나는 자신의 가장 귀중한 부분들을 쏟아 내고 껍데기만 남은 양 기운이 빠진다.

두 조선 소녀도 하나에게 저들의 이야기를 한다. 자매의 고향은 만주 국경 근처 조선의 북부에 있는 작은 마을이다. 사과밭에서 일을 끝내고 집에 가는데 데려다준다는 지역 순사들의 말에 속아 덜컥 차에 올라탄 것이다. 순사들은 두 소녀를 곧장 국경으로 데리고 가서 인신매매를 하는 일본인에게 팔아 넘겼다. 그 자는 두 소녀를 다른 소녀 다섯과 함께 만주 북부로 가는 기차에 태웠다. 둘은 기차역에 도착하기 전에 밤을 틈타 기차에서 뛰어내리는데 성공했고 힘닿는 데까지 걷고 또 걸었다. 산을 넘은 자매는 국경을 넘어 몽골로 들어왔다는 사실을 알지 못했다. 그리고 하나가 발견되기 며칠 전 새벽녘에 붙잡혔다.

셋은 손을 꼭 잡고 비좁은 공간 속에서 작은 원을 만들었다.

얼굴의 세세한 부분까지 기억하기 위해 서로를 찬찬히 살피는 눈에는 눈물이 흘렀다. 천막 입구가 열리고 통역병이 들어온다. 입구 근처에 앉은 포로들은 뒷걸음질 치다가 뒤에 앉은 포로들의 무릎 위로 주저앉는다. 병사는 겁에 질려 물러나는 포로들은 무시한 채 천막을 훑어보다가 마침내 하나에게 눈길을 멈춘다.

"너, 이리 나와."

통역병의 명령이다.

천막 안의 시선들은 통역병의 눈길이 머문 곳을 향한다. 앞에 있는 두 중국 남자도 뒤돌아 하나를 본다. 딱하다는 표정이다. 이제 하나가 고문을 받을 차례라고 생각하는 것 같다. 하나는 자리에서 일어선다. 그리고 자매를 내려다보며 진심을 담아 속삭인다.

"나를 잊지 마."

하나가 이렇게 말하며 겉옷 주머니에 손을 넣는다. 그리고 한때 자신의 모습, 간절히 돌아가고 싶은 모습이 담긴 사진을 꺼낸다.

"빨리!"

통역병이 재촉한다.

하나는 떨리는 손으로 두 소녀 가운데 언니에게 사진을 건네고 재빨리 몸을 돌린다.

"절대로 잊지 않을게."

자매의 대답이 통역병을 뒤따라 어둠 속으로 들어가는 하나의 뒤로 들려온다.

하나는 발을 헛디디며 통역병을 따라 부대 깊은 곳으로 들어간다. 그는 작은 천막 안으로 하나를 데리고 들어간다. 개인용 천막인 것 같았다. 통역병은 간이침대를 가리키며 하나에게 앉으라고 손짓한다. 두 사람 사이에는 천막 밖에서 들려오는 둔탁한 웅성거림뿐이다. 지나가는 병사들의 걸음 소리, 부대를 떠나는 트럭의 엔진 소리. 그 와중에도 하나는 천막 안에서 타고 있는 석유 등불의 소리를 감지할 수 있다.

통역병은 천막 저편 입구 근처에 서서 주머니에서 무언가를 꺼내고 있다. 그는 덩치가 어마어마해서 작은 천막 안에서 고개를 숙여야 서 있을 수 있다. 하나는 소련 사람처럼 거대한 사람을 이제까지 본 적이 없다. 소련인과 가까이 있으니 배고픈 곰의 시선을 받고 있는 느낌이다. 천막의 금속 기둥에 기댄 그는 작은 통에 든 담뱃잎을 흰 사각 종이 위로 털어내고 있다. 그리고 익숙한 손놀림으로 종이를 말아 들고 가장자리에 천천히 침을 발라 봉한다.

통역병은 불붙인 담배를 한 모금 빤다. 기다리고 있는 하나는 안중에도 없이 여유만만 담배를 피운다. 어느새 두 손가락 사이에서 꽁초가 된 담배를 땅에 버린 통역병은 하나를 향해 두 걸음 전진한다. 두 걸음만 더 가면 하나에게 닿는다. 통역병의 표정은 진지하다.

"왜 몽골인처럼 옷을 입었지?"

통역병이 묻는다.

하나는 피가 묻고 더러워진 델을 내려다보더니 다시 통역병을 올려다본다. 알탄과 식구들을 위험에 빠뜨리지 않고 질문에 대답하는 방법을 생각 중이다.

"넌 일본인이잖아. 그런데 왜 그 우스꽝스러운 옷을 입고 있냐고."

병사가 하나의 델을 가리키며 말한다. 그리고 군복의 맨 윗단추를 두 개 푼다. 하나는 병사의 질문에 대답을 하지도 않고 조선인이라고 밝히지도 않는다. 병사의 손이 가슴 안주머니로 들어갔다가 누런 금속 병을 꺼낸다.

"이건 보드카야. 아쉽지만 마지막 한 모금밖에 남지 않았지. 이 망할 놈의 땅에서 지난 몇 달을 보내면서 아끼고 또 아꼈지만 이제 거의 다 떨어졌어."

병사는 술을 입에 머금더니 입안에서 이리저리 굴려 본 뒤에야 목으로 넘기고 만족스러운 한숨을 쉰다.

"사실대로 대답해. 거짓말하면 다 알아."

하나는 먼저 짧은 숨을 들이쉰 뒤 한달음에 긴 문장을 내뱉는다.

"산을 넘다가 몽골 사람들을 만났어요. 위안소에서는 옷을 주지 않아서 저는 거의 벌거벗고 있다시피 했고 몽골 사람들이 이 옷을 줬어요."

"그 사람들하고 얼마나 같이 있었어?"

"며칠."

"그 사람들 천막은 어디 있어?"

하나가 머뭇거린다.

"고민하지 말고 대답해."

"몰라요."

"거짓말하지 마."

"거짓말 아니에요. 천막이 어디 있는지 진짜 몰라요."

"내가 거짓말하지 말라고 했지."

병사가 술병을 도로 주머니에 넣은 뒤 하나에게 다가간다. 허리 높이로 올린 손등은 곧 하나를 칠 것 같다.

"정말이에요. 그 군인이……."

하나는 얼마 되지 않은 모리모토의 마지막 순간을 생각하며 말을 더듬는다. 피로 범벅이 된 모리모토의 얼굴이 떠오르고 그 생각을 떨치기 위해 실제로 고개를 가로젓는다.

"그 군인이 몽골인들을 만나러 온 걸 알고 조랑말을 타고 도 망쳤어요. 그래서 말을 전속력으로 몰 수밖에 없었어요. 어두 워서 어디로 가는지는 알 수가 없었어요. 도망치지 않으면 다 시 위안소로 끌려간다는 사실밖에 몰랐어요. 그래서 그냥 아무 곳으로나……."

하나는 잔뜩 긴장한 채 병사의 손찌검을 기다린다. 그러나 아무 일도 일어나지 않는다.

병사는 어깨를 펴더니 뒷짐을 진다.

"그놈은 간첩이었던 게 분명해."

병사는 마치 답을 기다리는 듯 하나를 쳐다본다. 그리고 표 정을 바꾸더니 한쪽 눈썹을 둥글게 치켜올린다.

"아니면 아편 밀매꾼일 수도 있지. 너희 천황이 이 전쟁을 다 무슨 돈으로 하겠어? 알고 있었어? 위대한 히로히토가 한낱 마 약상처럼 아편을 밀매한다는 사실을? 서양에서는 그걸 사들여 헤로인, 특제 차 같은 걸 만들지. 그 일본놈 소지품에서도 아편이 나왔어."

병사가 작은 탁자 뒤에 손을 넣더니 모리모토의 아편 주머니를 꺼내든다. 주머니는 피에 젖어 있다.

"이 정도면 군대를 살 수는 없지만 현금은 꽤 벌 수 있겠지? 넌 그놈이 이걸 갖고 있다는 걸 알았어?"

갑자기 피로감이 온몸을 휩쓸고 하나는 간이침대에 이마를 기댄다. 이 악몽은 언제부터 시작된 걸까? 수천 년의 시간이 흐른 것 같지만 하나는 여전히 같은 불행 속에 갇혀 있다. 모리모토는 아편을 팔아 새 인생의 시작을 위해 쓸 작정이었을지 모른다. 밀매꾼이 맞을 수도 있다.

하나는 영영 알지 못할 것이다.

"전 그런 건 아무것도 몰라요. 그자가 날 고향에서 납치해서 위안소에 팔았어요. 그것밖에는 아무것도 몰라요."

하나가 눈을 감은 사이 어느새 통역병의 손이 하나의 허리띠를 풀고 있다. 하나는 머나먼 땅에 있는 식구들을 속삭여 부른다. 아미가 홀로 해녀가 되기 위한 굿을 치르는 모습을 떠올리자 가슴이 찢어지지만 곧 생각을 떨쳐 버린다. 그리고 젖먹던 힘을 다해 병사의 가슴을 밀친다. 예상치 못한 갑작스러운 공격에 병사는 간이침대에서 떨어진다. 하나가 재빨리 다가가 병사의 허리띠에 꽂혀 있던 총집에서 권총을 꺼낸다. 그리고 병사를 내려다보고 선 채 가슴에 총을 겨눈다.

"날 쏘면 너도 죽어. 게다가 다른 사람들은 나처럼 친절하지 않을 거야."

하나가 노파의 조소처럼 쓸쓸한 비웃음을 보낸다.

"네가 친절하다고? 친절한 게 무슨 말인지 모르는 모양이네. 넌 우릴 개 취급도 안 하잖아. 너 같은 군인, 남자들은 이 땅을 괴롭히는 최악의 전염병 같은 존재들이야. 어딜 가든 증오와 고통과 괴로움을 몰고 다니는. 나는 너희 전부를 증오해."

병사가 대답을 하기도 전에 하나가 방아쇠를 당긴다. 총알이 나가지 않는다. 모공에서 땀이 비어져 나와 이마를 간지른다. 하나는 다시 한 번 좀 더 세게 방아쇠를 당겨 보지만 아무 일도 일어나지 않는다. 병사가 하나를 향해 움직인다. 하나는 다급하게 안전장치를 찾아 총을 더듬으며 뒷걸음질 친다. 어느새 일어선 병사는 하나에게 몸을 던진다. 바닥에 나자빠진 하나는 병사의 밑에 깔린 채 몸부림을 치지만 병사의 덩치와 힘에 저항하기란 불가능하다. 병사는 하나의 손목을 비틀어 총을 빼낸다. 그리고 총대 옆으로 하나의 머리를 가격한다. 하나의 입에 피가 고인다.

"일어나, 무릎 꿇고 앉아."

병사가 명령한다.

몽롱한 정신으로 하나는 병사의 지시를 따른다. 병사가 안전장치를 푼다. 턱을 따라 피가 흘러내리고 하나는 병사의 군화를 응시한다. 하나는 수만 리 떨어진, 검은 자갈이 깔린 해변가에 있다. 태양이 비추자 하나의 긴 머릿단이 따뜻해진다. 동생의 웃음소리가 바다의 파도 소리와 함께 밀려 들어온다.

"죽기 전에 마지막으로 하고 싶은 말은?"

가쁘게 숨을 몰아쉬는 병사의 가슴이 오르락내리락 한다.

"난 단 한 번도 매춘부였던 적이 없어."

병사가 하나를 비웃는다.

"그것뿐이야? 네가 뭐였든 무슨 상관이야? 넌 아무것도 아니야."

병사가 방아쇠에 손가락을 올리고 하나를 겨눈다.

"난 해녀야."

하나가 병사를 노려보며 말한다. 하나의 말이 마치 고해성사처럼 줄줄이 입 밖으로 흘러나온다.

"우리 엄마가 그렇고 엄마의 엄마가 그랬고 내 동생이 그렇듯. 그리고 언젠가 내 동생의 딸들도 해녀가 될 거야. 난 언제나 바다의 여자였어. 너도, 그 어떤 남자도 나를 그보다 못한 존재로 만들 수 없어."

병사가 콧방귀를 뀌지만 하나에게는 들리지 않는다. 하나는 다른 공간, 다른 시간 속에 있다. 하나는 눈을 감는다. 햇볕은 하나의 피에 온기를 주고 하나의 혀도 그 맛을 느낀다. 머리칼이 바람에 흩날린다. 아래로는 바다가 넘실거리며 이름을 부른다. 하나.

하나는 고통을 감지한 다음에야 무슨 일이 벌어졌는지 깨닫는다. 눈은 뜨고 있지만 눈앞은 피에 가려 흐릿하다. 간신히 초점이 맞자마자 통역병이 다시 한 번 권총을 든 손으로 하나의 관자놀이를 가격한다. 하나는 바닥에 널브러진다. 마지막으로 하나의 눈에 들어온 것은 하나를 향해 걸어오는 병사의 구두코이다.

아미

2011년 12월, 서울

일본 대사관 앞에 도착한 아미는 휠체어에 앉아 있고 싶지 않지만 아들은 소녀상이 있는 곳까지 걸어가겠다는 엄마의 말을 절대로 들어주지 않는다. 심장과 불편한 다리에 너무 무리가 간다는 이유였다.

"휠체어로 가실 거 아니면 다시 병원으로 가세요. 둘 중에 선택하세요."

아미는 어린 아들에게 이런 식으로 말을 한 기억은 없지만 아마도 그랬던가 싶다. 아미는 아이들을 매우 사랑했지만 자식들에게 사랑을 표현하는 데 어려움이 많았다. 그 사랑을 자식들의 아버지에게는 보여 줄 수 없었기 때문이다. 아미가 자식들에게 사랑을 표현했다면 남편 또한 그것을 요구했을 것이다. 그래서 마음속으로 아이들을 사랑하는 것이 더 쉬웠다. 살아남기 위해서.

아들이 태어난 뒤 남편이 아미를 홀대한 적은 없었다. 아마도 거의 대화가 없었기 때문일 것이다. 형편없는 어부였던 남편은 아미가 물질을 하러 간 사이 아이들을 돌보는 쪽을 선호했다. 아미가 시장에서 그날 잡은 것들을 팔고 있을 때 남편은 아이들을 데리고 장에 나오기도 했다. 아버지의 목말을 타고 앉은 딸은 높다란 곳에서 잔뜩 신이 나서 지켜보는 사람들을 향해 짝짜꿍을 했다. 아들은 그림자처럼 아버지의 뒤를 바싹 따라다녔다. 두 사람은 뗄 수 없는 사이였다. 남편이 죽었을 때 아들이 그토록 분노했던 것도 그 때문이었을 것이다. 이 땅에서 그늘이 되어 주었던 아버지를 잃은 아들은 작열하는 태양 아래 타 죽을 것 같은 기분이었을 것이다.

아미는 아들을 이기지 못하고 아들은 트렁크에서 휠체어를 꺼낸다. 일행은 곧 소녀상이 있는 곳을 향해 길을 건너고 인도 위로 올라간다. 대사관을 지나치는 아미의 눈에 이 빨간 벽돌 건물은 너무나 작고 보잘것없어 보인다. 창문들은 더 이상 초점을 잃은 눈처럼 내려다보고 있지 않다. 억지로 건물에서 시선을 떼자 소녀상이 눈에 들어온다.

나이를 가늠할 수 없는 소녀가 등받이가 곧은 의자에 앉아 있다. 소녀의 옆에는 빈 의자가 누군가를 기다리며 놓여 있다. 한복을 입은 소녀의 두 발은 지면에서 살짝 떨어져 있다. 누군가 소녀상에게 겨울옷을 입혀 준 상태였다. 털모자와 목도리, 담요가 소녀를 따뜻하게 해주고 있었다. 소녀상을 몇 걸음 앞두고 아미는 아들에게 멈추라고 말한다.

"걸어가고 싶어."

아미가 말한다.

아들이 반대하려고 하자 아미는 한 손을 들어 올린다. 아들이 입을 다문다. 아미는 휠체어의 팔걸이를 쥐고 두 발에 무게가 실릴 때까지 안간힘을 쓰며 일어선다. 해도 뜨지 않은 이른 새벽 물질을 하러 나가듯 천천히 아미는 의자에 앉은 소녀를 향해 발을 절며 나아간다.

불편한 다리는 가엾을 만큼 뒤로 처지지만 아미는 아들이 내민 손을 잡지 않는다. 한 걸음 한 걸음이 깊은 진흙 속을 헤치고 나아가는 듯 무겁다. 아미의 두 눈은 소녀의 얼굴에 고정되어 있다. 깊디깊은 이해와 고통, 상실감, 용서와 인내의 표정, 끝없는 기다림의 지친 표정에서 아미는 힘을 얻는다.

마침내 소녀상에 다다른 아미는 옆에 있는 빈 의자에 풀썩 주저앉는다. 잔뜩 부풀어 오른 가슴을 천천히 편안하게 달래며 숨을 고른다. 그리고 청동으로 만든 소녀의 손을 붙잡는다. 차갑다. 손을 부드럽게 쓰다듬으며 주름진 제 손의 온기로 소녀의 손을 덥힌다. 둘은 말없이 앉아만 있다. 아미는 소녀상의 옆모습을 흘끔흘끔 쳐다본다. 어린 시절 기억 속의 그 얼굴이 맞다. 하나 언니가 맞다.

아들은 몇 발자국 떨어져 담배를 피우더니 몇 차례 불편한 기침을 하고는 반쯤 남은 꽁초를 바닥에 버리고 발로 비벼 끈다. 아미는 아들을 보고 웃는다. 아미는 전쟁에 대해 아무것도 몰랐던 시절로 되돌아간다. 마냥 순수했던 시절 아미는 바다곁 작은 가족의 울타리 속에서 갈매기를 쫓고 해변가에서 뛰놀았다. 아미의 유일한 임무는 갈매기가 그날 잡은 것들에 가까이 가지 못하게 하는 것이었다. 아미는 얼굴에 비치는 뜨거운 여름 햇살을 느낄 수 있다. 바닷바람의 냄새와 소금의 맛도 느껴진다. 어느새 겨울이 아니라 여름이다. 아직 난리가 벌어지지 않은, 그들이 여전히 한 가족이던 시절의 어느 여름날이다.

"이 소녀상이 왜 그렇게 좋으세요?"

딸의 목소리가 바다 먼 곳에서 들려오는 것처럼 느껴진다. 아미는 윤희와 눈을 맞추고 윤희의 얼굴을 보고 싶지만 여름날과 작별하고 시간을 건너 윤희에게 다시 돌아오는 일은 매우 힘겹다.

"얘기해 주세요."

윤희의 목소리가 어느새 아주 가까이서 들려온다. 윤희가 아미의 귀에 입을 대고 말하는 것 같다.

"하나 언니야. 마침내 만났어."

아미가 속삭인다.

"이 소녀상을 보면 언니가 떠오른다는 말씀이세요?"

윤희의 목소리는 어느새 더 가까워졌다. 아미의 머릿속에서 들려오는 듯, 아미가 스스로에게 묻는 듯하다. 햇살이 희미해지기 시작하고 볼을 스치던 바닷바람도 잦아든다.

"하나 언니야. 우리 언니가 여기 있어."

아미의 심장은 터질 듯하다. 가슴 속에서 빠르고 힘차게 뛰고 있다. 아미가 손으로 가슴을 누르자 차디찬 겨울바람이 아미의 코트 소맷자락으로 흘러 들어온다. 눈발이 뜨거워진 두 볼을 식힌다. 눈을 뜬 아미는 돌아와 있음을 깨닫는다. 딸은 한 손을 엄마의 어깨에 얹은 채 그 곁에 무릎을 꿇고 앉아 있다. 아미는 추위에 몸이 떨린다.

"엄마?"

윤희는 다시 근심 많고 겁먹은 어린 아이가 되어 있다. 아미는 몸을 숙여 딸의 이마에 입을 맞춘다. 윤희가 아미를 올려다보고 아미는 윤희의 둥근 턱선에서 엄마의 얼굴을 본다. 엄마를 떠올려도 슬픈 생각이 들지 않자 아미는 놀라운 마음이 든다. 아미에게는 평온한 생각뿐이다.

여기까지 오는 데 한평생이 걸리지 않았다면 더 좋았겠지만 과거는 바꿀 수 없다. 아미에게 남은 것은 현재뿐이다.

"엄마는 네가 대학에 가서 늘 자랑스러웠다."

속삭이는 아미의 목소리는 쉬어 있다.

윤희가 표정을 일그러뜨리며 아미의 무릎에 얼굴을 묻는다. 아미의 까칠한 모직 코트가 윤희의 눈물을 받아 낸다.

"엄마는 너희 둘 다 자랑스러웠어."

아미가 아들에게 눈길을 보내며 말한다. 아들도 아미의 앞에 무릎을 꿇고 앉아 애써 눈물을 참는다.

아미는 웃음을 지으며 다시 소녀상을 마주 본다. 난 한 번도 언니를 잊지 않았어. 긴 세월 동안 잊은 척했지만 잊은 적 없었다. 소녀상은 마치 용서를 하듯 아미의 곁을 지키고 있다. 하나 언니는 언제나 어딘가에서 아미가 찾아주기를 기다리고 있었다. 아미는 이 순간이 평생을 갔으면 좋겠다고 생각한다.

하나

1943년 가을, 몽골

하나는 정신을 잃었다 또 차리기를 반복한다. 마침내 겨우 눈을 떴을 때 눈앞에는 검고 단단한 흙밖에 보이지 않는다. 아직 세상에 살아 있다는 신호를 얻고자 머리와 손, 다리를 가누어 보지만 아무것도 움직이지 않는다. 살아 있다는 것은 착각이고 이미 죽었을 수도 있다. 혼백이 이 비참한 생을 떠나가기를 몸은 그저 기다리고 있는지 모른다.

하나의 머릿속에 어릴 적 기억들이 스쳐 지나간다. 행복의 메아리가 희미하게 나타났다 사라졌다 한다. 머리 위에서 찬란하게 빛나는 엄마의 얼굴이 내려다본다. 마치 무수한 세상들 너머에서 빛을 발하는 눈부신 태양 같다. 열기가 하나의 볼에 다다르자 얼얼한 살갗에 온기가 올라온다. 광채를 향해 얼굴을 돌리는 하나는 태양의 열기를 따라가는 꽃이다. 빛이 하나에게 외친다. 하나야, 눈 떠 봐.

늦은 아침 햇볕에 눈이 어지럽다. 먼 곳에서 들려오는 고함소리가 허공을 꿰뚫는다. 남자의 목소리다. 하나는 손발이 묶인 채 말뚝에 매여 있다는 사실을 깨닫는다. 소련군은 천막을 철수하며 이동 준비를 하는 중이다. 하나는 여전히 살아 있다. 병사는 역시 하나를 쏘지 않은 것이다.

아침 해를 바라보던 하나는 소련군이 자신을 어떻게 할 작정인지 궁금하다. 마지막 남은 천막이 걷히고 통역병이 사냥용 칼을 휘두르며 다가온다.

"깨어났군."

통역병이 말한다. 이국 병사의 히죽이는 웃음은 하나가 짧은 인생 동안 만난 모든 군인의 웃음과 매우 닮아 있다.

하나는 대답하지 않는다. 머리가 지끈지끈하고 한곳에 길게 집중할 수가 없다. 통역병이 하나의 뒤로 가서 무릎을 꿇더니 손을 묶은 밧줄을 잘라 낸다. 이어서 발목을 묶은 밧줄을 잘라 내고 일으켜 앉힌다.

"넌 협상에 따라 자유의 몸이 됐다."

통역병이 흥분이 섞인 어조로 말한다. 병사의 시선을 따라가던 하나는 알탄이 다가오는 모습을 보고 깜짝 놀란다. 알탄의 아버지와 간바타르도 뒤따르고 있다. 하나를 뒤따라온 것이다. 갑자기 목이 메이고 숨을 쉬기가 힘들다. 알탄과 식구들이 위험에 처할까 걱정이 되면서도 와 주어서 무척 고맙다. 정말로 하나를 놓아 주도록 소련군과 협상한 것일까?

"친구들이 마음이 넓더구나."

알탄이 재빨리 군인을 향해 고개 숙여 인사를 하고 군인은 껄껄 웃으며 경례를 붙인다. 알탄과 식구들은 하나에게는 눈길도 주지 않는다. 보이지 않을 리 없지만 마치 보이지 않는 것처럼 행동하고 있다. 하나 역시 그들이 하는 대로 아무 말도 하지 않는다. 그럼에도 하나의 시선은 알탄의 멍든 얼굴에서 떠날 줄을 모른다. 알탄에 대한 모리모토의 응징은 결코 가볍지 않았다.

알탄의 아버지가 일행 앞으로 나와 통역병에게 일본어로 무언가를 말한다. 목소리가 작아 하나에게는 들리지 않는다. 두 사람이 말을 하는 동안 하나는 알탄의 아버지를 응시한다. 통역병이 다시 한 번 하나를 내려다보더니 히죽 웃는다.

"이제 가도 된다."

병사는 이렇게 말을 하더니 뒤돌아보지 않고 자리를 뜬다. 그제야 알탄과 식구들은 하나에게 아는 척을 한다. 알탄과 아버지는 하나의 두 팔을 붙잡고 일으켜 세워 준다. 양쪽에서 하나를 부축하고 철수가 마무리되어 가는 소련군 진영을 빠져나온다. 조랑말들이 한데 모여 주인을 기다리고 있다. 하나는 그 사이에서 모리모토의 아름다운 군마를 발견하고 몹시 기뻐한다. 알탄이 하나를 도와 조랑말에 태우고 자신은 그 뒤에 올라앉는다. 조랑말이 빠른 걸음으로 진영에서 멀어질 때 말발굽 소리 사이로 독수리의 날카로운 울음소리가 들린다.

하나는 어깨 너머로 간바타르의 독수리를 발견한다. 독수리는 통역병의 팔뚝에 앉아 있다. 가슴이 철렁 내려앉는다. 독수리가 다시 꽥 소리를 지른다. 뛰어난 시력으로 주인이 말을 타고 빠르게 멀어지는 모습을 지켜보고 있다. 간바타르는 가장 아끼는 재산을 하나의 자유와 맞바꾼 것이다. 몽골 사람들은 아내와 자식보다 독수리를 아끼지만 간바타르는 잘 알지도 못하는 소녀를 위해 자기 독수리를 내놓은 것이다.

하나는 간바타르의 얼굴을 보고 싶지만 간바타르는 저 앞에서 일행을 산으로 이끌고 있다. 하나를 감싸안은 알탄의 두 팔은 조랑말을 재촉한다. 가장 아끼는 재산을 한 여자아이와 맞바꾸도록 간바타르를 설득하기 위해 알탄이 얼마나 많은 것을 포기했는지 하나는 알지 못한다. 확실한 것은 두 사람 모두에게 목숨을 빚졌다는 사실이다.

윤희

"알아요, 이모. 정말로."

윤희가 엄마의 옛 물안경을 쓰며 대답한다. 한쪽 구석에 금이 가 있어 시야를 가리지만 윤희는 상관하지 않는다. 그다지 깊이 잠수할 생각은 없다. 한 번만 더, 엄마처럼 해녀가 되어보고 싶을 뿐이다.

고개를 끄덕이며 진희도 물안경을 쓴다. 다른 해녀들도 이것을 때가 되었다는 신호로 받아들인다. 그들은 바다로 좀 더 깊이 걸어 들어간 뒤 하나 둘 재주를 넘으며 물속으로 들어간다. 그리고 이 지구의 밑바닥으로 내려가 생계를 꾸리고 손주를 학교에 보내게 해줄 보물을 찾는다. 그러면서 그들이 사랑했던 해녀를, 세상을 떠났지만 잊히지는 않은 가모장家母長을 기린다.

윤희는 물밑으로 들어가자마자 겨울 바다의 차가움에 움찔한다. 그럼에도 숨을 참고 윤희를 도로 수면으로 데려가려는 물의 흐름에 저항한다. 콧구멍으로 천천히 기포를 내뿜으면서 점점 더 깊이 내려간다. 바다의 맥박이 귀로 전해진다. 물밑 세계가 윤희를 반갑게 맞이한다. 물고기들은 물결에 따라 흔들리는 미역 줄기 사이로 왔다 갔다 노닌다. 게 한 마리가 먹이를 찾아 바닥을 바쁘게 기어다닌다. 근처에 숨은 문어가 게를 지켜보며 가까이 오기를 기다린다. 더 이상 숨을 참을 수 없는 윤희는 문어가 느릿느릿 해저를 가로지르는 모습을 지켜보며 천천히 수면으로 올라간다.

윤희가 숨을 폐 한 가득 들이마시는 사이 진희가 말한다.

"처음치고는 제법인데."

"아직도 기억하고 있나 봐요."

윤희가 웃으며 말한다. 엄마에게 배운 것들이 생각나서 다행이다. 물을 떠났을 때 윤희는 어린 아이에 지나지 않았지만 지금은 중년이다. 고향으로 돌아오기까지 왜 이렇게 오래 걸린 걸까?

"엄마는 널 아주 대견해 하셨어."

진희가 말한다.

"알아요."

윤희가 대답하며 몸을 돌려 물가를 바라본다. 나이가 가장 많은 편에 속하는 해녀들이 바위 위에 앉아 윤희에게 손을 흔들고 있다. 기력이 약해진 몸으로 2월의 차가운 물속에 오래 있을 수는 없지만 추모하는 마음을 전달하기 위해 나온 것이다.

오빠와 조카는 함께 오지 않았다. 그러나 제주도로 내려오기 전 윤희는 엄마가 돌아가신 뒤 처음으로 소녀상을 찾았다. 레인과 조카도 함께였다. 엄마가 평온하게 마지막 순간을 맞이했던 장소에 다다르자 윤희는 슬픔을 주체할 수 없었다. 1월의 찬바람에 눈물은 흐르는 족족 말라 버렸기에 윤희는 조카에게 우는 모습을 보이지 않을 수 있었다. 소녀상 앞에 선 조카는 키가 아주 커 보였다. 조카는 소녀상이 일어나 인사라도 할 것처럼 뚫어져라 쳐다보고 있었다.

그러던 조카가 갑자기 소녀상 앞에서 깊고 예의 바르게 절을 했다. 윤희는 놀라움을 금치 못했다. 이마가 땅에 닿을 정도로 공손한 큰 절을 두 차례 반복했다. 윤희는 레인의 손을 잡고 놀라움과 대견함이 섞인 눈빛으로 바라보았다. 절을 마치고 일어난 조카의 어깨는 살짝 처져 있었는데 쑥스러워서였는지 슬퍼서였는지 윤희는 알 수 없었지만 조카가 한결 더 사랑스러워보였다. 조카는 코를 한 번 훔친 뒤에야 윤희를 바라보고 말했다.

"누가 꽃을 갖다 놨어요."

조카가 동상의 무릎을 가리키며 말했다.

누군가 소녀상을 따뜻하게 해주려고 가져다 놓은 털로 짠 담요 밑으로 흰 꽃송이가 비어져 나와 있었다. 소녀상으로 다가간 윤희가 담요를 들어 올리자 조화 한 다발이 드러났다. 하얀 국화였다. 꽃잎은 여전히 싱싱했다. 윤희는 그 앞에 무릎을 꿇고 앉아 꽃잎에 볼을 갖다 대보았다.

장례를 마친 뒤 레인은 소녀상을 만든 작가들을 수소문해서 찾았다. 몇 번의 이메일이 오가고 난 뒤 그들은 영감이 되어 준 흑백사진이 있었다고 말했다. 세월의 흔적과 피의 얼룩이 남아 있던 이 사진은 경기도 나눔의 집에서 찾았다고 했다. '위안부' 생존자들을 위한 수용 시설이자 역사관인 나눔의 집에서 생존자들은 건강한 생활을 유지하고 온 세계에서 온 방문객들에게 자신들의 이야기를 들려준다.

사진은 제2차 세계대전 도중 러시아 군인들에게 붙잡혔던 여인의 딸이 나눔의 집에 있는 일본군 성노예 역사관에 기증한 것이다. 작가들은 연구차 들른 이 역사관에서 사진을 보았다고 했다. 사진에는 어린 해녀, 1943년이라고 적혀 있었다. 소녀의 표정이 두 작가의 마음을 움직였다. 이미 보았던 다른 사진에서와 달리 소녀의 머리가 단발머리가 아니라 뒤로 묶여 있는 점도 인상적이었다. 당시 위안부 여성들의 실제 모습을 살리기 위해 소녀상의 머리는 단발머리로 만들었지만 소녀의 얼굴, 침울한 표정만은 그대로 옮겼다.

윤희는 죽음을 앞둔 엄마의 마음의 정리를 도와준 얼굴을 가만히 바라보았다.

"안녕히 계세요, 하나 이모."

윤희가 소녀상에게 속삭였다.

"더 일찍 만났으면 좋았을 텐데요."

*

레인이 물가에 서 있다. 레인은 어느새 해녀 할머니들과 친해져 있다. 레인이 고개를 들어 윤희에게 손을 흔들고 윤희도 물 위로 손을 흔들며 답을 한다. 해녀 할머니들도 볼 수 있도록 하늘을 향해 번쩍 손을 들어 올린다. 할머니들의 얼굴에, 쉬고 있는 할머니들의 몸에, 할머니들의 친절에 엄마의 모습이 겹친다. 윤희는 할머니들 사이에서 엄마를 느낄 수 있다. 윤희는 엄마의 혼백이 고향을 찾아 돌아온 것이 분명해질 때까지 이곳에 머물며 조상들을 위해 향을 피울 것이다.

윤희는 다시 엄마의 가장 오랜 친구와 마주 보고 함께 바다 깊은 곳으로 들어간다. 파도 밑 물의 압력이 박동하는 심장처럼 윤희의 고막을 울린다.

하나

1943년 겨울, 몽골

찬바람이 하나의 살을 스친다. 누렇게 변한 풀들이 혀끝에 느껴진다. 풀어헤친 머리카락이 덩굴손처럼 얼굴에 감긴다. 알탄의 손가락이 머리칼을 귀 뒤로 넘겨 준다. 알탄의 손길은 부드럽다. 알탄은 하나가 어깨에 두르고 있는 털가죽 담요도 꼭 여미어 준다.

"추워?"

알탄이 묻는다. 이 말을 포함해서 하나가 알고 있는 몽골어는 날로 늘어만 간다. 하나가 고개를 젓는다.

개가 하나의 무릎을 베고 있다. 개에게서는 아침 이슬 냄새가 난다. 젖은 털이 하나의 손등을 스친다. 하나가 몽골인들의 터전으로 돌아왔을 때 개는 하나의 곁을 떠나기를 거부했다. 길을 잃었다가 돌아온 한 아이를, 야생에서 영혼에 상처를 입은 한 아이를 이 개는 가족으로 받아들이기로 마음먹은 듯했다. 이 개가 가장 좋아하는 휴식처는 무릎 위에 곱게 접은 하나의 두 손 위이다. 뼈가 앙상한 하나의 주먹이 개의 턱 밑으로 부드럽게 접힌 털가죽을 파고든다. 개는 눈동자를 한껏 위로 굴려 하나가 잘 있는지 확인한다. 하나는 고개를 숙여 검은 웅덩이 같은 개의 눈동자를 내려다보고 그럴 때마다 개는 어김없이 눈을 끔벅거린다. 돌아온 하나에게는 엄청난 보살핌과 친절이 쏟아졌다. 하나는 다시 태어났다.

알탄이 하나의 곁을 떠난다. 그들은 다시 이동을 시작할 것이다. 소련군 진영을 나온 뒤로 네 번째로 위치를 바꾸는 것이다. 소련군이 마음을 바꿀 경우를 대비해 미리 안전을 기하는 것이라고 추측되지만 일본군을 피해 다니는 것일 수도 있다. 그들은 하나에게 자초지종을 이야기하지 않는다.

개가 하나의 손을 핥는다. 떠날 시간이다. 앞에 조랑말이 기다리고 서 있다. 알탄이 하나를 일으켜 세운다. 집으로 돌아온 순간부터 알탄은 하나를 마치 상처 입은 갓난아기처럼 돌보아 왔다. 집에 돌아오고 며칠이 지나자 시야는 다시 깨끗해졌지만 이따금 두통이 돌아온다. 몇 시간 동안 누워만 있어야 하는 몹시 괴로운 편두통이다. 알탄의 부은 얼굴은 엄마가 매일 찜질약을 붙여 준 덕분에 빠르게 가라앉았다. 눈 주위의 멍은 연한 노란색으로 변했고 이제 알탄은 이전의 모습을 거의 다 되찾았다.

하나가 점박이 조랑말에 올라탄다. 조랑말은 눈을 가린 갈기가 거슬리는지 콧방귀를 뀌며 고개를 주억거린다. 하나가 앞으로 손을 뻗어 털을 한쪽으로 얌전히 빗어 넘긴다. 뻣뻣한 털이 하나의 손가락 사이로 지나가자 하나는 옛일이 떠오른다. 바다 밑 거친 해초가 손 위를 스치던 느낌, 하나를 에워싸고 있던 검은 물, 그 물에 떠다니던 기억. 조랑말이 고개를 흔들더니 천천히 발걸음을 옮긴다. 기억은 지워지고 머리 위의 막막한 푸르름과 누런 풀밭의 밀물 같은 움직임으로 대체된다.

하나 주위의 웅장한 아름다움은 이동 중인 일행을 에워싸 마치 한 폭의 그림처럼 보이게 만든다. 하나는 학교에 다닐 때 선생님이 반 전체에게 보여 준 책에서 짐마차를 본 적이 있었다. 새 집, 새 땅을 찾아 이동하는 유목민들의 마차였다.

하나는 그 아이들처럼 온 집을 마차에 싣고 떠날 필요가 없어서 다행이라고 생각했다. 해녀의 딸이라는 자신의 위치에 우월감을 가졌다. 하나 자신도 언젠가는 집안의 기둥이자 가장, 제 운명의 주인이 될 거라는 믿음도 있었다. 바다는 언제나 하나를 먹여 살려 줄 것이었으므로 하나가 바다를 떠나는 일은 상상할 수조차 없었다. 하나는 애써 옛 생각을 머리에서 지운다.

*

초겨울 눈발이 몽골의 초원을 뒤덮는다. 일행은 꼭대기가 휑하고 삐죽삐죽한 어느 산맥의 기슭에 천막을 친다. 저 멀리 하늘 아래 커다란 호수가 푸르게 반짝인다.

"바다다."

하나가 내륙에 있다는 사실을 잊고 말한다.

"저건 후브스굴 호수야. 원래는 거대한 바다였는데 그 주변으로 땅이 나타나서 바다와 갈라 놨어. 바다처럼 물이 짜."

알탄은 하나가 이해할 수 없는 말로 설명한다. 하나는 이미 자신을 부르는 익숙한 색채를 향해 움직이고 있다. 알탄이 하나의 이름을 부르지만 하나는 계속 나아간다. 자기장에 이끌려 진북을 향해 나아가는 것 같다. 하나를 그림자처럼 따르는 보호자의 발걸음 소리가 쫓아온다. 그가 하나의 등허리에 가볍게 손을 댄다.

"어디 가는 거야?"

알탄이 묻는다. 하나가 아무 반응이 없자 알탄은 다른 방향으로 설득을 시도한다.

"무리에서 너무 멀리 떨어지면 안 돼. 여긴 맹수가 있단 말이야. 습지에 사는 물새들을 잡아먹으러 온다구."

마치 약속이라도 한 듯 흰 갈매기 떼가 요란하게 지저귀며 공중으로 흩어진다. 새들의 소리에 하나가 한 번도 보지 못한 네 발 짐승이 놀라 움직인다. 하나는 그 자리에서 굳어지며 양과 사슴이 섞인 듯한 그 짐승을 뚫어져라 쳐다본다.

"안녕, 꼬마 친구."

알탄이 짐승에게 말을 건네자 짐승은 황급히 멀어진다.

"저건 차강제르야. 잡을 수만 있다면 아주 맛있어."

알탄은 재미있는 농담을 한 것처럼 크게 웃지만 그도 하나가 아직 잘 이해하지 못한다는 사실을 안다.

하나는 짐승이 키 큰 풀들 사이로 달음질하는 모습을 지켜본다. 갈색 풀과 어우러지는가 싶더니 어느새 눈에 보이지 않는다. 다시 호수 쪽으로 주의를 돌린 하나는 습지의 갈대 저편에 있는 푸르른 물을 향해 걷기를 계속한다. 고요한 호수 위로 갈매기가 떠다니며 차가운 겨울바람 속을 맴도는 친구들을 향해 지저귄다. 작디작은 눈송이가 하나의 속눈썹 위에서 녹는다. 하나의 장화는 한 걸음 내디딜 때마다 모래밭에 푹푹 잠긴다. 하나는 다시 한 번 물가를 걷고 있다. 바람에 머리카락이 휘날리고 어깨에 두른 털가죽은 목을 간지른다. 짠내가 나는 공기를 들이마시자 머릿속으로 추억이 밀려든다. 처음 맛보았던 바다의 맛, 첫 물질, 수면으로 올라와 폐에서 산소를 끌어올리며 내던 엄마의 숨비소리, 바람을 가르던 엄마의 웃음소리, 물가에서 덩실거리던 아미.

하나는 허리띠를 풀고 델을 벗기 시작한다.

"뭐하는 거야?"

알탄이 묻는다. 옷을 벗는 하나를 말려 보지만 소용이 없다.

"물에 들어가려고? 얼어 죽을 거야."

바다의 부름이 하나를 압도하고 알탄을 머릿속에서 차단한다. 하나는 벌거벗고도 어떤 부끄러움도 느끼지 못한 채 물을 향한 이끌림만을 따를 뿐이다. 옷으로부터 자유로워진 하나는 알탄을 밀어내고 호숫가로 내려간다. 알탄이 하나를 뒤따르며 팔을 붙잡지만 하나는 알탄을 뿌리친다. 호수로 뛰어들어간 하나는 찬물에 폐가 오그라들자 숨을 헐떡인다. 알탄이 쫓아오지만 하나는 너무 빠르다. 본능적으로 물 밑 깊이 뛰어든 하나는 탁한 호수 바닥으로 사라진다.

언제나 꿈일 뿐이었다. 어떻게 그 먼 길을 이동한다고 해도 고향은 안전하지 않을 터였다. 하나가 갑자기 엄마 집에 나타난다면 의심을 받을 것이다. 소련군이 명백히 보여 주었듯 전쟁은 끝나지 않았다. 조선은 여전히 일본의 손 안에 있다. 하나가 일본군 눈에 띈다면 하나는 다시 만주의 위안소나 더 끔찍한 곳으로 끌려갈 수 있다. 하나는 알탄의 식구들과 함께 몽골에 남아야 한다. 이미 그러기로 작정하고 있었다.

그들과 몽골에 남는다는 사실이 주는 만족감에 하나의 어깨가 가벼워진다. 하나는 더 이상 피로하지 않다. 앞으로 펼쳐질 새로운 인생을 생각하면 오히려 깃털처럼 몸이 가볍다. 알탄은 하나를 수면으로 이끄는 빛이다. 그 빛은 하나가 그토록 오랫동안 견디어 왔던 어둠을 몰아낼 것이다. 하나의 팔다리로 힘이 용솟음친다. 두 발로 호수의 무른 바닥을 딛고 솟구쳐 오르는 하나의 뒤로 공기 방울 한 줄기가 따라 오른다.

하얀 국화, 결코 잊지 않겠다는 의미의 꽃

우중충한 겨울의 지겨운 추위가 끝내 한 풀 꺾이고 온 사방에 봄이 움틀 준비를 하고 있던 3월에 『하얀 국화』의 번역 의뢰를 받았다. 고백하건대 나는 이 책을 읽기 전에는 이 책으로부터 받은 인상이 썩 좋지 않았다. 먼저, 책의 제목이 꽃의 이름이라는 사실이 왠지 편치 않았다. 혹시 위안부 여성을 피어 보지도 못하고 꺾인 한 떨기 꽃송이에 비유하곤 하는 남성 중심적 관점의 발로가 아닐까 의심스럽기도 했다. 작가의 어머니가 한국인이기는 해도 작가는 미국에서 태어나고 자랐으며 지금은 런던에서 살고 있다는 사실도 좀 걸렸다. 과연 타인의 시선이, 무엇보다 제1세계 시민의 시선이 우리 역사의 말 못할 아픔을 얼마나 정확하고 날카롭게, 그리고 살아계신 피해자 분들께 누가 되지 않게 극화할 수 있을지 의아했다. 작가는 왜 하필 이런 주제를 택한 것일까? 심지어 다소 고약한 심보로 스스로에게 물었다. 따지고 보면 '남'의 이야기인데, 이런 이야기를 책으로 쓸 배짱은 어디서 난 것일까? 누가 작가에게 이 이야기에 대해 쓸 '자격'을 부여한 것일까? 의구심이 해결되지 않으면 책을 번역할 수 없을 것 같았다. 그래서 독자나 번역자보다는 회의론자의 입장에서 책을 펼쳐들었다.

그러나 나에게 그러했듯 독자들에게 역시 이 책을 읽어 가는 과정은 작가가 스스로에게 부여한 '자격'에 수긍하는 과정이 되리라 믿는다. 소설 속 인물들의 삶이 일제 강점기와 제주 4·3사건, 6·25전쟁 등의 역사적 사건들에 얽혀 있는 양태를 보노라면 가려져 있기는 해도 오늘날 우리 사회 속에 분명히 존재하는 그 사건들의 다양한 후과들에 눈이 뜨일 것이다. 작가는 엄청난 역사 공부와 면밀한 조사와 취재를 통해 스스로 '자격'을 부여했음을 나는 책이 끝나갈 무렵 인정할 수밖에 없었다.

그러나 작가는 이미 태어날 때부터 부여된 또 하나의 자격을 갖고 있었다. 작가는 여성이다. 오늘날에도 여전히 여성과 아이들은 전쟁과 기아, 폭력 등의 가장 큰 피해자이다. 선진국에서도 예외는 아니다. 여전히 여성들은 안전할 권리, 교육을 받을 권리, 차별받지 않을 권리등을 위해 치열하게 싸우고 있다. 국적을 막론하고 여전히 싸움을 멈추지 못하고 있는 것이다. 작가도 한국의 여성도 끝나지 않은 이야기의 주인공이라는 점에서 위안부 여성의 역사는 세계 모든 여성의 핍박과 생존과 투쟁의 역사의 일부이다. 그래서 위안부 여성의 이야기를 들려줄 자격은 한국 여성에게뿐만 아니라 세계 모든 여성에게, 이

책의 작가에게도 있다.

책 속에 이런 이야기가 나온다. 아미는 관광객들이 해녀를 마치 동물원의 짐승 보듯 한다며 불만을 터뜨린다. 그런 아미를 다독이며 진희는 말한다. 해녀들의 물질을 보고 고국으로 돌아간 관광객들은 고국 사람들에게 해녀들의 이야기를 전할 것이라고. 그리고 덧붙인다. "누군가 우리 이야기를 한다면 우리가 영영 사라질 리는 없지 않겠냐." 시간적으로는 과거와 현재를 넘나들고 공간적으로는 조선 땅을 넘어 만주 벌판을 지나 몽골의 초원으로까지 종횡무진하는 흡인력 강한 이 이야기가 보다 많은 사람들에게 읽히고 보다 많은 사람들의 입에 오르내릴수록 위안부 여성의 이야기, 전범국 일본의 수치스러운 과거에 대한 이야기는 더 확고한 불멸성을 얻을 것이다. 얼마 남지 않은 피해자들마저 세상을 떠난다 해도 그 역사가, 그 진실이 영영 사라질 리는 없을 것이다.

그래서 나는 이 책을 번역하지 않을 수 없었다. 우리들의 역사가 더 많은 사람들에게 읽히고 더 많은 사람들의 입에 오르내리도록 해야 할 것 같았다. 곰곰이 생각해 보니 『하얀 국화』는 위안부 여성을 상징하고 있지 않았다. 하얀 국화는 세상을 떠난 위안부 여성에게 바치는 추념의 꽃과도 같은 바로 이 책을 상징하고 있었다. 나 또한 이 책을 번역함으로써, 결코 잊지 않겠다는 의미의 하얀 국화를 그들의 영전에 바칠 수 있게 된 것을 영광으로 생각한다.

이 다 희

White Chrysanthemum
하얀 국화

초판 1쇄 발행·2018년 8월 1일
초판 3쇄 발행·2021년 6월 29일
지은이·매리 린 브라크트
옮긴이·이다희
펴낸이·김종해

펴낸곳·문학세계사
주소·서울시 마포구 신수로 59-1(04087)
전화·02-702-1800
팩스·02-702-0084
이메일·mail@msp21.co.kr
홈페이지·www.msp21.co.kr
페이스북·www.facebook.com/munsebooks
출판등록·제21-108호(1979. 5. 16)

ⓒ문학세계사, 2018
값 16,000원
ISBN 978-89-7075-878-7 03840

이 도서의 국립중앙도서관 출판예정도서목록(CIP)은 서지정보유통지원시스템
홈페이지(http://seoji.nl.go.kr)와 국가자료공동목록시스템(http://www.nl.go.kr/kolisnet)에서
이용하실 수 있습니다. (CIP제어번호: CIP2018022066)